KB232669

죽음 속의 삶

― 재중 강원인의 구술 생애사 ―

재중 강원인의 구술 생애사

죽음 속의 삶

전신재 지음

小花

서문

중국의 동북 삼성, 즉 요녕성, 길림성, 흑룡강성, 그러니까 만주 지역에 살고 있는 늙은 우리 동포들의 살아온 이야기는 우리들의 심금을 울린다. 아마도 일제시대에 만주로 이주한 사람들 중에서 살아남은 사람들보다 죽은 사람들이 더 많은 듯한데, 어려서부터 줄곧 죽음 곁을 지나면서 지금까지 목숨을 부지하고 있으니 그들의 생애는 파란만장하기 그지없다. 그들의 살아온 이야기는 삶의 진실과 아름다움이 과연 무엇인가를 우리들에게 암시해준다. 그들의 생애담은 웬만한 소설보다 더 핍진하다.

그들 한 사람 한 사람의 살아온 이야기는 곧 우리 민족의 역사이다. 그것은 기록되지 않은 역사이다. 현대 역사학계의 일각에서 평민사에 대한 관심이 높아지고 있는바 그들의 살아온 이야기는 평민사의 중요한 자료가 될 것이다. 과거의 역사서가 지배계층의 역사임에 반하여 전설은 피지배계층의 역사임을 고려할 때 그들의 살아온 이야기는 현대의 전설에 해당한다고 할 것이다.

나는 2004년부터 2007년까지 중국의 동북 삼성 지역을 답사하면서 우리 동포들의 구술 생애사를 채록한 바 있다. 그것은 강원발전연구원이 지원하는 '재중 강원인 생활사 조사연구'라는 주제의 공동연구였는데 그때 내가 맡은 분야가 구술 생애사였다. 그 조사 결과는 이주사, 생활문화, 전통민속, 구비문학, 구술 생애사 등을 아우르는 종합조사보고서의 체재로 이미 제출되었는데 그것이 시판용 책자로 발간되지는 않았다.

나는 소중한 자료가 사장되고 있는 것을 아쉬워하고 있었는데 마침 소화출판사의 호의를 얻어, 그 보고서에서 구술 생애사의 일부만 떼어내어 재구성하면서 대폭 수정하고 보완한 것이 이 책이다.

이 책을 내면서 나는 한편으로는 기쁘고 한편으로는 두렵다. 소중한 자료를 세상에 내놓게 된 것은 기쁜 일이다. 그러나 이 자료들은 대단히 어설프게 작성된 것이기에 나는 두려움을 금할 수 없다. 원래 구술 생애사 자료를 제대로 정리하려면 대상 인물마다 적어도 열 번은 만나야 한다. 그러나 이번 경우에는 그러지 못했다. 한 인물을 한두 번씩만 만났다. 따라서 그 인물의 생애사가 온전히 드러나지 않고 단편적으로만 드러나게 되었다. 그럼에도 불구하고 내가 이 자료들을 아끼는 것은 자료 자체는 소중한 것이라고 생각하기 때문이다.

이 책의 제3장 '열두 사람의 살아온 이야기'는 일반 독자들을 위한 자료들이다. 편하게 읽고 쉽게 이해할 수 있도록 제보자의 구술을 재구성한 부분도 있고 문장을 다듬은 부분도 있으며 낯선 단어들에 대해서는 각주를 붙였다. 제4장 '다섯 사람의 구술록'은 전문 연구자들을 위한 자료들이다. 구술 그대로를 옮겨놓았다. 목소리가 들리는 듯할 것이다. 이 책이 민속학, 문화인류학, 역사학, 생애담, 스토리텔링 등에 관심을 가진 분들에게 어떤 면으로든 도움이 되었으면 좋겠다.

우리 공동연구원들이 중국 동북삼성 지역을 답사할 때 우리들의 조사에 기꺼이 응해 주셨을 뿐 아니라 우리를 극진히 대접해 주신 우리 동포들에게 감사한다. 그들의 여생이 행복하기를 진심으로 기원한다. 외국의 특정 지역을 연구의 대상으로 삼는 것이 그리 쉬운 일은 아닌데 이를 적극적으로 지원해 주신 강원발전연구원에 감사한다. 그리고 좋은 조건이 아님에도 불구하고 선뜻 출판을 맡아주신 소화출판사에 감사한다.

2011년 1월

저자

차례

다섯 사람의 구술록 / 273

살아온 이야기의 문화적 가치

살아온 이야기의 문화적 가치

어떤 사람의 살아온 이야기는 웬만한 소설보다 더 큰 감동을 줄 수 있다. 살아온 이야기는 실제로 겪은 이야기이기에 이야기 자체가 그만큼 핍진하고, 설득력이 강하다. 이 경우에 살아온 이야기는 스토리텔링의 원리를 탐구하는 자료로 활용할 수도 있다. 즉 이야기가 어떤 조건들을 갖추고 있을 때에 그 이야기가 사람들에게 감동을 주게 되는가? 어떤 유형의 인물이 어떤 경우에 처할 때 사람들이 감동하게 되는가? 이야기를 어떤 순서로 조직하여야 사람들에게 감동을 유발하기에 유리한가? 이야기의 재미의 원천은 무엇인가? 등의 물음에 대한 답을 우리는 감동적인 살아온 이야기에서도 찾을 수 있다. 따라서 깊은 감동과 탄탄한 짜임새를 가지고 있는 살아온 이야기를 많이 확보하는 일은 이야기산업의 발전에도 기여할 수 있을 것이다.

사정이 이러하기에 문화콘텐츠로서의 살아온 이야기는 다음의 두 가지 활용 가치를 가진다는 지적을 우리는 경청할 만하다. 첫째는 다양한

인물군으로서의 활용 가능성이고, 둘째는 서사를 기본으로 한 문화상품의 원천자료로서의 활용 가능성이다.●

살아온 이야기는 사람 냄새가 짙게 배어 있는 문화콘텐츠이다. 노인들이 구술하는 생애담은 기억에 의존하게 마련인데 그 기억은 평생을 두고 뇌리에 새겨져 있는 사건들이다. 노인들이 살아온 이야기를 구술할 때에 메모를 보면서 구술하는 것이 아니라 순전히 기억에 의존하면서 구술하는 것이기에, 그 구술 내용은 세월이 흘러도 잊혀지지 않는 사건들이고 그 사건들은 그만큼 인상적이고 충격적인 체험들이다. 가슴 벅찬 감격, 가슴에 사무치는 애절한 사연, 갑자기 극한상황이 닥쳤을 때 인간이 취하게 되는 여러 가지 태도들, 사람과 사람의 강렬한 부딪침, 사람과 사람 사이의 끈끈한 정 등은 그것을 체험한 사람의 뇌리에 선명히 새겨져 세월이 흘러도 잊혀지지 않는다. 그리고 이러한 상황이나 사건들은 주로 인간관계에 기반을 두고 있다. 그래서 살아온 이야기에는 사람 냄새가 짙게 배어 있는 것이다.

사람 냄새를 강렬하게 풍기는 살아온 이야기는 인간의 실존적 모습을 파악하는 데에 좋은 자료가 된다. 우리는 노인들의 살아온 이야기를 통해서 인간이 갑자기 극한상황에 처하게 되면 그 인간은 어떻게 반응하게 되는가? 인간은 살아가는 과정에서 여러 가지 위기에 직면하게 되는데 이들 위기에 각각 어떻게 대응해야 하는가? 인생에서 실패했을 때 그것을 극복하는 방법은 무엇인가? 우리들의 삶에서 진정으로 중요한 것은

● 김예선, 「문화콘텐츠로서의 '살아온 이야기' 연구」, 『겨레어문학』 34, 겨레어문학회, 2005, 189쪽.

무엇인가? 삶의 진실과 아름다움은 어디에 있는가? 등의 물음에 대한 답을 얻어낼 수 있다. 즉 살아온 이야기를 통해서 우리는 인간의 실상과 삶의 원리를 터득할 수 있다.

살아온 이야기는 시대의 증언이다. 살아온 이야기는 신빙성 있는 역사 자료이다. 평민들의 생애담들의 집성은 그대로 평민사가 된다. 역사는, 지배계층의 역사와 피지배계층의 역사를 아울러야 비로소 온전한 역사가 된다고 할 때, 살아온 이야기는 신빙성 있는 평민사 자료이다. 『조선왕조실록』이 왕조사의 신빙성 있는 자료이듯이, 평민들의 살아온 이야기는 평민사의 신빙성 있는 자료이다.

역사의 관점으로 보면 평민들의 살아온 이야기는 전설과 같다. 전설의 구술 형식의 특징은, 신화나 민담과는 달리, 구체적인 시대와 구체적인 장소와 구체적인 인물을 제시하면서 구술하는 것이다. 오세암전설은 "조선조 인조대왕 때 강원도 설악산 오세암에서 설정 스님이 불도를 닦고 있을 때……"로 시작된다. 전설은 이처럼 시간적 배경과 공간적 배경과 등장인물을 분명히 제시한다. 전설은 이야기 자체는 아기의 겨드랑이에 날개가 돋아 있거나, 샘물이 술로 변하거나, 산이 걸어가거나 하는 등처럼 비현실적이지만 그것이 실제로 있었던 사건임을 입증하기 위하여 구체적인 증거물을 제시한다. 서울 인왕산의 치마바위, 전라북도 순창에 있는 홀어미산성, 경상북도 경주 불국사 아래에 있는 영지(影池) 등이 전설의 증거물들이다.

이처럼 전설은 그것이 실제로 있었던 사건임을, 즉 역사적 사건임을 애써 강조하는 이야기이다. 그런데 전설의 향유층은 주로 글을 모르는 민초(民草)들이다. 지배계층의 지식인이 문자로 기록해 놓은 역사책이

지배계층의 시각으로 본 역사라면, 구비로 전승되는 전설은 피지배계층의 시각으로 본 역사이다. 전설은 민초들의 역사 체험의 결정체(結晶體)이다. 김부식의 『삼국사기』, 정인지·김종서 등의 『고려사』, 조선시대 사관들의 『조선왕조실록』 등에서 우리가 지배계층의 사관(史觀)을 읽어 낼 수 있듯이, 아기장수전설, 오뉘힘내기전설, 장자못전설 등에서 우리는 민초들의 사관을 읽어 낼 수 있다. 『삼국사기』나 『고려사』에 나타나 있는 궁예의 모습과 북강원도 세포군(洗浦郡) 세포읍 삼방리(三防里, 궁예의 무덤이 있는 곳)에 전승되고 있는 궁예전설에 나타나 있는 궁예의 모습은 서로 크게 다르다. 지배계층의 사관과 민초들의 사관의 차이이다.

고려시대나 조선시대의 역사를 바로 보려면 역사서와 전설을 함께 보아야 하듯이, 20세기 우리나라의 역사를 바로 보려면 역사 기록과 평민들의 살아온 이야기를 함께 보아야 한다. 일제시대, 광복, 남북분단, 6.25전쟁, 군정 등으로 이어진 20세기 우리나라의 숨가쁜 역사는 지금 온전하게 정리되어 있지 않은 듯하다.

이 기간의 역사는 계속해서 다시 써야 할 것이다. 실제로 다시 씌어지고 있다. 『해방 전후사의 인식』(한길사, 1979)과 『해방 전후사의 재인식』(책세상, 2006) 두 책의 사관은 크게 다르다. 이 간격을 우리는 어떻게 메울 것인가? 똑같은 상황을 놓고 친일과 반일, 민족과 반민족, 통일과 반통일, 혁명과 반혁명 등에 관하여 상반된 사관을 보이고 있는 두 책의 간격을 우리는 어떻게 메울 것인가? 이 문제를 해결하기 위해서도 살아온 이야기는 한몫을 할 것으로 판단된다. 역사의 현장을 몸으로 겪은 사람들의 증언은 진실에 가장 밀착되어 있는 자료일 것이기 때문이다. 진실한 역사로서의 살아온 이야기의 가치를 우리는 다음의 언급에서도 확인할 수 있다.

눈앞에서 벌어지고 있는 역사왜곡과 그에 대한 외면은 20세기 역사에 대한 또 다른 필요성을 깨우쳐 준다. 역사왜곡뿐만 아니라 20세기 역사 자료, 특히 민중생활을 보여 주는 자료의 급격한 소멸은 우리에게 위기를 느끼게 한다. 이런 위기감은 정체감의 상실을 불러온다. 정체감이란 나의 경험을 사회와 시대의 역사 속에 자리잡게 하는 것이기 때문이다.*

위의 인용문이 강조하고 있는 바와 같이 문헌 자료 자체의 한계성, 역사서에 기록되지 않은 부분의 역사, 승자(勝者)에 의한 역사의 왜곡 등을 시정·보완하기 위해서는 평민들의 살아온 이야기를 적절히 활용해야 한다. 하물며 우리가 살고 있는 이 시대는 평민사(平民史)가 각광을 받고 있는 시대임에랴!

일제시대 만주 이주자들의 살아온 이야기는 여기에 더하여 다음과 같은 중요성도 가진다.

우선 온전한 역사의 구축. 우리나라의 현대사는 남한과 북한의 역사뿐만 아니라 각국 이주자들의 역사까지도 아우를 때에 비로소 온전한 역사가 될 수 있을 것이다. 이에 이주자들에 대한 조사·연구는 꾸준히 계속되어야 할 것이다.

다음으로 한국의 정체성 파악. 우리나라 안에서는 우리나라가 잘 안

---

* 박현수, 「지금 아니면 안 되는 일 — 민중생활사의 기록과 해석」, 『20세기 한국 민중의 구술자서전 1. 짠물, 단물』, 소화, 2005, 13쪽.

보이지만 외국에 나가 보면 우리나라가 객관적으로 보이고, 평상시에는 나의 본모습이 잘 안 보이지만 위기에 처하게 되면 나의 본모습이 확실히 보인다. 만주 이민자들의 살아온 이야기를 통해서 우리는 그들이 낯선 이국(異國)에서 이국민과 부딪치면서 한국인으로서의 정체성을 어떻게 발견하였고, 그 정체성을 어떻게 살려내었는가를 살펴볼 수 있다.

그 다음으로 문화 현상의 관찰. 문화는 시대와 사회의 상황에 따라 변모하게 마련인데 그 변모의 원인과 양상은 실로 다양하다. 우리나라의 전통문화가 중국 대륙으로 가서 중국의 전통문화와 충돌하면서 형성된 새로운 문화를 세밀하게 관찰하면 우리는 문화 창조의 원리를 발견할 수 있을 것이다. 한국과 중국은 이념과 체제를 달리하고 있기 때문에 더욱 흥미로운 연구 자료가 될 것이다. 우리나라의 전통적인 의상문화, 음식문화, 주택문화, 세시풍속, 일생의례, 민간신앙, 놀이문화 등이 중국의 북방문화와 부딪치면서 일어나는 현상들, 즉 동화, 접변, 변용, 전파 등의 양상들을 세밀하게 관찰해 봄으로써 우리는 문화 창조의 원리를 손에 쥘 듯이 명료하게 밝혀낼 수 있을 것이고, 삶의 실체도 좀 더 명료하게 밝혀낼 수 있을 것이다. 그리고 그 결실은 한국 문화를 좀 더 풍요롭게 하고 질(質)을 높이는 데에 좋은 자료로 활용될 수 있을 것이다.

한편 구술 자료를 효율적으로 활용하기 위해서는 구술 자료 자체의 한계성을 충분히 고려하고 있어야 할 것이다. 구술 자료라고 해서 모든 면에서 완벽한 것은 아니다. 구술의 주관성, 구술자의 망각 혹은 착각, 구술자의 개인 사정에 의한 의도적 왜곡 혹은 은닉 등을 염두에 두면서 자료를 다루어야 할 것이다.

광야에서의 죽음과 삶

광야에서의 죽음과 삶

중국의 동북 삼성(三省) 지역, 곧 만주 지역을 답사하며 일제 시대에 이주한 우리 동포들의 살아온 이야기를 조사해 보니, 우리 동포들이 어떻게 살아왔는가를 조사하는 일은 곧 우리 동포들이 어떻게 죽어갔는가를 조사하는 일이기도 하였다.

흑룡강성 영안시 와룡향 영산촌(黑龍江省寧安市臥龍鄕英山村)에서 박순녀(2006년 조사 당시 만 75세)를 만났을 때, 박순녀는 그녀의 오빠 이야기를 먼저 하였다. 오빠는 공부를 잘하였다. 그는 소련 유학생 한 명을 뽑는 시험에 1등으로 합격하였다. 그가 희망을 안고 집에서 편한 마음으로 쉬고 있을 때 한 청년이 찾아왔다. 그는 그 시험에서 2등을 한 중국 청년이었다. 둘은 축하하는 술을 함께 마셨다. 오빠는 그 술을 마시고 죽었다. 중국 청년이 그 술에 독약을 넣은 것이다.

박순녀는 1954년에 북조선의 전후 복구건설사업에 참여하러 황해도 봉산에 가서 다음과 같은 죽음을 목격한다. 밤중에 북조선 사람이 중국

조선족을 도끼로 찍어 죽이고 옷을 벗겨 가지고 갔다. 그 중국 조선족은 북조선을 도와주기 위하여 복구건설에 참여하고 있는 중이었다. 상황이 이러하므로 중국에서 북조선을 도와주러 갔던 조선족들의 일부는 필사적으로 북조선을 탈출하였다. 북조선 당국에서 통행증을 끊어 주지 않으므로 그들은 몰래 탈출할 수밖에 없었다. 박순녀는 남편의 지위가 있어 통행증을 끊을 수 있었는데, 그녀는 1955년에 두만강을 편안히 건너면서 다음과 같은 죽음을 목격한다. 한 여인이 아기를 업고 두만강을 건너고 있었다. 여인은 두만강이 깊은 줄 모르고 강 속으로 들어가다가 강물에 빠져 죽었다. 아무도 그 여인을 구해 주지 않았다.

박순녀는 이 밖에도 많은 죽음을 목격하였다. 질병으로 죽은 사람들, 굶어죽은 사람들, 그리고 두만강을 건너다가 죽은 사람들. 누구는 말하기를 두만강에 그물을 치면 수많은 송장들이 걸려 나올 것이라고 하였다.

길림성 왕청현 대흥구진 영안촌(吉林省汪淸縣大興溝鎭永安村)에서 만난 황금산(2005년 조사 당시 만 72세)의 이야기.

황금산이 여섯 살 때 그의 아버지가 병환으로 돌아가셨다. 그가 열한 살 때 일본군이 그의 어머니를 찾아와서 좁쌀을 내놓으며 술을 만들어 달라고 하였다. 어머니는 수수로 술을 만들었다. 일본군은 칼을 빼어 어머니를 찌르려 하였다. 일본어를 잘하는 사람이 나서서, 수수로 만든 술이 좁쌀로 만든 술보다 더 좋은 것이라고 일본군을 설득하였다. 일본군은 칼을 휘두르다가 칼집에 넣었다. 어머니는 충격을 받고 마당에 쓰러졌다. 황금산의 어머니는 그 길로 몸져누웠고, 다시 일어나지 못하였다.

이렇게 해서 황금산은 어려서 부모를 다 잃었다. 황금산은 원래 10남매였는데 일곱 명이 어려서 죽었다. 그래 만주 벌판에 어린 삼형제만 남았다. 황금산은 가운데였다. 형은 중국인민해방군에 나가 1948년에 산해관전투에서 죽었다. 그때 형의 나이 19세. 결혼도 못한 상태였다. 동생도 중국인민해방군에 입대하였는데 군대에서 병을 얻어 제대하고 죽었다. 그리하여 황금산 혼자만 이 세상에 남게 되었다.

길림성 용정시 조양천진(吉林省龍井市朝陽川鎭) 쌍봉촌에서 만난 리동순(2005년 조사 당시 만 59세).

리동순의 친정어머니는 병중에 있으면서 시집간 딸에게 하소연하였다. "나 오덕병원에 한 번 가봤으면 좋겠다." 리동순은 어머니를 모시고 오덕병원으로 갔다. 의사는 어머니의 폐에 물이 찼는가를 검사하던 중에 잘못하여 폐를 찌르고 말았다. 어머니는 즉사하였다.

이에 앞서 리동순이 결혼해 시집에 와 보니 시어머니는 병석에 누워 계시면서 진지를 드실 때에만 일어나셨고, 시아버지는 느닷없이 일어나서 살림살이를 때려 부수기도 하시고, 집을 뛰쳐나가 자동차 앞을 막아서기도 하셨다. 시아버지가 두 아들을 데리고 연변병원에 가셨는데 의사가 치료 중에 실수를 하여 두 아들을 다 죽였고, 시아버지는 죽은 두 아들을 차에 싣고 집으로 돌아와서 화병이 나신 것이다. 그것이 바로 결혼하던 해에 있었던 일인데 리동순은 그것을 모르고 시집을 왔다. 시아버지는 화병으로 그렇게 자기 통제력을 잃고 별 행동을 다 하시다가 결국 풍을 맞아 세상을 떠나셨다.

1983년 겨울. 37세의 리동순은 임신 9개월이었다. 중국의 인구정책에 따라 이 아기는 낳을 수 없는 아기였다. 꼭 낳으려면 돈 3천 원을 내야 한다. 리동순에게는 3천 원이 없었다. 남편이 3천 원을 꾸러 집을 나간 사이에 인민공사(人民公社, 우리나라의 군청에 해당하는 기관) 사람들이

들이닥쳤다. 그들은 리동순을 강제로 끌고 군인병원으로 갔다. 병원에서는 리동순의 몸에서 아기를 강제로 끄집어내었다. 병원 사람들은 그 아기를 가지고 나가서 눈 위에 버렸다.

흑룡강성 해림시 해남조선족향 남라고촌(海林市海南朝鮮族鄉南拉古村)에서 만난 김남옥(2006년 조사 당시 만 76세)의 첫 번째 남편 오세홍. 그는 1945년에 결혼하고 1946년 2월에 중국인민해방군에 입대한다. 그가 속한 부대는 중국의 항미원조(抗美援朝) 결정에 따라 1952년 북조선으로 진군한다. 그는 강원도 양양에서 국군(유엔군)과 싸우다가 전사한다. 양양은 그의 고향이다. 1952년은 6.25전쟁 중 1953년에 정전협정을 맺기 1년 전이다.

요녕성 심양시 동릉구 만융촌(遼寧省瀋陽市東陵區滿融村)에서 만난 김경배(2007년 조사 당시 만 70세)의 형도 중국 군대에 나가 6.25전쟁 때 죽었다.

요녕성 심양시 화평구(和平區)에서 만난 박숙자(2007년 조사 당시 75세)의 오빠도 먹고살기가 힘들어 기차에서 빵장사를 하다가 철로군으로 입대한다. 그도 6.25전쟁에 참전하여 1952년에 강원도 양구에서 전사한다. 그때 그의 나이 24세. 그의 고향은 강원도 홍천이다.

박숙자는 문화대혁명 때 처참한 죽음을 많이 목격한다. 어떤 교장 선생님은 제자들에게 끌려 다니다가 귀가 떨어졌다. 그 교장 선생님은 결국 죽었다.

길림성 안도현 명월진 신안촌(安圖縣明月鎮新安村)에서 만난 김철수(2005년 조사 당시 80세).

그의 소년 시절에 마을에 들어온 한 독립군이 일본군의 총에 맞고 쓰러졌다. 총알 맞은 데가 이마여서 그 독립군은 죽지 않았다. 일본군은 총부리로 독립군의 이마를 쑤셔대며 조선인 통역관을 통하여 독립군에게 연거푸 물었다. "너의 부대 이름이 무엇이냐?" "대장 이름은 무엇이냐?" 독립군은 조선인 통역관에게 침을 뱉었다. 일본군들은 구덩이를 팠다. 그들은 살아 있는 독립군을 구덩이로 밀어 넣었다. 그리고 구덩이에 흙을 퍼부었다. 산 사람이 흙에 묻혔다. 독립군의 손이 흙 위로 바둥거리며 올라왔다. 일본군은 그 손을 총대로 짓이겼다.

소년 김철수는 22세의 청년으로 자라서 김분옥과 결혼하였다. 김분옥은 시아버지 때문에 고생을 하였다. 첫 아기가 병이 들었을 때 시아버지는 병원에 못 가게 하였다. 시아버지는 복술가(卜術家)였다. 시아버지는 삼신할머니 앞에 미역국을 끓여 놓고 빌고 나서 이제 나을 것이니 안심하라고 하였다. 그러나 아기는 죽었다. 둘째도 그렇게 하여 죽고, 셋째도 그렇게 하여 죽었다. 김분옥은 넷째 아이를 낳았다. 이번에는 친정어머니가 서둘러서 아기와 산모를 친정으로 데리고 갔다. "여기서 아를 길러라. 니 안 되겠다. 아를 그렇게 죽이고, 죽이고 하니 어떻게 하겠니?"

김분옥의 시어머니는 간수를 잡수시고 돌아가셨다. 원래 속앓이가 있었는데 소금이 없어 대신 간수를 메주에 섞어 잡수시고 이것이 화근이 되어 돌아가셨다.

요녕성 심양시 동릉구 만융촌에서 만난 전용진(2007년 조사 당시 만 69세)은 아홉 살 때에 가족의 대부분을 잃었다. 할머니, 아버지, 어머니, 삼촌, 두 형, 두 동생, 이렇게 9명이 장티푸스에 걸려서 한 달 안에 세상을 떠났다. 그리고 형과 본인과 동생의 3형제만 살아남았다.

길림성 용정시 조양천진 팔도촌(八道村)에서 만난 황금복(2005년 조사 당시

만 75세)도 죽음 곁을 살아왔다. 황금복은 5남매인데 4남매가 죽고 혼자 살아남았다. 22세에 아내, 큰아들(5세), 작은아들(3세), 딸(1세 미만)을 몇 달 간격을 두고 한 해에 다 잃었다. 26세에 재혼했는데 두 번째 아내도 죽었다. 황금복은 해성중학교를 나왔는데 동창 40여 명 중에서 황금복을 포함해서 2명만 살아남고 나머지는 모두 죽었다.

길림성 연길시(延吉市)에서 만난 리상각(2005년 조사 당시 만 69세)에게서 들은 이야기. 1946년에 리상각은 흑룡강성 밀산에 살고 있었다. 해방이 되자 오히려 세상이 혼란해지고 토비(土匪)들이 마을을 휩쓸었다. 이러는 통에 집들이 불타고, 조선 사람 수백 명이 참살을 당했다. 이른바 1946년의 5.26사변이다. 그때 리상각은 열 살이었다. 마을 사람들이 토비들을 피해 달려가고 있었다. 소년 리상각은 어머니의 손을 잡고 뛰다가 손을 놓쳐 버렸다. 달리는 사람들 틈에서 어머니를 찾을 수 없었다. 한참 만에 아버지가 되돌아와서 아들의 손을 잡고 뛰었다.

여러 가지 양상의 이 숱한 죽음을 어떻게 해석할 것인가? 이 숱한 죽음을 어떻게 분석할 것인가? 이 숱한 죽음의 의미는 무엇인가?

문학에서는 인간의 존엄성을 한껏 강조할 때에 죽음을 소재로 이용한다. 비극에서의 죽음이 그것이다. 반대로 인간의 추악성을 한껏 강조할 때에도 죽음을 소재로 이용한다. 자연주의 소설에서의 죽음이 그것이다. 죽음을 탐미의 세계로 묘사하는 문학 작품도 있다. 낭만주의 문학의 경우가 그러하다. 죽음을 적극적으로 탐구하는 학자들은 죽음은 삶의 총결산이라고 말한다. 삶은 죽음으로 비로소 완성된다는 것이다. 죽음은 어떤 이념을 완성하는 방법이라고 말하는 학자도 있고, 죽음은 세상을 젊은 생명력으로 충만하게 하는 장치라고 말하는 학자도 있다.

그러나 위에 열거한 조사 자료들로 보건대 이러한 논리들을 적용하기
가 쉽지 않다. 위에 열거한 사례들은 문학 작품의 장면이 아니라 실제로
있었던 사건들이다. 이로써 보건대는 부조리의 논리로 죽음을 설명하는
것이 가장 타당성이 있어 보인다. 죽음은 그냥 불현듯 찾아온다. 죽음에
는 논리가 없다. 그러나 부조리철학은 역설적으로 의미와 성실성을 강조
한다. 죽음이 무의미하다면 삶도 무의미할 것이니, 죽음의 무의미성을
극복하기 위해서도 삶에 의미를 부여하는 일이 중요하다는 논리로 되돌
아가 버린다. 죽음에 논리를 세우기는 참으로 어렵다. 그럼에도 불구하
고 우리는 죽음이 무의미하다고 생각될수록 죽음의 무의미성을 극복할
수 있도록 삶의 의미를 찾는 작업을 치열하게 전개하여야 할 것이다.

이번 조사에서 내가 만난 사람들의 대부분은 죽음 옆을 살아오면서
죽음의 늪에 빠지지 않은 사람들이다.

황금복, 김정봉, 안필수, 황금산, 원성희는 독립운동가의 후손이다.

길림성에 사는 황금복은 황영석의 손자이다. 황영석은 강원도 화천
출신의 의병대장이다. 그는 의병 200여 명을 거느리는 의병대장이었는
데 일제의 수배를 피해 가족과 함께 만주로 이주하였다. 그의 독립정신
은 상투로 함축되어 나타난다. 그의 자식들은 반드시 상투를 하여야 했
다. 그러나 시대는 이미 상투를 하는 시대가 아니어서 그의 자식들은
심각한 갈등을 겪었다. 1895년에 단발령(斷髮令)이 내렸을 때 강원도 춘
천 출신의 위정척사론자·의병장인 유인석(柳麟錫, 1812~1915)은 "머리
는 만 번이라도 잘라질지언정 상투는 한 번도 잘릴 수 없다(頭可萬斫 此髻
髮不可一削)"고 말하며 저항하였음을 고려할 때, 그리고 이 단발령이

1895년 을미의병봉기(乙未義兵蜂起)의 여러 가지 원인들 중의 하나였음을 고려할 때 만주로 피신해 가서도 끝까지 상투를 고집한 황영석의 의지는 함축적 의미를 가진다.

황영석의 손자 황금복은 해방 전 소년 시대에 일본인이 운영하는 자동차 정비공장, 경찰서 등에서 심부름꾼으로 일한다. 이 일로 하여 그는 공청단에도 공산당에도 가입하지 못한다. 거기에다가 그는 아내와 자식 삼남매 모두를 유행병으로 한 해에 한꺼번에 잃는다. 다음 해에 그는 천보산 광산으로 들어간다.

흑룡강성에 사는 김정봉(박순녀의 남편)의 아버지는 연길사범학교 출신으로 독립군학교 교원이었다. 이 일로 그는 일제에 쫓기는 몸이 되어 만주와 강원도 동해안 지역을 오가며 살았다. 김정봉이 박순녀와 결혼할 때 그에게는 누이동생만 있었고 나머지 가족들은 모두 세상을 떠난 상태였다. 김정봉은 공산주의 이념을 펴 보려는 신념을 가지고 여러 가지 시도를 하였다. 그러나 큰 질병을 앓고 나서 두뇌에 이상이 생겨 아무 일도 못하고 있다. 그는 아내에게 의지하여 살고 있다.

요녕성에 사는 안필수(김경배의 아내)는 울진 출신 독립운동가 안용무의 막내딸이다. 안필수는 딸만 여섯을 낳았는데 딸들에게 조선 글과 조선의 얼을 가르치지 못한 것을 매우 아쉬워하고 있다.

"아이들을 왜 중국학교에다 보내나? 조선학교에다 보내지. 그 말이 내 맘에 걸리와요. 조선민족이 조선글을 가리켜 키와야 되는데……"

안필수와 김경배 부부는 조선족 마을에 살지 않고 한족 속에 섞여 살아 그리 되었다. 그러나 그들은 중국 문화에 쉽게 동화되지 않고 오히려 조선족으로서의 정체성을 찾으려고 노력한다. 김경배는 우리나라 민요를 잘 부르고 우리나라 민속 문화에 해박하다. 그는 중국에 살면서도 북한에 대해 비판적이다. 그는 반공주의자이고, 우파적 민족주의자이다.

이에 반해 길림성에 사는 황금산은 철저한 공산주의자이다. 그는 중국인민해방군으로서 6.25전쟁 때 백두산에서 남한의 국군 및 미군과 대적한 것을 좋은 추억으로 간직하고 있다. 그는 지금도 중국 공산주의를 철저히 신봉하고 있다. 그의 아버지는 자금을 상당히 가지고 있었던 독립운동가였는데 일찍 세상을 떠났다. 그의 어머니도 반일 감정이 상당히 강한 인물이다. 남편이 만주에서 젊은 나이로 죽자 고향에서 친척이 찾아와서 고향 원주로 돌아가자고 했을 때 그의 어머니의 태도는 단호하였다.

"일본놈들 미워서 못 갑니다."

그 어머니는 결국 만주에서 일본군에게 죽임을 당한다. 황금산의 형과 아우도 중국인민해방군이었는데 젊어서 죽었다. 황금산이 결혼할 때 그는 혼자 몸이었다. 그는 그 혹독한 외로움을 중국 공산당에 의지하여 살고 있다.

흑룡강성에 살고 있는 원성희도 중국 공산당 신봉자이다. 그가 가장 존경하는 인물은 마오쩌둥이다. 그는 조선족으로서 민족 사업의 꿈을 안고 자라서 흑룡강성 해림시의 부시장을 지냈다. 그는 중국의 관리로서 한국 정부와 교섭하여 해림에 중한우의공원(中韓友誼公園)이라는 이름으로 김좌진기념관을 세우는 데에 큰 역할을 한다.

이제까지의 삶에서 그가 가장 보람을 느끼고 있는 것은 그가 중국 조선족을 위하여 민족 사업을 전개했다는 것이고, 가장 후회가 되는 것은 중국 조선족의 생활수준을 좀 더 향상시켜 주지 못한 것이다. 그는 민족의 발전이 민족의 발전으로 그치는 것은 의미가 없는 것이고, 그것이 인류의 발전으로 이어져야 의미가 있는 것이라는 신념을 가지고 있다. 그리고 그러기 위해서는 공산주의는 자본주의의 장점을 취해 와야 하고, 자본주의는 공산주의의 장점을 취해 와야 한다는 생각을 그는 가지고 있다. 그는 홍범도 휘하에서 독립운동을 한 원세준의 손자이다.

김철수, 김남옥, 박숙자, 리옥순, 리동순, 박순녀, 전용진, 리상각은 그들의 부모가 가난에서 벗어나기 위하여 만주로 이주한 경우이다.

길림성에 사는 김철수는 일생에서 가장 고통스러운 체험으로 다섯 살 때의 배고픔을 꼽는다. 이주하기 전에 그의 가족들은 풀을 뜯어다가 풀죽을 쑤어 먹었다. 다섯 살의 김철수는 어머니에게 항의하였다.

"좁쌀을 좀 넣지 어째 잎사귀만 넣는 거야?"

"분대죽을 쒀놓고 왜 날 속이는 거야?"

80세가 되어서도 김철수는 다섯 살 때의 배고픔을 생생하게 기억하고 있다. 그는 만주에 와서 착실한 은행 공작원으로 살면서 어려운 현실을 근근이 살아왔다. 그가 냉혹한 현실을 이겨 내는 방법은 부부간의 강한 결속력이다. 세상이 아무리 냉혹하여도 부부가 강력하게 결속되어 있으면 세상의 찬바람도 그들 부부를 파멸시키지 못한다.

이제 늙은 남편은 팔과 다리는 성하지만 귀와 입이 성하지 못하여 잘 듣지도 못하고 발음이 정확하지도 않다. 이에 반하여 늙은 아내는 잘 듣고 발음이 정확하지만 앉은뱅이여서 일어서서 걷지를 못한다. 두 사람이 합쳐야 온전한 한 사람이 된다. 앞다리가 긴 낭(狼)과 뒷다리가 긴 패(狽) 두 짐승은 함께라야 서서 다닐 수 있고 서로 떨어지면 낭패이듯이, 늙은 남편과 늙은 아내는 함께 있어야 살아갈 수 있고 서로 떨어지면 낭과 패가 되어 살아갈 수가 없다.

흑룡강성에 사는 김남옥의 아버지는 삼형제 중 둘째인데 삼형제 중에서 제일 못살았다. 그래서 만주로 왔다. 1945년에 해방이 되자 많은 사람들이 조선으로 돌아갔지만 김남옥의 아버지는 못산다고 형제들에게서까지 따돌림을 받은 것이 한이 되어 고향으로 돌아가지 않았다.

김남옥은 세 번 결혼하였다. 일제에 처녀 공출을 당하지 않으려고 15세에 결혼하였다. 22세에 첫 번째 남편이 죽자 24세에 두 번째 결혼을 하였다. 두 번째 남편이 계속 바람을 피우자 31세에 이혼하고 32세에 세 번째 결혼을 하였다.

김남옥에게 결혼은 냉혹한 세상에서 살아남는 방법이다. 마치 「변강쇠가」에서 옹녀가 궁핍하게 살면서 남편이 죽는 족족 다시 결혼하여 살 길을 찾았듯이 김남옥에게 결혼은 살아남는 방법이었다. 76세의 할머니가 되어 김남옥은 말한다.

"세 번씩이나 시집갔다고 속으로 비웃으실 텐데 난 살려고 시집을 간 거예요. 악착같이 살려고 남편을 얻은 거예요. 옛날에는 여자는 혼자서는 살 수가 없었어요."

요녕성에 사는 박숙자의 경우도 김남옥의 경우와 유사한 데가 있다. 해방이 되자 박숙자의 큰집은 고향으로 돌아갔지만 박숙자네는 고향으로 가지 않았다.

박숙자는 두 번 결혼하였다. 첫 번째 결혼은 스무 살 때 하였는데 신랑은 절름발이이고 모실 부모가 안 계신 남자였다. 단 한 명 있던 오빠가 군대 나가서 죽었기에 박숙자는 딸로서 부모를 모셔야 했다. 박숙자는 친정 부모를 모실 수 있는 조건의 남자를 찾아 결혼하였다. 박숙자는 서른아홉 살에 어머니를 잃고, 마흔두 살에 아버지를 잃고, 마흔세 살에 남편을 잃는다. 그리고 쉰여덟 살에 다시 결혼한다. 이 결혼으로 박숙자는 한국에서 호적을 얻는다. 원래 박숙자는 그의 고향 홍천에서 호적을 얻고자 했다. 그러나 그녀는 홍천에서 호적을 얻지 못하였다. 이에 그녀는 한국으로 와서 밀양이 고향인 남자와 결혼한다. 그리고 밀양에서 호적을 얻는다. 그녀는 한국에서 사업을 하기 위해서 한국 호적이 필요했던 것이다.

김남옥과 박숙자는 일생에서 가장 행복했던 시절에 대해서도 유사한 대답을 한다.

김남옥은 말한다. "남편 없이 혼자 살 때, 연극 배우질 할 때, 내가 무대에 나가서 연극하면 군중들 모두 울고 그럴 때, 내 나이 스무 살 전에, 내 일생 중에서 그때가 제일 행복했어요."

김남옥이 흑룡강성 해림시 남라고촌에서 문예반 활동을 하였을 때는 그녀의 나이 17~18세 때(1947~1948년)였다.

박숙자의 대답은 다음과 같다. "나는요, 지금 드러누워서 생각하면요, 군대에 있을 때 제일 좋았어요. 일본 금방 망한 다음에 군대에 갔을 때. 군대에서 나를 보배처럼. 어리니까. 사랑을 많이 받았어요. 그때가 제일 행복했던 것 같아요."

박숙자가 1946년에 입대한 군대는 선전대이다. 거기에서 박숙자는 무용을 하였다.

김남옥과 박숙자에게 예술이 행복한 추억의 대상이라면 요녕성의 리옥순에게는 예술이 삶의 전부이다. 리옥순에게 노래는 만주라는 황량한 벌판의 혹독한 현실에서 살아남는 방식이다. 그녀는 소학교 교사로서 아이들을 동생처럼 돌보아 주면서 노래를 가르쳤다. 아이들을 씻겨 주기도 하고, 그들의 옷을 벗겨 빨아 주기도 하면서 그녀는 아이들에게 열성을 다하여 노래를 가르쳤다. 그녀의 가르침이 통하여 물질적으로도 가난하고 정신적으로도 가난한 아이들이 맑은 목소리로 노래 부를 때 그녀는 가슴 뿌듯한 환희를 느낄 수 있었다. 그것은 아이들의 삭막한 정신을 윤기 있게 만들어 주는 일일 뿐 아니라 궁핍하고 비참한 조선족 마을에 아름다움과 희망을 불어넣는 일이기도 하였다. 리옥순에게 그것은 자기 구원의 길이기도 하였다. 그것이 바로 예술의 본령이 아닌가.

그러고 보면 리옥순의 삶과 박숙자의 삶은 흥미롭게 비교가 된다. 리옥순(1932년 횡성 출생)과 박숙자(1932년 홍천 출생)는 동갑인데, 막내딸로서 부모 혹은 어머니를 끝까지 모시고 산 점, 소학교 음악 교사를 지낸 점, 남편이 소학교 교장을 지낸 점, 문화대혁명 때 남편이 특히 고생을 많이 한 점, 혹독한 현실에 치열하게 대응한 점 등에서 삶의 궤적이 공통된다. 그럼에도 불구하고 두 사람은 대조적인 방법으로 자기의 삶을 건설했다.

리옥순에게 음악은 삶의 전부이다. 그는 사람들에게 음악을 가르치는 일에 일생을 바친다. 그것이 그에게는 고통을 극복하는 방법이고, 자기 구원의 방법이다. 그러니까 리옥순은 음악예술가가 아니고 음악 교사이다. 또한 그에게 음악은 아름다운 예술이 아니라, 고통을 받고 있는 사람들에게 희망을 불어넣어 주는 힘의 원천이다. 리옥순은 남한의 달콤한 음악보다 북한의 힘 있는 음악이 더 좋다고 말한다. 그는 자기 개인의 생존의지보다 교육으로 학생들을 길러 내는 데에서 삶의 보람을 찾아 온 인물이다. 그는 학생들을 위하여 헌신하는 것 자체에서 삶의 즐거움을 찾는다.

박숙자에게 음악은 생계를 이어 가는 여러 가지 방법들 중의 하나이
다. 그녀는 군속 무용가, 음악 교사, 막노동판의 노동자, 산골 마을의 농
촌지도자, 식당 운영자, 여관 운영자 등 여러 가지 일로써 가정을 구축한
다. 남편을 선택할 때에도 그녀는 애정보다는 톤튼한 가정의 구축을 중
시한다. 그는 남자들도 해내기 어려운 일들을 여자로서 성공적으로 해낸
다. 그는 사회주의 국가에서 개인의 삶의 의지를 적극적으로 실현해 가
는 모습을 보여 준다. 어떠한 악조건에서도 살아남는 강렬한 생명의지는
한국 여성의 전형이기도 하다. 리옥순이 고향 횡성에 호적을 올리려고
시도하였으나 실현을 못하고 있는 데 반해서 박숙자는 고향 홍천에 호적
을 올리려다 실패하자 한국에 와서 경상도 밀양 사람과 결혼함으로써
밀양에 호적을 올렸다.

김남옥과 박숙자의 부모가 해방이 되고 나서도 고향으로 돌아가지
않은 것처럼 리옥순의 어머니도 고향으로 돌아가지 않았다. 리옥순의
어머니는 고향의 친척들을 만나고 싶지 않았던 것이다.

리옥순이 예술에서 자기 구원의 빛을 발견한 인물이라면 길림성의
리동순은 종교에서 자기 구원의 빛을 발견한 인물이다. 리동순은 어느
누구보다도 극적(劇的)인 삶을 산 인물이다. 그녀는 극(極)에서 극으로의
전환을 감행했다.

리동순의 어머니는 거지였다. 그녀는 다섯 살 때 세 살짜리 남동생과
함께 빌어먹으며 다녔다. 그러다가 남매는 헤어졌다. 함께 빌어서 나누
어 먹는 것보다는 혼자 빌어서 혼자 먹는 것이 훨씬 낫기 때문이다. 김유
정의 소설 「만무방」에서는 행걸하던 부부가 좀 더 나은 조건의 구걸을

위해서, 그리고 무엇보다 아기를 살리기 위해 헤어진다. 『삼국유사』의 조신(調信) 이야기에도 행걸하던 부부가 헤어지는 장면이 있다.

리동순 어머니의 그 가난은 리동순에게 대물림된다. 그런데 리동순은 영리하고, 한 번 마음먹은 것은 해내고야 마는 성격의 여성이다. 리동순의 뼈저린 가난과 이러한 성격은 그녀를 철저한 공산주의자로 만든다. 처녀 시절에 그녀는 공산주의청년단에 가입하여 부패장, 부녀대장, 부녀주임 등을 지낸다. 문화대혁명 때 그녀는 홍위병이 되어 천주교를 타도하는 데에 앞장을 선다. 그러던 그녀가 천주교 신자와 결혼을 하면서 인생관이 바뀐다. 그녀는 자식을 공부시키기 위해 빚을 얻었는데 그 빚을 갚지 못하자 남편이 구금을 당하는 일을 겪기도 하고, 임신한 아기를 관리들에 의하여 강제로 낙태당하기도 하는 등 파란만장한 일들을 겪으면서 공산주의에 대하여 회의를 느끼게 된다. 그리고 천주교에서 영혼의 아름다운 빛을 발견한다. 그는 누구보다도 독실한 천주교 신자가 된다. 리동순은 자식 넷 중 하나를 예수님께 바치는 것을 소망한다. 즉 자식들 중 하나가 신부나 수녀가 되는 것을 소망한다.

흑룡강성의 박순녀는 자식들 공부시키는 데에 온갖 열과 성을 쏟아부었다. 박순녀는 5남매를 낳았는데 한 명도 실수 없이 그 5남매를 다 키워 냈을 뿐 아니라 위로 두 딸을 고등학교까지 공부시켰고, 아래로 두 아들과 막내딸은 대학까지 공부시켰다.

이것은 기적과 같은 일이다. 남편이 있지만 아내가 가정을 이끌고 나가야 하는 처지에서, 흑룡강성의 영산촌이라는 궁벽한 시골에서 생계를 해결하는 방법은 노동을 하는 길밖에 없는데 노동을 전혀 할 줄 모르는 처지에서 자식 다섯을 고등학교나 대학까지 공부시켰다는 것은 기적과 같은 일이다. 75세의 할머니가 되어 살아온 날들을 되돌아볼 때 박순녀는 자기가 그것을 어떻게 해냈는지 모르겠다는 생각이 든다.

요녕성의 전용진은 강한 실험정신으로 끊임없이 새로운 도전을 감행해 온 인물이다. 그의 도전정신은 아홉 살 때 장티푸스로 거의 모든 가족을 잃고, 어린 몸으로 세상의 찬바람을 맞받아쳐야 했던 상황에서 길러진 것이다. 그는 덩샤오핑의 개혁·개방정책을 누구보다도 앞서서 실천했다. 그는 새로운 방법으로 농사를 짓는 과정에서 몇 번의 시행착오를 겪지만 결국은 농산물 증산에 성공한다. 그러나 그는 농사일을 그만두고 남한에 와서 7년간 머무르면서 여러 가지 도전을 감행한다. 그는 스스로 말하기를, 나는 한 군데 가만히 있는 성질이 아니라고 한다.

길림성에 사는 리상각은 시인이다. 그의 맑으면서도 흙냄새 나는 서정시들은 정서 감응을 잘 일으키는 것으로 정평이 나 있다. 그는 10여 권의 시집을 내었다. 그의 시집은 중국에서뿐만 아니라 남한에서도 출판되었고, 북한에서도 출판되었다. 그의 어떤 시는 영어로 번역되기도 하였고, 프랑스어로 번역되기도 하였다. 그의 시는 중국의 중학교 교과서에 실려 있다. 그는 길림성민족문학상(1981), 전국소수민족문학상(1985), 중국작가협회 문학편집영예상(1987) 등을 비롯해서 수많은 상을 받았다. 그는 국제시인대회에 중국 대표로 참석하기도 하였다(1997, 마케토니아).

그가 이런 정도의 비중 있는 시인으로 성장하기까지 그는 숱한 난관을 극복하여야 하였을 것이다. 특히 이데올로기가 충만한 사상시를 써야 하는 사회주의 국가에서 처음부터 끝까지 서정시로 일관해 온 그의 꼿꼿한 자세 앞에서는 누구나 숙연함마저 느끼게 된다. 그는 「시와 인생」이라는 수필에서 다음과 같이 말한다.

"어느 누가 날 때부터 행복을 등에다 지고 태어났겠는가? 불운하기 때문에 행운을 바라며 쓴맛을 보았기 때문에 단맛을 알게 된다. 어려움이 있으면 분투가 생긴다. 파란곡절의 시달림에서 사람은 강해진다."

리상각은 한국인의 결점으로 다음 세 가지를 든다. 양키 흉내를 너무 많이 내는 것. 자살자가 너무 많은 것. 남자들이 여자를 너무 밝히는 것.

박숙자는 한국인의 결점으로 남자들이, 심지어 나이가 든 남자들까지 아가씨를 되게 밝히는 것과 예절이 너무 까다롭고 형식을 너무 중시하는 것을 든다. 그리고 한국인의 장점으로는 교육열이 강하여 학교를 잘 세우는 것을 든다.

전용진은 한국인의 장점으로 조선족 마을이 500호만 되어도 학교를 세울 정도로 교육열이 강한 것과 윗사람에 대한 예절을 잘 지키는 것을 든다.

열두 사람의 살아온 이야기

열두 사람의 살아온 이야기

끝까지 상투를 고집한 할아버지

조사지: 길림성 용정시 조양천진 팔도촌 팔도사대(吉林省
龍井市朝陽川鎭八道村八道四大) 황금복의 집

조사일: 2005년 6월 29일

제보자: 황금복(黃金福). 남. 1930년 출생(조사 당시 만 75세).
본관은 평해.

길림성 용정시의 황금복

황영석(黃永石, 1875~1955)의 고향은 강원도 화천군 하남면 거례리(江原道華川郡下南面居禮里)이다. 삼형제의 맏이인데 삼형제가 모두 씩씩하고 용감했다. 셋째가 특히 힘이 세고 성격이 독했다. 그는 씨름의 왕이었다. 강원도에서는 씨름으로 그를 당할 자가 없었다. 마을 앞에 제법 큰 나무가 있었는데, 어느 날 까마귀들이 그 나무에 모여들어 심하게 울어 댔다. 셋째는 그 소리가 듣기 싫다며 그 나무를 뽑아 버리려 했다. 그는 그 나무를 뽑다가 그 자리에서 죽었다. 힘을 너무 많이 썼던 것이다.

황영석은 춘천에서 의병 활동을 하였다. 그는 양백 명•을 거느린 의병대장이었다. 그는 화승총(火繩銃)의 명수였다. 보통 병정은 열 발자국을 뛰면서 한 방을 쏘는데, 그는 일곱 발자국을 뛰면서 한 방을 쏘았다. 당시 일제 당국에서 황영석을 체포하려 하였다. 일제는 황영석을 잡으라는

• 이백 명.

방을 각지에 붙였다. 황영석은 만주로 피신하였다. 그곳이 길림성 용정시 조양천진 팔도촌의 불굴라재(쌍봉오대). 인총이 드문 오지이다. 그는 강가에 땅막을 짓고 혼자 살면서 농사를 지었다. 그는 만주로 피신하기 전, 33세에 아내를 잃고 홀아비가 되었다. 그는 가족들을 만주로 데리고 오려고 조선으로 나왔다. 원산에 이르자 사람들이 화천까지 가는 것은 만류하였다. 가면 붙잡힐 것이니 화천까지는 가지 말라고 하였다. 그는 사람을 대신 보냈다. 보름 만에 그 사람이 가족들을 데리고 원산으로 왔다. 어머니, 동생 황영국, 제수, 아들 3형제, 이렇게 여섯 식구가 왔다. 황영석을 포함해서 일곱 식구는 원산에서 배를 타고 청진까지 갔고, 청진에서 만주의 쌍봉오대까지는 걸어서 갔다. 만주에서 황영석은 신분을 숨기기 위해서 이름을 문칠(文七, 혹은 문석)로 바꾸었다.

쌍봉오대에서 황영석과 그 아우의 가족들은 중국인 지주에게서 땅을 빌려 소작을 하였다. 그러나 빚을 지게 되었다. 어느 해에 장마가 크게 졌다. 한밤중에 중국인 지주집 사람들은 피할 곳이 없었다. 그들은 집 앞에 있는 큰 나무 위로 올라갔다. 온 가족이 그 한 나무 위로 올라갔다. 그들은 나무 위에서 밤을 새웠다. 아침이 되자 물이 점점 불어나면서 그 큰 나무의 뿌리가 뽑혀 나무와 함께 사람들이 물에 쓸려나갔다. 지주집 식구들은 모두 죽었다. 이에 황영석은 빚과 소작료를 바치지 않아도 되었다. 황씨 일가는 청계촌으로 거주지를 옮겼다.

황영석은 주로 산에서 활동하였다. 산에 갈 때에는 아우 황영국과 아들 삼형제를 데리고 가는 것이 보통이었다. 여름에는 약초를 캐었고, 겨울에는 사냥을 하였다. 옥노(올무)를 놓아 토끼, 오소리, 노루 등을 잡았다.

어느 날 황영석은 아우 황영국과 함께 저물어서야 산을 내려오고 있었다. 두릅을 따 가지고 내려오는 길이었다. 그들은 산속에서 범을 만났다. 황영석은 아우에게 절대로 피하지 말라고 일렀다. 황영석은 범 앞에서 독하게 버티었다. 범은 뒷걸음질을 하였다. 황영석은 범이 먹던 개를 빼앗았다. 그는 그것을 가지고 내려와서 삶아서 가족들과 함께 먹었다.

매사냥도 하였다. 매 잡는 틀에 매가 걸리면 손에 토시를 끼고 매를 잡아내었다. 잡은 매를 길들이기 위해서는 우선 매를 정자 위에 앉혀 놓고 일주일 동안 굶긴다. 그러면 매는 허기가 져서 정자에서 떨어진다. 이때 솜에 물을 묻혀서 물을 먹인다. 그리고 닭을 잡아 닭피를 솜에 묻혀서 먹인다. 그러면 매가 일어나서 사람에게로 온다. 매를 길들여서 팔기도 하였다. 길들인 매를 팔 때에는 외상으로 파는 법이 없다. 한 번은 노인 다섯 명이 매를 사러 와서 외상으로 달라고 하였다. 황영석은 매를 외상으로 파는 법은 없다며 팔지 않았다. 그들은 20리 떨어져 있는 자기들 마을에 가서 돈을 가지고 와서 매를 샀다. 그들은 10리도 못가서 매를 잃어버렸다. 매가 그냥 날아가 버린 것이다.

어느 날 한밤중에 호족들이 들이닥쳐 황영석의 큰아들 황순조(黃順祚, 1894∼1974)를 붙잡아 갔다. 호족들은 황순조를 어느 곳으로 끌고 가더니 밧줄로 몸을 묶고 밧줄 한쪽 끝을 기둥에 매어 놓았다. 그리고는 먹을 것을 주지 않았다. 물도 주지 않았다. 며칠 후에, 마치 닭 모이 주듯, 옥수수를 뿌려 주었다. 황순조는 그것을 주워 먹었다. 그리고는 다시 아무것도 주지 않았다. 황순조는 풀을 뜯어먹을 수밖에 없었다. 너무 배가 고파서 호족들이 눈 똥을 먹기도 하였다. 어느 날 통신관이 황영석을 찾아와서 말하였다. 소를 팔아서 돈을 주면 내가 당신 아들을 살려낼 수 있다. 황영석은 소를 팔아서 돈을 갖다 주었다. 그러나 아들은 풀려나오지 않았다. 며칠 후에 통신관이 다시 왔다. 돈이 모자란다. 소를 다 팔아라. 그때 황영석의 집에는 소 다섯 마리가 있었다. 황영석은 소를 모두 팔았다. 통신관이 말하였다. 아무 날에 당신 아들이 돌아올 것이다. 황영석은 그날 새벽부터 큰길까지 나가 아들을 기다렸다. 아침이 지나고, 낮이 지나고, 저녁이 다 지나가고 캄캄한 밤이 되어도 아들은 오지 않았다. 황영석은 큰길에 그대로 서 있었다. 이튿날 저녁때에야 큰아들은 집으로 돌아왔다. 이유 없이 붙잡혀 간 지 근 반년 만에 돌아온 것이다. 아들이 돌아오자 황영석은 청계촌을 버렸다. 청계촌을 버리고, 좀 더 큰 마을인 팔도촌으로 이사를 하였다.

만주에서 황영석은 제사를 철저히 지냈다. 누군가가 제사에 참석하지 못하면 황영석에게 크게 야단을 맞았다.

황영석은 상투를 하고 있었다. 큰아들 황순조가 상투를 풀고 머리를 깎았다. 그때 다른 집 사람들은 아무도 상투를 올리지 않았다. 황영석은 크게 노하였다. 아들은 아버지가 무서워 집에 들어갈 수가 없었다. 그는 작은아버지(황영국)의 집으로 피신을 하였다. 그는 여드레 만에 다시 본가로 들어갔다. 아버지 황영석의 분노는 아직도 풀리지 않았다. 산에 가서 다시 머리를 기르고 상투를 튼 다음에 집에 들어오라고 황영석은 큰아들을 다그쳤다. 큰아들 황순조는 다시 집에서 쫓겨날 수밖에 없었다. 다시 작은아버지댁으로 갔다. 열이틀 만에 다시 본가로 들어갔다. 큰아들은 아버지 앞에 무릎을 꿇고 빌었다. 그리고 젊은 사람으로서 상투를 올린 사람은 아무도 없음을 힘써 설득하였다. 아버지의 태도가 좀 누그러졌다. 큰아들은 집안일을 열심히 하였다. 이에 둘째 아들, 셋째 아들도

의병대장 황영석의 손자 황금복. 그의 자택에서(진용선 촬영).

상투를 풀고 머리를 깎았다. 아버지는 다시 분노하였다. 둘째와 셋째는 아버지가 진지를 드시고 출타하신 다음에야 몰래 들어와서 밥을 먹고 나가고는 하였다. 며칠을 이러고 지내는데 이번에는 아버지가 먼저 둘째와 셋째를 찾았다. 둘째와 셋째는 아버지 앞에 나아가 무릎을 꿇고 빌며 울었다.

황영석은 1955년에 80세로 세상을 떠났다. 그는 늘 고향 화천에 가고 싶어 했다. 그는 장손으로서 고향을 지키지 못한 한을 품고 있었다.

황금복(黃金福, 1930년생, 75세)은 황순조의 장남이다. 청계촌에서 태어났다. 1935년(5세)에 팔도촌으로 이사했다.

황금복은 1936년(6세)에 해성(海星)소학교에 입학하였다. 일본어, 만주어, 지리, 과학 등을 배웠다. 과목에 조선어는 없었다. 학교에서 조선말을 하면 벌을 받았다. 해성소학교는 사립학교였는데 학생들이 드세었다. 한 학급의 학생수가 약 40명이었는데 나이가 많은 학생들이 많았다. 장가간 학생도 있었다. 공립학교 학생들이 해성소학교 학생들을 당해내지를 못하였다. 싸움이 붙으면 해성소학교 학생들이 경찰에 붙잡혀 가서 감옥에서 하룻밤을 자고 나오기도 했다. 교사들의 배짱도 대단했다. 해성소학교는 천주교에서 운영하는 학교이다. 이 마을에 팔도천주교회•가 있다.

황금복은 1942년(12세)에 해성소학교를 졸업하고, 자동차 수리공장

• 지린성(길림성) 룽징시(용정시) 차오양촨진(조양천진) 팔도촌에 있는 천주교회. 1903년에 독일의 베네딕트회(Benedictine, 분도회)에서 지은 것이다. 문화대혁명 때 파괴되었으나 그후에 다시 지었다. 2004년 7월 연변조선족자치주 종교사목국으로부터 우수종교 활동장소로 표창을 받았다.

엔진부에 들어가서 기술을 배웠다. 몸이 온통 기름투성이가 되어도 목욕할 곳이 없었다. 기름을 묻힌 채 늘 그대로 지내야 했다. 반년 만에 그 공장을 그만두고 나왔다. 그 공장의 운영자인 일본 사람이 말렸으나 듣지 않았다. 1944년(14세)에 경찰서에 들어가서 심부름꾼 노릇을 하였다. 그 노릇을 1년 하고 해방이 되었다. 일본 경찰서에 있었다는 이유로 붙들려 가서 보름 동안 매를 맞았다. 미성년이기에 풀려났지만 공산당에 들어갈 수는 없었다.

1946년(16세)에 결혼하였다. 신부는 신재숙. 강원도 이천이 고향이다. 할아버지 황영석이 신재숙의 할아버지와 친구였다. 친구끼리 의논해서 성사된 결혼. 강원도 사람은 강원도 사람끼리 결혼해야 한다며 성사된 결혼이었다. 1948년(18세)에 어른들의 권유로 아내의 고향인 강원도 이천으로 갔다. 평강군 평강읍 복계리로 해서 이천으로 갔다. 처남 신재달이 거기에 있었다. 그 이천 산골에서 할 일이 없었다. 1년 후에 청진으로 갔다. 거기에는 매부가 있었다. 1년 넘어 있었는데 매부가 말하기를 전쟁이 일어나니 중국으로 들어가라고 하였다. 중국으로 들어오고 6.25 한국전쟁이 일어났다(1950년).

황금복은 죽음 곁을 살아왔다. 청진에 있던 매부는 6.25전쟁 때 죽었다. 누님도 청진에서 죽었다. 황금복은 원래 5남매인데 황금복 혼자 살아남고 나머지 4남매는 모두 죽었다. 해성소학교 동창생은 모두 40여 명인데, 황금복을 포함해서 2명이 살아남고 나머지는 모두 6.25전쟁 때 죽었다. 황금복은 오촌 황용일의 권유로 간장을 마시고 가슴 사진을 찍어 3년 휴식의 판정을 받았다. 그리고 사냥하시는 황영석 할아버지의 산막에 가서 할아버지와 함께 지냈다. 1952년에 아내 신재숙(1930년생)이

22세로 세상을 떠났다. 이어서 몇 달씩 간격을 두고 큰아들(1947년생, 5세), 작은아들(1949년생, 3세), 딸(1952년생, 만 1세 미만) 삼남매가 모두 죽었다. 1956년(26세)에 재혼하였다. 두 번째 부인도 고향이 강원도 이천. 이웃 사람이 중매해 주었다. 두 번째 부인도 죽고 지금은 세 번째 부인과 살고 있다.

1953년(23세)에 황금복은 천보산 광산*으로 들어갔다. 광산에서 그는 남포로 바위를 깨뜨리는 일, 문예계통 구락부(클럽)에서 표를 파는 일, 목수 일 등을 하였다.

천보산 광산에 금 캐는 일을 잘하는 조선족 광부가 있었다. 그는 전라도 사람이었다. 한족 광산 운영자가 그 광부에게 물었다.

"너처럼 일 잘하는 사람이 또 있는가?"

"예, 있습니다."

"그럼, 대우를 잘 해줄 터이니 데려오라."

그는 자기 동생에게 편지를 써서 오게 했다. 어느 날, 금광 안에서 동생이 돌로 형을 쳤다. 형의 몸에서 피가 흘렀고 돌에도 온통 피가 묻었다. 동생은 돌을 던져 버리고 굴 밖으로 뛰어나갔다. 형은 피투성이의 돌을 주워들고 동생을 죽이겠다고 소리 지르며 굴 밖으로 뛰었다. 굴 밖에서 감독이 그들을 막았다.

"저놈이 날 죽이려 한다. 저놈이 날 죽이려 한다."

라고 소리 지르며 아우는 굴 밖으로 도망쳐 사라졌다.

"너 날 막으면 너도 이 돌로 까부수겠다. 너도 죽여 버릴 거야."

---

* 천보산(天寶山)은 지린성 옌지시(연길시)에 있다. 이 산에 구리, 납 광산이 있다.

피투성이의 형은 피투성이의 돌을 들고 감독을 위협하여 물리치고 아우의 뒤를 따라 굴 밖으로 사라졌다. 그후로 형제는 광산에 나타나지 않았다. 피투성이의 그 돌이 순도 높은 금돌이었음을 중국인 감독은 나중에야 알아차렸다.

황금복은 1985년(55세)에 천보산 광산에서 퇴직하였다. 그후로 매월 퇴휴금(退休金)* 582위안(元)을 받고 있다. 2005년 현재 길림성 용정시 조양천진 팔도촌 팔도사대(吉林省龍井市朝陽川鎭八道村八道四大)에서 아내 허정이(66세)와 함께 살고 있다. 황금복은 독실한 천주교 신자이다. 세례명은 바오로. 그는 지상교(애국교)**의 신자가 아니라 지하교(전통교)***의 신자이다. 그는 애국교에 대해서 심한 반감을 가지고 있다. 사는 마을에 팔도천주교회가 있지만 거기에는 나가지 않는다. 한 달에 한 번씩 어느 가정집에 신자들끼리 은밀히 모여서 따로 미사를 드린다. 50명쯤 모이고, 한국인 신부가 와서 미사를 집전해 준다. 해성소학교에 다니면서 신자가 되었다. 그때에는 복사도 하였다. 할아버지, 아버지, 어머니는 생전에 신자는 아니었지만 대세****를 드렸다.

큰아들 황철규(1958년생, 47세)는 2005년 현재 한국 서울에서 건축 일을 하고 있다. 한국에서 번 돈으로 연길 시내에 27평짜리 아파트를 2005년에 샀다. 며느리 한춘화(1961년생, 44세)와 손자 황영권(1990년생, 15세, 중학생)이

* 퇴직 연금.
** 중국 정부가 공인하는 천주교회.
*** 중국 정부가 인정하지 않은 천주교회.
**** 代洗, 천주교 용어로 세례를 베풀 수 있는 사제(司祭)를 대신하여, 예식을 생략하고 세례를 주는 일을 말한다. 비상 세례.

그 아파트에서 살고 있다. 손녀 황설화(1982년생, 23세)는 장춘사범대에 다니고 있다. 장녀 황춘녀(1970년생, 35세)는 안도에서 살고 있다. 사위 방철호(1965년생, 40세)는 트럭 운전기사이다.

혁명을 꿈꾸는 사람의 아내

조사지: 흑룡강성 영안시 와룡향 영산촌(黑龍江省寧安市臥龍鄉英山村) 박순녀의 집

조사일: 2006년 10월 20일

구술자: 박순녀(朴順女). 여. 1931년 출생(조사 당시 만 75세). 본관은 순천.

흑룡강성 영안시의 박순녀

박순녀는 1931년 길림성 화룡현(和龍縣)에서 태어났다. 박순녀의 선조의 고향은 강원도 홍천군 서석면 풍암리인데 그녀의 할아버지 대에 만주로 이주하였다. 만주의 남쪽 지역인 화룡은 땅이 비옥하여 농사짓기에 좋은 곳이다. 함경북도 무산군과 두만강을 사이에 두고 있다.

박순녀의 가족은 1938년 흑룡강성 영안시 발해진(渤海鎭)으로 이주하였다. 이곳의 통칭은 동경성(東京城). 동경성은 상경용천부(上京龍泉府)로서 발해 5경(五京) 중의 하나이다. 박순녀의 아버지는 그의 아버지로부터 농사짓는 일을 물려받았지만 그의 아들에게는 농사를 물려주지 않으려 하였다. 그는 아들을 대학까지 공부시켰다.

박순녀의 오빠는 공부를 잘하였다. 그는 대학을 졸업하고 소련으로 유학을 가고자 하였다. 마침 러시아어 통역관을 양성하기 위하여 유학생을 뽑는 제도가 있었다. 후보자들을 모집하여 3개월 동안 강습을 하고 시험을 보아 한 사람만 뽑는 제도였다. 이 시험에서 박순녀의 오빠가

1등을 하였다. 그가 희망을 안고 집에서 편한 마음으로 쉬고 있을 때 중국 청년이 찾아왔다. 그는 강습을 함께 받은 청년이었다. 둘은 축하하는 술을 함께 마셨다. 박순녀의 오빠는 그 술을 마시고 죽었다. 중국 청년이 그 술에 독약을 넣은 것이다.

박순녀는 중학교까지만 다녔다. 당시에 여자가 대학에 가는 경우는 거의 없었다. 그녀는 발해진에서 소학교에 다니고, 대처(大處)인 영안시로 나가서 영안조선족중학교를 다녔다. 그녀는 중학교를 졸업하고 합작사(合作社)에서 일자리를 얻어 근무하였다. 합작사에서 5년을 근무하고, 1954년 5월 9일에 박순녀는 결혼하였다. 그때 그녀의 나이 23세.

신랑은 김정봉(金貞峰). 당시 25세. 그도 박순녀처럼 길림성 화룡현에서 태어났다. 그의 아버지의 고향은 강원도 속초. 그의 아버지는 독립운동가였다. 그는 연길사범학교를 졸업하고 독립군학교에서 교원을 하였다. 이로써 그는 일제에게 쫓기는 몸이 되어 만주의 여러 곳과 강원도의 속초, 삼척 등지를 오가며 살았다.

김정봉의 가족은 1940년쯤에 지금의 흑룡강성 영안시 영산촌(英山村)으로 이주하였다. 이곳은 혁명투사의 고장이다. 조선족 혁명투사 박영산●이 활동하던 곳이다. 김정봉은 영산촌에서 소학교를 다니고, 대처인 영안시로 나가서 영산조선족중학교를 다녔다. 그는 중학교를 졸업하고 구정부(區政府)에서 일자리를 얻어 근무하다가 서점으로 일자리를 옮겼다.

● 박영산(朴英山, ?~1944): 조선족으로서 중국 공산당원. 동북항일련5군부관(東北抗日聯五軍副官). 흑룡강성 영산시 마장촌에서 활동하다가 1944년 일본군에게 붙잡혀 죽임을 당했다. 중국 정부는 그를 '열사(烈士)'로 추앙하여 1946년 이곳의 이름 '마장촌'을 '영산촌'으로 바꾸었다. 이곳에 그의 무덤이 있다. 마장(馬場)이라는 이름은 이곳이 발해시대부터 말을 기르던 곳이어서 붙은 것이다.

결혼할 때 그는 서점의 경리주임이었다.

결혼식은 신부의 집이 있는 동경성에서 올렸다. 그때 신랑 김정봉에게 가족이라고는 누이동생만 있었다. 어머니는 10년 전에 43세의 젊은 나이로 돌아가시고, 아버지는 일제에 쫓기다가 돌아가시고, 형은 중국인민해방군*으로 입대하여 6.25전쟁에서 전사하였다. 두 누님도 돌아가셨다.

사정이 이러하므로 신부 박순녀는 동경성에 신혼살림을 차리는 것이 좋겠다고 생각하였다. 그러나 신랑 김정봉은 생각이 달랐다. 김정봉은 북조선을 택하였다. 그들이 결혼한 1954년은 6.25전쟁의 정전협정을 맺은 1953년의 1년 후인데, 이때 북조선에서는 전후 복구건설사업을 대대적으로 벌이기 시작하고 있을 때였다. 1950년에 6.25전쟁을 시작할 때 중국에 사는 조선족들이 북조선인민군에 지원해 나갔듯이, 1954년에 전후 복구건설사업을 시작할 때 중국 조선족들이 복구건설 역군으로 지원해 나갔다. 김정봉도 이를 지원하여 황해도 봉산군(鳳山郡)의 어느 과수원으로 배정을 받았다. 봉산은 대추와 사과와 배가 유명한 곳. 특히 봉산푸른배와 봉산누른배가 유명하다. 이 과수원들이 전쟁으로 폐허가 되어 이것을 복구하는 일을 김정봉이 맡은 것이다.

박순녀는 신혼생활을 북조선의 복구건설사업으로 보내는 것이 마음에 내키지 않았다. 그러나 남편의 결단은 단호하였다. 결국 신부는 신랑의 뜻을 따르기로 하였다. 박순녀는 신랑과 시누이를 따라 북조선 황해

---

* 중국공산당이 조직하고 이끄는 군대. 마르크스─레닌주의와 마오쩌둥(毛澤東)사상으로 무장된 군대.

도 봉산으로 갔다. 그것이 1954년 7월. 결혼식을 올리고 2개월 후이다.

박순녀에게 황해도 봉산에서의 삶은 꿀맛 같은 밀월(蜜月)의 삶이 아니라 하루하루가 지옥 같은 공포의 삶이었다. 아마도 실제로 지옥에 가볼 기회가 있다면 그 지옥의 모습은 바로 그때 봉산의 모습일 것이다. 그때를 생각하면 지금도 몸서리가 쳐진다고 박순녀는 두고두고 말한다. 그 참혹한 경험은 깨끗이 잊고 싶지만 평생을 두고 잊히지가 않는다.

마을의 집들은 대부분이 지붕이 날아가고 없었다. 벽만 남아 있기도 했고, 기둥만 서 있는 집도 있었다. 사람들은 벽만 남아 있는 집에 임시로 하늘을 가리고 살고 있었다. 그런 마을에 밤이면 강도가 들었다. 중국에서 복구건설하러 온 사람들이 강도의 표적이었다. 강도는 중국에서 온 조선족을 도끼로 찍어 죽이고 옷을 벗겨 가지고 갔다. 아침에 일어나 보면 누군가가 도끼에 찍혀 죽어 있었다.

박순녀는 시누이와 남의 집 윗방살이를 하였다. 밤이면 마음 놓고 잘 수가 없었다. 박순녀와 시누이는 요강을 방에 들여놓고 뜬눈으로 밤을 새우다시피 하였다. 신랑은 거의 집에 들어오지 않았다. 한 달에 닷새 정도만 집에 들어왔다.

양식이라고는 팥만 주었다. 열흘에 팥 열닷 근. 그것이 한 가족에게 주는 양식 배급의 전부였다. 박순녀와 시누이는 풀을 뜯어다가 팥과 함께 삶아서 먹었다. 이러고 있는 중에 박순녀에게 아기가 섰다. 1955년에 박순녀는 첫 아기를 낳았다. 딸이었다. 아기를 낳고 나서 산모는 몸이 붓고, 걷지도 못하고, 눈도 희미하게 되었다. 그런데 문제는 젖이 나오지 않는 것이었다. 산모가 먹지를 못하니 젖이 나오지를 않았다. 젖이 나오지 않는 상황에서 첫 아기를 살릴 생각을 하니 박순녀는 앞이 캄캄하였다.

상황이 이렇게 되고 나서야 신랑은 위급함을 느꼈다. 신랑은 군정부에 가서 통행증을 끊어 왔다. 아내와 아기를 중국에 데려다 놓고 자기는 다시 북조선 봉산으로 오겠다고 서약을 하고 통행증을 끊은 것이다. 신랑은 여동생, 다 죽어가는 아내, 다 죽어가는 아기를 데리고 중국으로 돌아왔다.

그때 박순녀가 본 두만강 또한 지옥이었다. 중국에서 북조선으로 복구건설하러 간 조선족들이 북조선을 탈출하여 두만강을 건너는 사람들이 많았다. 북조선 정부에서 통행증을 끊어 주지 않아 그들은 몰래 도강(渡江)을 하였다. 밤에 쪽배로 몰래 두만강을 건네주고 돈을 받는 사람이 있었다. 그는 탈출자의 보따리를 일부러 강에 빠뜨렸다. 그러면 일당이 그것을 건져 가지고 갔다. 대부분의 사람들은 배를 타지 않고 건넜다. 그러다가 두만강에 빠져 죽은 사람이 많았다. 박순녀가 목격한 어떤 여인은 아기를 업고 두만강을 건넜다. 그 여인은 아기와 함께 강에 빠져 죽었다. 사람들은 말하였다. 두만강에 그물을 치면 송장이 무수히 건져질 것이라고.

1955년 10월 박순녀는 가족과 함께 두만강을 건넜다. 그들은 통행증을 가지고 있어 무사히 건널 수 있었다. 1년 3개월 만에 돌아온 것이다. 김정봉은 봉산으로 다시 가지 않았다.

그들은 우선 박순녀의 친정으로 갔다. 친정어머니는 다 죽어가는 딸과 손녀를 정성을 다하여 살려내었다. 그런데 식구가 느니 친정에도 양식이 달렸다. 친정 부모는 들에 나가 이삭주이를 하여 양식을 채웠다. 그러면서도 부모는 사위에게 이곳에서 같이 살자고 하였다. 그러나 사위는 그러지 않았다.

김정봉은 이번에는 영산촌을 택하였다. 영산촌은 김정봉의 아버지가 개척한 마을이고, 김정봉이 어린 시절을 보낸 곳이다. 박순녀는 이번에도 남편의 뜻을 따랐다.

영산촌에서 김정봉은 대대의 일을 하였다. 등잔을 켜고 살던 마을에 전기를 끌어 온 사람이 김정봉이다. 그러나 대대의 일이 가족의 생계를 해결하지는 못했다. 이곳은 노동을 해야 먹고살 수 있는 마을인데 김정봉은 노동을 할 줄 몰랐다. 김정봉은 노동을 배울 생각도 하지 않았다.

노동을 할 줄 모르기는 박순녀도 마찬가지였다. 그러나 박순녀는 살기 위해서 노동을 배웠다. 그리고 간청해서 일자리를 얻었다. 그렇지만 일이 서툴러 품삯을 남들보다 적게 받을 수밖에 없었다. 어느 날에는 성과가 없어 아예 못 받기도 하였다. 그러면서 박순녀는 일꾼이 되어 갔다. 남편은 여전히 일을 할 줄 몰랐지만, 박순녀는 당찬 일꾼이 되어 갔다.

박순녀는 노동으로 5남매를 키웠다. 그녀는 온갖 힘을 다하여 자식들을 공부시켰다. 그녀는 자식들에게는 노동을 물려주지 않으려 하였다. 둘은 고등학교까지만 공부시켰지만, 셋은 대학까지 졸업시켰다. 그녀가 5남매를 낳아서 한 명도 실패하지 않고 다 잘 키운 것을, 이 조그마한 시골에서 자식 셋을 대학까지 보낸 것을 이웃 사람들이 모두 부러워한다.

늙은 남편은 지금도 일을 하지 않는다. 이제는 생각도 제대로 하지 못하고, 말도 앞뒤가 맞지 않게 한다. 큰 병을 앓고 나서 이렇게 되었다. 혁명을 꿈꾸던 남편은 이렇게 폐인이 되어 가고 있다.

북조선에서 낳은 큰딸 김연화(1955~)는 2006년 현재 북조선 평양에서

박순녀의 남편 김정봉. 그는 그의 아버지와 그가 가꾸어 놓은 영산촌에 살고
있다(2006. 10. 20. 김창호 촬영).

살고 있다. 회계 일을 하고 있으며 딸 한 명을 두었다. 둘째 딸 김옥화는 흑룡강성 치치하얼(齊齊哈爾)에서 아들, 딸 2명을 키우고 있다. 남편은 한국에 가서 돈을 벌고 있다. 셋째 딸 김미화(1973~)는 목단강시에서 은행에 다니고 있다. 남편도 은행원이다. 아직 자녀가 없다. 큰아들 김수형(1962~)은 하얼빈대학 축산과를 졸업하고, 목단강시에서 양계장에 사료 공급하는 업무를 맡고 있다. 딸 1명을 두었다. 둘째 아들 김수길(1965~)은 내외가 영산촌에서 부모를 모시고 살고 있다. 영산촌의 대대 회계 일을 맡고 있다. 이 업무는 그의 할아버지, 아버지를 이어 삼 대째 맡고 있는 업무이다.

노래의 힘

조사지: 요녕성 신빈현 신북 성도 화원 3호루(遼寧省新賓
縣新北星都花苑三號樓) 1의 402호

조사일: 2007년 10월 20일

진술자: 리옥순(李玉順). 여. 1932년 출생(조사 당시 만 75세).
본관은 전주.

요녕성 신빈현의 리옥순

노래는 나의 존재 방식이다. 나에게 노래는 찬바람이 휘몰아치는 만주 벌판에서 살아남는 유일한 방식이다. 그것은 연약한 여자가 혹독한 현실에서 살아남는 방식이다. 고통스러운 삶을 나는 노래로써 극복했다. 삶이 아무리 힘들어도 노래와 함께 있을 때 나는 행복했다.

중학교 2학년 때 나는 열일곱의 나이로 소학교 교사가 되었다. 그때가 1948년. 소학교에 창가(唱歌)를 가르칠 사람이 없으니 나더러 소학교로 내려와서 창가를 가르치라는 것이었다. 그 소학교는 나의 모교이다. 흥경현 신광조선족소학교. 지금은 신빈현(新賓縣)이지만 그때는 흥경현(興京縣)이라고 하였다. 나는 열한 살에 그 소학교에 2학년으로 들어갔고, 5학년 때에 해방을 맞았고, 1947년에 신광조선족중학교에 입학하였다.

졸지에 어린 나이로 교사가 되어 나는 소학교 학생들에게 창가를 가르쳤다. 그러나 그것은 임시 교사였다. 다음 해에 나는 신광조선족중학교 사범반에 들어가 1년 동안 교육을 받고 정식 교사가 되었다.

내가 가르치는 소학교 학생들을 나는 모두 나의 친동생처럼 여겼다. 아이들은 모두 잘 입지도 못했고, 잘 먹지도 못했다. 잘 씻지도 않았다. 아이들에게는 책도 별로 없었고, 학용품도 별로 없었다. 그러나 그런 아이들이 노래를 부를 때 그들은 천사 같았다. 그렇게 지저분한 아이들에게서 그렇게 맑은 소리가 나오고, 그렇게 초라한 얼굴에서 그렇게 천진스러운 표정이 나오는 것이 참으로 신기했다. 그렇다. 불행한 현실을 이겨 낼 수 있는 가장 좋은 방법은 노래를 부르는 것이다. 나는 아이들로 하여금 되도록 자주 노래를 부르게 하였다. 노래는 아름다운 예술이 아니라 강한 힘을 가진 예술이라는 것을 나는 실감했다. 현실이 아무리 고통스러워도 노래를 부름으로써 그것을 이겨 낼 수 있다는 나의 신념은 그때부터 길러졌다.

나는 혼자의 힘으로 풍금을 익혔고, 악보를 익혔다. 나는 공일날에도 학교에 나가서 풍금을 익혔다. 나는 평일날 방과 후에는 으레 가정 방문을 하였다. 나는 아이들의 집안일을 거들어 주기도 하고, 아이들과 같이 놀아 주기도 하였다. 아이들을 개울로 데리고 나가서 씻겨 주기도 하였다. 똥을 싼 아이, 오줌을 싼 아이의 옷을 빨아 주기도 하였다. 나는 우리 집안일에는 일체 손을 대지 않고, 학생들의 집안일들에만 전력을 기울이었다. 우리 집안일은 어머니 혼자 하셨다.

학교의 일에도 나는 전력을 기울이었다. 나는 나에게 주어진 일만 하지 않고 일을 찾아서 하는 습성이 몸에 배었다. 왕청문*에 있는 조선족 중점소학교에 있을 때 나는 2층 교실 유리창을 닦다가 아래로 떨어졌다.

---

* 왕청문조선족진(旺淸門朝鮮族鎭): 신빈현에 속한 진(鎭).

리옥순과 아들. 자택에서(2007. 10. 18. 전신재 촬영).

나는 몸을 심하게 다쳤다. 나는 더 이상 교사질을 계속할 수가 없게 되었다. 나는 할 수 없이 퇴직을 하였다. 그때가 1980년. 내 나이 마흔아홉 때이다. 원래는 55세가 정년인데 6년 먼저 퇴직을 한 것이다.

나의 온 힘을 기울인 교사 생활 32년은 나에게는 참으로 즐겁고 소중한 세월이었다. 학생들에게 노래와 춤을 가르치는 즐거움을 나는 어떠한 즐거움과도 바꿀 수 없다. 나는 학생들과 함께 순회공연을 다니기도 했다. 무순*에 가서 공연을 하고 오기도 했다. 우리 집에 상장도 많고 표창장도 많다. 가장 자랑스러운 것은 요녕성 모범교사로 표창을 받은 것이다. 성급(省級) 모범교사는 그리 흔한 것이 아니다.

학교에서 퇴직을 하였다고 해서 나는 노래 가르치는 일을 포기할 수는 없었다. 나는 불편한 몸을 이끌고 노인협회에 나가서 노인들에게 노래를 가르쳤다. 퇴직자 모임에 나가서 퇴직자들에게도 노래를 가르쳤다. 그것은 노인들과 퇴직자들에게 희망을 주는 일이다. 그것은 그들에게 힘을 주는 일이다. 중국 노래도 가르치고, 북조선 노래도 가르치고, 한국 노래도 가르쳤다. 한국 노래와 북조선 노래는 서로 많이 다르다. 한국 노래는 인정미가 철철 흘러넘치고 사람의 마음을 사로잡는다. 한국 노래에는 사랑의 이야기가 많다. 북조선의 노래에는 사랑의 이야기가 없고, 아주 씩씩하다. 나는 북조선의 노래가 더 좋다.

지금 나는 몸이 아파서 더 이상 버틸 수가 없다. 뼈마디들이 아프고 앉아 있기가 힘들다. 나에게는 소변이 자주 마려워지는 병도 있다. 나는

---

* 푸순시[撫順市, 무순시]: 요녕성 동부에 있는 도시. 총 인구 225만 명. 중국 최대의 석탄 생산지.

지금은 노래를 가르치지 못하고 있다. 활동을 못한 지가 벌써 1년 반이 되었다. 내 나이 지금 일흔여섯이지만 몸의 병이 빨리 나아서 전처럼 노래를 가르치며 행복하게 살고 싶다.

남편이 있으면 그래도 좀 나으련만. 남편은 언제나 나에게는 든든한 기둥이었는데 나보다 먼저 갔다. 나는 스물한 살에 결혼하였다. 남편의 성명은 황기. 외자 이름이다. 나보다 여섯 살 위이다. 1926년생이다. 남편은 성질이 급한 편이었다. 남편의 선대의 고향은 강원도 울진•이다. 남편의 할아버지 대에 중국으로 이주해 왔다고 한다. 남편은 동료 교사이다. 결혼한 다음 해에 남편은 교장으로 승진하였다. 남편은 교육 사업을 나보다 더 열심히 하여 신빈의 3대 교장의 한 사람이 되었다. 남편이 교장으로 승진하고 13년 후에 문화대혁명이 일어났다. 어떤 제자는 남편을 찾아와서 혁명이 일어날 것이니 몸을 숨기라고 일러 주었다. 어떤 제자는 남편을 찾아와서 남편의 뺨을 때렸다. 결국 남편은 왕청문의 농촌에 가서 하방•• 생활을 하였다. 남편의 다리에서 피가 줄줄 흐르던 장면이 잊혀지지 않는다. 그때의 비참함을 생각하면 몸서리가 쳐진다. 그 비참함은 이야기하고 싶지 않다.

그래도 다른 사람에 비하면 나의 남편은 고생을 덜한 편이다. 2년 고생하고 다시 학교로 돌아왔다. 교육을 하면서 덕을 많이 베풀었기 때문이라고 생각한다. 남편은 1983년에 퇴직하고 집에 있다가 세상을 떠났다.

• 울진군은 원래 강원도에 속해 있었으나 1963년 경상북도에 편입되었다.
•• 下放, 중국에서 문화대혁명 때 지식인을 벽지 농촌이나 공장으로 보내 노동을 시키던 제도. 원래 하방운동은 당원, 공무원, 대학생 등을 농촌이나 공장으로 보내 노동에 종사시킴으로써 정신노동과 육체노동의 거리감을 없애고 낙후된 농촌지역을 근대화하고 관료주의를 극복하고자 했던 마오쩌둥의 사회 개조 전략이었다.

나는 어머니를 생각하면 언제나 가슴이 아프다. 불쌍한 우리 엄마. 아들을 셋이나 낳고도 평생을 막내딸과만 산 우리 엄마. 내가 바로 막내딸이다. 나는 평생을 어머니와 함께 살면서도 어머니를 위하여 해 드린 것이 아무것도 없다. 그럼에도 어머니는 막내딸의 뒷바라지를 하는 데에 평생을 바쳤다. 나는 결혼을 하고 나서도 집안 살림에는 일체 신경을 쓰지 않았다. 나는 아이들을 가르치는 데에만 나의 삶을 바쳤다. 내가 노래에서 삶의 의미를 찾았듯 어머니는 막내딸의 뒷바라지에서 삶의 의미를 찾았다. 어찌 막내딸의 뒷바라지뿐이었는가. 사위의 뒷바라지, 손자손녀들의 뒷바라지도 어머니의 몫이었다.

나의 첫 월급은 쌀 한 말이었다. 내가 쌀 한 말을 집으로 가지고 갔을 때 어머니는 참으로 크게 기뻐하셨다. 쌀 한 말을 바라보는 어머니의 그 흐뭇한 표정이 지금도 머릿속에 생생하다. 쌀 한 말을 받았어도 우리는 입쌀밥을 해 먹을 수가 없었다. 우리는 그것을 잡곡과 섞어서 밥을 지었다. 산나물과 섞어서 밥을 짓기도 하였다. 어머니는 늘 쌀밥을 배불리 먹어 보는 것이 소원이라고 말씀하셨다. 나는 그 소원을 끝내 풀어 드리지 못했다.

원래 어머니는 횡성 갑부의 딸이었다. 나의 아버지의 집안은 어떤 집안인지, 아버지와 어머니가 어떻게 결혼을 하게 되었는지에 대해서 어머니는 말씀하지 않으셨다. 나는 다만 나의 고향은 강원도 횡성군 횡성읍 읍상리라는 것만 알고 있다. 나는 다섯 살 때 횡성을 떠났다. 그래서 횡성에 대한 기억이 선명하지 않다. 횡성에서 오빠와 함께 지낸 기억도 없다. 언니는 어려서 죽었다고 한다. 아버지는 이용준이고, 어머니는 고월능이다. 나는 3남 2녀의 막내딸이다. 큰오빠는 해방 후에 죽고 둘째

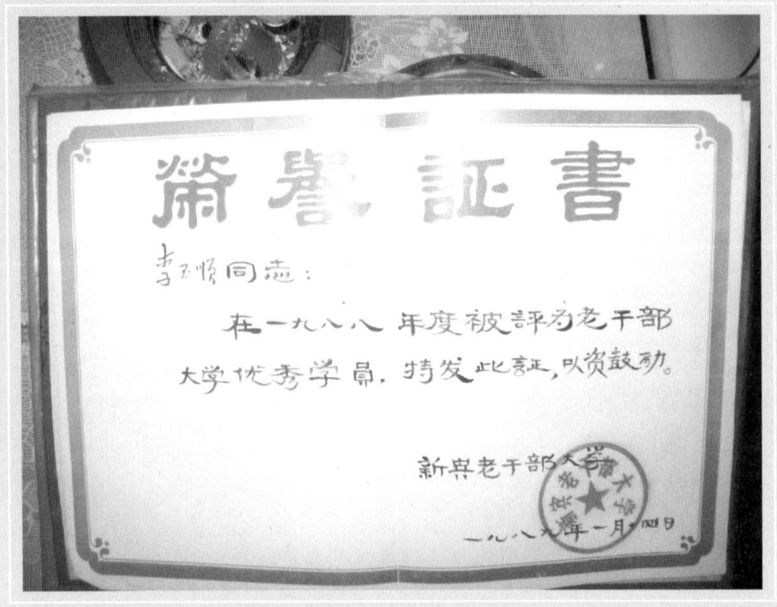

리옥순이 1989년에 받은 표창장. 리옥순은 퇴직 후에도 노인들에게 노래와 춤을 가르치는 데에서 삶의 보람을 찾았다(2007. 10. 18. 전신재 촬영).

오빠와 셋째 오빠는 지금 한국의 대전에 살고 있다.

나의 외삼촌, 그러니까 어머니의 오빠는 횡성의 갑부였다. 외삼촌은 횡성에서 농사를 크게 지었다. 그런데 도적 때문에 살 수가 없었다. 외삼촌은 농토의 반을 팔아서 서울로 이사를 갔다. 외삼촌은 서울에서 여자만 다니는 학교를 사 가지고 운영하였다. 학교 이름은 모른다. 외삼촌은 횡성에 남은 농토의 관리를 나의 아버지에게 맡겼다. 외삼촌에게는 아들이 없었다. 그래서 외삼촌은 나의 아버지가 자기의 아들 노릇을 해 주기를 바랐다. 횡성에 살면서 소작인들에게 도조(賭租)를 받아 서울에 사는 외삼촌에게 바치는 것이 아버지의 임무였다. 그러나 아버지는 그 임무를 몹시 싫어하신 것 같다. 아버지는 어머니에게 난폭하게 굴었고 술을 많이 드셨다. 아버지는 횡성의 집을 팔아서까지 술을 드셨다. 그러면 외삼촌은 횡성에 집을 다시 사 주셨다. 아버지는 새 집도 팔아서 술을 드셨다. 이렇게 하기를 세 번. 결국 우리는 집 없는 가난뱅이가 되었다.

이런 일을 겪으면서 어머니는 강한 여자가 되었던 것 같다. 내가 다섯 살 때 어머니는 아버지 몰래 나를 데리고 서울 외삼촌댁으로 갔다. 어머니는 둘째 오빠는 삼촌댁에 맡겼고, 셋째 오빠는 친정에 맡겼다. 큰오빠는 이미 만주에 가 있었다. 식구가 뿔뿔이 헤어진 것이다. 어머니는 외삼촌이 운영하는 학교의 학생숙사에 들어가서 밥을 해 주는 일을 하였다. 내가 열 살 때 어머니는 나를 데리고 만주로 왔다. 나는 너무 어려서 남의 집에 맡길 수가 없었을 것이다. 그때 내 나이가 어렸기 때문에 나는 운명처럼 평생을 어머니와 함께 지내게 된 것이다. 어머니가 어린 나만을 데리고 만주로 오는 데에 필요한 여비는 외삼촌이 주셨다고 한다. 서울에서 기차를 타고 신의주로 해서 심양까지 왔고, 심양에서 신빈까지는 버스로 왔다.

신빈에서 큰오빠를 만났다. 큰오빠는 열 살 때 가족과 헤어져 혼자 다니며 벌어먹고 있었다. 큰오빠는 여관에서 일하고 있었다. 그 여관은 횡성 사람이 운영하는 여관이었고, 그 여관에는 일본 사람들도 묵고 있었다. 당시 신빈에는 일본군이 주둔하고 있었다. 여관에 묵고 있던 일본 사람이 어머니를 어느 일본 가정에 소개해 주었다. 그 일본인 집은 아기를 낳은 집이었고, 어머니는 그 집의 가정부가 된 것이다. 가정부 노릇으로 돈이 조금 모이자 어머니는 셋방을 구해 나왔다. 그리고 요녕 거리에 나가 지지미(부침개)를 지져 팔았다. 옆집 사람과 동업으로 개장국 장사를 하기도 하였다.

조선족소학교 학생들은 모두 조선족이었다. 그러나 학교에서는 조선 말을 못 하게 하였다. 학교에서는 모든 학생들에게 카드를 나누어 주었다. 그리고 조선말을 하면 그것을 발견한 학생으로 하여금 카드를 빼앗게 했다. 조선말 한 번 하는 데 카드 한 장씩을 빼앗았다. 학생들끼리 그렇게 했다.

소학교 5학년 때 해방을 맞았다. 해방이 되자 많은 사람들이 한국으로 갔다. 북조선으로 간 사람들도 있다. 그러나 어머니는 횡성으로 가지도 않고, 서울로 가지도 않았다. 어머니는 남편도 만나고 싶지 않았고, 오빠(나의 외삼촌)도 만나고 싶지 않았던 것 같다. 어머니는 막내딸인 나만을 데리고 계속해서 신빈에서 살았다. 큰오빠는 해방 전에 다시 횡성으로 가서 머슴살이를 하다가 세상을 떠났다.

어머니는 1981년에 80세로 세상을 떠나셨다. 화장하여 뼛가루를 강에 뿌렸다. 이 일로 하여 나는 후에 오빠를 만나러 한국에 갔을 때 오빠에게 야단을 맞았다. 무덤을 만들지 않았다고.

나의 어머니가 3남 2녀를 낳은 것처럼 나도 3남 2녀를 두었다. 첫째는 황용금(여, 55세). 아들이 돈을 잘 번다. 둘째는 황용남(남, 51세). 군대 생활을 오래 하였고 지금은 운전회사에 다니고 있다. 아내는 소학교 교사를 지내고 지금은 퇴직하였다. 나의 제자이다. 셋째는 황용철(남, 49세). 신빈만족자치현(新賓滿族自治縣) 법원에 근무한다. 아내는 중학교 교사이다. 넷째는 황용건(남, 46세). 심양전기학교를 졸업하고 무순시에 있는 요녕성발전소에 근무한다. 이 넷째의 아내도 교사이다. 다섯째는 황금란(여, 44세). 한국의 서울에 있는 병원의 간호원이다. 남편도 병원에 근무하고 있다.

나는 지금 매월 퇴휴금 2,400위안을 받고 있다. 생활에 큰 불편은 없다.

둘째 오빠와 셋째 오빠는 지금 대전에 살고 있다. 셋째 오빠는 상이군인이다. 나라에서 나오는 돈도 있고 또 하숙을 치고 있어 잘산다. 둘째 오빠는 지금도 못산다. 2005년에 우리 식구들 호구를 올리려고 대전에 갔었다. 오빠가 초청해 주어서 갔다. 수속을 해 놓고 돈도 많이 썼는데 어쩐 일인지 아직까지도 아무 연락이 없다.

* 리옥순은 건강이 좋지 않아 구술을 제대로 하지 못했다. 이 글은 리옥순의 단편적이고 산만한 구술들을 재구성하여 저자의 문장으로 바꾸어 쓴 것이다.

해방군 삼형제

조사지: 길림성 왕청현 대흥구진 영안촌(吉林省汪淸縣大興
溝鎭永安村) 황금산의 집

조사일: 2005년 7월 4일

제보자: 황금산(黃金山). 남. 1933년 출생(조사 당시 만 72세).

길림성 왕청현의 황금산

황금산은 1933년에 강원도 원주에서 출생하였고, 만 두 살 때에 중국으로 이주하였다. 원래 10남매였는데 7명은 어려서 죽고 황순석(黃順石), 황금산, 황인산(黃仁山) 삼형제만 청년으로 자랐다. 그런데 삼형제는 모두 중국에서 해방군에 입대하였다. 해방군은 모택동이 지휘하는 공산주의 혁명을 위해서 싸우는 군대이다. 황순석은 산해관전투*에서 전사하였다. 산해관전투는 모택동** 군대와 장개석*** 군대의 전투였다. 황인산도 해방군에 입대하였는데 군대에서 병을 얻어 제대하고 병사하였다.

* 산해관(山海關)은 중국 하북성(河北省) 동북 경계, 장성(長城)의 동단(東端)에 있는 도시. 산해관전투는 1948년에 있었던, 해방군과 국민당군의 전투.
** 마오쩌둥(毛澤東, 1893~1976): 중화인민공화국을 수립한 정치가. 공산주의자. 중국을 강대국으로 이끈 혁명가로 추앙받기도 하며, 대약진운동과 문화대혁명의 급진적 정책으로 비판을 받기도 한다.
*** 장제스(蔣介石, 1887~1975): 중국 국민당 집권 시기에 당(黨), 정(政), 군(軍)을 통솔했던 지도자. 1928년부터 1949년까지 중국 국민당 정부의 주석. 1949년 이후는 타이완(臺灣)의 국민정부 주석.

황금산은 6.25 한국전쟁 때에 중국에서 해방군에 입대하여 북조선의 백두산에 가서 남조선과의 전쟁에 참여하였다. 황금산은 제대하여 지금은 중국에서 농사를 짓고 있다. 그러니까 삼형제가 모두 중국 해방군이었고, 지금은 황금산 혼자만 살아남은 것이다. 그는 길림성 왕청현 대흥구진 영안촌에서 농사를 짓고 있는데, 그의 집 안방 벽에는 중국 정부가 황순석의 유가족에게 수여한 표창장을 넣은 액자가 걸려 있다. 그 표창장의 문구를 우리말로 번역하면 다음과 같다.

전쟁과 공무로 인한 희생 가족 영예

기념증서

황순석 동지가 혁명 투쟁에서 희생된 영웅적 사적은 영원히 빛날 것입니다. 열사 가족분들도 이런 혁명적 정신을 이어 더욱 큰 공을 세우기 바랍니다. 이에 보조금과 특권적 우대와 함께 이 증서를 기념으로 드립니다.

길림성혁명위원회

1978년 9월 27일*

* 원문은 다음과 같다.
因戰因公犧牲家屬光榮紀念證 / 黃順石同志在革命鬪爭中光榮犧牲　他的英勇事迹永垂不朽 望家屬繼承革命傳統 爭取更大光榮 除給與撫恤和優待以外 特發給此證 以資紀念 / 吉林省革命委員會 / 1978年 9月 27日

황금산은 만 두 살 때에 부모에게 업혀서 중국으로 왔다. 부모는 강원도 원주에서 중국 길림성 훈춘현 밀강구 동양촌 쇄지골(송아지골)까지를 걸어서 왔다. 걸어서 왔기에 원주를 출발해서 쇄지골에 도착하기까지 석 달이 걸렸다.

아버지는 쇄지골에 밭을 사고 집을 마련하였다. 소도 사고 소수레도 샀다. 소가 10여 마리나 되었다. 쇄지골에 집은 두 채뿐이었다. 아버지는 노라지*를 잡아서는 삶아 가지고 말렸다. 그러나 자식들은 그것을 먹어 보지 못했다. 아버지는 말했다. 야, 그것은 너희들 먹는 게 아니다. 가져 갈 데가 있다. 농사를 지어서는 양식을 땅에 묻어야 했다. 그러지 않으면 일본 사람에게 빼앗기기 때문이다. 그러나 땅에 묻은 양식도 밤이 되면 없어졌다. 아버지는 밤이면 양식, 노라지고기 말린 것, 술, 소금 등을 소수레에 싣고 어디론가 갔다. 그러나 어머니는 돈을 써 보지 못했다.

하루는 밤중에 사람들이 중얼중얼거리는 소리가 들렸다. 그런데 아침에 일어나 보니 아무도 없었다. 소년 황금산은 방구석에서 이상한 물건을 발견하였다. 나중에 군대에 가서야 알게 되었지만 그것은 지남침(指南針)이었다. 소년 황금산이 아버지에게 말했다.

"아버지, 이게 뭡니까?"

아버지는 당황한 빛을 보였다. 그러고 있는데 소년 황금산에게는 낯선 사람이 집으로 들어왔다. 아버지는 그에게 그 '이상한 물건'을 주었다. 나중에 청년이 되어서야 알았지만 그 '낯선 사람'은 공산군이었다.

9.18사변 때의 기억. 그는 그것을 1936년으로 기억한다. 그의 기억에

* 노루.

의하면, 조선 사람들이 태극기를 들고 산으로 올라갔다. 그것은 종이로 만든 태극기였다. 산에서 그들은 독립만세를 불렀다.*

공산군의 활동이 활발해지자 일본군의 억압이 더욱 강해졌다. 쇄지골 근방에 일본군 몇 개 사단이 들어와서 주둔하였다. 일본군은 외딴집에 사는 조선 사람들을 집단부락으로 강제로 이주시켰다. 황금산네도 집단 부락으로 옮겼다. 집단부락은 쇄지골에서 10리 정도 거리에 있었다. 일본군이 마을에 세균을 뿌려 마을 사람들이 많이 죽어 나간 일도 있다.

아버지가 툰장**질을 할 때의 이야기이다. 일본 사람들이 마을로 들어오더니 툰장집을 찾아왔다. 그들은 아버지에게 감을 달라고 하였고, 아버지는 그것을 거절하였다. 이것으로 하여 싸움이 붙었는데 아버지와 일본 사람은 사흘 동안을 싸웠다. 아버지는 말했다. 나쁜 새끼들. 내가 조선에서 저 새끼들이 미워서 북간도로 왔는데 삼 년을 살고 나니까 저 새끼들이 여기까지 따라 들어왔네.

아버지는 집을 나갔다. 어쩌다가 밤에만 집에 와서 쉬고는 또 집을 나갔다. 아버지는 술, 소금, 비지깨*** 등을 사람들 몰래 지고 다녔다. 그러다가 아버지는 병환이 들어 집에 들어앉을 수밖에 없게 되었고, 그 병환으로 아버지는 돌아가셨다. 아버지가 돌아가실 때 황금산은 여섯 살이었다.

* 이 부분은 황금산의 착각일 것이다. 연대도 맞지 않고 내용도 맞지 않는다. 9.18사변은 1931년 9월 18일 요녕성 심양시에서 있었던 사건이다. 그러니까 황금산이 태어나기 이전의 사건이다. 아마 다른 사건을 9.18사건으로 알고 있는 듯하다. 9.18사변은 곧 만주 사변이다. 이것은 일본이 심양 부근의 남만철도의 일부를 폭파하고 중국군 측의 파괴라고 걸고 들면서 중국 침략을 본격화한 사건이다. 9.18사변으로 일본은 중국 동북 전지역을 장악하게 된다. 그리고 만주국(1932~1945)을 건설한다.
** 屯長, 우리나라의 이장(里長)에 해당하는 직책.
*** 러시아어 '스피치카(sspeechca)'의 방언. 성냥.

제보자 황금산(왼쪽)과 조사자 전신재. 뒤의 여인은 황금산의 아내. 이 지역의 집은 부엌과 방이 통해 있다(2005년 7월 4일 촬영).

아버지가 돌아가시자 고향 원주에서 친척이 왔다. 그는 노인이었지만 촌수로는 돌아가신 아버지의 손자뻘이었다. 노인은 중국에서 삼 년을 머물다가 갔다. 가면서 노인은 황금산의 어머니에게 같이 고향으로 돌아가자고 하였다. 그러나 어머니는 한사코 거절하였다. 노인은 집과 밭을 사 주겠으니 가자고 하였고, 어머니는 한사코 거절하였다. 어머니는 말하였다. 일본놈들 미워서 못 갑니다.

황금산 소년은 소학교에 들어갔다. 소학교는 황금산의 집 바로 위에 있었다. 소학교에서는 일본어만 가르쳤다. 한어와 조선말은 가르치지 않았다. 학교에서 일본말을 하지 않으면 벌금을 내거나 매를 맞아야 했다. 황금산은 소학교를 2년 다니다가 말았다.

일본군이 어머니를 찾아와서 좁쌀을 내놓으며 술을 만들어 달라고 하였다. 어머니는 수수로 술을 만들었다. 일본군은 칼을 빼어 어머니를 찌르려 하였다. 일본어를 잘하는 사람이 나서서, 수수로 만든 술이 좁쌀로 만든 술보다 더 좋은 것이라고 일본군을 설득하였다. 일본군은 칼을 휘두르다가 칼집에 넣었다. 어머니는 충격을 받고 마당에 쓰러졌다. 그 길로 어머니는 몸져누웠다. 어머니는 다시 일어나지 못했다. 열다섯 살, 열한 살, 아홉 살의 삼형제는 울면서 다짐하였다. 엄마의 원수를 꼭 갚고 말거야. 어머니가 돌아가시고 일 년이 되자 해방이 되었다. 일본이 망한 것이다.

소련군 비행기가 삐라를 뿌렸다. 삐라는 중국어, 조선어, 일본어 세 나라 말로 적혀 있었다. 삐라의 내용은 이러했다. 조선족은 흰 입성*을

* 옷.

입을 것, 한족은 검은 입성을 입을 것, 일본족은 인민들 속에 섞이지 말 것. 이튿날, 퇴각해 가던 일본군들이 옥수수 밭에서 러시아군 비행기의 폭격을 맞고 전멸하였다.

만주에 토비(土匪)들이 들끓었다. 토비들은 일본군의 앞잡이들이었다. 중국에서는 토비들을 잡을 역량이 부족했다. 북조선에서 의용군들이 토비를 잡으러 왔다. 북조선 의용군은 이런 노래를 불렀다. "나가자 나가자 싸우러 나가자. 의용 깃발 높이 치켜들고 ……"

황금산은 부모를 일찍 잃어 가정이 풍비박산이 되고 공부를 못한 것이 원망스러웠다.

황금산의 형 황순석은 1947년에 중국 해방군에 입대하였다. 그 해에 황순석은 18세, 황금산은 14세, 그리고 황인산은 12세였다. 맏형이 군대에 가니 14세와 12세의 두 동생은 의지할 곳이 없었다. 구정부(區政府)에서 이를 알고 1947년에 황금산을 통신원으로 데려갔다. 통신원의 임무는 밀강* 구정부에서 발송하는 문서를 각 촌의 간부들에게 전달해 주는 것이었다. 하루에 보통 80리를 걸어야 했다. 가야 하는 곳은 주로 산골이었다. 당시에는 토비들이 많아서 통신원도 총을 가지고 다녔다. 주요한 문서들이어서 토비들에게 빼앗기면 안 되는 것이었다. 군대에 나간 형은 1948년에 산해관전투에서 전사하였다. 19세의 어린 나이로 죽은 것이다. 결혼도 못하고.

황금산은 1951년에 중국 해방군에 입대하였다. 열여덟 살 때였다. 심

---

* 지린성(길림성) 옌볜(연변)조선족자치주 훈춘시[琿春市, 혼춘시] 미장향[密江鄉, 밀강향].

양군구 일 투안*에 배정되었는데 이 부대는 북조선의 백두산으로 파견되었다. 이 시기에 북조선은 남조선과 전쟁 중에 있었다. 바로 6.25 한국전쟁이다. 형이 전사하였으므로 군 당국은 황금산을 일선으로는 배치하지 않았다. 다만 후방에서 근무하게 하였다. 그가 백두산에서 근무하고 있을 때 남조선의 괴뢰군(국군)이 백두산에 27명의 특무대를 투입한 사건이 있었다. 그들은 비행기를 타고 백두산 상공에 와서 낙하산을 타고 내려왔다. 그들은 산 속에 굴을 파고 그 굴 속에서 살았다. 황금산이 그 굴을 발견하였다. 그는 상부에 보고하고 해방군들을 동원하여 굴을 포위하였다. 굴 속에는 세 사람만 있었다. 나머지는 정찰을 하러 나갔던 것이다. 그런데 세 사람 중의 한 사람은 육십이 넘은 노인이었다. 그 노인은 서울에서 친구집에 놀러갔다가 통행금지 시간인 오후 아홉시가 넘어서 집으로 돌아가다가 붙잡혔다. 한국군은 그 노인을 강제로 비행기에 실어 백두산에 내리게 한 것이다. 백두산에서 노인의 임무는 식사당번이었다. 세 사람 중의 또 한 사람은 통신병이었다. 해방군은 통신병을 위협하여 남한 군대의 비행기를 백두산으로 오라고 통신을 보내게 하였다. 특무대장이 동상을 입었다는 것을 구실로 삼았다. 남한군의 비행기가 정말 백두산으로 왔다. 이번에는 낮게 날도록 통신을 보내라고 위협하였다. 비행기가 낮게 날았다. 해방군은 비행기를 공격하였다. 비행기는 떨어지고, 비행사는 죽고, 미군 장교는 낙하산을 타고 내렸다.

1957년에 제대하고, 1958년에 리금순과 결혼하였다. 신랑은 25세, 신부는 21세. 이웃 사람이 중매를 해 주었다. 신랑이 각시집에 가서 가시

* 투안(團, 단): 우리나라 군대의 연대에 해당.

중국인민해방군 출신 황금산과 그의 아내 리금순. 오래간만에 껴 보는 팔짱이라며 수줍어했다(2005. 7. 4. 진용선 촬영).

아버이와 가시어머이에게 인사하고 큰상을 받았다. 그리고 그날로 각시를 수레에 태워 가지고 데리고 왔다. 결혼식은 집에서 하였다. 신부는 노리*를 썼다.

일가친척이 없는 외몸뚱이였으므로 결혼하고 가정을 일궜을 때 가장 기뻤다. 결혼하기 전에, 일가친척이 없어 혼자 돌아다닐 때 가장 고통스러웠다. 중국 공산당을 가장 존경한다. 지금까지 나를 살게 해 준 것은 공산당이기 때문이다. 공산당은 나에게 집도 사 주었고, 늙었다고 계속 방문도 해 준다. 매월 퇴휴금도 준다. 한 달에 300위안을 받는다.

일생을 살아오면서 크게 잘못한 것은 없다. 남에게 싫은 소리 안 하였고, 악한 짓도 안 하였다. 옳으면 옳다고 말해 주었고, 틀렸으면 틀렸다고 말해 주었다. 누구하고 싸움을 한 일도 없다.

사람은 자기 복을 알아야 한다. 쉰 살 때였던가. 그래, 11월 20일이었다. 삼질**을 갔었다. 삼 같은 것 네 뿌리를 발견하였으나 대단치 않은 것 같아 다시 훌훌 묻어 놓았다. 지금은 쇠했으니 몇 년 후에 다시 캐 보자. 그리고 산을 내려왔다. 그날 저녁에 댄스***를 보는데 마침 댄스에 백삼이 나왔다. 아뿔싸! 낮에 산에서 발견했던 것이 바로 백삼이었던 것이다. 밖을 내다보니 눈이 내리고 있었다. 그 네 뿌리를 값으로 따지면 몇백만 위안은 될 것이다. 그러나 나는 아직도 그 자리를 찾지 못하고 있다. 그것은 내 복이 아니었던 것이다.

여기 사람들이 나를 평가하기를 꼿꼿하기도 하고 진투라고 한다. 진투,

* 족두리.
** 산삼 캐는 일.
*** 電視. 텔레비전.

진심이란 말이지. 남에게 싫은 소리 아니 하고, 남의 것 득을 보자고 애를 쓰지 않는다. 다른 사람이 곤란하다고 하면 도와주고 싶어 하지, 나는 항상.

화장(火葬)하는 것은 반대한다. 자식은 야 여기 내 아버지 산소다, 하고 가꿀 의무가 있다. 일본놈들이 옛날에 화장했지 조선 사람이 고대에 화장한 일이 없다. 조선 사람은 화장법이 없다. 내 엄마 아버지 산소는 다 훈춘•에 있다. 내 여기서 군대에 갔다가 57년에 돌아와 가지고서 57년 겨울에 갔다 왔다. 그때만 해도 교통이 불편할 때인데 그래도 갔다 왔다. 토문••까지 걸어가서 훈춘 가는 버스를 탔다.

이날까지 살면서 우리 아버지가 하신 말씀을 잊지 못한다. 인생에 살아서 남과 악한 짓도 하지 말고, 남과 싸움도 하지 말고, 남과 싫은 소리도 하지 말라. 이래야 사람이 양반 노릇한다. 못사는 사람을 없이 보지 말고 힘껏 도와주라는 거지. 이게 사람의 원천이라는 게지.

황금산은 2005년 현재 길림성 왕청현 대흥구진 영안촌에서 아내 리금순(1937년생, 68세)과 함께 살고 있다. 장녀 황미자(1964년생, 41세)는 한국에서 살고 있다. 남편은 한국인이고, 아들이 한 명 있다. 장남 황봉남(1966년생, 39세)은 같은 마을 영안촌에 살고 있다. 아들 황정국(1990년생, 15세)은 쌍하촌(雙河村) 소재 쌍하중학교에 다닌다. 차녀 황미월(1969년생, 36세)은 한국에서 살고 있다. 남편은 한국인이다. 아들 한 명을 두었다.

• 지린성 옌벤조선족자치구 훈춘시.
•• 지린성 옌벤조선족자치구 투먼시[圖們市, 도문시].

차남 황봉호(1972년생, 33세)는 오참에서 농사를 짓고 있다. 결혼하였으
나 자식이 없다. 한국에 가기를 희망하고 있다.

민족사업 추진의 보람

조사지: 흑룡강성 목단강시(黑龍江省牧丹江市) 금정호텔

조사일: 2006년 10월 23일

제보자: 원성희(元聖熙). 남. 1941년 출생(조사 당시 만 65세).
본관은 원주.

흑룡강성 목단강시의 원성희

내가 2006년에 원성희에게서 받은 명함에는 중공해림시위해림시정부 고문(中共海林市委海林市政府 顧問), 백야김좌진장군연구회 회장(白冶金佐鎭將軍硏究會 會長), 해림시조선민족노년협회 회장(海林市朝鮮民族老年協會 會長), 백두산기업집단 고문(白頭山企業集團 顧問) 등의 직함이 박혀 있다. 나에게 그를 소개한 분은 그를 '시장님'이라고 불렀다. 그는 조선족으로서 흑룡강성 해림시의 부시장을 지냈는데 사람들은 그를 부시장이라고 부르지 않고 시장님이라고 부른다.

그의 할아버지 원세준(元世俊, 1880년경~1928년경)은 사형제의 맏이인데, 그와 바로 아래 동생 원석준은 독립운동가 홍범도(洪範圖, 1868~1943) 휘하에서 독립운동을 하였다. 형제는 을사늑약(1905년)이 맺어지자 그들의 고향 함경남도 안변군 문산면 문산리를 떠나 만주로 이주하였다. 원세준은 박 씨와 결혼하고 1915년에 도문 명월구에 정착하였고, 원석준은 홍범도 휘하에 그대로 있으면서 봉오동전투(鳳梧洞戰鬪, 1920. 6), 청산리

전투(靑山里戰鬪, 1920. 10) 등에 참여하는 중에 행방불명이 되었다.

원성희의 아버지 원용찬(元容燦, 1920~1960)은 원세준의 셋째 아들이다. 첫째 아들은 병으로 일찍 사망했고, 둘째 아들은 중국 공산당에 참여해서 항일운동을 하였다. 원용찬은 40년의 짧은 생애를 사는 동안 교육 사업에 헌신하였다. 제이완(第二完)소학교, 홍전(紅傳)소학교, 구가(舊街)소학교, 중화(中和)소학교, 산하(山河)소학교 등이 원용찬이 세운 학교이다. 일제시대에 경상도 사람들이 해림으로 집단이주하여 1부락, 2부락, 3부락을 이루고 살았는데 이 부락들에 학교가 없어서 원용찬이 학교들을 세운 것이다. 그가 한창 일할 나이인 40세에 세상을 떠날 때는 해림의 산하소학교에서 교육 사업을 하고 있을 때였다.

원성희는 1941년에 흑룡강성 해림시 해남향 남라고촌(海南鄕南拉古村)에서 원용찬과 정순이의 3남 3녀 6남매의 맏아들로 태어났다.

그는 그의 할아버지와 작은할아버지가 홍범도 휘하에서 독립운동을 하였다는 데 대하여, 그리고 그의 아버지가 학교를 여러 개 세워 민족교육에 공헌하였다는 데 대하여 자부심과 긍지를 가지고 자라났다. 그리고 자기도 민족을 위하여 헌신하여야 하겠다고 마음을 다졌다. 그러나 광복 이후에 중국에서 소수민족으로 살면서 민족을 위하여 할 일이 무엇인가, 라는 스스로의 물음에 대해서는 답이 쉽사리 찾아지지 않았다.

인생의 장래에 대한 방황 속에서 그는 김좌진(金佐鎭, 1889~1930)을 발견한다. 김좌진이 활동한 거점이 바로 해림이고, 그가 암살당한 곳도 바로 해림이 아닌가. 자기가 태어나고, 지금 살고 있는 해림이 바로 김좌진 장군의 정신이 박혀 있는 곳이라는 사실이 그의 마음을 설레게 했다.

김좌진은 일제시대에 북만주 지역에 50여 개의 일반학교와 사관학교

흑룡강성 해림시 산시진 도남촌에 있는 백야김좌진장군상 앞에서. 왼쪽에서부터 원선화(원성희의 둘째 딸), 유명희(한림대 강사), 전신재(지은이), 원성희(전 해림시 부시장), 류승렬(강원대 교수), 김병철(강원발전연구원 선임연구원). 뒤에 보이는 건물이 금성정미소(2006. 10. 22. 김창호 촬영).

들을 세웠는데 그중 20여 개를 해림에 세웠다. 그가 1927년 10월에 해림에 신창(新創)소학교를 세웠는데 이것이 바로 지금의 해림시 조선족실험소학교이다. 이것은 김좌진이 세운 50여 개의 학교들 중에서 지금까지 남아 있는 유일한 학교이다.

김좌진이 살던 집은 해림시 산시진 도남촌(山市鎭道南村)에 있다. 그리고 그 집에서 200미터 거리에 금성(金城)정미소가 있다. 김좌진이 조선족의 식량 문제를 해결하기 위하여 세운 정미소이다. 바로 이 정미소에서 김좌진은 정미 기계를 수리하던 중에 암살당한다(1930. 1. 14). 극좌분자인 박상실(朴尙實)이 김좌진을 쏜 것이다. 김좌진은 "할 일이…할 일이 너무 많은 이때에 내가 죽어야 하다니…"라는 말을 남기며 숨을 거둔다.

원성희는 김좌진이 독립운동가일 뿐만 아니라 평등주의자이고, 종교가이고, 민족교육자이기도 하다는 사실에 매료된다. 충청도 홍성의 자기 집에서 1904년에 15세의 김좌진은 30여 세대의 가노(家奴)들을 모아 놓고 그들 앞에서 종 문서를 불사른다. 그리고 그들에게 논밭을 골고루 나누어 준다. 1918년 만주에서 그는 대종교(大倧敎)에 입교한다. 그리고 그는 종교를 통해서 민족정신을 강화한다. 그는 또한 황무지 같은 만주 벌판에 많은 학교를 세워 조선족에게 민족정신을 깨우쳐 준다.

원성희는 민족사업을 펼칠 꿈을 안고 북경으로 가서 중앙민족대학을 다닌다. 이 대학은 1950년에 개교한 대학으로서 소수민족의 간부를 양성하기 위해서 설립한 국립대학이다. 대학을 졸업하고 그는 공직에 몸을 담는다. 1990년에 그는 캐나다에서 열린 민족학술연구연합학술회의에 발표자로 참석한다. 이 학술회의의 주제는 남녀 간의 평등, 민족 간의 평등 등 평등이었다. 그는 중국은 민족 평등이 잘 조성되어 있는 국가임을

흑룡강성 해림시 산시진 도남촌에 있는 금성정미소 앞에서. 왼쪽부터 류승렬, 원성희, 전신재. 김좌진 장군은 1930년 1월 14일 이 금성정미소에서 정미 기계를 수리하던 중에 극좌분자에게 암살당하였다(2006. 10. 22. 김창호 촬영).

강조하였다. 중국에서는 소수민족이 행정 부분에도 참여하고 있는 사실을 논거로 제시하였다. 가령 한국에서는 다른 민족이 기업은 할 수 있지만 행정 부분에는 들어갈 수 없지 않은가.

2000년에는 한국의 서울에서 열린 김좌진세미나에 발표자로 참석했다. 그는 이 자리에서 김좌진이 평등주의자임을 특히 강조하였고, 종교가, 교육자, 독립운동가로서의 면모도 부각시켰다. 이 세미나의 발표자는 그를 비롯해서 서울대 신용하 교수, 수원대 박환 교수, 보훈처 조 박사 등 네 사람이었다. 그는 또한 해림시 부시장의 자격으로 대한민국 보훈처를 찾아가서 해림에 김좌진장군기념관을 세울 데에 대하여 협의를 하였다. 우선 경비가 문제였기에 경비 조달 방법을 주로 논의하였다. 그는 해림시로 돌아갈 때에 백야김좌진장군기념사업회의 김을동 이사장과 함께 갔다. 그녀에게 보여 줄 것이 많이 있었기 때문이다.

그런데 문제는 경비뿐만이 아니었다. 중국에 김좌진장군기념관을 지으면 중국에서 김좌진 장군이 우상화될 염려가 있다고, 조선족 아닌 한족들이 우려를 표명하였다. 논의 끝에 건물의 이름을 '중한우의공원(中韓友誼公園)'으로 하기로 하였다. 위치는 해림시 해랑로 철남가(海浪路鐵南街). 김좌진이 세운 신창소학교의 후신인 해림시 조선족실험소학교 인근이다. 부지 5천 평을 해림시 정부가 무상으로 제공하고, 한국의 백야김좌진장군기념사업회가 한국 보훈처의 지원을 받아 613평의 건물을 지어 40년 동안 운영한 뒤에 해림시 정부에 넘겨주기로 하였다. 이 건물에는 역사관, 연수관, 복지관이 있는데, 역사관에 북만주 지역에서의 독립운동에 관한 각종 자료들이 전시되어 있다. 복지관에는 연회실, 웨딩홀, 다목적홀, 귀빈 숙소 등이 있다. 김좌진장군기념관으로서의 성격이 많이 약화되었다. 예산 28억 원으로, 2001년에 착공하여 2005년에 준공하였다. 원성희는 조선족으로서 중국 정부에 들어가 일하면서 자기 나름대로의 민족사업관, 국가관 등을 체득하게 되었다. 그것을 요약하면 다음과 같다.

내 평생의 과업은 민족사업이다. 중국 정부가 한족이 아닌, 조선족인 나 원성희를 배양한 까닭은 나에게 조선족 사업을 맡기기 위해서이다. 즉 '중국 정부의 민족 정책을 조선족에게 시달하고, 조선족을 부흥하게 만들라'는 과업을 나에게 준 것이다.

나는 평생 동안 조선족 사업을 위해서 몸과 마음을 다 바칠 것이다. 조선족 사업이란 곧 조선 민족을 부흥하게 만드는 사업일진대 부흥한다는 것은 구체적으로 무엇이 어떻게 되는 것인가. 그것은 물질문명, 정치문명, 정신문명이 모두 고르게 발전하는 것이다. 이 목적을 달성하기 위한 정책으로는 공산주의의 정책만으로는 한계가 있고, 자본주의의 정책만으로도 한계가 있다. 공산주의는 자본주의의 장점을 배워 와야 하고, 자본주의는 공산주의의 장점을 배워 와야 한다. 공산주의와 자본주의는 서로의 구분을 뛰어넘어 공동의 목표를 추구해야 한다.

또 하나. 조선족의 부흥이 조선족의 부흥으로 그치는 것은 아무런 의미가 없다. 조선족의 부흥은 중국의 부흥으로 이어져야 하고, 이것은 인류의 부흥으로 이어져야 한다. 중국과 조선과 한국의 구분을 뛰어넘어 인류의 부흥이 실현될 때 조선족의 부흥은 진실로 의미를 가질 수 있다. 우리는 궁극적으로 인류의 발전을 위해서 공헌해야 한다. 그것이 곧 민족의 발전이다.

이러한 목적을 달성하기 위해서는 중앙 집중의 강한 추진력이 있어야 한다. 지금 중국이 빠르게 발전하고 있는 것은 정치적, 경제적으로 중앙 집중이 잘 되어 있어 추진력이 강하기 때문이다. 지방에 맡기면 일이 잘 이루어지지 않는다.

우리 민족에는 총명한 인재들이 많이 있다. 그럼에도 조선족에서 인류문명의 발전에 기여한 인물이 많이 나오지 않은 것이 아쉽다. 반기문 유엔사무총장 같은 인물이 계속 나와야 하는데 그러지 못해 아쉽다. 그 숱한 총명한 인재들을 틀어잡을 수 있는 정치력이 있는 인물이 한국에는 없다. 큰 인물이 나와서 나라를 틀어잡고 총명한 인재들이 열정과 재능을 마음껏 발휘하게 해 주어야 한다. 지금 한국에서는 각 정당은 국가 대사는 생각하지 않고 자기 당의 이익만을 위해 싸우고, 그래서 국회가 분열이 되어 제 일을 하지 못하고 있다. 대통령이 뭐라 해도 자기 마음에 맞지 않으면 움직이지 않는다. 이것은 참으로 부끄러운 일이다. 지금의 한국에는 마오쩌둥과 같은 인물이 필요하다. 지금의 한국에는 박정희와 같은 인물이 다시 나와야 한다.

북한에는 쌀을 갖다 주지 말고 스스로 농사를 지을 수 있는 여건을 만들어 주어야 하며, 비료를 갖다 주지 말고 비료를 만들 수 있는 여건을 만들어 주어야 한다. 북한으로 하여금 경제적 수평을 이루게 한 다음에 핵무기를 없애도록 해야 한다.

원성희가 가장 존경하는 인물은 마오쩌둥이다. 외세와 특정 가문의 권력을 물리치고, 공인과 농민이 국가의 주인인 민주공화국을 건설한 그의 업적은 높이 평가되어야 한다.

원성희가 지금의 시점에서 자기의 삶을 돌아볼 때, 가장 보람을 느낀 일은 민족 사업을 힘껏 한 것이다. 그리고 가장 후회가 되는 것은 능력이 모자라서 조선족의 생활수준을 지금보다 높게 해 주지 못한 것이다.

그는 하얼빈, 아성, 일면파, 석두화자, 홍덕호자, 홍도, 해림, 경박호, 백두산을 순서대로 잇는 도보 행진 코스를 만들 포부를 가지고 있다. 이 장소들은 우리 민족의 혼이 서려 있는 곳이다. 하얼빈은 안중근이 의거를 일으킨 곳이고, 아성 또한 열차가 정차했던 곳이고, 일면파는 유일단이 창설된 곳이고, 석두화자는 김좌진이 그의 어머니와 동생 동진과 함께 살던 곳이다. 홍덕호자는 중동철도*를 건설할 때 조선족들이 와서 일을 하고 건설이 끝나자 마을을 조성하고 눌러 살던 곳이고, 해림은 김좌진의 유적지와 기념관이 있는 곳이고, 경박호는 발해의 유적지이면서 일제시대에 독립군이 크게 승리한 전투 현장이다. 그리고 백두산은 민족의 성산이다. 홍도는 세계에서 호랑이를 제일 많이 키우는 곳이면서 아시아 제일의 스키장이 있는 곳이다.

그의 어머니 정순이(鄭順伊, 1921~1994)는 강원도 춘천시 신북면 산천리가 고향이다. 그녀는 어려서 아버지를 잃고 편모슬하에서 자랐다. 10대의 시절에 그녀는 고향에서 방직공장에 다녔다. 그 방직공장이 서울로 옮겨 가자 그녀는 어머니와 함께 공장을 따라 서울로 갔다. 이에 앞서 그녀의 오빠가 일거리를 찾아 만주 남방으로 갔다. 그곳에서 그녀의 오빠는 원용찬을 알게 되었고, 그의 열정적인 삶의 태도를 눈여겨보게 되었다. 오빠는 서울로 가서 어머니와 순이를 만주로 데리고 왔다. 그때

---

* 中東鐵道, 만주 북부 마저우리[滿洲里, 만주리]와 수이펀허[綏芬河, 수분하]를 잇는 철도. 러시아의 주도로 1898년에 착공하여 1903년에 완공. 일본에서는 동청철도(東淸鐵道)라고 부른다.

정순이의 나이 17세. 오빠는 서둘러서 정순이와 원용찬을 결혼시켰다.

원성희가 부시장으로 근무할 때 어머니는 가난하고 불쌍한 인민들을 돕는 데에 큰 역할을 하였다. 크게 돕지는 못해도 마음으로, 작은 선물로 어머니는 가난하고 불쌍한 인민들을 돕는 데에 정성을 다하였다. 어머니는 자기의 힘만으로는 부칠 때면 아들에게 호소하였다. 저 할머니는 꼭 도와주어야 한다고. 어머니는 늘 말씀하셨다. 강원도 춘천은 산 좋고, 물 좋고, 살기 좋은 곳이라고.

원성희는 그의 아내 홍순희(1943~)를 농장에서 만났다. 그는 초중학교를 졸업하고 농장에서 일하였다. 그 농장에서 그는 홍순희를 만났다. 그녀 역시 중학교를 졸업하고 그 농장으로 일하러 온 것이다. 그녀는 함경북도 출신인데 놀쪽하니 인물이 잘 섰고 총명하였다. 그녀는 고아였다. 원성희는 홍순희를 만난 즉시 그녀에게 마음을 빼앗겼다. 원성희는 1958년 18세에 입대하여 군기학원에서 근무하고, 1961년 20세에 홍순희(18세)와 결혼한다. 그리고 북경으로 가서 중앙민족대학을 다닌다.

원성희에게는 여동생, 여동생, 남동생, 남동생, 여동생이 있다. 위의 두 여동생은 죽었다. 두 남동생은 해림 양식국, 환보국에서 각각 근무하고 퇴직하여 지금은 다 아내와 함께 한국에 가 있다. 여동생은 남편이 통계국 국장으로 있다. 동생들 모두 자식을 둘씩 두었는데, 조카들 여섯 명이 모두 대학을 졸업했거나 재학 중이다.

원성희는 딸 둘을 두었다. 큰딸 미화(美華, 1963~). 남편 김헌일(金憲一)은 해림시 과학협회 주석. 딸은 고등학교 학생. 작은딸 선화(善華, 1970~). 남편 류화선(柳華鮮)은 교통국에 근무하고 있으며 아들은 중학생이다.

아름다운 여인 리동순

조사지: 길림성 용정시 조양천진(吉林省龍井市朝陽川鎭) 쌍
봉촌 수커리 리동순의 집

조사일: 2004년 10월 18일/2005년 6월 28일

제보자: 리동순(李東順). 여. 1946년 출생(두 번째 조사 당시
만 59세). 본관은 전주.

길림성 용정시의 리동순

중국 길림성 용정시 조양천진 쌍봉촌, 1983년 겨울.

그때 리동순은 37세였고, 임신 9개월이었다. 금숙(딸, 열두 살), 용일(아들, 열 살), 금복(딸, 두 살)이 있으니 곧 넷째가 태어나게 된다. 그러나 리동순에게 그것은 축복받은 임신이 아니라 고통스러운 임신이었다. 인구 정책에 따라, 자녀가 있는 사람이 또 아기를 낳으려면 나라에 삼천 원을 내야 하는데 리동순에게는 돈 삼천 원이 없었다. 그렇다고 9개월 된 아기를 지울 수도 없었다.

남편 권정길(權正吉, 1941년생)은 돈을 꾸어 오자고 했다. 아이 없고 돈 있는 집에 가서 돈 삼천 원을 꾸어다가 아기를 낳자. 그리고 아이 없는 그 집에 우리 아기를 주자. 나중에 돈 벌어서 삼천 원도 갚고 이렇게 말하고 남편은 집을 나갔다. 그런데 집을 나간 남편은 시간이 흘러도 돌아오지 않았다.

문 밖에서 차 소리가 나더니 사람들이 들이닥쳤다. 조양천진의 인민공사• 사람들이었다. 그들은 리동순을 차에 싣고 용정시내의 병원으로 갔다. 그들은 리동순을 수술대 위에 올려놓았다. 리동순이 임신한 것을 그들은 어떻게 알았을까. 둘째를 낳았을 때 그들은 말했었다. 당신은 이제 임신할 수 없습니다. 임신 못하게 수술을 했습니다. 그런데 어쩐 일인지 팔 년 후에 임신을 하였다. 그것이 셋째 금복이. 그때는 잘 넘어갔었다. 그런데 금복이 낳고 이 년 만에 또 임신을 한 것. 수술대 위에서 리동순은 까무러쳤다. 리동순이 깨어나자 그들은 다시 분주해졌고, 리동순은 다시 까무러쳤다. 의사는 수술을 포기하였다. 하루에 두 번 까무러치는 사람을 수술할 수는 없습니다. 그들은 리동순을 데리고 다른 병원으로 갔다. 이번에는 군인병원이었다. 의사는 약을 썼다. 그러나 뱃속에서 다 큰 아기는 죽지 않았다. 의사는 강제로 아기를 낳게 했다. 아들이었다. 그들은 아기를 가지고 나가서 눈 위에 버렸다. 리동순은 집에 가서 또 까무러쳤다.

남편 권정길이 군인병원으로 가서 아기를 달라고 하였다. 병원에서는 이를 거절하였다. 아기는 눈 위에서 얼어 죽어 있었다. 소동을 부려도 병원에서는 죽은 아기를 내어 주지 않았다. 권정길은 병원을 떠나지 않았다. 사흘째 되는 날 저녁에 병원에서 아기의 시체를 내어 주었다. 병원의 책임자가 권정길에게 말하였다. 다른 사람의 눈에 절대로 띄지 않게 하시오.

<hr>

• 人民公社, 우리나라의 군청(郡廳)에 해당하는 기관.

권정길·리동순 부부. 권정길은 천주교 신자이고, 리동순은 천주교를 탄압
하던 홍위병이었다(2005. 5. 16. 진용선 촬영).

죽은 아기를 포대기에 싸서 가슴에 안고 권정길은 병원을 나섰다. 눈이 내리고 있었다. 권정길은 용정시내에서 쌍봉촌까지 걸어서 갔다. 시내를 벗어나면 삭막한 벌판. 바람 불고 눈 내리는 만주 벌판, 그 캄캄한 만주 벌판을 권정길은 걸어서 갔다. 죽은 아기를 가슴에 안고 눈을 맞으며 권정길은 걸어서 갔다. 새벽이 되어서야 권정길은 집에 도착하였다. 권정길은 얼어 죽은 아기를 따뜻한 방으로 데리고 들어가고 싶었다. 그러나 방에는 어린 삼남매가 있어 그럴 수는 없었다. 권정길은 외양간 옆에 아기를 묻었다. 그리고 그 옆을 떠나지 않았다. 아비를 잘못 만나 죽은 우리 아기. 천당으로 가거라. 그제서야 권정길은 발이 아려오는 것을 느꼈다. 내려다보니 한쪽 발에는 신이 신겨 있고 한쪽 발은 맨발이었다.

리동순은 편하지 못한 몸을 억지로 움직여서 간신히 밥상을 차려서 권정길 앞에 놓았다. 권정길은 밥상을 집어던졌다. 이 머저리 같은 것. 끌려가기는 왜 끌려가. 죽어도 못 간다고 하면 될 거 아냐. 어쩌자고 끌려가서 자식을 죽이고 와. 범도 지 새끼는 안 죽여. 남편의 분은 봄이 되어도 풀리지 않았다. 어느 봄날 내외는 밭에 나가 김을 매고 있었다. 남편은 일하다 말고 갑자기 호미를 멀리 내던졌다. 그리고 아내를 향하여 소리를 질렀다. 이 바보야. 안 끌려가면 됐을 것 아냐. 리동순은 남편으로부터 도망을 쳤다. 자기가 남편의 눈에 띄지 않으면 남편의 분이 수그러질 것 같았다. 리동순은 집에 들어가지 않았다. 권정길은 리동순을 찾아냈다. 네가 미워서 그런 게 아니야. 너무 기가 차서 그런 거야. 너 오늘 저녁 집에서 나가면 너 오늘 저녁에 죽는다.

리동순은 남장지에서 태어났다. 남장지는 쌍봉촌에서 80리 떨어져 있는 마을. 남장지의 산골에서 리동순의 아버지는 숯을 구웠다. 강원도 산골에서 숯을 굽다가 살길을 찾아 만주로 왔지만, 만주의 산골에서도 그는 강원도 산골에서처럼 숯을 구울 수밖에 없었고, 강원도 산골에서처럼 가난할 수밖에 없었다. 가난 속에서 그는 난폭해졌고, 남편의 난폭 앞에서 아내는 심장이 약해져 갔다.

그러나 그들의 딸 리동순은 어린 시절에 마을 사람들의 기대를 한 몸에 모으고 있었다. 리동순이 남장지의 소학교를 일등으로 졸업했을 때 교사들은 리동순에게 팔도중학교 입학시험을 치를 것을 강력하게 권 장했고, 리동순은 우수한 성적으로 합격했다. 남장지에는 공판학교*가 없었고, 팔도중학교는 공판학교였다. 리동순의 합격은 어머니에게는 아 픔이었고, 마을 사람들에게는 영광이었다. 리동순의 합격은 남장지 전체 의 영광이었다. 주민들은 리동순을 위해서 돈을 걷었다. 그 돈 50원으로 어머니는 이불과 공책까지만 장만할 수 있었다. 열세 살의 리동순은 이 불과 공책만 가지고 팔도로 갔다. 리동순은 학비도 식비도 못 가져왔지 만 공부하게 해 달라고 선생님에게 간청하였다. 선생님은 고개를 저었 다. 열세 살의 리동순은 이불을 안고 울면서 학교를 나왔다. 한참 뒤에, 집으로 가는 멀고 먼 길을 걷고 있는 열세 살의 리동순을 선생님들 여러 명이 따라왔다. 우리가 잘못했다. 학교로 가자. 국가로부터 장학금을 받 게 해 주마. 선생님들끼리 회의를 한 모양이었다. 이렇게 해서 리동순은 꿈에 그리던 공판학교, 팔도중학교에서 공부할 수 있게 되었다.

* 공립학교.

그러나 그 꿈은 결국에는 깨지고 말았다. ‘공부’와 ‘어머니’, 둘 중의 하나를 선택해야 하는 상황에서 리동순은 어머니를 선택했다. 중학교 2학년 때에, 국가 장학금이라는 유리한 혜택을 물리치고 리동순은 울면서 집으로 갔다. 학교에서 집으로 가는 길은 언제나 울면서 가는 길이었다. 집에 도착했을 때, 어린 남동생이 울면서 뛰어나왔다. 누나, 엄마가 죽었어. 사흘 뒤에 어머니는 기적처럼 살아나셨다. 그러나 이때부터 리동순은 집안의 ‘어머니’ 역할을 해야 했다.

가난 속에서 리동순은 꿈을 키웠다. 그 꿈을 실현하기 위하여 그녀는 열여섯 살에 공청단*에 입단하였고, 스무 살에 문화혁명이 일어나자 홍위병**이 되었다. 리동순은 부녀대장, 부녀주임 등의 직책을 담당하였다. 홍위병들은 천주교 신자들의 집을 찾아다니며 그들을 타도하였다. 그녀는 종교는 아편과 같은 것이고 천주교인들은 나라를 팔아먹는 매국노라는 신념으로 무장되어 갔다. 문화혁명은 용정시 조양천진 팔도촌에 있는 팔도성당을 때려 부수었다. 이 성당은 1903년에 독일 신부가 지은 성당이다. 리동순은 연길에 있는 신문사를 때려 부수는 일에도 가담하였다.

스무 살이 지나면서 여기저기에서 중매의 말이 들어왔다. 그때마다 리동순은 못을 박았다. 첫째, 술을 많이 마시지 않는 남자. 둘째, 교인이 아닌 남자. 술을 많이 마시면서 남자가 어떻게 폐인이 되어 가는지를 리동순은 아버지를 통하여 똑똑히 보았다. 천주교를 믿는 사람들은 별나

---

* 共靑團, 공산주의청년단. 중국에서 1920년 결성된 단체. 중국공산당보다 먼저 결성되었다.
** 紅衛兵, 1966년에 본격화한 중공의 문화혁명의 한 추진력이 된 학생 조직.『마오쩌둥 어록』을 한 손에 들고 조반유리(造反有理), 파구입신(破舊立新)의 슬로건을 걸고 활약한, 마오쩌둥을 지지한 학생 조직.

철저한 공산주의자였던 리동순은 독실한 천주교 신자가 되었다. 사진은 리동순이 다니는 팔도천주교회. 길림성 용정시 조양천진 팔도촌에 있다. 이 성당은 1903년에 독일의 베네딕트회(분도회)에서 지었는데 문화대혁명 때 파괴되었고 그후에 다시 지었다. 이 성당은 2004년 7월 연변조선족자치주 종교사목국으로부터 우수종교활동장소로 표창을 받았다(2005. 7. 3. 전신재 촬영).

지도 않으면서 별난 척 말하고 행동하는 것이 싫었다. 그러나 그런 것보다도 종교는 혁명의 최대의 적이 아닌가.

스물두 살에 리동순은 권정길과 결혼하였다. 리동순은 남장지에서 석탄 트럭을 타고 쌍봉촌의 권정길에게로 갔다. 권정길이 강원도 사람이라는 사실이 마음을 정하는 데에 크게 작용했다. 그의 고향이 강원도 평강이었던 것이다. 그러나 시집을 와 보니 남편은 술을 잘 마시는 남자였고, 천주교 신자였다. 남편뿐 아니라 남편의 가문 자체가 대대로 천주교 신자인 가문이었다. 거기에다가 시아버지는 화병에 반신불수였고, 시어머니는 오랜 지병으로 병석에 누워 있었다. 혁명 활동을 계속하기 위해서는 이혼할 수밖에 없겠다고 리동순은 판단했다. 그러나 이혼이 어찌 그리 쉽겠는가. 리동순은 가정에 매몰되어 갔고, 결혼한 지 2년 만에 공청단에서 제명되었다.

아기를 낳기 시작하면서 리동순은 몸이 망그러지기 시작했다. 둘째를 낳고 나서는 척추뼈가 퉁그러져 나왔다. 다리도 마음대로 못 쓰게 되었다. 이러한 상태에서 셋째를 낳고, 넷째는 군인병원에서 강제로 낳게 하여 죽였다. 그리고 2년 후에 또 아기를 낳았다. 그러는 동안 리동순의 몸은 계속 망그러져 갔지만 병석에 누워 있는 시부모 앞에서 자기의 병을 키울 수밖에 없었다. 거기에다가 60원이었던 빚이 3년 후에 2천 원이 되었다. 이런 절망 속에서 리동순은 하느님의 빛을 발견하게 된다. 아기를 눈 속에 얼어 죽이던 해에 리동순은 영세를 받는다.

나는 리동순 누시아를 두 번 만났다. 2004년 가을에 처음 만났고, 2005년 여름에 다시 찾아갔었다. 두 번째 만났을 때 리동순은 59세였다. 그녀의 집은 외딴집인데, 고속도로 옆에 있었다. 그 고속도로는 아직 포장은 되어 있지 않았고, 그 집은 먼지를 뒤집어쓰고 있었다. 그 집은 한 귀퉁이가 고속도로로 들어가 있었고, 그 고속도로는 급속하게 변모하고 있는 중국의 상징처럼 보였다. 한 귀퉁이가 잘려나가 그 집은 기이한 형태로 남아 있었다. 그래도 그들 내외는 고집스럽게도 그 집에서 그대로 살고 있었다. 두 번째 만났을 때 나는 그 집에서 잤다. 동행했던 사람들은 모두 연길로 돌아가고 나 혼자서 그 집에서 잤다. 그날 밤 나는 누시아의 남편 권정길 시몬과 술을 많이 마셨다. 그 집에는 방이 하나만 있어서 그 집 부부와 나는 한 방에서 잘 수밖에 없었다. 헤어지기 전에 나는 누시아에게 물었다.

"제일 존경하는 분은 누구세요?"

"세속을 말합니까? 천국을 말합니까?"

"세속에서요."

"어머님."

"살아오시면서 제일 기뻤을 때는 언제였어요?"

"맏자식 학교 보낼 때. 첫 자식을 처음으로 소학교에 입학시킬 때 참 기뻤디."

"제일 보람을 느꼈을 때는?"

"둘째 딸이 대학 졸업하고 광동성 연구소에 있습니다. 지난 설에 소장이 전화를 했습디다. 딸을 잘 두었다고 논문을 발표해서 일등을 했습니다. 올해 스물네 살입니다. 빚을 내어 공부시켰습니다. 내가 중학교 그만두고 울면서 집에 가던 얘기해 주면서……”

“제일 고통스러울 때는 언제였어요?”

“다리 못 쓰고 들어앉았을 때 영 고통스럽습디다. 내 세 번이나 들어앉았댔습니다. 걷지 못하고. 한 번은 이짝에 풍맞아서 또 들어앉았었고 풍맞은 거는 이 수녀님이 곤쳐주고 갔습니다.”

“수녀님이 좋은 일 많이 하셨네요.”

“교우들이 많이 울었습니다. 가신 수녀님 보고 싶어서. 누구네 가정이 어떻다 하면 방문하지, 와서 일을 해 주지, 어느 집에서 무슨 사고났다 하면 또 와서 일을 해 주지, 정말 수녀님들 가정 방문 세게 했습니다. 그러니까 신자들도 무슨 별나지 않은 음식이라도예, 감자지지미라도 해 놓고 오시라 하고, 옥시기도 삶아놓고 오시라 하고 그저 이랬댔습니다. 그런데 가실 때는 알리지도 않고 그저 모른 척 가십디다. 수녀님이나 신부님들이. 그래 가신 뒤에 모두 신도들 울기도 많이 울었습니다. 너무도 인정있게 하시고, 고맙게 하시고…”

“돌아가시기 전에 꼭 하시고 싶은 일은?”

“글세, 죽기 전에 꼭 하고 싶은 거. 자식 너이 키운 거 주님한테 하나 바쳐야 되겠는데, 내 힘으로 하지 못하니까. 내 소원은 그건데 그렇게 될 거 같지 않습니다.”

“친척분 중에 누가 수녀라고 하셨지요?”

“수녀인 게 아니라, 신부질 합니다. 우리 남자들의 누나, 그 막내아들이 훈춘에서 신부질 합니다. 거기 본당 신부입니다.”

떠나는 날은 마침 일요일이었다. 나는 권정길 시몬과 함께 미사에 참석했다. 성당은 10리 쯤 떨어진 팔도촌에 있었다. 문화혁명 때 파괴되었던 것을 같은 자리에 다시 지은 것이다. 주보는 2면으로 되어 있고, 2주일 겸용이었다. 신자들은 대부분이 노인들이었는데 기도문을 외는 억양은 우리나라 초등학교 학생이 국어책 읽는 억양과 비슷했다. 수녀님 두 분은 수녀복을 입지 않고 평상복을 입고 있었다. 부산 올리베따노 성베네딕또 수녀원에서 파견 나온 그들은 팔도위생원의 간호원 자격으로 근무하고 있었다. 신부님은 엄태준 아브라함. 출생지는 중국이지만 할아버지의 고향은 강원도 영월. 엄 신부는 몇 년 전에 영월을 찾아갔었다. 영월은 참으로 아름다운 곳이라고 말씀하신다.

미사를 마치고, 성당에서 내려와 연길행 버스를 탔다. 여자 차장에게 5원을 내니 1원 50전을 거슬러주었다. 20명 정도가 탈 수 있는 작은 버스인데 버스는 몹시 흔들렸다. 그 좁은 버스 안에서 사람들은 담배를 피웠다. 어느 곳에서 버스가 서고 젊은 남자가 내렸다. 그런데 버스는 움직이지 않았다. 이상하여 밖을 내다보니 그 젊은 남자가 길가에서 오줌을 누고 있었다. 그 남자가 타고나서 버스는 다시 흔들리며 갔다.

리동순은 2005년 현재 길림성 용정시 조양천진 쌍봉촌 수커리에서 남편 권정길(64세. 세례명 시몬)과 함께 살고 있다. 권정길의 고향은 강원도 평강이다. 장녀 권금숙(1971년생, 34세)은 결혼하고 태양향에서 산다. 장남 권용일(1973년생, 32세)은 결혼하고 연길에서 기계 수리공으로 일하고 있다. 자동차 면허가 있으나 차가 없다. 며느리도 기계 수리공이다. 차녀 권금복(1981년생, 24세)은 대학에서 화학을 전공했다. 광동의 연구

소에서 일한다. 미혼. 차남 권용근(1986년생, 19세)은 연길에 가서 기술대
학을 다니고 있다. 미혼.

마을의 민족주의자

조사지: 요녕성 심양시 동릉구 만융촌(遼寧省瀋陽市東陵區
滿融村)

조사일: 2007년 10월 16일

구술자: 김경배(金京培). 남. 1937년 출생(구술 당시 만 70세).

동석자: 부인 안필수(만 68세), 이웃 사람.

요녕성 심양시의 김경배

우리가 칠남맨데, 내가 셋째거든. 긴데 큰형, 둘째형은 조선 강원도 철원서 낳아가지고 왔고. 나는 여기 와서 낳았어. 일천구백삼십오 년에 우리 아버지가 오신 것 같어, 내 생각엔. 나는 삼십칠 년도 생이거든.

할머니는 여 저 흑룡강성 그 여여 북사라는 데서 세상을 뜨고, 우리 할아버지가 날 참 귀여워해, 날. 그래서 내 이거 기억에, 우리 할아버지 따라댕기다가, 할아버지는 술 잡숫고, 그전에. 그리고 그 문턱에 가 있다 문이 바람에 불어가지고 이 저 막 찡겨가지고 이래 뭐 난중에 손톱이 안 나잖아. 뭐 이래 낑겨가지고 이거이거 안즉도. 그래 우리 할아버지 생각나면 내 이거만 보면 우리 할배 생각이 나. 우리 할배. 그래서 은제나 이 손가락을 이거, 이거 왼쪽 손 중지, 요거 때매 생각이 나지. 우리 할아버지가 참 대단해요. 우리 아버지가 쪼끔만 잘못하면요, 그전에 저 저저저 담배 있잖아? 담뱃대. 한국서 가져온 거라. 거기다가 “음!” 하고 울 아버지를 머리를 막 때려요. 나는 그래, ‘할배 이거 너무 그런다.’

싶을 때가, 어릴 때 생각인데.

우리 할매는 생각이 안 나지, 잘. 만저 세상을 떴으니깐. 그래고 할아버지는 일천구백사십오 년, 고때 저저 우리 저 삼릉툰이라고, 흑룡강성 오상현 삼릉툰 산골에 있을 적에 세상을 떴는데. 그때 소련 군대들이 막 와가주 중국 해방시킬 때라. 그래 와가지구서 그러는데 우리 아버지가 저저저저저 저 우리 할아버지가 그때는 전부 다 뭔가 하면 장질부사병에 전부 다 드러눕어가지구서, 뭐 그 전염병 얼마나 엄중합니까? 그때. 그런데 마감에 그래도 우리 할아버지 하나 세상 뜨고는 고만 다 일 없었다고.

그래 우리 할아버지 세상 떠서 그때 그니깐 여기 중국에 치안대라고, 치안대라고 그건 막 협박도 하고, 막 고저 이거 도둑질도 하고, 하면서 정치를 한다 하면서 해방 나던 해는 말이야, 우리 할아버지가 세상을 떴는데 와가지고 뭐 우리 제사를 지내고 그래도 우린 또 새 집을 짓고 그래 들어가 있는데 막 그러드만. 사람이 죽어서 그래도 이 사람 염치가 있는지. 그런데 그기 무슨 군댄고 하니까 국민당* 그전에. 그냥 가더라고. 그래 그때 세상 뜨면은 그전에야 뭐 있습니까? 화장을, 나무를 모아서 쌓아 놓고, 휘발유나 몇 병 사서 뿌리고, 불내서 우리 할아버지 화장했어요. 그니깐 그게 일천구백사십육 년도야? 칠 년도야? 그때 할아버지 돌아가셨을 때가.

그때 우리 아버지가 이거 참 대단하신 분이라. 납빈농장 개척자. 우리

---

* 중국국민당: 1928년부터 1949년까지 중국 본토의 대부분을 통치했던 정당. 1949년 이후에는 장제스와 그 후계자들의 지도로 타이완을 통치.

아버지가. 김태룡(金泰龍)씬데. 아버지 이름만 대며는 그 골짝에는 다 안다고요.

그 다음에는 우리가 거기 있다가 참 어디를 갔는가 하니까, 산으로 산으로 전부 다 우리 형 둘, 내, 우리 여동생 하나 있었고. 그 순배라 내 동생이라. 이래 해서 짐을 지고, 산을 넘어 우리 길림성 보안촌이라고 있어요. 서란현(舒蘭縣) 보안촌이라고, 글로 왔지 뭐. 글로 와서 방청살이라고 아오? 방청살이라고 모르지요? 남으 땅을 빌려서 농사를 짓고, 그래 한 해 했재 뭐, 거기서. 그래 한 해 하고, 고 이듬해에 또 북사다라는데, 내가 태어난 곳이 북사다란 말이야. 오상현 북산. 글루 대번 갔어. 가가주구 그때 그러니깐, 그해가 일천구백사십육 년이다. 그래 사십육 년도 내가 거기 갔단 말이야, 우리가. 이사를 가가지고, 한 해를 그러니깐 집도 거저 주고, 그거는. 내탕 우에 막 거저, 그래 정돈이 잘 안된 이런 정서에서 뭐 일본 그놈들은 막, 야아 그 일본 놈덜 수타 죽었어요. 내가 직접 봤는데. 고때 내가 열 살 땐데 이거 다리가 있잖아? 다리 밑에 가며는 막 이런데, 그때 총도 없고, 창으로 막 찔러 죽여 피가 막 줄줄줄 물을 따라 흐르고. 그 수타 죽었어. 이거 직접 목격한 겝니다. 그르구 그래 거기를 가가니까 그래도 중국 사람들이 우리 아버지를, 그전에 그 내가 태어난 다음에 갔으니깐 집도 주고, 땅도 주고, 그래 농사를 지었더라니까. 사십육 년도, 사십칠 년도쯤 됐을 기라. 연변에서 이민을 많이 왔드라구. 그게 함경도 사람들. 그래 와가지고 우리 아부지가 그때 뭐인가 하면 농회(農會) 주임이다, 우리 아부지가.

그런데 그 저 그러니까 내가 열 몇 살 됐지. 그 다음에 인자 소학교를 거기서 세와가지고 내가 공부를 했다고. 나는 그전에 일본시대 때 일본

학교를 좀 댕겼어. 그래 댕기다가 이학년 올라가서 해방이 나니까 학교를 못 댕기다가 한 이삼 년 복잡할 적에 여 와서 학교를 세와가지고. 그전에 나는 또 이거 뭐야, 집에서 자습한 뭐야 국문이라던가, 천자라던가, 이걸 조금 이래가지고 여남은 살 때 배왔단 말이야. 일학년에 가니까 이학년에 가라 그래. 이학년에 가니까, 몇 달 안돼 또 삼학년에 가라 그래. 내가 우리 칠남매 중에는 내가 좀 글을 쓴다 했어. 그래서 우리 형이 북조선서 세상 떴지마는, 우리 둘째 형님은 좀 둔하지만 나는 십 리까지 걸어서 통학하면서 공부를 해가지고. 그래도 그때 오상현에 중학교는요, 오십이 년도, 오십삼 년도 그때 그 우리 시험 친 그 경쟁률이 육 대 일이다. 한 개 현이믄 조선족학교, 중학교 한 개뿐이라요. 근데 내가 그래도 학교를 붙었다꼬. 그래 선생이, 손 선생인데, 졸업할 때 육학년 다 데리구 시켰댔는데, 나는 야 우리 형님 둘이 전쟁 때, 육이오전쟁 그거, 다 참가 이래가지고 갔지. 그래 내가 셋쨴데 내가 아버지 어머이 모셨는데, 어머이는 그전에 산후 그 병을 해가지고 밤낮 머리가 다 빠지고. 그래서 내가

"나는 공부도 안 하갔다."

하고 아주 그랬는데. 우리 아부지가

"야, 내 원이나 풀게 중학생이라두 하나 있어야지, 우리 집에."

그라믄서 베틀을 내서, 베 두 단 어치를 내가지고 주더라꼬. 내 사흘 동안 공부를 해가지고 그래도 그 놈들 다 제끼고 중학교 간 기라, 육 대 일에. 그때는 우리 노어 배왔다고. 그래 오상중학교 졸업 맞고 내가 또 상해에 한 이 년 있다가 이래 길림 서란을 왔어요. 일천구백오십구 년도 와가지고 기계, 전기 전문으로 했어요. 그래 하다가 또 이 단에서

오라, 저 단에서 오라, 해가지고 내가 한 오륙 년. 나는 이래 정년퇴직을 하고. (어디에서 정년퇴직하셨어요?) 길림성 서란광무국(舒蘭鑛務局). 내 여기 사십 년 다닌 사람이오. (사십 년?) 예, 보자, 사십 한 오년 된다. 여기가 어딘고 하니 광산. 저 탄광인데 나는 기계, 전기 전업이라. 이 중국에는요 팔급이며는 공인제에서 그 팔급이며는 제일, 급수 높으지. 고 다음에 시험 쳐서 내가 합격한 기 국가 기사. 기계, 전기, 내가 기사니깐. 국가 대우도 있고. 오늘 여기 만났던 사람 중에 봉급 받는 사람이 없지. (그럼 지금, 퇴휴금 받으시겠네요?) 받지. (얼마 받으세요?) 내 뭐 그 닥, 천여 원 정도. 적지요, 뭐 얼마 안돼. 일찍이 퇴직했으니깐.

내가 딸이 여섯인데. 고등 이상, 대학 다 졸업시켰다고. 처음에 놓은 게 아들이라. 아들인데 낳자마자, 그때는 위생조건, 요기 과히 의학이 못 따라와서 이게 뭐 읊애버리고. 그래 내 '아들, 아들' 하다가 여섯꺼지 낳았어. 낳아도 나는 다 그거 인간 만들려고 무척 일 많이 하고, 고생도 많이 한 사람이에요.

내 참 이거 다 말 할라며는 정말. 기래 지금 딸들이 출세를 다 했어요. 그전에는 조선, 우리 한국 사람들 말 있잖아? '먹은 소가 똥을 눈다.'[*] 꼬. 배와야 돼. 모르는 사람은 안 된다고요. 그러니깐 오늘 만났던 사람 여기 만웅에서요 봉급 받는 사람이, 농촌 대상이니깐 내 곁은 사람들 몇이 안된다고요, 노골적으로. 그래 나는 그래도 요것 가지고 살려면 좀 모지래고. 그래 아이들도 충분하게 잘 보태 주지.

나는 또 돈 가지고 그런 사람 아니라. '황금은 흑사심(黑邪心)이라'고

<hr>

* 이 속담의 원래의 뜻: 원인이 있어야 결과가 생긴다.

그런 말이 있잖아요? 나는 그런 사람이 아니에요, 절대. 고조 양심에 의해서 사는 게 제일이라. 그래 나는 여기꺼지 어째 왔는가. 나는 일구구이 년도에 오십육 세로 퇴직을 하고, 여기에 댕기다 저기에 댕기다 내가 초청을 받아서. 나는 공부를 한 사람이거든. 그래서 뭐라 책임을 좀 크게, 나도 내 배짱이 쎄다고, 딴 사람 겉지 않애.

'꼬리방거'라고 이런 말 들어봤어요? 꼬리방거. 참 중국에는 이거 참, 꼬리방거(高麗棒子)라고요. '고려 몽댕이'라고서 이렇게 번역을 하면 되지. 야 중국놈덜이 만날 꼬리방거, 꼬리방거, 놀려준다고요. 난 이 말 딱 듣기 싫지 뭐. 그래서 다니구 있을 적에, 일천구백육십이 년도라. 이 눔 으 새끼, 나는 그래도 머리 좀 쓰고, 공부도 좀 했고, 그때는 중국에도 공부한 사람들 많지 않아요. 그런데 이 눔, 한 놈이 원래 상해에 있든 놈인데 와가지고 자꾸 놀린단 말이라. 얼마나 부애가 나. 그때만 해도 이거 한족, 내 지금 한족 말 잘 합니다. 한족 글도 좀 잘 씨고. 그런데 아 그때만 해도 얼매나 부애가 나는가. '꼬리방거'가 이게 '고려 몽댕이' 란 말이라. 난 이거 제일 듣기 싫어. 또 꼬리방거 따쿠당, 그전에 한복이 크잖아요? 꼬리방거 따쿠당. 라조먄거 커유타. 꼬춧가루 잘 먹잖아요? 들어보시오. 꼬춧가루 잘 먹고, 개고기 잘 먹는다꼬. 아, 만날 이거 놀려 준다고. 내 키가 모지라나, 심이 모자라나. 뭐 저 한족말은 잘 못하고, 그때만 해도 능숙하지 못했지만 지금은 잘 합니다, 내가. 내 밑에 몇백 명까지 거느린 사람이니까. 근데 그때만 해도 부족했댔거든. 그래 야, 이거 내가 참 들으면 부애가 나지. 한두 번, 세 번 와서 이라드라이. 그래 내가 이놈을 갈겼다, 내가. 이놈을 갈겼는데, 내가 이래 때렸거든. 때렸 는데 여기 뼈가 둘이라. 뚝 뿌러져가지고 여기에 부러졌는데, 척 접히드라.

심양시 만융촌의 김경배. 그는 누구보다도 민족의식이 강하다(2007. 10. 16. 전신재 촬영).

그때 내가 이랬슴다. 여기 중국엔 당이면 다라. 당위에 찾아갔지.

"옳다. 내가 사람을 때렸다."

그러니까 이 사람덜이 내가 참 온순했댔거든. 참 내가, 내 성질은 나쁘지만 온순했고, 내 기술이 있고, 문화도 좀 있고, 그때만 해도. 그러니까 이 사람들이 그 곧이 안 듣지. 때릴 사람이 아이라. 우린 공회가 있어요, 공회. 당 지부가 있고, 창장이 있고, 공회는 중앙서부터 내려오는 게 공회 조직이라요, 공회. 공회 회장을 시켜서

"내려가 보라."

그러더라고. 그래 나는 할 수 없이 나는 지식도 좀 있지만, 저저저 기술이 있으니까네, 내가

"딴 데 가겠다."

했는데, 이 사람들이 보고는, 다른 사람들 말하는 게 딱 내 말하고 같단 말이야. 그러니까는 이 사람 내보고, 한족이라 장가라, 내가 뭐라고 때려 놓은.

"이눔을 병원에 싣고 가오."

나는 이제 내 그때꺼지도 술도 안 먹고, 담배 안 피우고, 나도 정직한 사람이오. 내가 셋째지만 우리 아버지 앞에서 담배 안 피워 보고, 술도 안 먹어 보고. 우리 안즉꺼지 예법(禮法)에는 나도 참 이거, 언제나 이거 참 존중하지요. 그래 우리 집에 세상 뜬 분들 뭐나, 이거 저저 지방 쓰고, 명정 쓰고, 염하고, 대염하라, 소염하라, 축문꺼지. 내 이거 다 연굴하는 사람이야. 한국에서도 부쳐와 책도 많아요, 내가. 나는 유물주의잔데 유심을 철학적으로 내가 존중합니다. 왜냐하면 이거 내려오면서 경험으로 쌓여서 같은 값이면 좋두룩 하는 게 좋다. 내 기래서 이런 책들을 보니까,

여기 온 지는 사오 년밖에 안 되지만, 원래 있던 데서는 전부 내가 처리했던 기라, 내가. 행상노래*를 못 부르나, 지삿집에 축문을 몬 읽으나, 다 이거이거 상을 채리면 어떻게 채리고, 어동육서요, 홍좌백우요. [목소리를 높이며] 안 그래요?

이 책에 딱부러진 거 고대로. 그래 내가 알아서 하는 게 아니라, 나는 책을 보아서. 우리 조상들이 하시는 거를. 내가 아즉꺼지 그래도 나이가 있고, 기억에 남아 있어서 요대로 하면 안 틀릴 거 같고 그리고 또 절대로는 주인집이 요구대로 맞춰서 주는 게 제일 좋지. 안 그래요? 기래 내 이거 참 많이 했습니다. 많이 하고 이거, 시체를 만지고, 옷도 입히고, 상여 나가고. 그때 우리만 해도 행상이 없으면 행상을 우리가 어떻게든 구해놓았으니까.

(결혼하실 때 얘기 좀 해 주세요.) 나는 광무국에 이 저 상반으로 그리 출근을 했댔고, 정식 국가 직원이고 우리 집이는 학교 졸업을 하고 저저 화전이라는 데, 생산 기술과에 있다가, 이 사람 언니가 우리 가정이 같이 있었단 말이야. 그 소개해서, 우리 그니깐 그때 약혼을 했지. 일천구백육십일, [잠시 생각하더니] 일 년도. [부인을 바라보며] 육십일, 육십일 년도다 우리? (안필수: 우리 육십일 년도 시월달에 했어요.) 시월 달. 우리는 이 사람 언니가 소개를 해서, 했지만. 기래도 아주 멀지 뭐, 단위가. 그래서 오라 해가지고 와가지고 자기는 자기대로 독신, 그때만 해도 이거 남녀가, 우리 중국에서만 해도 참 이거 엄격해요. 그래 이거 숙사가 있었고. 그래도 뭐 또또 내 욕심에 아직 그 안 돼지 뭐. 그래 또 노골적으로 말해, 이거는

* 상여소리.

그래 잔 적도 있고, 뭐 이래 같이 지낸, 그렇지만 남 보기에는 안 그렇단 말이야. 그래서 내 노골적으로 말하지요, 뭐. 그래 지금은 개방이 돼서 뭐뭐뭐 약혼하기 전도 맘대로 하지만 그전에는 안 그랬다고. 우리 뭐 중국에서도 참 엄격했어요.

그때 결혼식도요 우리 조선은 내려온 게 있다고요. 잔치를요 한 해에 두 번은 안 한다. 세 번 하면 했지, 두 번은 안 한다. 그래 우리 둘째 형이 봄에 결혼했그덩. 그래 우리는 가을에, 내가 시월달에 했거등, 양력으로. 내 밑에 여동생 하나 있거등. 우리 한 해에 세 번 한 거라요. 우리 부친이 대단한 사람이지. 그래 우리는 결혼할 적에만 해도 그래도 형제들 중에 그래도 내가 정말 좋았지요. 내가 말해서 그런 게 아니라. 우리 동생도 있지만도 쫌, 내가 쪼끔. 그쩍에 말차, 이 꼬무바쿠차, 꼬무 바꾸 있잖아요? (고무바퀴 차?) 그거만 해도 대단하지 뭐. 그러고 또 우린 화차(기차)를 타고, 서란서 산하꺼지 가서, 산하 역전에 내려서 그 저저 고무바꾸차, 말 미운 거. 말을 미와가지고, 말차라. 말차두 그 고무바꾸 타면 그때만 해도 대단하지. 공사(公社), 한국으로 말하면 군(郡)에 하나 있을 듯 말 듯. 그때 그런 긴데 그래두 그걸 몰구 나왔드라구. 그래 그걸 타고. 마차지, 말을 네 마리 미우고, 가마처럼 둥그렇게 하고, 맨 가마 타지, 가마지. 그때만 해도 그런 거 힘들지요. 소차 타고 댕겼다고. 소 이거 멍에 미와가지고, 소 있잖아? 긴데 우리는 그래두 그걸 타고 했어요. [웃음]

(그 다음에 따님 키우시던 얘기.) [웃음] 아 야, 이거 내가 딸이 여섯이라. 처음에, 내 아께도 말했는데. 처음에 놓은 기 남자애라. 남자아인데 그때는 의사들이 참 나빴어. 일천구백육십이 년도. (안필수: 육십이 년도. 일 년도

결혼해서 육십이 년도) 예. 아를 낳으니까 정상이지 뭐. 정상이라. 아 그런데 아이 숨이 없다. 숨이 없으머는 그 탯줄에 뭐 걸리거나, 질식을 할수 있잖아요? 아 그런데 뭐 이거 산파가 방법이 없다 그래. 그래 갖다 내삐릴 때 내가 갖다 내삐렸지. 아 요거 남자아이라. 그래 산파가 내삐리래서, 갖다 내삐렸지. 그리고 그까지, 그때는 한창 젊었고. 그래 있더라니깐 그 이듬해 아가 또 생겨서 낳은 기 지금 우리 큰딸. 지금 연길에. 가가 마흔 몇이고? (안필수: 마흔다섯.) 마흔다섯에 토끼띠라, 딸이. 이거 대학 졸업 맡았다고. [또박또박하게] 서란 광무국 공인대학이라고.

둘째 딸은 에, 서란광무국 제육중고중 나오고. 거긴 조선학교가 읎어. 그렇지마는 다 조선말 내가 배와줘. 지금도 지가 열심히 노력해. 다 그래요. 야는 또 한국꺼지 갔어, 둘째가. 한국말도 다 하고, 글도 잘 써요, 야가. 그래 셋째도 매양 여기. 넷째도 여기서 나오고.

다섯째는 여기 나오고 그 다음에 대학을 가서 길림사범학원. 아 그 다음에 또 동북사범학원. 그 중문계, 중문연구라는. 영어도 잘해요. 야는 키도 크고, 인물도 좋고. 외국어학원 유학생들 가르치다가 이 또 뭐 신체가 조금 약해가지고 휴양 중이라요. 아직 결혼 안 했어.

여섯째는 한국 갔다가 올개 다시 왔어요. 내우가 다. 여섯 딸 중 다섯째만 결혼 안 하고 다 결혼했지.

(북조선 다녀오신 얘기 해 주세요. 두 분이 같이 가셨어요?) 같이 갔지. (그게 언제에요?) 양천공이 년.* (안필수: 양천이 년인가? 삼 년인가?) 예. 우리가 갈 찍에가 삼월, 가만 있거라, 보자, 삼월 육일. (안필수: 오일.) 오일, 오일.

---

* 2002년.

(무슨 일로 가게 되셨지요?) 친척 방문. 우리 형님이 북조선에 있고, 요 오빠가, 우리 처남이, 내 손 위에 처남이, 이름이 안기홍인데 이 양반 동국대학 졸업 맡고 북조선에 가가지고 김일성종합대학 졸업 맡고 기래 다 왔다 갔어요. (안필수: 의사, 의사.) 아, 그래 뭐야, 방역 아시죠? 방역이라고 이거 소독 겉은 거. 예방하는 거. 그 방역사업 하다가 지금은 집에 있지 뭐, 정년하구. 팔십이 돼가는데. [부인에게] 닭띠라 했나? (안필수: 예, 닭띠. 칠십다섯이라.) 그 손위 처남이 중국에 왔다 갔어요. 왔다 갔지만 우리가 한 번 가 보자. 나는 퇴직을 하고 할 게 읎고. 그래 둘이 갔댔지요. 황해북도 황주군에 살지요.

나는 야, 내 세 가지 느낀 게 있어요. 이거부터 말하지요. 첫째는, 식량이, 양식이 정말로 곤란해요. 두 번째는, 에 전기. 아주 농촌쪽으로 이쪽으로는 영 없고. 평양에도 가다 오다, 가다 오다,* 이게 수돈데도. 그담에는 교통. 참 교통도 참 형편없어요. 우리가 국제열차, 북경서 평양 가는 걸 탔는데. 여서 안동**꺼지 가서 안동서 신의주 건너가가지고, 두 시간 넘게 검사를 맡고. 내 성질이 무서버. 아 신의주 가니까 검사를 하는데 우리 처남하고, 우리 조카딸이 나왔더라고, 마중을. 어데서 왔는가? 이제 저 황주에서. 우리 간다는 거 몇 달 전에 저 저저 편지를 해서 그깨지 나왔는데, 차창 밖에 내다보니깐 그전에 봤던 우리 처남이란 말이라. 못 나가게 하는 거라. 못 나가게 하니, 이 늠으 거 내가 참, 중국에 살던 우린 그래도 뭐 사회주의국가라도 자윤지 알았더니, 햐 안 되더라고. 야

* 전기불이 꺼졌다 켜졌다를 반복한다는 뜻.
** 안둥[安東, 안동]: 지금의 단둥시[丹東市, 단동시]. 1965년에 이름이 '안동'에서 '단동' 으로 바뀌었음. 요녕성 남동쪽에 있는 도시. 북한의 신의주와 마주보고 있다.

이거, 빌어먹을 내가 막 그때 성질, 이거 못 살 데라고.

"왜 이래? 난 우리 민족 조국, 우리 조선땅에 와 친척도 찾아보고. 내가 특무야? 반혁명이야? 내가 뭐뭐. 왜 만나지 못하게 하는가?"

막 떠들었지. 그니깐 북조선 그 경찰들이랑 나오더니만,

"아, 이 아바이!"

함경도 말이 많더라고.

"아바이! 왜 이러십니까!"

"왜 이러구 뭐구 못 살 데 왔군. 내 안 올 데 왔나 이거. 못 살겠다. 사람이 와 보는데, 왜 그리 못 만나게 하는가?"

막 떠들구. 막 드갔다 나왔다, 내 뭐 내 성질이 급하고. 나는 뭐 주먹도 쎄고, 겁나는 게 없어. 내가 뭐 떳떳한 국제열차, 그 여권에다가 안 그래요? 뭘 잘못이라고 그걸 못 만나게 합니까? 막 떠들어놨더니 냉중에는 난 나가라 그래요. 내려갔지. 내려가니깐 만나볼 수가 있잖아?

아, 그래 나는 떠들고 하니깐 내만 내보내고. 그리고 저 북조선서 온 여자 하나 같이 갔잖아? 길림 왔다가. 북조선서 온 아주머이가 하나 있는데, 나이가 젊어. 친척들 방문해가지고 돈도 주고, 물건도 가지고 가는데. 우리하고 탄 게 그기라. 그래 뭐라 그랬는가 하면,

"우리 같은 차 타자."

그때 하루는 북조선 차가 북경 왔다 가는 기고, 하루는 북경 차가 갔다 오고, 이래 교환하더라고. 우리 탔던 차는 북경의 차라. 기래 중국의 사람들이 열차원이고, 열차장이고. 그래 내가 말했지.

"여 마중나왔댔는데, 이 사람을 내가 태와가주 가겠다. 긴데 이거 조선방면에서 동의하는가?"

당연하지. 그거 뭐뭐 우리가 뭐인데. 이거 뭐 손님 왔다 같이 가기 얼마나 좋은가? 몇 십 년 만에 만났는데. 그래니깐 우리 열차 그꺼정 다 내가 동의를 얻었거등. 나도 이거 그때만 해도 중국말도 좀 늠름하고 그래 이거 다 동의를 했는데 나가니까 우리 처남이 절대 안 된다는 거지. 우리 조선은 안 된다는 거지.

야 이거 어찌다 만났시믄 같이 가는 게 안 좋아? 그래 먹을 것, 짐은 짐대루 부치고, 화물로. 먹을 거는 요진한 거는 내가 배낭에다 한 짐 졌댔는데, 그 배낭만 또 주고. 그 또 우리 가만 보이 안 되겠어. 그래 또 들어가, 우리 따로 들고 갔지. 한데 못 간다니깐. 그래 보내고. 신의주에서 그 저저 황해북도 거꺼지 갈라믄 참 멀어요. 그런데 어떻게 가는지도 모르지 뭐 우린. 그래 짐만 주고. 저거 전부 다 먹을 기니까, 저저 저기 닭고기 구운 거, 소고기 구운 거, 이런 거 뭐 전부 알짜만 술이랑 해가지고 보내 놓고. 나는 그래두 술 몇 병에다가 들구 들어갔지. 그래서 빌아먹을 내가 단동에서 신의주 가서 그래 싸와, 싸와 기래 내려갔다가 올라오니까, 몸을, 여자들이, 북조선 경찰이 와서 싹 벳기 놓고 싹 검사를 하드래. 검사를 하고, 그 저 그전에 쓰는 게 있다고, 뭐뭐 가져가는가. 그래 썼는데, 우리는 일 없는데, 그짝 여자, 북조선에서 왔는 여자가, 중국에 왔다가메 친척들이 주는 돈을 그때 저저저 딸라가 얼매나 되나? (안필수: 한, 삼천 원.) 삼천 딸라. (안필수: 아 삼천 딸라가 아니고.) 딸라가 맞아. 한 이만 원이 된다. 그래 그거를 몸에다 숨겼다가 몽땅 털려가 다 가져가 버리고. 이게 뭐 울면 통곡을 하고 이게 형제들이 도와줄라 이래 주는 걸 그거 얼매 주드라고, 쪼매. 내가 올라오니깐 여자들을 홀딱 벳겨 놓고 싹 검사를 하이. 기르구 이 눔 새끼들 올라올 찍에 나, 이 괘씸해

북조선 아덜. 가방을 다 들고 와. 이거 뭐나 막 옇어 가져가. 야, 이거 나는 막 털어놓고 막 말해.

"내가 뭐 죄인이야? 내가 범인이야? 내가 반혁명이야?"

이라믄 막 말하고 기래니까, 뭐 까짓것 안 되면, 뭐 불 속에 드가면 뭐뭐 내가 죄가 있나? 끝내 싸우다 싸우다가 평양으로 해서 황해도로. 평양까지는 기차로 가고.

아 또, 평양에서 우리 그 저저 우리 처남네 아들이 김정일이 저저 보호원이라. 그 대단하지. 그래 평양에 있다고. 제대 했다고. 제대 해가 지고 평양에 집을 잡고. 그 젊은 아들 둘이, 딸아도 요만 하더라. 그래 있고. 뭐 저저 모란봉이오, 개선문이오, 대동강, 대동강이지 거? 대동강 으로 그 뭐 우리 구경 잘 했소.

그리고 저저 김정일이 있는 그 앞으로, 그라고 또 평양 제일 또 국제 뭐야 외국식 여게 한국말로 하면 만두 하는 데, 글루 해서 먹고 먹는데, 참 뭐가 빠졌어. 여개 돈 일원 사전 주니까 너이서, 우리 둘이, 조카, 조카 메누리, 너이서. 그때 여권을 달라 그래. 여권은 뭐 갸들이 해결 하고.

"우리 만날 집에서 먹지 말고, 여기서 먹자."

암만 적게 먹어도 몇십 원은 인민폐루 들잖아요? 일원 공 사전 들더 라고. 그래서 내가 돈도 좀 중국에서 가져갔고. 내 떼레비도, 색떼레비 네 개나 가지고 보따리 이런 거 열네 개 가지고 가, 먹을 거 가져가고 했댔는데. 그래 내 돈 남은 게 천여 원 남았소, 그때. 그래 내가 가서 참 처남 아들보고 그랬잖아?

"만날 나와 먹자, 그까짓."

야 그때만 해도 참 곤란해. 우리 처남이랑 우리 집이랑 다 갔댔는데, 평양엔 다 잘살아. 배급도 좋고. 긴데 다 저 임시, 하루살이라 그저. 아파트도 저찍이 있는데 바른 거나 뭐나 보면, 난 요런 거 꼭 보는데. 무신 놈으 거칠지요 뭐, 너무나도. 저 발전창. 내가 평생 공업 한 사람인데, 따라 다녀 보니깐, 원래 설계는 다 잘 됐는데, 너무 저저 이거 제대로 건사를 못 해서 노화가 되고 뭐 이렇드라고.

긴데 뭘 하나 느낀 게 있는가 하면, 평양에 가니깐 지하철. 지하철 하나는 참 내 탄복했어요. 나도 여기 중국에서는 몇 군데 안 댕겨 봤는데, 야 평양 지하철이 대단해요. 육상에는 전기가 없어도. 평양에 우리 삼월 육일날 도착해서 들어가니깐, 기차에서 내리니깐 우리 차표하고 여권 검사하는데 전지 있잖아요? 전지. 이런 누런 거 발른 거. 전진데 중국제라. 중국제 범대가리표, 푸돌파이. 내가 보기는 똑똑히 봤지. 그런데 그런 희미한 걸 가지고 이래 검사를 하드라고. 야 전기가 깜깜하지, 평양에 내릴 때. 그래 올라가니까, 이층으로 올라가 또 내려가야 돼요. 못 나가게 해요, 아직도. 뭐라 하는가 하면 전부다 이거 김정일이 주도사상,* 한 시간 거진 강독을 해. 야, 이거 내가 그거 들을 사람이가. 참, 부애나. 난 뭐 들락날락. 성질이 급하다고. 야 그 긴데 나가니까 택시, 공공 이거 타는 거 없어요. 긴데 우리는 갈 적에 북조선서 여자 하나가 갈켜 주드라고. 긴데 거서 차가, 그저 찾아가지고. 그래 그걸 타고 우리 조카사우네 집을 밤에 드갔다. 드가니까 택시 값을…… (안필수: 내리니깐 깜깜해요.) 깜깜하지요. 깜깜한데 전기가 없더란 말이야, 글쎄. 평양 그

* 주체사상.

큰 시내, 캄캄해 평양시 전부 다. 이런 내 원. 택시를 타고 소개를 해서 그저 평양 사람이 가는데 열차원이 중국 사람이 뭐라 하는가 하면,

"친척 있는가?"

하고, 평양에는 없다고 우리가. 그래 중국말로 통하니까. 그래 안 되면 대사관으로 오라는 기 발써 이 사람들은 안다는 말이라. 그렇지만 나는 또 내 꿍꿍이가 따로 있지. 북조선서 같이 간 사람이, 소개한 사람이 있고 기래 저 이래 해가지고 뭐 어떻게라도 찾아가겠지. 그래 가가지구 택시를 타고, 택시가 정말 그 평양시에 없는 거 우리는 타고 갔어. 가니깐 뭘 달라니깐, '딸라를 달라.' '인민삐•를 달라.' 그래. 긴데 나는 신의주에서 우리 처남을 만나서, 처남이 돈을 이만큼을 주더라고. 그 조선 돈을, 북조선 돈을. 기래 내가 이거 끼내, 조선 돈이면 되지 싶어……근데 안 된대.

"이런 씨, 안 되면 내비둬라. 조선 왔는데 조선 돈 달라하지, 와 외국 돈을 달라카나? 난 다 바꽜다."

배짱을 부려야 돼. 그래 절반 뚝 끊어 줘버렸지 뭐. 까짓 거 얼매 되든 난 숫자도 몰라. 월맨지도 몰라. 절반 끊어 줘뿌렸지. 그러니깐,

"우리는 그저 딸라 요구하고, 인민삐를 요구한다."

"이 조선 땅에서 조선 돈을 못 쓰고 이게 무슨 나라가?"

그래 달라니깐 처남이 나왔더라고 그래 남보다 음성이 높아, 막 떠드이. (안필수: 아 그게 우리 조카사우.) 응. 조카사우가 나왔드라고. 그래 나와가지고, 척 보니까 그 사람 대학교 교수란 말이야. 그래도 뭐 어떻게 이러

• 인민폐(人民幣, 런민삐): 중국의 화폐. 단위는 위안(元).

드니만 우리 모시고 들어갔지.

기래 가가지고 둘이서, 우리 조카사우하고 둘이서 술을 먹는데 내놓은 기 북조선 이십오 프로짜리 술을 내나. 평양시에서. 그래 교수네, 우리 조카사우네 집에서 술을 먹는데. 그래도 그 집에는 뼁샹*도 있고, 떼레비도 있고. (안필수: 그렇겠지 뭐. 전기가 없으니까.) 전기가 없으니까. 깜깜하이 못 본다 말이라. [웃음] 아이고! 축전기. 그 저저 뭐야 전지 있잖아? 축전기. 그걸로 쓴다고. 그래 내가 촌수도 이상이고 조카사우는 대학교 교순데, 그래 내놓은 기 뭔가 하면 이십오 프로짜리 술이라. 야, 먹다, 먹다, 나 이런 물내만 나.

"아이, 못 먹겠다. 내 가져온 술 있잖나?"

내놔가주 먹으니, 중국제 좋지. 그래 둘이서 다 먹고 모지래. 또 즈그 그것도 다 먹고. 아 그래 밤새도록 애길 해. 애길 하는 기 이 사람도, 대학교 교수라 알고 싶은 게 많고, 나도 사회에 평생 있은 사람이고. 자꾸 물어싸 내 아는 대로 다 얘길 했지.

조카가 거기 있다고. 우리 처남의 아들이. 감정일이 그 보호경으로 평양에 계속 있던 기라. 그래 제대를 해가지고 매양 평양에 살아. 그 그거 찾아가래, 우리 그래가주 그거 찾아갔지. (안필수: 이게 호강이래요.) 호강이지. (안필수: 안 그러면 이게 교통이 나쁘지, 그 다음에 통신이 없지 뭐. 통신이 없어요.) 전화도 없고. (안필수: 그 담에 이래 댕겨도 내가 여기서 황주에서 그 저그 뭐야 평안도로 간다 이래믄 그거 뭐야 통행증, 그거 해야 돼요.) 그거 해야 돼요. 우리는 다 내가 여기 중국에서 밝혔단 말이라. 어디를

---

* 뼁샹(氷箱, 빙상): 냉장고.

가는가, 우리는 평양, 여 사리원 황해북도, 황주, 고담에 저 그것도 황해북도. 그 저 평안남도 청남구, 요거 여서 밝혀뒀으니까 그거 요 사람들이 책임지고 안내를 해야지. (안필수: 밝혔지만, 이게 통행증이란 게 있어야 돼요. 따로 있어요.) 따로 있고. (안필수: 예, 따로 있어요.) 우린 따라 못 댕기고. 이란 빌어먹을. (안필수: 거기 맘대루 못 댕기지요). 못 댕기죠. (안필수: 여기서 그러니깐 우리 오빠네 집 갔으니깐 우리 오빠네 집에서 통행증을 내가주래 거기 간다구.)

(오빠네 집은 황주에 있다고 하셨지요?) 거게는 우리 처남 아들, 우리 조카가 차를 하나 해가지고. 차를 그래도 뭐 군대 그 무슨 차라, 우리 탄. (안필수: 거기는 가니깐요 이런 운수 뭐, 이런 게 없어요.) 없어. (안필수: 군대 차, 군대 차 마캉 잡아탄다 그래요.) 긴데 기래두 우린 괜찮아. (안필수: 군대 차는 백성들을 태와겠다면 태와줘요) 거기는 이거 기름이 모자라고 운수 공구가 부족해서 어찌는가 하면 민용차고 군용차고 빈차는 못 가게 만들었더라고. 뭘 싣고 가야 된다. 이건 난 찬성해. 뭐를, 빈 걸 갈 수 있나. 을매던지 채우면 되고. (안필수: 그건 좋아요. 나가면 군대 차가 있어요. 있어 내가 타겠다고 하면 태와줘요.) 꼭 빈 차는 세와요. 안 세우면 처벌받는다.

그리고 또 황주에서 저 문덕군, 평안남도 문덕군에 그꺼지 갔는데, 거기 우리 형이 있거등. 그거 찾아갈 직에는 황주군 군 서기의 차를 구했더라고. 기서 다 우리 친척들, 다 그만하면 나도. 그래 그걸 타고 갔으니깐. 그래 세상 떴거든, 인제는. 둘째, 바루 내 위에 형이에요. 그래 가다 만내보고. 조카도 왔다 가고. 작년에 왔댔나? (안필수: 평양에 살면요 그 밖으로 나갈 수 있어요. 근데 밖에 사람은 평양을 못 들어가요.) 못 들어가. 아 빌어먹을 놈에. (황주는 어때요, 가면?) (안필수: 황주요? 그저 내가 보는 관점에는요 에 산이래요. 산이 많아요. 산은 많은데 나무가 없어요.) 빽빽해 걍.
(안필수: 아무 것도 없지요. 근데 어찌다가 소나무가, 이래 가다가 보면 소나무
섰는 데가 그저 몇 개 있는 거 같아요. 산에 없어요.) 맨 그저 보초 서는 부대라.
우린 진짜로 말이야 어데 그거 뭐 이 사람 뭐 보러 왔는데. 소나무가
이래 있으믄 그건 전부 부대들 있는 데래요. (안필수: 근데 아무 것도 없어
요. 산이 을매나 빤빤한지.) 빽빽해. (안필수: 그 담에 땅 그 색은요, 흙색은요
빨개요.) 빨개. 여기 중국에 우리가 보는 땅하고는 영 달라요. 빨간색 나
요. 완전하게 빨간색. (안필수: 우리 여기는 까만색 나는데. 거긴 빨간색 나드라
요. 근데 내가 보기엔 저런 땅에 뭐가 되나 생각이 나드라구요. 생각에는 이 조선
땅이니까 이게 땅이 좋아서 농사가 잘되고 그러면 좋겠는데. 뭐 저런 땅에서 어째
농사를 지어가지고 이거 뭐야 풍년이 들겠나 하는 이런 생각이 들더라구요.)

　(할머닌 원래 고향이 어디세요?) (안필수: 고향 강원도래요. 강원도 울진.* 울
진군 기성면 척산리. 그 척산리에 우리 안씨 산다 그래요. 그러니까 안씨는 몇 대로
거기 살았는 거 같애요. 우리 아버지가 늘 고향을 가르쳐 주었지 뭐야. 내가 아나요
모르지 뭐. 하도 자꾸 말하니까 고향을 기억했던 거래요. 그래 우리 아버지가,

　"아, 너덜은 커서 이 고향에 가서 살아야 된다."

　그리지만 이거 고향 갈 길이 없지 뭐야. 우리 오빠가 북한에 있지요. 저 삼남매
래요. 우리 오빠 한나하고, 우리 언니 한나하고 우리 언니도 북조선 가가지고 세
상 떴어요. 근데 오빠도 몰라요. 내가 요 근년에 아파가지고 편지도 안 쓰고 내가
뭐 보태줄 그런 힘이 못 되고 그래서 이래 뭐 편지도 안 하고 이래서 모르겠어요.
우리 오빠가 세상 떴는지, 어땠는지. 내 생각에 아마 세상 떴다고 생각해요.)

* 울진군은 원래 강원도에 속해 있었으나 1963년 경상북도에 편입되었다.

(지금까지 살아온 중에서 제일 기쁠 때가 언제였어요?) (안필수: 아들을
하나 낳았으면 제일 기뻤겠는데 아들을 못 낳았지요. [웃으며] 기쁠 때가 없었는 거
같애요.) [청중 웃음]

그래도요, 참 충성으로 잘하고, 내한테. 참 고맙고… 내 아들 있으면
뭘하오? 불효자식이 저 한국에도 보면 어마니를 갖다 묻어 버린다, 어마
니를 갖다 괄시를 한다, 아버이를 그런다, 그런 사람들이 있는데. 그거
때문에 우린 뭐, 참 아직은 내 생각에는 행복하고 에, 이거 우리는 이거
또 이거, 이 조국 땅이 아니라는 거, 늘 생각이 드는 게 거기라.

난 정말 이 진짜 말로, 전 교수님, [목소리를 높이며] 살기는 여 와 평생
살아도요, 참 내 땅, 내 조국, 내 나라, 이건 내 생각이 나는 게 이기라.
그래서 내가요, 야 이 만날 보는 거 이거 저 조선지도, 한국지도. 이거
내 여기 환하게 다 알아요. 안 가봐도 내 지금 환하지 뭐. 야, 그 경상북
도 울릉도에서부터 지금 뭐 저저저저저 그 지금 새로 일본하고 그 저저
교섭 있잖아요? 야 여꺼지 전라, 그전에 전라남도에 속하던 제주도, 글
로 해서 면적도 저저저 경상남도 일본 그 무슨 도야, 일본 사람들이 차지
하고 있는 거? 있잖아? 그 아, 이름이? 에, 남쪽에.• 일본 사람이 지금
차지해가지고 있다꼬 마 이거 마, 나는 이런 거 들으면 막 부애가 나오
지. 그런 거 뭐야 쪼꼼만 젊었더래도 그거 찾으러 가라면 내가 발 벗고
뭐 목숨을 걸구두 했지. 조선 땅 찾으러. 막, 이런 결심이 있고.

난 늘 안직까지도 조선말, 조선글, [목소리를 높이며] 나 이거 참

• 대마도(對馬島): 쓰시마. 한국과 일본 규슈(九州) 사이에 있는 섬. 행정상으로는 나가사
키현(長崎縣)에 속한다. 예부터 일본과의 교통의 요지였으며, 임진왜란 전까지 그 도주
(島主)는 우리나라의 봉작(封爵)을 받았다.

못 잊어, 언제나. 길은, 아주 조선에요, 환하다고 내가. 조선 요게 지금 팔도뿐이라. 경상남북도, 전라남북도, 충청남북도, 경기도, 강원도, 요 남 조선의 팔돈데, 경상북도가 면적이 제일 크고, 충청북도가 이거는 바다 안 낀 거는 충청북도 하나뿐이라. [웃음] 기래 앞으로 이거 저저 서울을 옮긴다, 저 대전으로. 야 이꺼지 쪼끔 이렇게 북조선 쪼끔 멀게 해고 좀 안전해게 지냈시믄 좋겠다. 뭐뭐 나도 이거 환하게 안 가봐도요, 가본 사람보다 내가 더 잘 알아. [웃음] 만날 내 생각이요, 그니깐.

내 고향 강원도 철원군 어우면 월정리.* 나는 아직도 못 가봤어요. 북조선 그저 가가지구 여기 소식을 들었는데, 여그 딱 비무장지대. 딱 그기 있다 그래요. 그래서 그 내가 꼭 가고 싶지, 뭐. 그래 황해, 황해남 도까지 갔댔으니까. 그라구두 그것두 많이 못 댕기니까, 북조선은. 통행을 못 하니깐. [목소리를 높이며] 그 가고 싶은 마음이야 을마나 많고, 그 가서도 알아보고, 물어보고 해도 가지를 못 하고 그리고 내가 한 고을만 갔다 해도 철원이 농가져** 있고 철원은 지금 딱 이래 한국 쪽으로 들어가 있단 말이야, 철원이. 고꺼지도 가보고 싶은데.

그리고 또 우리 아버지 그전에 바우였다고, 바우. 우리 할아버지 오십에 낳았어. 오십 살에 우리 아버지를 낳아가지고 키웠다고. 귀하게 키우 든서 바우에다, 그전에 저저저 이거 그 뭐야 물에다가 만날 빌고 미는 거 있잖아요? 저저 비는 거. 기래 우리 아버지래 이름이 그전에 이 그니 까 아주 어릴 때 이름은 바우였다고요. 바우. 그래서 아는 사람이, 연세가

---

* 강원도 철원읍 홍원리의 월정리(月井里). 원래 경원선의 중간역이었는데 휴전 이후로 남한의 최북단역이 되었다. 달리고 싶은 열차가 녹이 슨 채 멈추어 있다.
** 나누어져.

많은 사람이 하나가 있는가 싶고, 자꾸 찾고 싶고 내 죽기 전에는. 환하지 뭐. 이거 참 이거 민족관이라는 게 사람마다. 이거 없는 사람이 많지. 난 안즉꺼지 안 그래. 꼭 생각이 있다고 한 번 내 꼭 가고 싶다고, 한 번.

우리 이 집사람은 독립운동가의 막내딸이라. 우리 장인 성함이 안용무이신데, 강원도 울진에서 독립운동 하시다가 흑룡강성으로 왔던 기라. 이 사람은 학교 졸업 맡고 분배 받아서 공작하다가 딴 데 있다가 내가 땡겨와가 같이 있다가 이때껏 살아온 게 고조 몇 십 년, 이제 오십 년이 거진 돼 가지. 오십 년이 됐다.

(할머니, 어느 학교 다니셨어요?) (안필수: 공부도 많이 못 했어요.) 중학교 나오면 됐지, 뭐. 중학교도 다 댕기는 게 아니라. 그때는 우리 오상현•만 해도요 중학이라는 건 하나뿐이거든. (안필수: 그렇지 뭐. 뭐 잘 사는 것도 없어요. 뭐 땅이 있나? 집이 있나? 뭐 그런 것도 없고, 있는 것도 없고, 그래요 고조. 고조 내가 맘에 걸리는 거는 이래 아이들 공부를 시키면서리 그 사람들이 말하는 거,

"아이들을 왜 중국학교에다 보내나? 조선학교에다 보내지."

그 말이 내 맘에 걸리와요. 이 조선, 조선민족이 조선글을 가르쳐 키와야 되는데, 중국글을 가르쳐 키왔다. 근데 왜 그런가 하믄 우린 조건이 그렇게 안 돼요. 거기는 조선학교가 없고 다 중국 학교백에 없어요.)

우리 단위가 큰 단위지. 중학교, 완전중학교, 고중까지 있는 게 아홉 개가 있다고요. 오만 명 직공이라. 크잖아요? 오만 명 직공이면. 그래이 대단한데 조선학교라군 없지요, 뭐. (안필수: 조선 사람들이 적게 사니깐,

---

• 헤이룽장성(흑룡강성) 우창현[五常縣, 오상현]. 지금은 시(市)로 승격되었다.

학교를 세우지 못하지 뭐.) 세우지 못하고, 또 각 학교에서 분배하거나 공부하는 사람들 배치, 안배를 해서, 분배를 해서 온 사람들뿐이고.

(안필수: 그래 마음에, 마음에 이래 낀다고 하는 건 아이들 조선글을 못 가르치고 중국글만 가르친 게 좀 마음에 끼와요.) 그래도 지금 잘 해요. 우리 아아들 조선글도 잘 쓰고. (안필수: 조선글도. 그래 돈을 많이 딜여가지고* 많이 배왔어요. 편지도 쓸 수 있고) 예, 다 해요. 한국 갔다, 우리 넷째가 한국에 갔을 때 한국어가 부족해가지고. 지가 자습을 해서, 간 제 한 일 년도 안 되는데 조선글로 절반, 한어로 절반, 그래 편지가 왔더라고. (안필수: 그러나 아이들이 조선글이 짤라요.** 배운 게 없으니깐. 자기들이 자습을 해서.) 그래도 중국말, 중국글은 배왔으니깐. 그렇지만 우리 요구에서는 나는 조선 사람이 조선글을. 그래기 때문에 우리 요구가 그러니까 아이들도 배움이 빨라.

(우리나라 민요 부르실 수 있으세요?) 민요라는 거 내가 보통 조선, 그전 아주 그전 유행가라 하는 거는 이 좀 하긴 하는데. 내가 음악을 크게 좋아 안 하지. 그러나 기억에 남는 것도 좀 있다꼬. 모내기노래, 행상노래, 성주풀이. 모내기노래라. 아유, 가만있어라. 갑자기 내가 모내기노래. 우리 어무니가 이거 저 경상도 계시면서 경상도 모내기노래. 우리 어무이는 모도 잘 찌고, 일꾼이지. [잠시 생각하더니] 응, 이제 생각이 나는구나. [헛기침을 하더니] 이렇지. "해 다 지고, 저문 날에 행상이 떠나간다." "이태야백이 본처던가, 허연 행상이 떠나간다." 그러고 또 뭐 그전에는

* 들여가지고.
** 짧아요.

뭐 "반달만큼 남았다." 이거 가사를 외우질 못 하겠어.("네가 무슨 반달이냐, 초생달이 반달이지.") 그렇지요. 초생달이 반달이지. 진짜 이기 모내기노 랜데. 내 이게 가사를 다 잊어버렸네. 이게 진짜 이 경상도 모내기노래 라. 그래 안즉 인상이 좀 있는데.

(강원도 분이 왜 경상도 모내기소리를?) 우리 어무니가 경상도 분이거 든요. 어무니헌테 들었고. 내, 성주풀이. 성주는 경상북도 안동, 그 경주. [헛기침을 하더니 장단을 맞추며] "성주로다. 성주로다. 성주본영이 어디맨 고, 경상도 안동 땅에 제비원이 본이로다. 제비 오네, 솔씨를 받아 소풍, 대풍에 뿌려놓고. 그 솔씨 점점 자라 소부동이 되어지고. 소부동이 점점 자라 대부동이 되어지고, 대부동이 점점 자라 돌이 기둥이 되었느냐. 어 라 마 성주 되시네야." 또 하라고요? [장단을 맞추며] "열네 살에 부군을 만나 열다섯에 홀로 되니 앉아선들 잠이 오냐, 누워선들 잠이 오냐. 어쩌 다가 잠을 이루 잠 가운데 몽상을 입어, 몽상 끝에 낭군을 만나, 만단설 화를 하다가 오리동산 설까마귀가 까욱까욱 짖는 소리에 깜짝 놀라 깨어 나니, 옆에 앉았던 낭군은 간 곳이 없고 다만 촛불만 간들간들." [웃으며] 아 이거 다 잊어먹었어, 가사도.

내 이거, 내 아는 게 또 좀 있는데. 구식적으로 뭐. 이거 뭐 이거 해볼 자리도 없고 아 정말이라. 여기에 많은 사람들이요 팔십 넘은 사람들이 물어보니까 이런 것도 모르고. 또 그전에 노름, 난 노름은 젊어서두 안 했댔는데. 내가 아깨도 말했지만 아버지 계셔서 담배도 늦게 배우고, 술 도 늦게 배우고. 참 그전에 그렇잖아요? 예절이. 그런데 내가 이거 그 저저 튀전노래 있잖아요? 그거는 간단하게. 이거 아주 점잖하게 가는. 그전에 그 튀천이라고. 쫙 뽑아가면서 한가하게 하는. 이거 어디서 많이 하는가 하면요, 북선에서도 함경도 사람들이 많이 하는 거. 점잖게 한 번, [느리게] "낙향 동화 —." 이래 하면서, 이건 내가 이거는 또 요 방법이고 곱새치기라고 알아요? 이거는 스물한 장 패쪽 가지고 퍼특퍼특 하는 건데. "들들이 곽천이를 불렀는지 두 시루들 삼 단계 연이 걸렸다. 이북도 단천에 함경도로다. 함경도 드는 칼이라. 십십만금은 가내 못지 상이요, 십만수는 드는 칼이요." 이게 다 숫자가 있는 기지요. 이거 부르는 거마다 뭐라 하는가, 다 말을 하겠는데, 그거는 뭐 시간도 없고. 요거 내 다 알거든요.

　(장례는 어떻게 지내세요?) 여기 너무 간단해요. 우리 살던 데는 안 그렇다고. 초상집이 나면은 처음에 가서, [잠시 생각하더니] 이거, 사램이 운명을 하잖아요? 자식들이 있으면 운명할 직에 다 와서 전부 이거 다리고 팔이고 만져가면서 이렇게 그러고. 운명을 딱 하면은 그 다음에 깨끗이 모시고, 그 담에 이거 자식들이 나가서 사잣밥이라고, 그런데 그것도 그 전에는 돌고 이래 들어왔는데 지금은 그저 밥을 해서 사잣밥이라고서 이렇게 밥을 해서 이거 마감밥이다, 이런 뜻으로 하고. 우리 거게, 내 길림에 있을 때만 해도 이거 내가 많이 주장했댔거든. 그래 하고. 고 담에는 이제 그걸 뭐야 에 봐라, [잠시 생각에 잠기더니 목소리를 높이며] 신을 불러요. (지붕 위에 올라가서?) 그렇지. 복 복, 복자는 복 복(福) 아니라, 돌아올 복(復). 이걸 부르지요. 이거는 아주 그 부르면 다 돌아갔다. 이 사람이 정말 그전에 모르면 까무라쳐 죽을 수도 있고, 다시 살아나라꼬 와서 흔들고 이래 복이라는 거. 옷이나 이 적삼 같은 걸 가지고 이래 복을 불러요, 세 번을. 근데 여기 사람들은 내 안즉 온 제가 오래지 않고 한데 이 모릅디다.

그 다음에는 이제 염을 하는데, 소염이 있고, 대염이 있그등. 소염을 할라면 좀 간단하고, 대염을 할라면 피륙도 좀 많이 들고 그래 상주들이 와 있고, 그 담에 그 집전하는 사람들이 또 몸도 청결 싹 하고 오관 다 막고, 염을 하고 고 담에 정중하게 모신 담에는 에 이제 뭔가 그전에 이 축을, 여그는 그런 게 없더라고 내 몇 번 가봤는데. 우린 축도 읽어요 [운율을 넣어서] 유세차 모년 모월, 해가지고 이거 저저 곡하라고 이제 또 그라면서 상주들이 곡을 허지. 그렇게까지 하고 그 다음에는 신을 모신 다음에는 상을 채려 놓고 이제 초상이 났다는 거를 알먼, 이제 지금 은 전화도 있고 뭐 얼마나 편리합니까? 다 와서. 오면 상주는, 지금은 상복을 안 입어요. 그전에는, 우리 어릴 때만 해도 상복, 베로 해서 입고 상모를 쓰고, 지팽이는 대나무로 했는데, 대나무가 없으니까, 여기 중국 동부에는 수꾸때, 그걸 대리로 세 개를 묶어서 이래 떡 짚고. 이 상복이 라는 건 막 저 좋은 옷도 역부러 삼베로 해가지고, 그러드니 지금은 아니 라. 지금 뭔가 하면 띠 하나 띠고, 여게다가. 에 그래 띠 하나 띠면 다라. 그래 손님덜이 오면은 손님이 돈을 놓든지, 뭐 술을 붓든지, 세상 뜬 분 한테 절을 하고 상주하고 맞절을 하고. 보통 여개 우린 그저 삼일장을 많이 지내는데, 삼일. 보통 삼일장이라. 원래는 오일장꺼지 지내는 걸 내 봤어. 그전에는 칠일장 뭐 이래 했댔는데. 그건 못 봤는데, 오일장꺼 지 지내는 건 내가 봤어. 보통 그 안즉 삼일장이라, 여기 다.

요샌 여기 상여 없어요. 그 뭐라, 기동차. 그러니까 전부 다 자동차로. 그리고 전부 다 화장해요. 화장을 해가지고 그래도 안즉꺼지 우리는 민 족, 한국, 조선 사람이라는 걸로 생각해서 뭔가 하면, '야, 나는 죽어도 조선 땅 가고 싶다.' 한국으로 가고 싶다는 내 뼈다구라도 우리 강에다

띠와서 바다로 해서 이건 다 통하는 거 아니가. 그래 우리는 한국으로 흘러갈라고 전부 다 강으로 띄웁니다, 배루. 혼하강에. 내 여 몇 번 나가 봤는데, 다 혼하강. 그 다음 우리 저, 그 여기 하는 사람들하고 내하고 하는 게 다르지. 이 사람들은 명정, 지방이 있고 명정이 있다고요. 지방 은 '현고학생부군신위'(顯考學生府君神位). 시체가 없는 대신 요걸 대신하 고. 시체가 나갈 적에는 명정이라고 요걸 써가지고. 명정은 이제 '무슨 무슨 지구(之柩)'라고 해서 이렇게 하는데. 아이 시체가 없는데 명정을 써붙였더라고. 기래 내가, "이거 안 된다. 이건 하지 말구 시체가 나간 다음에는 사진이나 지방을 놔누고 거기다 제를 지내야 된다." 화장을 하거나, 토장을 하거나, 매장을 하였더라도, 시신이 없으면 지방을 새로 라도 써서 해야 된다. 내가 이렇게 주장을, 여기 사람들하고 난, 여긴 아주 농촌 그거고, 이거 내가 이렇게 말하면, 근데 이 그전 사람들도 내 가 말하니까 알긴 아는데 어째 통용은 안 되더라고요, 어째. 그 우리 길 림 흑룡*에는 안 그래요.

그래고 여긴 또 초상집 울음이 없어. 그라면 안 되지. 아들들이나, 딸들이나 "아이고, 아이고." 하고 울어야 되지. 삼시루 꼭 곡을 해야 되 고. 사우나, 이거 손님들은 "어이 어이" 하고. 그래 해야 되는데 여긴 안즉 그게 없어.

"야, 이 초상집 같지 않구나. 이고 뭐꼬? 이거."

내가 성질도 막 한 번 내고 그랬는데, 여긴 초상집에 울음이 없어. 이 놈으 것이 완전하게 달라. 그래 난 이거 조금 뜯어 고칠라고.

* 길림성 흑룡강성.

"나 죽으면 너네 안 된다. 내가 그래 키왔냐? 숨 넘긴 담에 너도 눈물이라도 짜고. 이거 남을 위하는 기 아니다. 너를 위하는 기고, 남을 위하는 게 아니다."

내가 이렇게 주장하고 있어요.

아이고, 나 이래 앉아 얘기하니까 재미있네. 배울 것도 많고 근데 여개 북선 사람이라는 게요, 난 이렇게 말해. 함경도하고 평안도하고는, 남선에서 죄를 지으면 말이라, 이 북한도 순 함경도로 귀양 보내는 기라. 그전에부터. 우린 그래 알았다고. 우리 어무니 아부지랑 그래 말하더라고.

"야 북선 사람들은 정말 거개는 전부다 죄 짓는 사람만 보내가지고 법도 도통 모르고."

여기 평안도 사람이 많다고. 길림하고 흑룡강 내 오래 살았는데, 많아요. 기래 난 이거 어떤 땐 잘 안 맞아. 안 맞아도 나는 기래도 딴 사람하고 뭐가 좀 다른가 하면 공부도 좀 했겠다, 사회 공작하던 사람이겠다, 그래서 정책이 돼서 나는 나라에서 멕여 살려 주잖아? 원래 있던 사람들이야, 농사만 짓던 사람이고.

(강원도 사람의 특징이 뭐라고 생각하세요?) 강원도 사람은요, 내 아는데는 경상북도 사람들하고요 비슷한 사람이 많아. 또 하나는 내가 여태꺼지 느낀 게, 경상도도 남도하고 북도하고 또 좀 다르거든. 강원도 사람은 경상북도 사람하고 좀 근사하지요. 풍속이나 습관이라든가, 먹는 거, 쓰는 거, 이거 뭐 행동이 다 비슷하고. 긴데 이거 북선 사람들은 이거 저저 함경도하고 평안도하고 완전히, 평안도도요 아 그전에 이 말 있잖아요? 숭늉이 좀 차가우면 '이 피안도 숭늉이다.' 이 말 들어봤어요? 숭늉이 좀 차부면 '이 피안도 숭늉이라' 그러잖아? 그 김치가 허옇잖아요?

'이거 피안도 김치라.' 그러잖아요? 피안도 김치가 고춧가루 적게 옇고 멀고 허연 게. 우리 경상도, 강원도 이짝으로는 두부를, 두부를 말이야 매운탕을 해도 벌거시리 해야 하거든. 입맛이 고조 벌써 난다 말이라.

나는 한 번도 안 가보고 그랬지만 내 이거 자꾸 알고 싶은 건 조선. 야 한국 갔다 올 적에 부탁한 건 뭔가 하면,

"야 조선 지도책 하나 가져온나."

이거 난 자꾸 알고 싶지. 긴데 가져온 걸 보니까 비슷하고, 책인데, 한국 교통 책을, 『교통도람』을. 다 있는데 내가 보기는 안 맞지. 나는 지형도 말이야. 그래 그걸 다시 가져왔어. 한국의 인쇄업이 발전했더라 고. 종이도 좋고. 그래 이거 내 참고로 자주 딜이다* 보지. 내 이런 방면 으로 또 흥취가 있고.

(앞으로 꼭 하시고 싶은 일은?) 나는 꼭 하고 싶다는 게 북조선은 가봤 는데, 내 민족적인 감정이 참 이렇게 농후하고 내 한국도 한 번 내가 꼭 한 번 가보고 싶어요. 내년쯤 해서 내 이거 남방으로 해서 중국도 한 번 다 가볼 깁니다. 그런데 한국을 딱 못 가봤는데, 가보고 싶고 한번 내 가가지고 저 제주도 한라산에 그 부처랑 돌 빚은 거 만날 테레비 나오 잖아? 그것도 한 번 직접 가보고 싶고. 만져 보고 싶고. 감정이 막 그런 게 조금 있어. (동석한 이웃 사람: 기실 가면 내 주머니가 불룩하면 그런 것도 다 구경하고 그렇지만, 자식들 돈으로는 다 구경할라믄 좀 힘이 들어요.) 그래서 지금 가만있잖나? (동석한 이웃 사람: 한국 가면 중국에서 쓰는 돈 열 배 가지고 도 힘들어요.) 아, 그래 내 지금 가만있는 거라.

* 들여다.

연극배우질의 추억

조사지: 흑룡강성 해림시 해남조선족향 남라고촌(黑龍江省
海林市海南朝鮮族鄉南拉古村) 김남옥의 집

조사일: 2006년 10월 23일

구술자: 김남옥(金南玉). 여. 1930년 출생(구술 당시 만 76세).

연극배우질의 추억

흑룡강성 해림시의 김남옥

내 이름은 김남옥. 칠십일곱. 말띠. 고향은 강원도 양양군 속초면 상도문리.*

(고향에서 살던 어린 시절에 대해서는) 생각나는 게 없어요. 설악산? 우리는 그런 데 천상 댕겨 못 봤어요. 뭐 없이 살아서. 그저 엄마 아버지 일 하러 가면 동생 업고 마당에서 돌 줏어 가지고 공기나 하고 놀고. 학교라는 건 모르고. 우리 이래 살았어요.

우리 아버지가 삼형제 중 둘짼데 삼형제 중에서 우리 아버지가 제일 못살았습니다. 큰집은 잘살았어요. 근데 우리집은 형제간에도 괄세를 받았어. 형제간에도 땅도 안 주고 그랬지요. 우린 땅도 없구요. 일 년 농사

* 현재의 주소로는, 강원도 속초시 상도문리.

지어서 소작인지 뭐 다 물어주고 나면 또 먹을 게 없어서 또 남의 쌀 꿔다 먹어야 되고. 오빠가 걍 남의 집에 가서 머슴살이 하고, 언니도 남의 집에 다니메 식모살이 더러 하고 이랬어요. 밥 해주는 거. 그래 집에는 다섯 식구만. 아버지, 엄마, 나, 남동생 둘. 우리 이래 살았어. 하하하.

우리 오빠가, 할아버지 뻘 되는 친척이 여기 남라고에 들어오는데 우리 오빠가 따라 들어와서 그 집에서 망공살이 했습니다. 망공살이. 남의 집에 살면서 농사지어 주는 거. 머슴 살았단 말이에요. 이 남라고에 와서. 그 오빠가 와서 한 해 농사 해 보더니 엄마 아버지 빨리 들어오라는 게지. 이리 빨리 들어오라고. 여기는 패는 것마다 들에 가면 잡숫는다. 그래서 오빠가 한 해 먼저 들어오고, 이듬해 우리가 들어왔어요.* 이월 달에. 아버지, 엄마, 언니, 나, 남동생 둘, 이렇게 여섯이서. 나는 그때 열네 살.

기차 타고 왔어요. 상도문에서 속초로 나와 가지고 기차 타고 원산에서 아마 하룻밤 잔 거 같아요, 원산에서 도문**으로 해서 북라고역(北拉古驛)에서 내렸어요. 우리 오빠가 마중 나왔어. 북라고역전으로. 밤이야, 내렸는데. 달밤에 강을 건너왔는데 그때 강이 얼어 있었어요. 이월달이니까.

오빠가 집을 얻어 놓았지 뭐. 그때 여기 집도 많지 않았어요. 한 이삼십 호 됐는지? 그래도 우리 여기 와서는 배부르게 먹었습니다. 딴 사람

---

* 오빠가 이주한 것이 1942년. 온 가족이 이주한 해는 1943년.
** 투먼(圖們, 도문): 지린성(吉林省, 길림성) 남부에 위치한 도시. 남쪽은 북조선 함경북도 온성군에 접해 있다.

땅을 부쳐도. 저 강가에 우리 아버지 그냥 퍼디해 가지고 호박, 감자 심고. 퍼디? 밭 조금씩 뜨재서 먹는 걸 여기서는 퍼디라고 해요.[*]

학교요? 나는 학교 못 다녔죠. 이런 글은 우리 아버지가 가르쳐 줬지요. 집에서 그 본을 써 붙이 놓고. 가갸 거겨… 이렇게. 우리 아버지는 지식이 좀 있으셨어요. 우리 할아버지는 거 서당 선생질하시고, 우리 아버지도 한글이나 지식, 우리 아버지 지식 많습니다.

그런데 여자라고 딸 둘은 공부 안 시켰단 말입니다. 맨 우에 우리 오빠는 원래 처음에 없이 사니까 못 시키고, 우리 밑에 남동생 둘은 공부 많이 시켰어요. 우리 큰동생은 하얼빈 가서 학교 댕기고 교원질 했어요.[**] 우리 작은동생도 그냥 공부하느라 일 크게 안 했어요. 한국 나가 있어요, 지금. 큰거는 안 나가고 하얼빈에 있고. 그런데 지금 수속한다는데 모르겠어. 우리 다 저기 뭐야 그게 한국에 있거든, 호적이.

하루의 생활? 별걸 다 물으시네. 다섯 시에 일어납니다. 아침에. 그 다음에 여섯시에 아침 식사 하고 야덟 시부터 노인회관에 갑니다. 노인회관 가서 화투칩니다. 그게 다 한국에서 들어온 화투인데 노는 방식은

[*] 당시 남라고 지역 이주민들은 개간하는 고생은 하지 않았고, 오자마자 농사를 지었다. 공출만 제대로 바치면 농사를 하는 데 별 지장이 없었다. 당시 공출은 수확의 절반이 넘었다고 한다.
[**] 『남라고촌사』에 남라고촌의 대학졸업생들의 명단이 있다. 1950년대에 13명인데 여기에 김남옥의 큰동생 김남성이 포함되어 있다. 그는 하얼빈농업대학을 졸업했다. 리수학 편저, 『남라고촌사 개척의 70년 발자취』, 남라고촌 촌민위원회 / 흑룡강조선민족출판사, 2002, 72쪽.

다르지. (점심) 때 되면 집에 와서 밥 먹지. 그리고 또 가지. 저녁 또 해 먹고는 또 가서 한국 드라마 보고. 우리 꺼는 중국 꺼란 말입니다.* 그러니까 한국 꺼 보러 (노인회관으로) 가지. 요즘엔 〈열아홉 순정〉이라는 거 보고, 그 다음에 거 일곱 시에 하는 거는 사십오년도에 전쟁하던 거.**

집에 오면 야덟 시 오 분입니다. 노인회관 멀지 않으니까. 가까우니까. 집에 와서 또 중국 댄스*** 보죠. 보다가 자불어오면 자고 중국 댄스는 (내가 중국)말을 모르니까 그저 행동 보고 그저. 중국 마을 같은 데 가서 같이 중국 사람들이랑 섞여 살아야 (중국어를) 배우지. 그런데 우린 그저 오자마자 이 마을에 이리 사니까 중국말 모릅니다.

〈열아홉 순정〉은 맨날 울고불고 싸움하는 게 재밌지 뭐. 그런데 부잣집 아들이 연변 처녀를 사랑하는 것은 안 맞는 거 같아요. 그렇게 큰 부자가 왜 사람이 없어 그 가난한 연변 처녀를 사랑하겠어요? 이상해. 근데 한국화 아니 양국화, 연변말 그렇지 않은데 그렇게 말하드란데요. 연변말 그렇게 아이 합니다. 이랬었구마, 저랬었구마, 이러는데, 〈여섯 시 내 고향〉, 〈다섯시 내 고향〉 그런 게 있잖아요? 거기서도 연변 여자라는 게 말을 거 양국화처럼 그렇게 합니다. 연변말 그렇게 안 하는데.

〈(서울,) 일천구백사십오 년〉 그거 보면 옛날 생각 나. 거 일본 사람한테 괄세받던 거. 그런데 난 그거 보고 민족끼리 싸움이 있었다는 걸 처음

알았어. 우리 민족하고 일본하고 싸운 줄 알았지, 우리 민족끼리 싸왔다는

* 우리 집의 텔레비전은 중국 방송만 나온단 말입니다.
** 2006년 KBS에서 방영했던 드라마 〈서울, 1945년〉.
*** 電視. 텔레비전.

김남옥의 집 대문에 달려 있는 혁명렬사가속 표지판.
김남옥의 첫 번째 남편은 중국인민해방으로 나가 6.25전쟁 때 그의 고향 강원도 양양에서 전사하였
다. 그때 김남옥의 나이 22세 이로 하여 김남옥은 '혁명렬사가속'의 대우로 한 달에 220위안씩을
받는다(2006. 10. 23. 유명희 촬영).

건 몰랐단 말이요. 그전엔 그런 거 몰랐어요. 여기서는. 그리고 개희*
한 여자 때문에 일이 그렇게 크게 벌어지는 게 이상해. 어떻게 그럴 수
있겠어요?

　시집간 얘기 하라고? 내 열여섯 살 먹던 해 삼월에 시집갔습니다. 왜
그렇게 빨리 갔냐 하면 그때 일본 그 처녀 공출이 있었어요. 그래 우리
아버지가 날 빨리 시집보냈지요. 목단강 아래 액화로. 그전에 액화라고
했는데 지금은 철령하**라고 하는 것 같애.

　신랑은 오세홍. 나하고 고향이 같아. 강원도 양양. 신랑은 액화에서
야스리***공장에 다녔어요. 줄 만드는 공장. 쇠 쓰는 줄. 삼월달에 시집가
고 팔월달에 사변**** 났단 말이야. 고 이듬해 이월달에 남편이 군대 가
삐리고. 중국에서 군대 모집하는 데 갔단 말이야. 중국군대로 갔어요.
그러니까 난 또 어쩌겠어요. (시집간 지) 일 년 만에 또 왔어. 이 남라고촌
으로. 시댁 식구들 데리고. 시어머니, (남편의) 형, 형수(맏동서). (남편은)
걍 군대 가서 안 오고 말았어요. 못 오고 말았어.

나 지금 열사 대우 받습니다. 하하하. 한 달에 이백이십 원* 받아
요.**

내 열여섯 살에 시집가서 열일곱 살에 남편 군대 가고 혼자 있었잖아요?
육 년인가? 칠 년인가? 나 스물셋에 남편 죽고 재혼했어요. 스물다섯 살에.

두 번째 남편은 해림현*** 현정부 민정과에 있었는데 민정질 했어요,
현에서. 민정과, 공인이야. 현 간부야. 현장 밑에 민정과 있고 재정과 있
고 그랬잖아? 민정과에 있었어요. 함재원이라고. 나보다 세 살 위. 군대
갔다 와서 이혼하고. 네 살짜리 아들 하나 있습디. 나도 그땐 집에서
안 놀고 공사 공작했으니까, 합작사(合作社)라고, 상점. 그러니까 아**** 거
둘 수 없지. 그래 할머니, 할아버지가 거뒀지. 그때 살 때, 일하면서, 내
나가 공작에 다니니까, 가정 살림은 그저 시어머니가 다하고.

* 위안. 元. 중국 화폐의 단위.
** 김남옥의 집 대문에 렬사의 집임을 알리는 표지판이 달려 있고, 리수학 편저, 『남라고
촌사: 개척의 70년 발자취』(남라고촌 촌민위원회 / 흑룡강조선민족출판사, 2002)에 오
세홍(1924~1952)에 관한 기록이 있다. 그는 마오쩌둥이 이끄는 중국인민해방군의 일
원으로 1946년 12월 장개석이 이끄는 국민당부대와의 전쟁에 참여한다(동북인민해방전
쟁: 1946~1948). 남라고촌에서 이 전쟁에 참군한 사람들은 오세홍 등 39명이다. 이른
바 중국해방전쟁에서 마오쩌둥이 승리하여 그는 1949년 10월 1일 북경 천안문 성루에
서 중국인민공화국의 창립을 선고하였다. 또한 오세홍은 1952년 항미원조전쟁(抗美援
朝戰爭)에 참여한다. 중국이 미국에 대항하고 조선을 돕는 전쟁은 곧 6.25전쟁이다. 그
는 그해 12월 조선에서 전사하여 렬사가 된다. 1952년 12월은 1953년 7월 27일 개성에
서 정전협정이 맺어지기 7개월 전이다. 김남옥의 말에 의하면 그가 전사한 곳은 양양이
다. 양양이 고향인 오세홍은 일제시대 중국으로 이주하여 공장에 다니다가, 중국인민해
방군에 입대하여, 6.25전쟁 때 중국의 인해전술에 참여하여, 그의 고향 양양에서 국군
(유엔군)과 싸우다가 전사한다. 만 28세의 젊은 나이로. 이에 대하여 중국 정부는 그를
렬사로 대우하여 그의 아내에게 매월 220위안을 지급하고 있다. 남라고촌에서 항미원조
전쟁에 참여하여 전사한 렬사들은 오세홍 등 24명이다. 중국인민해방전쟁에서 전사한
렬사들은 11명이다(앞의 책, 6~12쪽).
*** 헤이룽장성 하이린현[海林縣, 해림현]. 지금의 하이린시[海林市, 해림시]
**** 아이. 여기서는 함재원 전처의 아들.

팔 년 살았어요, 그 집에서. 팔 년 살면서 애 너이 낳고, 딸만 너이 낳고, 그러다 보니 남자 너무 바람 쐬 가지고 헤어졌습니다. 그때 군속들 다치면 큰일 납니다. 여기서, 중국에서는. 무슨 말인지 모르겠어요? 군속 한테 바람 쐬었다는 말입니다. 하하. 뭐라고 말하나? 같은 조선 사람이 래도 말을 못 알아들으니까. 하하하. 군속하고 여자를 봤단 말입니다. 댕기미. 날 놔두고 여자를 댕기며 봤단 말입니다. 남의 여자를. 군인 여자. 그래서 감옥을 갔다 나왔단 말입니다. 군속을 그때 보면 감옥살이합니다. 유치장에.

그러다 보니까 현에서 현공작 못했지요. 그러다 보니까 이 사람 사진 기를 사 가지고 사진하러 댕겼어요. 그러다가 저 녹두라는 데 가서, 나도 거 공작 못하고 따라갔지. 따라가서 거기 또 일 년 살고, 그 다음에 또 동경성•이라는 데 아세요? 동경성이라는 데. 거기 와서 또 사진 일 년 하고, 그 다음에 목단강•• 들어왔어요.

목단강에 들어와서 사진하다가 또 거 사진 하면 여 암실이라는 거 있어요. 사진 꺼면, 빛이 안 비치는 데서 사진 꺼내는 거. 거기서 학도 여자를 하나 데리고 하다 그 여자를 또……. 바람났어요. 허허허. 학도 가 뭐냐구? 시중하는 사람이지 뭐. 그래 그 여자하고 또 바람이 나 가지 고 저 내몽고라는 데 그예 데리고 가버렸지요.

막판에는 북조선에 같이 가자는데 난 안 가고 갈라져 버렸어. 그 사람은

• 헤이룽장성 닝안시 발해진(渤海鎭)이 곧 동경성진(東京城鎭)이다. 발해 오경(五京) 중의
  하나. 상경용천부지(上京龍泉府址).
•• 헤이룽장성 무당장시[牧丹江市, 목단강시].

북조선에 가고. 딸 너이 난 거 모두 그 남자한테로 쫓아 보냈지.

그래 팔 년 만에 그 남자와 갈라서고, 또 여기 남라고촌으로 올라왔어요. 엄마네 집이 여기 있으니까. 내 원래 본래 여기 토백이니까. 그때 내가 여기 올라와 가지고, 그때 내가 서른세 살이 됐어요. 다시 올 적에. 그래 가지고 또 대상을 구했지요. 남편을. 서른둘에 갈라지고, 서른셋에 세 번째 남편 얻었지. 해림 앞 쌍가자에 사는 허 씨. 응? 허금룡. 내가 남라고로 데려왔지. 충청도 대전 사람이야. 나보다 구 년 위. 이 분이 여자 사망되어 가지고…. 아들, 딸이 있었지. 전실 자식. 그 영감은 포수야. 허 포수. 그전에 여기서 헐하게 부르는 사람들은 허 포수, 허 포수 그랬어요. 내 만나 가지고는 포수 마이 안 했어요. 일하느라고. 내 만나기 전에는 기냥 포수질 했다고. 해림 앞에 거기서는 쨍냥 포수였는데 내 만내서는 포수 몇 해 못 하고 내가 그거, 총 팔아 가지고 마선 사고. 이거 의복이라도 만들어야지. 내가 돈이 없어서 어떻게 양복집에 가겠는가. 마선. 의복하는 마선.* 이거.

나 시집갈 때, 처음과 두 번째는 예식을 올렸는데, 세 번째는 예식도 안 올리고 그냥 같이 살았어. 그렇지만 세 번째 남편하고 제일 오래 살았어. 이십칠 년 살았어. 그 남편 얻어가지고 딸 둘 낳았어요.

큰딸은 허복녀. 지금 사십서이. 남편은 최동호. 사십다섯. 저 목릉현** 살았어. 부부간에 다 한국 나갔어. 우리 딸은 서울에 있는데, 서울서 가정

* 미싱. ←machine. 재봉틀.
** 헤이룽장성 무당장시 무링현[穆稜縣, 목릉현]. 지금의 무링시[穆稜市, 목릉시].

보모질 하는데, 보모질, 가정부. 난 한국말을 모르니까. 여기서는 보모라 하지 뭐. 사우는 회사 댕기고.

작은딸은 허복자. 지금 사십. 여기 내 옆에 앉아 있는 이 사람이 둘째 사우야. 이경선. 사십너이. 작은딸도 한국 나갔어요. 식당에서 일해. 서울 구로동에서. 이 사우도 한국에 나가 일했어요. 집 짓는 거. 원주에서. 팔개월 있다 또 간답니다.

큰딸도 딸 하나 있고, 작은딸도 딸 하나 있어요. 엄마가 딸만 낳으니까 딸들도 딸만 낳아.

큰딸의 딸은 열다섯 살. 학교 다녀. 초중 삼학년.* 목릉시 거 팔명툰이라는 데. 나는 가보지도 않았는데. 큰사우 집이 목릉현이잖아. 부모가 돌봐 주지 못해. 저기 선생네 집에 맡기 놓고 갔는 걸.

작은딸의 딸은 열여섯 살. 걔도 초중 삼학년. 해림중학교 다녀요. 숙사 정해 놓고. 하숙집. 하숙비만 한 달에 오백 원. 학비 따로 보내주고. 한 달에 천 원 돈 가. 제 소비 돈으로. 학적비로 무슨 또 학교서 무슨 내는 돈이 많아.

세 번째 만난 영감, 저 풍, 중풍. 고저 오늘 저녁에 병이 나서 내일 저녁에 사망됐어요. 하루 앓고. 고혈압이 높으면 그렇게 되는 거지요. 칠십하나에 사망됐지요. 그게 이제 십오년 됐나? 그때 야들 가지** 결혼 시켰어. 해림 화장터로 모시고 갔어요. 유골? 거 여 화장터 밑에 거기

* 우리나라 학제의 중학교 3학년에 해당한다.
** 갓: 금방 처음으로. 이제 막.

흑룡강성 해림시 남라고촌의 김남옥은 스무 살 전에 연극배우질을 할 때가 가장 행복했었다고 토로한다 (2006. 10. 23. 유명희 촬영).

산이 있어요. 나무 숭거논[•] 산. 난 안 따라갔댔는데 (지금 여기 내 옆에 앉아 있는 둘째 사위를 비롯한) 이 사람들이 갖다가 거기다 뿌렸다고요. 내 물에다 넣지 말랬어요.

후회되는 기 아들이 없는 기 후회돼요. 하하. 내 세 번 시집가서, 첫 번째 결혼에서는 자식이 없고, 두 번째는 딸만 넷 낳고, 세 번째 남편과는 딸 둘을 낳았습니다. 평생 동안 딸만 여섯을 낳았어요.

남편이 죽자마자 시집가고, 또 남편이 죽자마자 또 새 남편 찾고 해서 세 번씩이나 시집갔다고 속으로 웃으실 텐데, 지금 생각 같아서는, 혼자 살지 왜 시집을 가나, 하고 생각하시겠지만 난 살려고 시집을 간 거예요. 악착같이 살려고 시집을 간 거예요. 첫 번째, 두 번째, 세 번째, 다 악착같이 살려고 남편을 얻은 거예요. 옛날에는 여자는 혼자서는 살 수가 없었어요.

내 고향은 여기 남라고라고. 나는 강원도 속초에서 났지만 내 고향은 여기 남라고라니깐. 우리 아버지 해방되고도 속초로 가지 않았어요.

우리 아버지가 잘사는 친척들에게, 형제들에게 원한이 있었던 것 같애요. 일천구백사십오 년에 해방이 되니까 모두들 남조선으로, 고향으로 갔는데 우린 (귀향할) 생각도 안 했어요. 우리 아버지가 말씀하셨습니다.

"뭐 보고 고향엘 가겠나?"

우리 엄마 아부지 산소 이 앞산에 있습니다. 추석에 가고, 삼월 청명에 가고, 두 번 갑니다. 부모님 돌아가신 지 이젠 얼마나 오랜지 모르겠습니다. 우리 아버지 돌아가시고 삼 년 만에 어머니 돌아가셨는데요, 다 칠십

[•] 심어 놓은.

다섯에 사망됐어요. 아버지도 칠십다섯에 가고 어머니도 칠십다섯에 가고. 우리 아버지는 노인들 병으로 앓다가 돌아가시고 어머니는 저 치매가 좀 와 가지고 정신이 없잖아요? 삼 년을 그러카다 돌아가시고. 아버지 장사 치를 때 버스가 와서 실어갔지. (나의) 막내딸 결혼시키고 일 년 만에 상 당했어요.

나 시집가고도 내내 여기서만 살았잖아. 남편도 이리 데려와 여기서 살고 시집 식구들도 이리 데려와 여기서 살았어요. 난 죽을 때꺼정 여기서 살 거예요.

나의 일생 중에서 제일 행복했던 때가 언제였느냐고요? 내가 행복했던 때가 있었나? 아, 있었어. 사십칠년도, 사십팔년도, 그때 스무 살 전인데, 남편 군대 가고 없고, 여기서 문예반이라고, 뭐 민정공조하고 대대부녀공작할 때, 나 그때 연극배우질 했어요. 딸 배우질도 했다가 할마이 배우질도 했다가. 제국주의 놈이 우리편을 데려다가, 붙잡아다가 막 가시미로* 인두로 지지고 막 이러카는 그런 연극이었단 말입니다. 그거 할 적에 군중들도 다 정말 울고 그랬는데, 슬픈 거지.

우리 대대에서 그때 큰 회관실 짓고 거기 모다놓고, 거다 군중들 모다놓고 구경시키고, 나는 무대 뒤에서 화장하고 나오고. 지금 그 사람들, 남자들, 거 연극할 때 다 거서 교류질하던 사람들, 다 사망됐어요.

왜 극본 이거 외우게 다 찍어주잖아요? 그러면 계속 외워야지 뭐. 한 달도 더 걸려요, 다 외우는데. 낮으로 나가서, 일터에 나가서 일하고, 들어

* 가슴 위로.

오면 밤에는 거 가서 연극하고.

　남편 없이 혼자 살 때, 연극배우질 할 때, 내가 무대에 나가서 연극하면 군중들 모두 울고 그럴 때, 내 나이 스무 살 전에, 내 일생 중에서 그때가 제일 행복했어요.•

• 『남라고촌사』에 의하면 이 마을에서는 1947년 가을부터 토지개혁을 시작하였다. 즉 지주와 부농들의 토지와 재산을 몰수하여 빈고농들에게 분배해 주었다. 이에 농민들은 빈고농단을 조직하고, 봉건사상과의 투쟁과 적극적인 생산운동에 매진하였다. "오랜 봉건사회와 일제의 식민지사회를 걸쳤기에 낡은 사회의 착취제도는 소멸되었으나 사상상에서는 봉건사상을 철저히 청산하지 못하였다. 때문에 군중을 발동하고 조직하여 량반상놈의 잔여사상과 남존여비의 봉건사상을 대대적으로 비판하고 남녀평등을 실행하며 가정에서 녀자를 학대하거나 녀자를 경시하는 사상과 행동에 대해서 여지없이 비판을 진행하여 남녀평등의 사회로 진입하도록 하였다." 리수학 편저, 앞의 책, 10쪽. 김남옥이 문예반에 들어가서 한 연극은 이러한 운동의 일환이었을 것이다. 그러나 김남옥은 사상으로 무장된 분은 아니었다. 그는 마을의 소인극(素人劇) 자체에 매료되었던 듯하다.

동포의 생매장을 보면서도 힘을 쓸 수 없었던 소년

조사지: 길림성 안도현 명월진 신안촌 신툰(吉林省安圖縣明月鎭新安村新屯) 김철수의 집

조사일: 2005년 7월 5일

제보자: 김철수(金哲洙). 남. 1925년 9월 10일 출생(조사 당시 만 80세). 본관은 안동.

길림성 안도현의 김철수

김철수는 1925년에 강원도 고성군 수동면(高城郡水洞面) 사비리에서 삼남매의 막내로 태어났다. 수동면은 현재는 민간인의 거주가 금지되어 있는 지역이다.

1927년(2세)에 온 가족이 인제군 서화면 서화리로 이주하였다. 이곳에서 그들은 칡뿌리, 콩죽 등으로 연명하였다. 김철수는 일생에서 가장 고통스러운 체험으로 다섯 살 때의 배고픔을 꼽는다. 콩을 갈아 가루를 만들고 거기에 허연 분대(칡가루)를 섞어서 죽을 쑤어 먹었다. 그것도 없을 때에는 풀을 뜯어다가 풀죽을 쑤어 먹었다. 다섯 살의 김철수는 어머니에게 말하였다.

"좁쌀을 좀 넣지 어째 잎사귀만 넣는 거야?"

"분대죽을 쒀 놓고 왜 날 속이는 거야?"

1935년(10세)에 고성군 간성읍 도포로 이주하였다. 이곳에서 그는 1년 동안 서당에 다녔다. 『천자문』, 『무제시』, 『마상담』의 세 권을 떼었다.

1937년(12세)에는 장전읍 돌막골로 가서 살았다. 한데에다 구들을 놓고 앞을 가리기만 한 엉성한 집에서 생활하였다. 형은 정어리 공장에 다니고, 형수와 김철수는 정어리기름 말리는 일을 하였다. 그러나 생활은 좀처럼 피어나지 않았다. 살길을 찾아 희망의 땅 만주로 가기로 하였다. 만주로 가려면 고성에서 출발하여야 하므로 누이의 집으로 갔다. 누이의 집은 원래의 고향인 고성군 수동면 사비리에 있었다.

1938년(13세) 1월 2일. 약 80호의 사람들이 고성에서 기차를 탔다. 소년 김철수는 아버지, 어머니, 형, 형수와 함께 탔다. 이것이 이른바 제2차 이민이다. 기차는 함흥을 지나 만주 땅으로 들어서서 도문을 거쳐 명월구까지 갔다. 명월에서 만보까지는 트럭을 타고 갔다. 만보에서 영경까지는 노약자만 수레를 탔고, 나머지 사람들은 걸어서 갔다. 영경 대사하*가 종착지였다. 그들은 대사하 마을에 임시로 유숙하면서 황무지에 마을을 건설하였다. 대사하 마을에 임시로 유숙하던 약 보름 동안은 만철회사**에서 먹을 것을 대어 주었다. 황무지에 마을을 건설해 놓고 그 마을의 이름을 고성촌(高城村)이라고 지었다. 강원도 고성 사람들이 이룩하고, 고성 사람들이 사는 마을이라 마을 이름을 고성촌이라고 지었다.*** 일본인의 지휘로 마을에 토성을 쌓고 자위대를 조직하였다. 이것은 공산군의 침입을 막기 위한 것이었다. 자위대에는 일반자위대와 무장자위대가 있었다. 일본 순사가 자위대를 훈련시켰다. 일제 당국에서는 고성촌 주민들에게 가구별로 논을 분배해 주었다. 분배하는 방법은 제비뽑기였다. 일본인 회사에서 소를 내어 주기도 하였다.

* 안투현[安圖縣, 안도현] 영경향(永慶鄕) 대사하(大沙河).
** 만주철도주식회사.
*** 이 고성촌은 지린성 옌볜조선족자치주 안투현 영경향에 있다.

길림성 연변조선족자치주 안도현 영경향에 있는 고성촌 입구. 1938년에 강원도 고성 사람들이 집단 이주하여 건설한 마을이라 마을 이름을 고성촌이라고 지었다(2004. 7. 18. 전신재 촬영).

고성촌 주민들은 일본군의 지배를 받고 있었고, 일본군은 공산군과 대치 상태에 있었다. 김철수의 형 김병수는 토벌짐을 지고 일본군을 따라다녀야 했다. 토벌짐 속에는 일본군의 양식, 의복, 이불 등이 들어 있었고, 일본군은 공산군을 찾아 산속을 다녔다. 김병수는 몇 달 동안을 짐꾼 노릇을 하다가 고성촌의 다른 청년과 교대를 하였다.

어느 때에 토비들이 마을로 들어왔다. 토비들은 마을 사람들을 회의실에 모아 놓고 돈을 내놓으라고, 아편이 있으면 아편도 내놓으라고 하였다. 국민당군* 마중을 가야 하는데 여비가 모자란다는 것이다. 돈도 아편도 없어 주지 못했다.

어느 날에는 공산군들이 고성촌으로 쳐들어왔다. 그때 고성촌에는 일본군도 없고 자위대도 없고 경찰 한 명만 있었다. 그 경찰은 공산군들이 쳐들어오자 도망을 가 버렸다. 공산군들은 짐을 다 벗어 놓고, 부락장의 소를 한 마리 잡아서 끓이고 있었다. 이때 일본군들이 고성촌으로 들이닥쳤다. 공산군들은 그대로 도망을 쳤고 몇 명은 일본군의 총에 맞아 죽었다.

어느 때에는 여자 공산군 네댓 명이 큰 보따리를 가지고 마을로 들어왔다. 그것은 빨래를 해야 할 옷 보따리였다. 그들은 김철수의 어머니에게 보따리를 주며 빨아 달라고 하였다. 어머니는 그것을 춘양촌 버들밭에 가지고 가서 빨았다. 그리고 그 옷들을 싹 말려서 착착 개 가지고 집에다 보관해 두었다.

몇 달 후, 추석이 지나고 나서 공산군들이 또 고성촌으로 쳐들어왔다. 공산군들은 100여 명은 되는 것 같았다. 그들 중에는 여자 공산군들도

* 장제스의 군대.

섞여 있었다. 여자 공산군들이 김철수의 어머니를 찾아와서 의복을 달라고 하였다. 의복을 그대로 내어 주니 고맙다고 여러 번 인사를 하였다. 이때에는 경찰도 없었다. 공산군들은 부락장의 집에 불을 지르고, 자위단 사무실에도 불을 질렀다. 그리고 소 열댓 마리를 끌어다 내놓고 총으로 쏘아 죽였다. 그리고 그들은 말하였다.

"이 소들은 만철회사의 소여. 이 소들이 죽으면 만철회사에서 또 소를 내줄 것이란 말이지. 그러니 소고기나 한 번 실컷 먹어보라구."

그들은 제일 살진 소 한 마리는 죽이지 않고 끌고 갔다.

어느 날 아침에 공산군들이 또 마을로 들어왔다. 그들은 소년 김철수에게 물었다.

"야. 놀란거 어디 있는가?"

놀란거는 강원도에서는 귀타리라고 하는 것인데 산에 열리는 열매이다. 사람이 먹는 열매이다. 모르겠다고, 이 마을에는 없다고, 산에 가 보라고, 소년 김철수는 대답하였다.

점심때가 되자 마을 뒤에서 총소리가 요란하게 나기 시작했다. 공산군들은 토성을 넘어 도망하기 시작하였고, 일본군들은 마을을 포위하여 들어왔다. 마을 사람들은 모두 방 안으로 들어가 엎드렸다. 총소리가 그쳤다. 일본군이 대문을 확 열어제끼고는 총을 들이대며 구석구석을 살폈다. 거기 혹시 공산군이 숨어 있는가 해서. 소년 김철수는 집 밖으로 뛰어나갔다. 밖에서는 일본군들이 죽은 공산군들을 수습하고 있었다. 두 명은 죽고 한 명은 이마에 총을 맞고 살아 있었다. 일본군은 살아 있는 공산군의 이마, 그 이마의 총알 맞은 구멍을 총부리로 쑤셔대었다. 공산군은 비명을 질러대었다. 일본군은 조선인 통역쟁이를 동반하고 있었다. 일본군이 통역쟁이에게 일본말로 무어라고 하자 조선인 통역쟁이가 공산군에게 물었다.

"너의 부대 이름이 뭐냐? 대장 이름은 무엇이냐?"

"난 모른다. 내가 알 게 뭐냐?"

"너의 대장 이름을 대란 말이다."

"너도 조선놈의 새끼냐? 공산군들은 조선 독립하려고 애쓰는데 너는 일본놈의 앞잡이를……"

공산군은 조선인 통역쟁이의 낯짝에 침을 뱉었다. 그리고 다시 소리를 질렀다.

"예이, 쌍놈의 새끼야."

일본군은 들것에 공산군의 시체 두 구와 이마에 총을 맞고 발악하는 공산군을 함께 올려 놓고 마을 변두리로 갔다. 일본군들은 구덩이를 깊게 팠다. 그리고 살아 있는 공산군을 구덩이 속으로 밀어 넣었다. 그리고 시체 두 구도 그 위로 밀어 넣었다. 그리고는 구덩이를 흙으로 묻어 나갔다. 그러자 산 사람의 주먹이 흙 위로 올라오며 버둥거렸다. 일본군은 총대로 그 손을 마구 짓이겼다. 고성촌 사람들은 이 끔찍한 장면을 지켜보면서 가만히 있었다.

소년 김철수에게 그것은 충격적인 체험이었다. 그때 생매장당한 공산군의 이름을 소년 김철수는 모른다. 다만 그가 박씨라는 것만 나중에 알게 되었다.

해방이 되고 나서 1953년인가 1956년에 연길에서 한 남자가 고성촌을 찾아와서 일제시대에 생매장당한 시신을 파내어 가지고 갔다. 그는 생매장당한 공산군의 동생이다.

1940년에는 마을 사람들이 고성촌을 비우고 고등으로 옮겨 가 살면서

고성촌의 한 집. 2004년 현재에는 조선족은 한 가구만 살고 나머지는 모두 한족이다. 1961년 산동 반도의 한족들이 이주하여 왔다(2004. 7. 18. 김풍기 촬영).

농사만 고성촌에 와서 지었었다. 그후에 다시 들어갔다.

김철수의 아버지 김순용(1874~1953)은 점쟁이이다. 그는 중국에 와서도 점치는 일만 하였고, 다른 일은 일체 하지 않았다. 김철수의 어머니 안복천(1884~1945)은 남편이 점쟁이 노릇하는 것을 반대하였다. 그러나 남편은 고집스럽게 점만 쳤다. 1945년(20세)에 어머니가 향년 61세로 돌아가셨다. 원래 속앓이가 있었는데 소금이 없어 대신 간수를 메주에 섞어 잡수셨다. 이것이 화근이 되어 돌아가셨다. 9일장으로 장사를 지냈다. 삼베로 만든 상복을 입고, 상여를 썼다.

김철수는 1947년(22세)에 고성촌에서 결혼하였다. 신부는 영경 대사하에 사는 김분옥(金粉玉, 1931년생). 함경남도 청진이 고향이다. 영경 대사하는 고성촌에서 10리 떨어져 있는 마을이다. 신부 김분옥은 시아버지, 아주버니 김병수(1911~1964) 내외, 남편과 한 집에서 살아야 했다. 맏동서가 시어머니 노릇을 심하게 하였다. 맏동서의 압박보다 더 힘든 것은 시아버지의 태도였다. 첫 아기가 병이 들었을 때 시아버지는 병원에를 못 가게 하였다. 점쟁이인 시아버지는 삼신할머니 앞에 미역국을 끓여 놓고 빌었다. 이제 나을 것이라고 하였다. 그러나 아기는 죽었다. 둘째도 그렇게 하여 죽고, 셋째도 그렇게 하여 죽었다. 김분옥은 시아버지가 한없이 원망스러웠다. 비손으로 살리지도 못하면서 왜 병원에를 못 가게 하는가. 넷째 아기를 낳았다. 이번에는 친정 어머니가 서둘러서 아기와 산모를 친정으로 데리고 갔다.

"여기서 아를 길러라. 니 안 되겠다. 아를 그렇게 죽이고, 죽이고 하니 어떻게 하겠니."

김철수 내외는 1955년(30세) 8월에 고성촌을 떠나 영경으로 갔다. 고성촌은 1961년에 산동반도에서 한족들이 들어오면서 해체되었다.

영경에서 김철수는 공장 조직위원 사업을 하다가 영경은행(당시 명칭은 영업소)으로 자리를 옮겨 근무하였다(1956∼1970, 31∼45세). 이때 벽황*에 돈더미를 넣어 짊어지고 산을 넘어다녔다. 무슨 사고를 당할까봐 아내는 항상 걱정을 하였다. 그러나 아무 일도 없었다. 이곳에서 주임이 되어 만보은행 주임으로 자리를 옮겼다(1970. 2∼1975, 45∼50세). 이어서 복흥향은행 주임 공작원(1975. 10∼1977, 50∼52세), 양병은행 회계보도 공작원(1977. 4∼1979. 11., 52∼54세)을 지냈다. 공직 생활은 이것으로 끝냈다. 이후 매월 퇴휴금 1,100위안을 받으며 농사를 짓는다. 1993년에 길림성 안도현 명월진 신안촌 신툰에 집을 사서 이사하였다. 2005년 현재까지 이 집에 살고 있다.

김철수는 1990년(65세)부터 보청기를 끼기 시작했다. 잘 듣지도 못하고 발음도 정확하지 않다. 그러나 팔과 다리는 이상이 없어 일하는 데에는 문제가 없다. 아내 김분옥은 잘 듣고 발음도 정확하다. 그런데 아내 김분옥은 지금은 앉은뱅이이다. 내외 두 사람이 합쳐야 한 사람 몫을 하게 되었다.

늙은 남편은 늙은 아내를 위해서 별도의 화장실을 만들어 주었다. 그 화장실은 방에서 가까운 곳에 있고, 평지에 있어 앉은뱅이도 갈 수 있다. 원래의 화장실은 마당을 지나 층계를 내려가야 하는 곳에 있다.

늙은 남편의 일상은 지극히 가정적이다. 새벽 4시에 일어난다. 4시에 일어나서 이부자리 개어 놓고, 나가서 소변을 본다. 들어와서 세수하고 쌀 씻어서 밥을 안쳐 놓는다. 그러면 5시쯤 된다. 늙은 아내는 그때까지

* 뻬이쾅. 짊어지는 광주리.

자고 있다. 아궁이에 불을 때고 채소를 본다(반찬을 만든다). 아내와 함께 아침을 먹는다. 요즈음에는 큰아들이 와 있어 세 식구가 함께 먹는다. 아침을 먹고 나서는 집 뒤의 채소밭으로 가서 김을 매기도 하고 밭을 손보기도 한다. 집에 들어와 점심을 먹고 나서도 밭으로 간다. 밭은 그저 소일거리가 있는 공간이다. 저녁을 해서 먹고 나서는 댄스*를 본다. 그러나 댄스를 즐겨 보는 편은 아니다. 옛날 타령이 나오면 흥겹게 보지만 신식 노래는 재미가 없다. 일곱 시나 여덟 시쯤에 잠자리에 든다. 읍내에는 거의 나가지 않는다. 나갈 일이 없다. 얼지**가 잘 들리지 않아서 봄에 연길에 갔다 온 것이 그에게는 큰 사건이었다.

김철수 노인은 큰 욕심을 부리지 않는다. 굶지 않고, 먹고살 수 있으니 아쉬워할 것이 없다. 방이 하나뿐이지만 자기 소유의 집이 있고, 좋은 옷은 아니지만 입을 옷이 있고, 끼니를 거를 정도는 아니고, 거기에다가 매월 퇴휴금 1,100위안을 받고 있으니 더 바랄 것이 없다. 어린 시절 배고픔에 시달리던 고통을 생각하면 지금은 잘사는 것이다. 얼마 전에 북조선 청진에 살고 있는 처제가 몰래 국경을 넘어 언니와 형부를 찾아왔다. 처제는 북조선에서는 곤궁해서 못 살겠다며 돈을 좀 달라고 하였다. 김철수 노인은 아들딸들에게 연락하여 1,000위안을 만들어 주었다. 그 처제에 비하면 그래도 우리가 잘사는 것이 아닌가? 그 처제는 또 동서(김분옥의 남동생의 아내)를 찾아갔다. 동서는 문을 열어 주지 않았다. 김분옥의 남동생은 죽었고, 동서는 혼자 살고 있다. 죽은 남편의 여동생이니

---

* 電視. 텔레비전.
** 보청기.

김철수. 안도현 영경향에 고성촌을 건설하고 살다가 지금은 안도현 명월진에서 살고 있다(2005. 7. 5. 진용선 촬영).

선을 그은 것이다. 김분옥은 이 처사를 매우 야속하게 생각하고 있으며 그럴수록 늙은 남편이 고맙다.

김철수 노인이 특별히 간절하게 소망하는 것은 없다. 다만 3년만 더 살아서 북경 올림픽을 텔레비전으로 보았으면 좋겠다는 생각은 있다. 북경에 직접 가서 보면 고생스러울 것이니 텔레비전으로 보는 것이 좋겠다는 생각이다. 그러고 보니 희망이 한 가지가 더 있다. 강원도 고성에 있을 누이의 아들들을 만나보고 싶은 것이다. 누이 김일제(1907~?)와 매형 이주형(?~?)은 아들 사형제를 두었다. 관익, 남익, 신익, 운익이 그들이다.

김철수 노인은 특별히 존경하는 인물도 없고, 특별히 멸시하는 사람도 없다. 죽으면 매장하지 말고 화장하라고 자식들에게 말해 놓았다.

김철수의 장녀 김경옥(1954년생, 51세)은 2005년 현재 길림성 용정시 조양천진 태양향에서 살고 있다. 남편은 농민이다.

장남 김원근(1955년생, 50세)은 이혼하고 부모와 함께 살고 있다. 은행에 다닌다. 차남 김원덕(1959년생, 46세)은 만보에 거주한다. 신용사업 회계 일을 하다가 퇴휴하고 농사를 짓는다.

차녀 김정옥(1961년생, 44세)은 영경에 산다. 남편은 한족으로 기계 수리공이다.

삼녀 김명옥(1964년생, 41세)은 안도 시내에 산다. 교회에서 출납 일을 본다. 남편이 한국에서 돈을 벌어 왔다.

삼남 김원길(1972년생, 33세)은 미혼으로 트럭 운전기사이다. 누이 명옥이 2만 위안을 주고 사 준 트럭을 운전하였으나 고장이 잦아 4천 위안에 팔아 버렸다. 지금은 산동성에서 공장차를 운전하고 있다. 청도와 위해 사이를 다닌다.

끊임없는 도전의 삶

조사지: 요녕성 심양시 동릉구 만융촌(遼寧省瀋陽市東陵區
滿融村)

조사일: 2007년 10월 16일

구술자: 전용진(全龍鎭). 남. 1938년 출생(구술 당시 만 69세).

요녕성 심양시의 전용진

할아버지는 돌아가신 지가 오래 되니까 그거는 고마 얘기를 안 들었지. 아는 거는 화가라는 거 하나밖에는 모른다고 우리가 중국 나온 거는 그러니까 에 우리 아버지가 제일 미리 나왔다고요. 여 인제, 근데 나올 적에는 및 날 미칠 날에 나가자, 하고설레 약속한 친구들이 있었는 모양이라. 어디서 만내자 그래 가지고 나와 뻐렸는데, 우리 어무니헌테 들은 얘기지. 내가 그 찍에는 나지도 않았는 기 뭐.

중국에 들어와 가지고는 어데 거주할 데가 없잖아요? 그래가지고설랑 길림이라는 곳에 들어왔단 말이야. 길림에 들어와서는 우선 밭 부칠 자리가 없으니까네 농촌으로 찾아야 되겠다고, 농촌을 찾는다는 기 화수촌이라는 델 찾았지. 길림성 연길현 화수촌.

화수촌 그기서 인제 그, 그러니까 최 지주댁에 일꾼살이로 들어갔지. 우선 밥을 먹고 살아야 될 거 아니고? 일꾼살이를 이래 들어갔는데, 거기서 우리 아부지가 지식이 높아 놓으니까, 지식이 많다보니까, 말을 해도 모린 사람은 이렇게 말이야 아껴 주고, 우리 아버지 말이 되면 다 이렇게 쓸모 있게 그렇게 됐든 모냥이라. 잘 들어 주고 그래가지고 그 일꾼살이를 이렇게 하민서 거기서 몇 년을 지냈는가냐니까, 한 칠팔 년, 한 십여 년을 거반 지냈지.

십여 년을 이래 지내다가, 일본 놈들이 이거 조선으로 해가지고 그 담에 중국 땅으로 말이야 전부 다 이거 착취를 하고 사람도 많이 죽었어요, 중국에서. 그래 이래하니까, 그래 일본 놈들을 몰아내기 위한 그런 선전을 많이 했는 거 같애. 그리구 이래 뭐래 우리 똑똑하게 모르지만, 우리 생각하건대 지하공작을 이렇게 해가지고 어떻게 사람들 자꾸 선동해가지고

"우리나라 사람들이 우리나라를 지키고 이래야지 일본 놈들이 개다리질을 해야 되는가!"

이런 선전을 많이 했는 거 같애.

그리고 인제 어떤 사람은 뭐 정말 중국 사람이 조선 사람보다 머리가 덜 깨었는 기라. 중국 사람들이. 왜 그런가냐니까, 클 적에도 중국 사람들은 그저 이래 농촌에 가보게 되게 되믄 뭔가나니까, 돼지나 멕이고 소나 멕이고, 크게 되게 되믄, 공부는 할 요량 안 하고 그저 그런 사람이 많고, 공부한다 해봐야 시내 사람들이 공부를 많이 하고 농촌의 사람들은 어지간 해가지고 공부를 크게 안 하고, 그냥 집에서 부모네들이 조금 대 주는 거 그것만 뭐 하고. 지 이름 자나 쓰고. 어떤 거는 지 이름 자 쓸 줄도 모르는 놈이 많이 있어요.

이래 했는데 그기서 인제 우리 아버지가 그런 활동을 많이 하는 거 같고 또 우리 할머니가 지식이 또 있어. 최아산이라 하는 사람이 거 우리

전용진의 결혼 사진. 1964. 1. 24.

할머니거든. 그런데 그 사람이 또 우리 할머니가 또 지식이 많으니까네 동네 사람들을 이렇게 말이야, 아주 책을 읽어 주는데. 이 그전에 뭐 그, 내가 지금 생각하건대는 그 한국에서 뭔 책을 가지고 왔는데, 가지고 온 책인데, 전부 다 뭐 거기 그 뭐야 저기 그 이름도 잊어묵었다고. 그 뭐뭐 아버지 눈을 띄워 주기 위해서 뭐 바다에 빠졌다는. (심청전?) 맞아, 심청전. 그런 심청전 책도 읽어 주고. 뭐 그래 뭐 할먼네들이 글을 모르고 이래니까 할머니가 이렇게 책을 읽어 주고, 설명을 해 주게 되면 그걸 얘기를 듣기 위해서 저녁마드레 우리 할머니 방에는 사람, 손님이 그거 할먼네들이 가뜩 와가지군 그저 앉아 얘기 듣다 거서 자고. 아침에 가고 그런 거를 우리가 쪼맨했을 때부텀.

우리 클 적에 내가, 나도 얼매 안됐지 뭐, 중국에 가서 났시니까. 그렇게 한 여덟 살, 거저 아홉 살, 요때 철이 들고 한 대여섯 살 이때로부텀 이제 할머니하고 같이 있으면, 철들고 한 대여섯 살부터 철들어도, 아홉 살에 우리 아버지가 돌아가셨거든. 인제 바로 이제 일본 놈들이 넘어가고 요때라. 그래 인제 돌아가셨는데, 그래가지고 맨 처음에 우리 아버지가 거기 가고 이래다보니까, 그쩍에는 한국에서는 그 강원도 그 거기서는 생활하기가 정말 곤란했던 모냥이라. 일본 놈들이 자꾸 들어왔다 갔다 하고, 뭐 이래 생활하기 곤란하니까 그 담에는 어떻게 됐는가나니까 저기 우리 삼촌이지. 우리 막낭* 삼촌은 일본 가뿌렸다 말이야, 그때. 일본 가서 뭐냐 그래 보니까 일본 가고 뭐 우리 삼촌도 그때 굉장히 곤란

* 막내.

하지는 않았고, 그래니까 어데 갈 연구도 하지. 내가 생각하건대 돈 한 푼 없이 일본을 갈 수 있소? 뭐 중국으로 올 수 있소? 그러니 조금 이래 지식도 좀 있고 이래놓으니까 말이야. 여동생이 있기 때문에 중국으로 온 거 같애. 내가 지금 생각하건대는. 그래가꾸설랑 우리 삼촌은 그러면, 우리 아버지가 하는 말이, 삼촌더러 어머이를 모시고, 그쩍에 우리 큰형님이 전봉진이거든.

"그래 형님을 디리고 나오라. 큰형님 아들 몽땅 데리고 나오라."

이렇게 돼가지고 중국으로 들어왔는 거 같애. 그래 들어오자마자 그때 한창 전쟁이 일어나고 야단에 사람이 죽어났지. 그래 놓으니까 고만 그때 뭔 병이 돌았는가냐니까 이 장질부사라는 게 돌았다고. 장질부사라는 게 돌아가지고 우리 아버지가 그렇게 세상을 뜨게 됐지. 그렇게 세상 뜨게 되니까 우리 형님 바라보고 삼촌이 왔는데, 아버지가 고만 그렇게 돌아가니까, 우리 삼촌이 그만 정신이 없는 기라. 정신이 빠졌는가 하고 갔지. 그래 우리 집 식구들이 몽땅 이래 장질부사 병이 들어가지고 누벘어. 그 놈으 병은 뭐뭐 밥을 많이 먹으면 더 안된다 카드라. 그래가꼬설랑 그래 있는데, 삼촌이 고만 정신이 혼전해 가지고 의사를 갖다 데려다 집에 갖다 놓고는, 이미 아버지는 죽었는데, 데려다,

"우리 형님 병 좀 고쳐 달라."

이래고는 거기서 막 그저 얘기를 해놓고는 또 의사 데릴러 또 가지. 딴 데루. 그래가지고 또 여기 와 의사 데려오고, 저기 가 의사 데리고 오고, 이래가지고 의사를 뭐 서이나 데리고 왔다고 그래. 그래 의사를 서이나 이렇게 데리고 와가지고 그 담에 그

"어떻게든 우리 형님을 조금 이래 병을 곤쳐달라."

이래가지곤 그러니까 냉중*에는 고마네 자꾸 이래다 보니깐 동네 사람이 뭐 말릴 거 아니요? 사람은 이미 죽었는데 자꾸 의사를 이렇게 데리고 오니까 말릴 거 아니에요? 그래가지고설랑 그 담에 말리고, 말리고 그 담에 그래하죠.

그 담에 어떻게 진정이 됐는데. 그래 눕은 사람이 맨 그 장질부사 그늠의 병은 눕은 사람이 고만 일나지 못하고 또 죽었다꼬요. 그래 죽고 우리 막낭동생 우진이라고 있었다고요. 우진이라고 있는데 맨 죽었어. 맨 그 병으로 죽었다고. 그래 인제 죽고난 담에 그러니까 고거 죽은 이 시간이 한 달이 안 된다고요. 인제 고 한 달이 넘지 않으고, 이 한 달간에 다 죽어버렸는 기라. 그래고 우리 형님, 어머니, 그래고 내 혼자 딱 냄기고 나왔지. 그 병은 딱 동네 뭐뭐 집은 몽땅 눕어도 한 애는 [웃으며] 냄과놓는다 그래요. 내 혼자 그 병을 안 앓고, 내가.

병에 아퍼 눕은 사람은 우리 형님 두 분하고, 그 담에 우리 동생 둘이, 여동생, 남동생, 둘이하고 우리 어머이, 이렇게 눕어 있지. 눕어 있는데 우리 할머이가 또 돌아갔어. 돌아가니까 동네 사람들이 그저 근데 이 장질부사를 걸리게 되믄 그 병이 오린 병이라고 해가지고 누가 디려다 보지도 잘 안 해. 그런데도 그거 이웃집에 있는 주 씨라고 있는데, 그 사람이 상당이 그 뭐뭐 한 집에, 한 집에 있는데 이 한 집에 사는데 왔다 갔다 하면서. 내가 아홉 살 먹어가지고 혼자서 그래 인제 밤에 물 먹고 싶다면, 아홉 살 먹은 놈이 내가 나가서 물 끓여가지고 들어오고 그랬는데.

* 나중.

어떤 때는 고만 잠이 와가지고 물 끓이다 눕어 자는 기라, 그 부석˚ 앞에서. 그 눕어 자게 되면 집안에서는 자꾸 부른단 말이야. 물 끓이러 나갔던 아이가 소리도 없지. 이래니까 부르게 되게 되면 고쩍에 이웃집서 듣고 나와 보지요. 나와 보면 부석 앞에서 잠이, 아홉 살 먹은 게 부석, 그 앞에서 눕어 자는 기라.

인제 그 이래다 보니까 인제 집에서 묵고 살 일이 말이여, 우리 어머이는 원래 일을 한 번 해보지 안했단 말이요. 우리 어머이도 주 씬데, 주 간데, 일을 해보지 안 해고 그랜데. 마지막에 사램이 뭐뭐, 믿을 만한 사람, 아버지 죽고난 다음에 믿을 만한 삼촌인데, 삼촌 죽어 버렸지. 그래니께 어머니한테는 시동생이 되지 않아요? 그래 죽어 버렸지. 그 담에 뭐 또 우에 또 아들이 죽어 버리니까, 할마이가 또 죽어 버렸지. 우리 할마이가 죽어 버렸지.

이러니까 우리 어마이는 정신도 없는 기라, 볼 때는. 그리고 아이들은 쪼막쪼막쪼막쪼막 이러고 세 살 터울로 컸는 기, 제일 큰 기 나이가 얼맨가 하니까 고쩍에 열, 열여섯 살인가 고래 됐지. 그래가지고 방법이 없어 놓으니까 고 담에 인제 명절을 턱 쉬니까 우리 큰형님이 열일곱 살이 됐지. 그래 농사는 지어먹고 살아야지. 우리 큰형님이 볼 적에 나이는 열일곱 살이지만 머리에 조금 생각이 있었는 모양이라. 우리 형님 또 공부를 많이 했다고요, 아버지 밑에서. 그래다 보니까 머리 조금 두뇌도 좋으니까,

　"나 군대 안 나가면 안 되겠다."

˚ 부엌.

이래가지고 그 저기 육이오 전쟁 때 인민군으로 뽑혀 나가 버렸다고. 에. 인제 한국에는 미국 사람들이 들오지만, 북한에는 우리 중국 사람들이 들어갔단 말이야. 이래가지고설랑 그 전쟁에 참가했거든. 근데 이래 전쟁하는 데 참관했는 사람이 중국에 있는 조선 사람은 군대 연도수가 되는 사람들은 거방 다 나갔어요. 거방 다 나갔다고 그래가지고 북한에 가가지고 그 전쟁을 하고 그쩍에는 우리 큰형님은 그 북한에 가가지고 전쟁하면서 고만 조선 사람이 돼놓으니까 북한 남자들이 거방 다 죽어뿌딴 말이야. 여자들도 많이 죽었지만, 남자들은 뭐 나이가 된 사람 전부 다 나가가지고 거방 다 죽어버렸지. 그리곤 그 담에 우리 형, 형님이 거기서 인제 전쟁이 종전된 다음에 고만 거기 주둔하게 됐단 말이야. 북한에.

이래 돼가지고 그 집을 못 돌아오게 됐지. 지금도 연락이 없어요, 그게. 왜서 연락이 없는가나니까, 한 번은……. 인제 우리 집에 세 번 왔다 갔을 기라요, 중국으로. 생활이 곤란하니까. 오게 되면 우리 막 그저 이래 묵을 거, 돈하고 뭐 이런 거 그래 사가지고 말이야 자동차에, 한 자동차 싣고 보내주게 되면, 그것도 그 짝에서 와가지고 차를 바꿔 옇어가지고 싣고 가고. 그래도 우리 형제들이 비교적 [재산이] 많으니까. 그래서리 보태줘 가지고. 크게 곤란하게 살지는 안하는 거 같은데.

[한동안 생각에 잠기더니] 한 이십 년 전에 한 번 왔댔고. 그 담에 한, 한 십 년 전에 한 번 왔댔고 그 담에, 그 마지막 왔는 기, [한동안 생각에 잠기더니] 이천오 년도에 왔다 갔다. 그래 이래 왔다갈 적에, 그럴 적에는 형님이 더 못살게 됐어. 왜 그러냐가 하면 눈도 안 보이지, 뭐 너무 팍 늙어버렸어. 먹질 못하고 말이야.

(형님이 고생을 많이 하셨나 보네요, 북한에서?) 많이 하지요. 거기는 일 안 하게 되면 양식을 안 준대요. 일하는 사람도 양식이 없어가지고 마 이래 굶어죽는 그런 형편이고, 형편도 없는 모양이라. 그래가꼬 와서 그저, 우리 형제들은 맨 중국에서 잘 사는 축이 아니란 말예요. 그러니까 뭐 그저 그렇지만 북한보다 생활이 그래 많이 나으니까 우리는 여기서 말이야, 없으면 벌어가지고 먹더라도 해줄만 하는 건 해주자 해가지고.

한 번씩 오게 되면 자동차로 한 자동차씩 싣고. 거 여기 도문 가게 되게 되면, 요기 교두가 있단 말이야, 다리라. 다리가 이래 있거든. 그래 게 되면 우린 이짝서 자동차로 싣고 간단 말이야. 그 많은 거는 기차로 못 부치잖아? 차로 간단 말이야. 차로 이래 가니께 자동차, 한 자동차 싣고, 옇어가지고 그 다음에 수송이라는 게 있어요. 이건 이제 다 이렇게 검사 해보고, 거기 뭐 큰 무슨 저기 국가에서 그 저기 못 가주 댕기는 이런 물건 외에는 가져가게 해요. 그렇께 딴 거 없고, 먹는 거. 뭐 저기 쌀이라든가, 국수라든가, 저기 뭐야 꽈자라든가, 사탕이라든가, 뭐 이런 거하고, 그 담에 이불, 옷 겉은 거. 옷 겉은 거는 말이야, 중국에는 그래 도 생활이 괜찮으니까 옷 떨어진 거 안 입잖아요? 그래 하마 이렇게 좀 낡다싶으면 고만해. 안 입고 그러거든. 그래 입는 걸 말이야, 친구들 있 으면 조금 그 말이야잉,

"이 북한에서 우리 말이지, 친척이 있는데 이래 조금 있다가 너네 안 입는 거 조금 모두 달라."

하게 되면, 이런 거 한 집에서 이런 보따리를 해가지고 막 갖다 주거 든. 그러게 되면 이눔 마대를 갖다, 큰 마대를 갖다, 비닐 큰 데, 큰 데를 해가꾸 그런 걸 잡아 옇는 기라. 이렇게 뭐 채곡채곡 뭐 그 개가지고도

옇지도 못하고, 그양 막 채우는 기라. 그런 거는 막 그저 여남은 개, 한 이십 개씩 막 이만한 거. 그래도 그 짝에 가서는 다 팔아먹을 수 있단 말이야. 그래 그런 거 하고.

그 담에 먹는 거는 쌀이 거기는 곤란하다 하기 때문에 쌀을 막, 그 인제 쌀을 한 톤까지는 가져가는 모양이라. 그러다보니까 국수 요렇게 인제, 요렇게 만들어가주 그런 게 있단 말이야. 딱딱 싸가지고. 그런 것도 인제 가주가고. 그 담에 자방침•도 뭐, 이런 지끔 자방침, 중국에는 자방침이 필요 읎다고. 옷을 깁어 입지 않으니까 자방침 뭔 필요 있어요? 그런 것도 전부 줘 버리고. 그전에 녹음기, 이렇게 큰 거, 녹음기. 노래하고 뭐 그러는, 그것도 있는데 다 줘버렸지 뭐. 중국에는 그거 필요 없잖아요? 그런 것도 줘버리고.

그래, 그래 인제 그 한 번씩 이래. 그래가지고 세 번을 그래 가져갔다고요. 세 번을 이래 가져갔는데. 그리고 가가주군 편지를 안 해요. 왜서 편지를 안 하는가. 북조선서 일루 왔는 사람한테 말을 하지. 말 하게 되게 되믄, 그짝에서 인제 올 적에 교육을 시키는 모양이라. 거기 가서 뭐 어떻다, 어떻다, 말도 하지 말고 뭐라고 말해도 대꾸도 하지 말고 뭐 그렇게 조심하라고 하는 게 있는 모양이라. 그리고 여기서 또 갔다 왔다 하는 사람들이 많아요. 조선 여 마을이 크다 보니까, 왔다갔다 이거 하는 사람도 많고. 내가 듣거든.

'아, 그래도 우리 형제간인데 어찌 이거이 편지도 못 통하겠는가?'

거기는 곤란하니까 전화가 없지, 뭐. 전화로는 연락을 못 해도, 편지

• 재봉틀(裁縫 -). 바느질하는 기계.

"근데 내가 한 군데 가만히 있는 성질이 아니라"(2007. 10. 16. 전신재 촬영).

로는 연락을 해야 되지 않겠는가? 그전에도 생전 편지 없다가, 한 번 올 때 되게 되면 찾거든. 이래가지고설라네 한 번에 이렇게 인제 그래이 우리가 뭐 형제들이 이렇게 해가지고 가는데도 그 인제 데리고 이렇게 상점으로 댕기거든요. 댕기게 되면 자기 마음에 드는 거기 가서는 발을 안 떼요. 그걸 조금 사줬으면 하는 그런 생각이 있겠지.

발을 안 뗀다고. 그렇지만 우리도 생활이 좋게 되게 되면 그런 것도 막 사주잖아요? 그래도 그 생활의 형편에 따라서 그런 것도 사줘야 되지. 형편이 없는 걸로 억지로 그런 걸 사주게 되면 우리도 먹고 살기 곤란하잖아요?

지끔 내 생활도 그래, 내가 한국에 가가지고 사 년 병원에 있는 바람에 못 벌었지. 지금 우리 아들은 내 한국에 한 번 데리고 나갔던 기라. 가니까 우리 아들은, 야는 일을 안 해봤다고요. 그저 뭐 말로 고조 벌어먹고, 철필로 벌어먹는데. 지끔도 여기 저기 거기 광주 거짝서 경리질 하고 이렇게 있거든. 그런데 못 하고 와버렸지. 돈도 못 벌고 와버렸지. 그래 우리 생활도 이렇게 조금 곤란하지.

그래 인제 여기서 우리 큰 딸아이가 또 저기 공장을 조금 하기 때문에, 거기서 이래 조금 벌고. 그래가지고 인제 생활은 그저 묵고 살 만하는 이런 정도라. 그렇지만 이 집은 뭐 어떻게 이건. 내가 집이 두 채래요. 요 앞에 집 한 채 있는데, 고거는 평수가 작지요. 한국 평수로 말하게 되면 한 십오 평, 이십 평 돼요 한국 평수로 하게 되면. 한 이십 평 조금 넘지요. 그런 게 하나 있어요 하나 있고, 그 담에 이거는 내가 여기 집이 원래 이렇게 있었는데, 그 집을 뜯었단 말이에요, 국가에서. 이래 아파트 를 짓기 위해서. 그전에 우리 터전이 넓었든 기라. 그래서 이건 그 집 대신 이걸 물려받은 기라요. 내가 돈이 많애가지고 집을 산 건 아니라고. 그리고 인제 원래 있던 집, 집도 원래 있던 집이 그 평방*인데 컸지 뭐. 크고 터전도 넓고. 이래가지고 그걸 뜯는 바람에 그거에 대한 이 집을 내가 탔는 기라 말이요. 돈이 있어가지고, 지끔도 이 앞에 있는 집들도요, 있는 집도, 저런 아파트 몰로 왔는 집도 돈이 많은 사람 있어요. 그리구 인제 그 집을, 금년에는 평방 뜯는 그 값이 더 올라갔어요. 평방이라 하게 되면 저런 아파트 아니고 그거 뜯어버린 거, 그게 평방이라.

(어렸을 때, 얘기해 주세요. 어제 왜 학교, 보통학교 다니셨다고 그러셨잖아요? 그때 얘기해 주세요. 아버님한테 한문 배우셨다고 그랬고) 근데 그, 아버지 밑에서 배왔는 건 다 잊어먹었다고. 그전에 아홉 살 때 천자책을 거방 다 읽었든 기라. 근데 배와주는 사람 없응께 다 잊어먹었지. 학교는 길림 그 알라라 하는 학교에 댕겼지요. 고쩍에가 그저 한 아홉 살, 아홉 살, 열 살, 열한 살, 그전에 요 때지. 알라라고 그 길림 연길현에 있는 그 동네 이름인데, 알라라 하는 학교가 있다고. 조선족 학생만 다니는 학교. 거기서 오학년꺼지 댕기고 오학년 댕기고. 그 담에 화수 중국학교로 갔던 기라. 화수 중국학교 졸업하고 그 다음에는 농사일 도왔지요.

중국에는 이 조선 사람 마을이 크게 되면, 마을이 한 오백 호만 돼도, 그 한 개 마을이 오백 호만 돼도, 학교가 다 있어요. 우리 조선글 배우고 이런 학교가 다 있어요. 그런데 조선글 배우고, 그 다음에 또 중국글도 배우지요. 조선글만 배우는 게 아니고, 그 과목이 중국글 배우는 시간이 있고, 또 조선글 배우는 시간이 있고. 내가 조선글 배와가지고 중학교

* 平房, 단독주택. 주로 도시 외곽이나 시골의 서민들이 사는 집.

시험을 친다, 그러게 되면 중학교는 그 마을에 중학교가 없을 수 있단 말이에요. 그러니까 또 누구 말따나 한국어로 말하게 되게 되면, 저기 그 면청, 구청, 그러잖아요? 구청에 가게 되면, 여기는 알라는 이런 촌(村) 담에는 그 저기 그 공사(公社)거든. 공사 담에는 현(縣)이란 말에요, 현 담에는 그 담에 성(省)이거든. 그래가지고 그 담에 이제 공사, 공사 가게 되기 되믄 중학교 있지. 맨 조선학교 그렇진 않고. 이 공사 내에는 이 동네가 많기 때문에 여기도 조선소학교, 저기도 조선소학교, 인제 한 개 마을에서는 이렇게 하지 못하지만, 맨 한국맨치로 이게 한 개 마을 살았다면 중학교 올라가게 되면, 중학교 있는 쪽으로 찾아가게 맨들어요. 중학교 또 졸업하고 나면 또 높은 데 고중학교 가게 되면 고중이 어디 있는가, 글로 가요. 맨 이제 조선대학교도 있고, 다 있어요. 여 중국에는 조선대학교도 있고, 조선 뭐 사범학교도 있고 뭐. 조선 사람들끼리 연구하는 데도 있고, 다 있어요 중국에는. 그러니께네 중국에 있는 조선 사람들이 조선말을 그래도 지대로 하는 기라요.

　그러지만, 우리 아들* 이대서부터는 점점 이거 못 하게 된단 말에요. 왜 그런가? 가만히 있어보니까 조선글만 알아가지고는 중국에서는 [웃으며] 크게 써먹을 필요가 없단 말예요. 써먹을 데가 없다. 중국말을 잘해야 써먹을 수 있지. 그러니까 아아들이 조선학교 안 가고 중국학교 가는 게 많지. 그러고 또 아아들 조선학교도 하고, 중국학교도 하니까, 아아들 머리에 쓰기 힘들잖아? 그러니까 이런 긴데, 그렇지만 또 지끔은 와가지고 중국에 한국 기업이 많이 들어오지, 뭐. 그러니까 이제 한국 기업에도

* 아이들

댕기고 뭐 이러다 보니까 조선말 좀 하는 게 낫고. [웃으며] 그러니께 지끔은 또 조선글 배울라고 하는 아아들이 또 많아.

(결혼은 어디서 하셨어요?) 결혼은 길림서 했는데. 길림 그 저기 [잠시 생각하더니] 신성이라는 데. 맞아, 신성이라는 데 거기서 결혼했지요. 거 기서 하고, 그 담에는 이제 참 또 그 결혼하고 난 다음에는 인제 그 이제 문화혁명 바람에 말이야. 중국에 그 문화혁명 있잖아요? 그 한 십이 년 동안에는 문화혁명 바람에 뭐뭐 학생들이 공부도 안 했지, 공장도 뭐 크게 안 하고, 왔다갔다 하면서 형편도 없었다고요. 그래 이렇게 돌아댕 기면서. 그렇게 그쩍에는 마 중국에 홍위병이라고 하는 게 있어, 홍위병. 홍위병들이 뭐 그저, 온 전국으로 막 돌아댕기면서 차도 공짜로 타고 댕기고 막 이러면서, 이러면서 그래가꼬 이런 홍위병이라는 그런 게 있 었는데.

그담에 내가 또 그 젊어서는 조금 성질이 막 조금 급했던 모양이라. [웃으며] 그래가지고 한 군데 있다가는 안 되게 되믄 고만 이사를. 중국에 서는 이사를 맘대로 댕기거든. 내 맘대루, 어디 가고 싶으면 갔단 말이 야. 그래가꼬 지끔도 여 중국에서는 맘대로 댕겨요. 내가 가고 싶으면, 어디 가믄 호구도 뭐 지금 없고. 주민등록만 가지고 가게 되면 맘대로 내 갈 데로 재간 있시면 맘대로 댕기고 벌어먹고 살고. 그저 나쁜 짓만 안 하면 아무 일 없단 말에요. 근데 내가 한 군데 가만히 있는 성질이 아니라.

조금, 나도 조금 자식들 서이밖에 안 되지만, 그저 남과 같이 살아 보자는 그런 생각으로 살자고 조금 애는 많이 썼지. 그래가꼬 뭔 일을 해도 쪼끄매하게 안 하고, 그저 막 통이 커가지고 말이야. [웃으며] 할라믄 막 크게 해먹고.

개방하고 난 다음에는 땅을 어떻게 부쳤는가나니까, 저짝에 여 소중이라 하는데 와서 이백사십 무(畝)를, 이백사십 무를 부쳤다고요. 그리고 그 담에 저기 그, 그 담에 이짝으 소중이라는 데 여짝서 얼매 안 멀어요. 거기서 일하다가 일루 넘어왔지. 일루 넘어와가지고 이 마을에 오자마자 또 내가 한 구십 무씩 부쳤다고요, 땅을.

그래다 보니까 이 눔으 중국에 마 쌀이 너무나 많이. 여, 우리 심양 이곳에는요 참 평지, 원래 여기 말해믄 요동칠백리뻘이라고. 요길 요동 칠백리뻘이라고, 나가도 산이 안 보여요. 이렇게 뭐뭐뭐 칠백 리, 저런 칠백 리, 뻘이 말이야, 이 칠백 리 뻘이 돼놓으니까 산이 안 보인다고. 그래 인제 전부 다 이렇게 보인다는 게 지끔두 집이 많이 서고 그랬지. 그전에는 다 땅이고 이짝에서 김을 매면, 이짝 끝까지 인제 김을 매가지고 한 고랑을 이렇게 호미를 갖다 매고. 이짝 끝까지 가게 되면 점심때가 된다고요. 또 그짝에서 김을 매서 이짝으루 오게 되면 또 저녁이 되고. 그런, 밭도 그렇게 크단 말이야.

왜 그러냐니깐, 그전에는 생산소대를 하기 때민에 땅이 한 개 생산소대란 말이야. 이 생산소대는 뭔가나니까, 이 마을에 사람들이 땅이 한 군데 집중 돼가 촌에 땅이, 내 개인 땅이 없단 말이야. 그래가 이걸 집중적으로 하는데. 이걸 개방하고 나서 이 땅을 전부 다 개인으로 넘겨줬단 말이야. 나눠줘뿌렸지. 그래 싹 다 나눠주고 나니께네 지금 내가 소유하는 기란 말이야. 근데 개방을 하고 나니까, 지 재간대로 벌어먹는 기라. 그러니까 농사 안 짓고, 난 농사짓기 싫단 말이야. 그러면 내핸테 돌아왔는 땅을,

　　"이 니 부치라. 니 부치라. 그래 인제 니 부치는데, 국가에다 인제 바칠 거를 말이야 그래 인제 너 부치고, 국가에 세 달라는 건 니가 바치라."

　　누구든 논을 부치는 사람이 세를 내야 된단 말이야. 그래 안 부치는 사람은 아무 것도 없지, 뭐. 그렇지만 명예는 내 땅이란 말이야. 내 땅이기 때문에 니가 안 그럴 적에는 니가 날 도루 줘야 된단 말이야. 니가 딴 사람 줄 권리는 없단 말이야. 그래 인제 내 꺼니까. 맨 한국의 집, 땅하고 같은 기라. 그래 이래가주설라네, 이렇게 에 부치고 그래는데. 그래구 인제 그쩍에 정책이 그렇게 되자 인제 등소평*이 올라와가지고 개방, 이런 걸 하고 그렇게 되자마자 그 담에 내가 쪼매 부쳐가지고 평생 생활이 이러니까 뭐 크게 해봐야 돈이 남는 기지.

　　그 담에 일본에서 들어왔는 기 이런 게 하우스 그 일본에서 들어왔는 기 쇠를 갖다 이렇게 해가지고 말이야. 그 하우스 이 쇠는 중국에서도 만들 수 있지만, 뭐가 없냐니깐 그 인제 그 중국에서는 그걸 스팔이라 그러는데, 그 인제 그 여기 쩡취추야스는 뭐라 쩡취추야스라 하는가나니까, 그 저기 그 종자를 이렇게 인제 붓는단 말이야. 종자를 부어가지고 그 안에다가 잠겨요. 김으로 스물세 시간이면 촉이 이렇게 길어요, 스물 네 시간이면. 그리구 그 담에 그 눔을 나가주구 인제 하우스에다가 뜯어 옮기죠, 거서 들어내 가지고 촉이 이렇게 길게 났는 걸 들어 옮겨가지고 하우스에다 다 엏는단 말에요. 엏고 거기다 맨 첨에는 거기다 약물을 치고, 그 담에 위에다 물을 주고, 그 인제 날마다 그래 키우는데. 한 이십 일 키우게 되게 되믄 그저 나가다 모 심어다 된단 말이야. 그렇게 하는 거

---

* 덩샤오핑(鄧小平, 등소평, 1904~1997): 중국의 정치가. 개혁·개방정책을 주도했다.

일본제, 그러니까 거기 그 김으로 찌는 그 기계하고, 그 담에 이런 저기 종자 뿌리는 기계하고, 그 담에 그 저기 이앙기, 그 전부 일본에서 들어왔는 기라.

그때 인제 한참 개방해가지고 이래다보니까 그저 딴 나라, 선진국에서 하던 걸, 그런 걸 말이야 구입해 들어와 가지고 중국에도 그런 걸 하게 됐지. 그게 인제 첫 해, 내가 완창 있을 적에 그 놈으 걸, 개방되다 보니까 이게 원래 생산소대에서 다 했단 말이요. 생산소대는, 이 마을에서 이걸 사가지고 들어왔는 기라요. 금년에 사가지고 들어왔는데, 금년에 개방이 됐어요.

"집체루 하지 말고, 개인으루 전부 인제 농겨줘뿌러라."*

이런 지시가 내렸단 말예요. 집체로 하게 되면 이게 인제 그거, 산란이 적고 이런 말이야. 속도가 늦고 그러기 때문에 전부 개인으로 나눠줘뿔라. 등소평이 이렇게 했다고. 그리고 이걸 가지고설라네 중국에도 뭘 어떻게 했는가나니까, 그 저기 개인으로 막 몽땅 나눠줬지. 나눠줬는데 한 번 이래 나눠줄라면 삼십육만 원이라고. 그게 중국 돈으로 [목소리를 높이며] 그 엄청나는 돈이지. 그쩍에는 한 해 일해가지고 천 원도 못 받았던 기라. 야. 그런데 삼십육 만원을 누가 떠맡을라 하나요? 못 떠맡잖아요? 그는 마 담양이 없이는 못 떠맡아. 삼십육만 원 다 주는 게 아니라, 국가에서는 절반을 축 깎아버리지.

"이십만 원에 누구 가져라."

그러니께 이십만 원에 가져라고 십육만 원을 턱 깎아 주는데, 그런데

---

* 나누어 주어 버려라.

강한 실험정신으로 끊임없이 새로운 도전을 감행해 온 전용진. 이 때문에 그의 아내가 고생을 많이 했다(2007. 10. 16. 전신재 촬영).

이것도 현금 안 받는단 말이야.

"니가 벌어서 갚으라."

이 말이야. 그래가지고 그래도 누가 맡을 사람이 없다. 왜 그러는가니까 이 놈이 말이야, 그 운영하는 그런 능력이 안 되고, 운영하다가 괜히 끌러박게 되면 내 평생에 빚도 못 갚고 살 거 같단 말이야. 그러니까 내가 농사를 잘 짓는데두 이런 거 뭐 이십만 원 같은 기 어디서 갚는가 말이야. 이래가지고, 우리가 한 서너집에서,

"우리가 하자."

이래가지고 막 그저 그 놈을 다 떠맡아 버렸지. 이십만 원, 세 집이서. 떠맡아 가지고 초탄이라고 뭘 하는 거 있긴 해. 미신, 이래 풍속에도 뭉쳐가지고 이렇게 말이야 썪은 그런 저기 나무 이파리 같은 거 썪은, 타게 되면 푸식푸식하는 그런 거, 그게 있다고요. 거기 가가지고 자동차도 말이야, 그쩍에는 자동차가 어디 있어요? 세를 내가지고 그런 거를 막 실어 들어오지.

그 담에 기계를 갖다 그런 거를 가루를 만들어요. 그럼 기계도, 가루 만드는 그런 기계두 사야 되지.

이래가지고 그 담에 종자를 부을라니까, 그 많은 종자를 다 부을라게 되면 이 종자 값도 뭐, 땅 팔아 뭐, 그 저기 한 오만 원 더 올라, 이십오만원 콱 뭐 이렇게 올라갔단 말이야.

그런데 이 인제 싹, 다 그렇게 개인으로 땅을 농가줬는데, 개인으로 땅을 농가주니까, 개인으로 모를 전부 다 부었단 말예요. 그런데 이제 이거는 모를 부어도, 해원이 나쁘게 되면 모 붓는 거는 이렇게 말이야 병이 들 수 있지만, 이거는 병이 안 들고 잘 크지 뭐요. 그러고 모 붓는

거는 손으로 심거야 되지만, 이거는 전부 기계로 심는단 말에요. 요렇게 각이 딱딱 나도록, 지금 한국에서도 기계에다 옇는 거 맨치로. 누구든지, 인제 전부 땅을 개인으로 농개줘뿌려 놓으니까, 돈을 많이 벌기 위해선 전부 다 개인으로 심을라 한다고. 기계로 안 심고. 이랜데 그해 해원이 참 좋았던 기라. 그래 해원이 좋으니까 이 놈 막 개인으로 아무렇게나 던져 났는 모도 다 잘 컸거든. 그래 뭐 다 지꺼 지내들이 다 한단 말이야. 이런 하우스가 육십세 매다* 거리, 육 매다 오십 길이, 이렇게 넓은 데다 이거를 및 개 보냈냐니까, 여섯 개란 말이야. 여섯 개를 그리 까뜩 채워놨는기 그게 말이야 및 수만 판 되는 기 어따 갖다가 팔아먹을 수가 없단 말이야. 그래가꼬 사람을 띄웠지, 동서남북으로.

"어디 벳모**가 잘 안 됐시믄 가가지고 찾아보고 말이야, 우리 여기 와 사라."

이래가지고 그 담에 갔는데. 그 해는 해원이 좋아놓으니까, 해원이 좋아놓으니까 전부 다 말이야 고마 모를 살 사람이 없어. 그래가지고 그 해 종자값하고, 품값백에 못 건졌어요, 그해. 그해들은 품값하고 종자값백에 못 건졌다고.

그 다음부터는 뭐뭐 돈 버는 거 하나도 없거든. 그래가지고 그 놈으 일은 또 그렇게 많다. 하우스 그 자리에다 몽땅 모를 심어야지. 그래 인제 그래가지고 한 해 늘어났는 돈이 그해 늘어난 돈이 이렇게 품값하고 종자값백에 못 벌었시니까, 그 자동차 값이라네, 전기 값이라네 몽땅 해

* 미터.
** 모. 벼의 모. 옮겨심기 위하여 가꾸어 기른 벼의 싹.

결해 가지고 얼매 삼십만 원이 늘어나 버렸다고요. 이래놓으니까 여자들이, 세 집이서 했는데 여자들은,

"이거 뭐 정말 인제는 허리 피고 일나지도 못 하겠네."

어쩌네 하면서. 그 뭐 이피지를 세 집서 갈라가지고, 노내가지고* 지 마음대로 하자, 이런 사람도 있고. 내 주장했지.

"사램이 뭐이 날마다 그렇겠나. 한 해, 금년에는 한 해 경험을 얻었으니까, 한 해만 더 해보자."

그래 한 해 더 했다고. 한 해 더 했는데, 그해는 말이야 그 하우스 안에 거는 잘, 배껕**에 거는 다 병이 들어가꼬 막 형편도 없었어, 막. 그래가지고 마 그 빚을 말이야, 한 해 다 갚아버렸다고, 그 많은 빚을. 그 담에 가만 생각해 보니까,

'내가 거기서 내 주장적으로 그렇게 했는데 그런 걸 잘못 하다가는 원망만 들을 거 같고, 인제는 빚이 없을 적에 싹 물건만 노나 가져뿔자. 그래구 니 맘대로 해라.'

그거는 말이야 한 해 동안에, 그 말이야, 돈에 사람이 욱성거리고, 세 집이서 말이야 서로 이래하고 말이야. 그 주장했는 사람을 원망하고. 그기 막 머리에 시끄러워서 못 견디겠더라고. 그래가꼬,

"인제는 됐다."

내가 하루 인제 검토를 해봤지.

"우리 이러지 말고, 언제 또 이래다가 만약 잘못 된다 하게 되믄, 우리

좋을 때 갈라지자. 작년 겉을 때. 그때 갈라지게 되면 서로 원수밖에 안 되잖아? 니 원망하고, 내 원망하고 서리* 원망하는 끝에 갈라지게 되면 그러니까, 금년에 이렇게 좋을 적에 아야** 우리는 서로 갈라버리고 말자. 인제 빚도 없잖아?"

내가 그랬지요. 어떤 사람은,

"아이고, 인제 하는 김에 한 해 더 해보자. 우리 개인이 논내가지고*** 뭐 어떻게 할 수도 없는데."

또 그런 능력도 없는 사람이 있단 말이야. 그래가지고,

"그저 이 노내가지고 팔아먹을 사람 팔아먹고, 안 할라믄 그건 맘대로 해라. 이제는 집체 못 하겠다. 망해도 혼자 망하는 게 낫지."

그래가지고 그 농사를 싹 다 갈라버리고, 그걸 가지고 내가 어디로 왔는가나니까 길림에 있다가 요녕성으로 왔단 말이야. 요녕성으로 와가지고 초중이라는 데, 그기, 팔십이년도래요. 팔십이년도에 초중이라는 데 왔지. 그래가지고 초중이라는 데서 와가지고 이백사십 무를 부쳤다고요. 이백사십 무를 부치는데, 그래도 인제 그걸 부치다 보니까 벼락도**** 도 있어야 되지, 응? 벼락도도 있어야 되고, 그 담에 그, 벼갈하는 그 소화기도 있어야 된단 말이야. 고 담에 모심는 기계도 있어야 되지. 그 담에 이런 말이여 운수하는 차도 있어야 되지. 이걸 한 해 동안에 이거 말이야 다 할라니까 정말 곤란해. 그래 우리 매부가 길림 화비창이라는데

* 서로.
** 아예.
*** 나누어 가지고.
**** 트랙터(tractor). 타랍기(拖拉機).

그거 은행 주임질 했다고요, 우리 매부가, 우리 여동생 남편이.

아, 나도 참 고생했어요, 살겠다고. 내가 통이 커가지고 우리 집사람도 고생 많이 했어요, 내 때문에. 내가 댕기면서 집을 니 채를 지었다, 니 채를. 농촌에서도 벽돌집을 내가 제일 미리 지었는 사람이라. 그러니께 이제 벽돌집을 그렇게 짓고 그 벽돌집을 짓는 그기 그전에는 중국에 운수 능력만 있시믄 벽돌집 짓기 쉬웠어요. 그래 내 동생이 운수공사 했었단 말이에요. 운수하는 그런 공사에서 길림시 제일운수공사라는 데 거기 있었단 말이야. 길림에서 장춘●으로 왔다갔다하는 우리 고 바로 길가에 살았단 말이야. 그러니까 갔다 오면서 말이야 모래도 실어다주고, 돌도 실어다주고, 벽돌도 내가 돈 주면 가 실어다주고. 그럴 적에는 운수를 해결하기 바빴거든. 그래니끼니 중국에서 이렇게 한 기 운수공사에서 이 자동차 기사질 한다 하게 되면 생활이 좋았어요, 그때는. 그래 인제 그 갸 덕으로 벽돌집도 내가 마을에서 짓고, 이랬는데.

그래 여기 토종이라는 데 한 해 와가지고설랑 농사를 짓고 하는데, 을매나 농사가 잘됐는지. 마마, 마 형편도 읎이 잘됐어요. 그래서 시에서 내려오고, 여 막 그전에 공사●●에서 내려와가지고 말이야. 마, 저기 녹화도 하고 뭐 이래 해갖고 말이야. 그 뭐 촌에서는 마, 이 전부 다 청해서 그저 믹히고 대단했던 기라. 농사가 잘돼가지고 인제 다 이삭이 막 이래 올라왔는데 말이에요, 안즉 그 여물지도 안 했지 뭐. 싹이 올라왔는데 을매나 잘됐는지 그 사람들이 역사적으로, 농사가 역사적으로 이렇게

● 창춘(長春, 장춘): 지린성(길림성)의 성도(省都). 정치, 경제, 문화의 중심지. 자동차 공업과 영화 제작의 거점. 총 인구 712만 명.
●● 인민공사(人民公社): 우리나라의 군청에 해당하는 기관.

잘됐을 적이 없다는 거야. 그래 우리는 처음에 이세고 하니까, 이 땅 성질을 모른다고요. 그러면서 우리 저 짝에서 농사짓는 거맨치로 그냥 그대로 비료, 비료 줄 때는 비료 주고. 이 높으 것에는 비료를 안 줘야 된다는 거지.

왜 그런가, 여기 혼하강의 물이 전부 다 시내서 말이야 이렇게 퇴, 그저 그 하수도가 그런 게 말이야 물에 섞여가지고 말이야 힘이 쎄단 말이야. 그 놈으 물을 계속 대놓으니까 뭐뭐 벼가 마 그저 을매나 잘됐는지 모르죠. 그런데 마지막에는 뭐뭐 가을게 그저 돌개바람이 한 번 부는 바람에 뭐 착 깔아버렸지 뭐. 여물지도 안 했는 벼를. 그래 놓으니까 뭐 아 그래 막 그래 참 한심하데. 사람이 어찌 그라는가. 조금만 살 만하면 내 팔자가 그런지 조금 살 만하면 그 모양이고, 살 만하면 그 모양이고. 그래가지고는 손해 많이 봤지요. 손해도 많이 보고. 그 다음에는 이듬해 농사 지을라는데 돈이 없어요. 그 농사가 전부가 싹 깔아뻐리니까네 뭐 뭐뭐. 그래 방법이 없어가지고 어떻게 했느냐니까,

"에이, 인제는 돈 없는데 한 번 길림에 가가지고 우리 매부있는 데 가가지고 대콴*을 좀 받아야 되겠다."

그래가꼬 인제 여기 가가지고 대콴을, 그래가지고 대콴을 그럴 적에 한 칠천 원을 해왔다, 칠천 원을. 이게 중국 돈 칠천 원이라야 적은 돈 아니라. 그쩍에 한, 한 십여 년 넘게, 근 이십 년 전에 여 칠천 원이라 하게 되게 되면. 지금 돈으로 칠만 원 더 돼요. 이 늠으 대콴을 받아가지고 한 해 거기 농사를 더 지었다고요. 더 진 다음에 그 빚을 한 절반

---

* 대콴[貸款, 대관]: 돈을 빌림.

갚고, 그래도 농사가 괜찮아서,

"우리 한 해 더 부치자."

해가지고 한 해 더 부쳐서 빚을 갚게 됐고 그 담에 가만 보니깐 그기서 더 있다가는 뭐이. [목소리를 높이며] 근데 벼는 잘되는데, 마지막에 보니까 여물으매 잘 안된단 말이라. 땅이 힘이 있어놓으니깐 자꾸만 이게 크다 보니까 마지막에 여물이가 안 되는 기라.

"에이, 안 되겠다, 이거!"

그래가지고 이 마을로 왔지요. 이 마을로 와가지고 구십 무(畝)를 부쳤어. 그짝엔 이백사십 무 부치다가, 여기는 구십 무를 부쳤다고. 구십 무를 척 부치니까, 아이고 그 담에 뭐 구십 무를 부치는데 농사가 지대로 됐는데, 되기는 잘됐는데, 쌀을 팔기 곤란하단 말이야. 벼를 팔아묵지를 못해. 국가에서 양식이 너무나 많이 들어가 놓으니까 국가에서 받지를 안 해요. 양식, 양식꺼지 국가에 그이 양식창고 전부 다 가뜩 다 차놓으니까 받아딜이지 못한단 말이라. 그 담에 인제 국가에서 뭐라고 말하냐 니까네,

"너네들 마음대로 심어라."

이기야. 뭐가 잘 팔리기 되믄 느네들 뭐를 심으라는 거야. 그 상관 안 한다는 기지.

"그기다 콩이 잘되게 되면, 콩이 잘 팔리면 콩을 심고, 강낭이 잘 팔리게 되면 강낭을 심고, 에 그 담에 너네들 뭘 할라게 되믄 맘대로 해라."

그렇게 해놨단 말이야. 국가에서는 말이야 양식이 너무 많애가지고 말이야 그래 인제 그 강낭두 받을 수 있고, 콩도 받을 수 있고, 그런데 이 쌀만큼은 아마 쌀 인제 너무 많아 놓으니까 안 된다는 기라. 그래가주

설라네 그 담에 안 되겠다 싶어가주 그 담에 우리 마을에서 인제 그랬잖아? 그래믄 내년에 콩 심을 사람 콩 심고, 강낭 심을 사람 강낭 심고. 그래 수전(水田)을 한전(旱田)으로 곤쳐가지고 첫 해는 콩을 심어야 잘된다, 그러니까 몽땅 콩을 심어버렸지 뭐. 몽땅 콩을 심는데 콩이 뭐 그저 벌기* 하나 안 먹고 얼매나 잘 됐는지 말도 못해. 콩이 그래 잘됐지. 그래가지고 그해 돈 좀 벌었어요.

그 담에 그 이듬해에 콩을 심었던 자리에 또 콩을 심으면 잘 안 되니까 강낭을 심자. 그래 구십 무를 몽땅 강낭을 심었다고요. 그렇게 인제 딴 사람들은 뭐 맨 구십 무, 칠십 무, 백 무, 이런 사람도 많아요. 나는 구십 무라. 그러니까 강낭을 심었는데, 뭐라고 말하는가나니까, 이 강낭 종자가 좋은 종자가 있는데, 이 깡낭 종자는 딴 거는 이렇게 한 매다**에 두 포기밖에 안 심지 뭐. 반 매다 상간에 하나씩 심는데. 이거는 요렇게 십오공 분에 한 대씩 심어도 말이야, 강낭 자루가 똑같대야. 강낭 자루가 맨 이래 길고. 이 품종이 돈이 비싸거든, 한 근에. 그래니께,

"에이씨, 할라믄 그까짓 좋은 거를 해야 되겠다."

싶어가지고 사기로 그걸 결정했다고. 그렇지만 어떤 사람, 돈 없는 사람은 그거 많이 하는 강냉이를 사고, 우린 이 집 강냉이를 샀어. 많이 심은 사람은 이렇게 길게 한 포기씩 뭐 이렇게. 우리는 요기 두 포기 더 심어, 중간에다. 그런데두 강낭은 이렇게 심는 거보다 더 커요. 그리고 이 깡낭은 야물지고. 그러니께 인제 닭 믹이기 좋단 말이야. 강낭이,

* 벌레.
** 미터.

포실포실한 강낭은 닭이 알을 잘 안 놓는데요. 깡낭은 이렇게 강낭쌀을 내도 따글따글하니 요기 전부 그 깡냉이 심었다고요. 그래 이 늄으 강낭이 살랭이 얼마나 높았는지 말이야 그러니께 원래 심던 그 깡냉이보다 살랭이 세 곱이나 더 많이 지죠. 그러니께 살랭이 많다.

그래가지고 그해에 했는데, 한 각 저기 콩 농사를 지가지고도 정말 그거 맨 처음에 벼 농사 짓다가 콩 농사를 지으니까 이놈 또 콩 뚜드는 기계가 있어야 된단 말이야. 그래가지고 내가 그거는 콩 뚜드는 기계를 말이야, 전부 다 그 인제 원래 탈곡기를 앞에 이렇게 쌌지.* 싸가지고 그 놈을 그 인제 만드니까. 아 또 그걸 만들어 놨더니 그 놈이 영 쓰기 좋더라고. 콩단 이래 한 단 갖다 미리 옇으면 그저 흠흠 하고 나가는데 말이야. 밑에 뭐 그저 콩알 뭐 그저 다다다다다 막 떨어지고. 그 담에 콩 껍디긴 배껕**으로 뿌려버리고. 그렇게 만들었는데, 그 놈을 내가 콩 농사 가을게 인제 그 김 끝난 다음에 그 늄으 기계를 계속 만들었다고, 혼자서로. 시내 가게 되면 철물점에 뭐뭐 이래 그 철물 이렇게 못 쓰는 철물 이렇게 모두는 그른 곳이 있다고 그런데 가가지고 내가 뭘 소유하게 되든 뭐 어떤 걸 하고, 기아 같은 것도, 뭐뭐 기양 읎는 게 읎거든. 그런 거 지 맘대루 골러가지구 다 구경 맞도록 해가지고, 그런 것도 사고. 그래가지고는 말이야, 그렇게 그걸 다 만들어가지고는 그 담에 하니까 을매나 쉬운지. 그 놈으 기계 가지고 이 집에도 해주고, 저 집이도 해주고, 돌어댕기면서 말이야. 이래가지고는, 하이고, 그래 여기 여여

* 샀지.
** 바깥.

그전에 그 뭐 [한동안 생각하더니] 냉중에 요 앞에 우리 집이 지금 내 구십 평짜리 하나 있단 거, 그래 돈 벌어가주 그걸 샀어요. 그걸 사고 이거는 밑에는 우리 딸, 아까 올라왔던 갸들,

"이거에서 공장해라."

그래구 그걸 집을 그 공장을 했지.

그래고 저 앞에 집을 사놓고 내가 살아 보지도 안 하고, 그냥 집만 사 놓고 안직도 안한 게 그걸 다 못해가지고. 그래가꼬 내가 한국을 가뿌렸단 말이야. 한국을 턱 가가지고, 한국에 우리 막낭딸이 글루 시집을 갔거든. 그쩍도 어떻게 갔는가나니, 한국에 나갈라니까 친척이 없어놓으니께 나가질 못 해요. 돈은 가믄 많이 번다는 말이 있는데, 나가질 못해.

"아부지, 나도 한국으로 시집갈래."

그쩍에 가가 나이가 스물다섯인가 그래.

"내 한국으로 시집갈래."

"너 그 뭔 소리 하나. 한국으로 시집가가지고 이 한국이 그렇게 말이야잉 그 저기 그 사람들이 그 풍습, 습관이 말이야 그거 말이야 무섭다는데 마, 되겠나?"

내 그러니까, 가겠대 지가. 우리야 뭐 가뿌면 뭐뭐 할 수 있나? 그래 또 클 적에는 전부 다 그 늠으 한국 바람이 나가지고.

"한국에 니 정 가고 싶으면 가라."

기양 그러고 있다 하루 저녁에는 어딜 나가다 그…….

그래가지고 농사를 지가지고 그 집을 사놓고, 나는 살아 보지도 안 하고 그래서 인제 한국 갔는 기라. 그래 인제 한국 간 데는 어찌 갔는가

나니, 그 딸이 글로 시집갔기 때문에 그래서 인제 한국 가게 됐지. 그래 인제 그 한국 턱 가서, 아 일을 해야 되는데 그 인제 그 우리 딸 신랑이 뭐냐니까네 농촌에서 그 뭐야 저기 이장질 한다 그래, 이장. 그래가지고 여기 뭐 가자마자 미륵제, 미륵제 가가지고 발전기 보라 그래. 그 소개를 해가지고 미륵제 가 발전기를 봤다. 발전기를 보고, 그 다음에 와가지고 뭐를 했는가나니까 그러니께 발전기로 전기가 들어오게 되면 이 사람 안 온단 말이야. 오 개월백에 못 했어요. 그래 다섯 달 먹고는 그래 거기 전기가 인제 가서 다 된 다음에는 발전기 필요 없잖아요? 그래가주 인제 거기서 나왔지.

나오니까 뭘 하냐니까, 아 이거 뭐 중국에서 왔다 하니까 잘 써주질 안 해. 그래가꼬 한 달에 육십만 원, 칠십만 원, 이래 받고 일을 했다고요. 그러니께 인제 그것도 그 딸네 집에 있실라니까 그것도 곤란하지. 그르구 우리 여기는요, 풍습, 습관이 뭐냐니까 이거 대학교 교수도 좋고, 뭐 이런 말이야 서울시장도 좋고, 늙은 사람 있는 데는 암만 급수가 높아도 다 인사를 하고 부모같이 대해줘, 중국에는. 그런데 이 늠으 노가다 댕길 라니까 뭐 에이씨, 저이씨, 하고 뭐 막 그저 이 새끼, 저 새끼, 하고 으른, 아도 없어요.

'그래 야, 이거이 조선이 잘산다고 뭐 이러믄서 조선 사람이 대접이 밝다 하더니, 뭐 어떻게 이 꼬라진가?'

이런 생각이 하루에도 및십 번씩 들어요. 그르고 말이요, 일을 좀 잘못 하게 되게 되면 말이오, 그래 한국에서 일하는 거하고 중국에서 일하는 거 하고 식이 안 같은데, 그 쪼끔 늦다 해가지고 에이씨, 에이씨, 하고 말이야.

"아저씨, 뭐 이래 해가지고 말이야 일 해 먹겠어요?"

욕지거리를 하고 말이야. [목소리를 높이며] 하루도 그 있고 싶지 않아요. 그래 뭐 다 보니까 뭐 온 기회에 내가 뭐 심장이 나쁜데다가, 그런 거 할라니까. 또 일을 안 하면, 이미 왔는 김에 한 번 한국에 나오기도 힘 드는데, [목소리를 낮추며]

"내 됐다. 그래 치와라."

그래 거기서 안 하고 또 딴 데루 가게 됐단 말이야. 딴 데루 가가지고는 프레스공장을 가게 됐는데, 이렇게 뭐 찍어내는. 그 가니까, 그 김 사장이라고 하는 사람이 있댔서. 그 사람은 사람이 괜찮드만. 아저씨, 연세도 많은데 기양 이거나 기름이나 치고 말이야. 이거나 잘 돌아가는가 보고 그러라고 그래. 그래서 인제 칠십만 원씩 벌었지요. 원랜 육십만 원씩 벌다가 거 가 칠십만 원 벌었다고.

그 담에 그래가꼬설라네 말 들어보니까 우에서 왔다는 사람은 월급을 높이 안 줘요. [목소리를 높이며] 일은 더 쎄게 하고 그러니까, 왜 그러나니까 중국에서 왔시믄 말이야잉 이 사람들은 얼매를 줘도 일을 한다, 이런 생각을 해가지고는 그쩍에 한창 아엠에프 시절*에 말이야. 그 때 일자리도 얻기 힘들고. 그땐 아유 안 되겠어. 속이 막 상하고 그래가꼬 이래 벌어가지고는 및 년 벌어도 남을 것도 없고 말이야. 노가다 뛰야 되겠다. 노가다 뛰니까, 노가다는 하루에 얼매 주는가나니까, 그쩍에는 저 육만 원, 오만 원, 제일 최하가 오만 원, 육만 원. 기술 있는 사람은 십이만 원. 용접하는 이는 십이만 원씩 벌고 뭐, 팔만 원씩도 벌고 뭐. 그 저기

---

* 우리나라는 1997년 경제 위기가 발생하여 국제통화기금(IMF, International Monetary Fund)에서 돈을 빌렸다가 4년 만에 갚았다.

아파트 댕기면서 청소하는 기 얼맨가나니까 저기 그 오만 원 주드만.

그래 인제 가가지고 하루에 인제 그 그런데 돈, 인제 노가다 댕기게 되면 핸드폰이 있어야 돼. 가가지고 어데 누굴 찾아가지고, 누굴 찾아가는데 전화를 걸어야 될 거 아니야. 그래 인제 누굴 찾을라도 핸드폰이 있어야 돼, 핸드폰. 핸드폰 하나 사가지고는 거기다 노가다 뛰길 시작하고 아 그거, 고기 아니고 거기서 나와 가지고 어딜 갔는가나니까 시계공장에 갔던 기라, 시계공장. 시계공장에 가가지고 에 나는 한 달에 구십만 원 벌고, 우리집*에서는 칠십만 원 벌고. 그래, 그래 갔던 기라.

그래가지고서는 거기 댕기는데. 아 그 최 공장장이라 하는 사람이, 내 그 사람이 지금만 곁에 있으면 한 번 막 호되게 때려 주고 싶어요. 사람이 그렇게 못되게 놀더라고. 야 그 정말 막, 우리 중국 같으면요 그 살지도 못 해요. 근데 그 사람이 어째 같은, 같은 민족으로서 말이야 막 내가 거서 내가 나이가 제일 많은데 딱 힘든 건 날 시키지. 그리고 지헌테 좀 알랑거리고 그런 사람은 말이요, 나가도, 놀아도 말또 안 하고.

우리는 말이요 내가 어떤 때 속이 상해 바른 말 좀 하지 뭐. 그게 더 미웁게 보이는 모양이라, 지 눈에. 그래가꼬 뭐든지 일을 시키면 딱 나쁜 일을 시키고 말이야. 그래 냉중에 그 뭐든지 시키면 하는 기라.

한 번은 이렇게 집을 짓는데, 가가주고 뭐 하라 그래요. 그래 내가 그 내 이전에 그건 솜씨가 좋아서 내가 이전에 목수래요, 목수. 목수 일도 많이 하고, 집도 지봤다고요. 근데 인제 내가 하는 것 보고,

"그건 잘한다."

* 집사람. 아내.

그래요. 그 담에 새로 이짝 집을 말이야 니 칸을 지었는데, 그걸 내 손으로 다 지었다고요. 그래 인제 그러고 난 다음부텀, 그거 짓기 시작해 가주부텀 내 마음이 많이 편해.

공장에서는 일 할 적에는 말이야, 아이 그런데 그거 어디 그렇게 못된 사람이 다 있는지. 그런데 그 늠으 여자가 없는데. 훗여자를 하나 그 인제 둘이 인제 결혼을 안 하고 그양 이래. 그 늠의 여자가 최 공장장을 좋아한단 말이라. 근데 아 그 늠의 여자가 공장장보다 유세(有勢)가 더 쎄요, 이 늠으 여편네가. 그래가주 막 그 안에 있는 사람을 그저 한 짝 구석에, 그 여자가 없을 적에는 와가지고 그 여자 수완이라고. '어디 저 딴 게 와가지고 저러나.' 그래 공장장하고 인제 그래 그거이 이렇게 좋아 하니까 누구든지 감히 말을 못 하거든. 그 한국에는 그렇대요. 우리 중국 같으면 그거 안 돼요, 맞아 죽어요, 그래가지고는.

그래가지고설랑 그 담엔, '아이고내 이게 자본간가?' 하는 생각이 들 어요. 왜서 이 좋은 사람들이 대접이 쎄고, 왜 어디 이런 곳이 다 있는가 싶은 생각이 들더라고. 그래 아이고, 이게 얘기 할라니까, 참. 뭐 한국에 가 내 고상했는 거 보면 내 중국에서 그동안에 고상하는 거보담 훨씬 고상을 많이 했는 거 같애. 한 사년 동안 이래 막, 일도 마. 그래가지고 그 담에 너무나 속을 썪였기에 심장이 고만 나빠져가꾸 고만. 그 담에 노가다 또 뛰기, 그래 가주고 담에 심장이 나빠가지고 한 번 병원에 입원 해가주구 추려냈어요.

근데 병원에 가니까, 그 참 좋은 기 뭔가나니까, 병원에는 어찌 그런 지 그렇게도 사람을 접대를 잘하는지 몰라. 노가다는 그 꼬라지고, 공장 에는 그 꼬라진데. 햐 이거 막 그저 뭐뭐 의사고, 사람들이 말이여 정말 그거는 중국보다 몇십 곱 나아. 내 이래가지고 그래 감상에 있는 게, 야 한국에는 이러니까 말이야 병이 나아도 지절로 낫는 거 같애. 잘해주니까. 그래가지고 인제 사람이 그저 한번 들어가게 되면 호사고, 뭐 의사고 막 그저 이런 데 갖다 대는 거 그거 말이여 이거 뭐여 저기 그것도 막 하고. 하이튼 주사도 지때, 지때 와가지고 하고. 물꺼징 떠다가 약 다 믹이고 야 이라는 거 보니까 그저 그 정말 응급실에 들어가니까 대단히 그 접대가 좋더라고. 그래 이래가지고 내가 거서 병원에 내 입원을 했다고, 심장 때문에.

이래가지고 그러지만 조금 벌어먹기 위해서는 이 뭐뭐 돈이 뭐 그래 같이 벌은 거를 전부 다 내한테 갖다 밀어 옇으니께 나으면 또 일 조금 할 수 있음 해야 되잖아요? 노가다를 떡 뛰는데, 노가다 뛰어보니까 그거는 마마 마 야 정말 노가다 뛰는 사람들요, 그건 정말 말도 못 해요. 너무나 말이야 한 개 그 저기 오야지*라 하게 되면요 일도 안 하고 말이야 떡 와가지고는 말이야 그냥 누가 어떻게 일하는가 요것만 탁 보고 말이야. 약간 어정, 어정거리는 눈치만 좀 보이면 말이야잉 죽싸도록 말이야 욕을 하고 말이야, 그 지랄이라. 하하 참. 그래가지고 '야 이거 정말, 이렇구나.' 하는 기 있더라고요.

그 공장 내부에서도요 그 저기 그 박 부장이라 하는 사람이 그 저기 그 뭐야, 참 사램이 아주 회사를 내 회사같이 잘 해는 사람이라. 그렇지만 그렇게 잘 하는 사람인데 한 가지 조금 잘못했다 해가지고 그저 욕지거리를 하고 말이야, 사장이 그저 냅다 까부시는데 뭐, 이 사람이 거서

* [일본어] 주인장. 영감님.

참다 말 한 마디 안 해요. 참다, 참다, 못하니까 고만 자기 길로 고만 따로 공장을 채려가지고 갔어.

그래니 요 말이야잉 이 내가 생각하건대는 한국에 정말 이 사장들이 사람을 일을 시키는 데도 이런 정말 부모 겉은 이런 대접을 해주면서 일을 시키고, 말 한 마디라도 곱게 해주게 되면 반가워서라도 더 열심히 하갔는데, 이건 말이야 한 번씩 그러게 되면 그저 냅다 딴 거 씌우거든.

사장이 없시믄 흥흥거리고, 사장이 없시믄 철물 같은 거 막 팔아먹어 버리고 그런다고요, 미우니까요. 실지 그 자기핸테 말 한 마디래도 잘 하게 되면, 철물집에다 왜 자기네들이 없을 적에 팔아먹겠어요?

이런 기 이 한국에 내가 아주 느꼈는 기라요. 그런데 한국에 가가지고 제일 느꼈는 게 뭔가 느꼈는가 하면요, 병원에 가 가지고 그 정말 복무 태도가 정말 좋고. 전철 타는데, 이 노인들이 앉는 장소에는 사람들이 말이야 노인들이 안 앉아도 딴 사람들이 앉지를 안 해. 그거 딱 비와 놓고. 중국 놈들은 이거 자리 있어도 말이야, 비와 줄 요량도 안 해요. 이 눔 말이야 없단 말이야. 그리고 예전에 그런 운동이 한 번 있었어, 중국에도. 노인들 있는 데는 말이야 자리를 비와 주고 이러는 기. 이눔 새끼들이 말이야, 젊은 놈들이 그 떡 앉아가지고 우등* 말이야 자는 칙 한단 말이야, 눈 깜꼬 이래믄서 자리도 안 비와요 그래 중국 놈들은.

이런 게 겪어보니께 정말 말이야잉 그 이런 예절은 한국에서 정말, 정말 이름이 있어요. 정말 좋더라고요, 내가 이래 가봐도. 그런데 오야지 질 한다든가, 사장질한다 해서 뭐 그 사람 무시하고 말이야. 이런 건 정말

* 우정. 일부러.

나빠요. 나도 한 번은 이 늠으 오야지한테 말이야 백 얼매 받을 거 있는데 못 받은 적도 있어요.

그리고 우리 그 저기 남동생 있잖아요? 우리 남동생은 돈을 이 년을, 이 년을 벌어가지고 돈을 근 이천오백만 원 못 받았어요. 이 년 반을 했는 거를 돈 한 푼 못 받았시니까. 그리고 지금 집에 왔다고요. 그러고 신경병이 걸려가지구 집에 왔어요, 우리 동생이. 그러니께 이런 거 보게 되면은요 이거 참 정말 이거 하튼간에 그 늠 새끼 중국에 오게 되면 때려 죽이고 싶지, 그거 안 그렇겠수?

그런데 우리 한국에서 이래 왔다는 사람 이웃 동포라고 우리는 말합니다. 반갑고 이런 게 많은데. 왜 한국 사람은 와 그렇게 말이야잉, 그 저기 그런가. 이런 게 있다고 다 그렇진 않겠지만. 에 그런 사람이 많애요. 그 담에 장가를 가가지고 중국에 와가지고 여자를 얻어가지고 한국에 가가지고는 왜서 이혼하는 사람이, 중국에는 이렇게 돌아댕기면 말이야 한국에 가서 돈 벌고 부모네도 한국에 가게 되면 잘사는 나라에 가가지고 행복하고 이러지만, 실지 시집가 보게 되면 그게 아니야. 집도 없어. 한국에서 장개 못가는 놈이 여기 중국에 와 장개간단 말이야. 가이께 집도 없어. 일도 안 해.

중국에서 간 사람들도 말이야잉 칠십만 원, 팔십만 원, 지금 백만 원씩 다 넘게 받는데 한국에서 그 놈으 거 돈 사십만 원 받고도 안 해요. 그 저기 그하고 일하고 그 담에는 저기 그 뭐야 떠억 노가다 한 사나흘 뛰다가는, 그 용접도 하고 그런 놈들이 삼십만 원 벌면 집에서 가만히 눕어 있어요. 낚숫대 들고 바다에 가가 낚수질이나 하다가 심심하게 되게 되믄 그 뭐야 여인숙네 집이나 쫓아댕기고 하다가 돈이 삼십만 원 떨어지면 또 가 한 사나흘 일해. 내가 한 칠 년 동안에 겪어본 게 그기라. 일하다가 한 삼십만 원 벌게 되면 또 들어앉아 그거나 묵고 그 지랄한다고 내가 한국에 가보니까 정말 이거 딱하더라고.

(한국에 계실 때가 언제부터 언제까지였어요?) 구칠년도에 갔다가 양천 사년*까지. 이거 인제 금년에 십 년 됐시니깐, 내가 집에 완 제 삼 년 됐거든.

그래가지고 지금도 우리 생활이 이렇게 정말 이거 뭐 아깨도 내가 얘기했지만, 이 집도 내가 벌은 돈으로, 내가 돈 주고 샀는 거는 앞쪽에 있는 거는 원래 샀다 그래도 그건 농사 지어가주 샀는 기고.

그래 인제 중국에서리 한국에 가 일하는 사람이 못살아서 가는 게 아니래요. 한국에서 일 년 벌게 되면 중국에서는 및 년 번 거 같이 그래 된단 말예요. 그래니까 댕기지. 한국에 돈 벌러 간다고. 정말 중국에서 못사는 거러지가 거기 가가지고 말이야 노가다 뛰고 하는 거이 아니라. 그 가가지고 한 및 년 고생하고 여기 나오면 평생 일 안 하고도 먹고 살아요. 한 뭐 저기 그 오천만 원, 육천만 원 벌어 오게 되면 말이야, 및 년 벌어 오게 되면 및 년 동안 벌어 오게 되면 여기 와서는 평생 농사 안 짓고도 그냥 말이야 리자만 뜯어먹어도 먹고산다고요. 그래 이래 되는데, 그 같은 동포들이 거기 가가지고 좀 벌어가지고 좀 잘살게 해주면 좋겠는데. 이런 기 내가 이기 보기가 좀 그렇더라고.

그리고 한국에 가가지고 내 느낀 건 그걸 느꼈어요. 왜서 우리 같은 민족들이 그 한국에 가가지고 좀 그래하는 거 그걸 말이야 한국 사람맨침

* 2004년.

대하지는 못해도, 그거 돈 버는 거는 쥐야 되지 않겠어요? 그래 뜯어먹고 하는 사람이 많다고요, 지금. 중국에서 갔는 사람, 이래 돈 뜯어 먹혔는 사람 내가 아는 데도 상당히 많아요. 근데 지끔은 조금 나아졌는지 그건 모르겠어요.

(살아오시면서 제일 기뻤을 때는?) 그 살라고 살아 내려온 한 해, 한 해, 이래 지내 나온 적이 참 정말 힘들었지요. 근데 제일 기쁜 거는 어떤 때 제일 기쁜가 하면 우리 아들 장개보낼 적에 제일 기쁘더라고요. [웃음] (언제였어요?) [웃으며] 작년에요. 서른, 서른여섯에 장개갔다고요. (늦게 가셨네.) 늦게 갔어. 처는, 저하고 열한 살 차라. 내가 그랬지, 저 처한데,

"이 나가* 차이가 이래 많은데 니 저기 그 와 해필 니하고 나가 열한 살 찬데 시집올라 그래노?"

"지끔은 뭐뭐 이십 살 차도 많은데요 뭐."

그래. 하긴 잘해. 잘한다고.

(아드님하고 며느님이 처음에 어떻게 만나게 됐어요?) 우리 아들이 여 저기 공장에서 저 뭐야 경리질 하니까. 근데 그 옷가게의 경리란 말이야. 경리 하니까 물건, 가게를 자꾸 갖다 가게 사람들이 여기 와 물건을 사가지고 가는 기라. 그렁께 인제 사가주 가고, 여기는 만드는 공장이고. 이래놓으니까 그래서 한 번 오게 되면 자꾸 접촉하게 되지. 그러니 그럴 적에 알았지. 그럴 적에 알아가지고 자꾸 자주 만내고 그러니까 저네들 지내고.

(일생 동안에 제일 힘드신 때는 언제였어요?) 제일 힘들었을 적은 저기

---

* 나이가.

그 아홉 살 먹어가지고 전부 다 죽고 그래 가지고 우리 형님이 군대에, 우리를 살리기 위해서 군대를 갔다고요. 근데 그전에 중국에는 군대에 가게 되면 이 집이 농사를 전부 다 집체에서 지어줘요. 집체에서 지어주고, 막 이래 지어주는데. 그래 우리는 클 적에 쪼매난 게 인제 군속방조(軍屬傍助)라 그러지. 일을 인제,

"니는 이 집에 가서 일을 일 년에 다섯 번 해주라."

"니는 이 집에 가가주고 소를 가주 가가주고 논을 갈아 주라."

"너는 이 집에 가서 갈*을 해주라."

"너는 이 집에 동산에 나무 때는 거, 나무를 및 배쿰 해가주 갖다 재주라."

이런 의무를 맡겨준다고요. 이렇게 인제 응당이 군속에 해줄 일이 의무라 그거지. 그건 인제 그런게 이러게 되면 동산에 나무 다 해주지, 그 담에 탈곡 때 탈곡 해주지, 벼 다 실어 날러주지, 모 다 심어주지, 갈 다 해주지, 딱 뭔가나니까 김매는 거 또 드문드문 다 해주지. 그런데 하여튼 뭐 군, 군대 나가게 되면 이런 거 그 한 개 열사들 하고, 군들은 이런 거 국가에서 다 해준다고.

그서 어떤 때 이거 니가 응당이 열흘 할 거 닷새밖에 못 했다 이거야. 닷새면, 닷새는 그거 돈을 계산해가지고 돈을 받으러 가야 해. 그러니 돈 받을 사람이 어디 있어요? 우리 쪼그만한 기 그거 돈 받으러 간다고요. 돈 받으러 가게 되면, 집집마담 개가 있어가지고 뛰어나오면 개를 때려 가지고 어떤 거는 돈 받으러 갔다가도 겁이 나 집으로 쫓겨오고, 그건

---

* 갈 꺾기: 갈나무(참나무)의 잔가지, 억세풀, 칡덩굴 등을 꺾어 논의 흙 속에 넣어 거름이 되게 함.

지금 나도 생각나요.

그래 한 번은 이런 일도 있었어요.

"우리 그 줄 돈 없시니까, 너 저기"

조선족들이 소고기를 잘 먹잖아?

"조끄만핸 송아지 니 몰고 가라."

'몰고 가가지고 너 갖다 잡아먹으라.'고. 그게 생각나요, 아직까지도. 그래가지고 우리 큰 송아지를 형님이 앞에서 끌고, 나는 뒤에서 때려가지고 그놈 끌고 와가지고 잡아먹은 적 있어요.

그전에 중국에서는 군속들핸테 대우가 좋았다고요. 그러니께 곤란한 집은 전부 다 군대 많이 갈라 그러고. 그럴 적에 제일 살기 곤란했어. 그런데 우리 형님이 군대 안 가고, 기양 가지고는 기본상 그거를 해내질 못하지. 나는 열일곱 살 먹었는 기 뭐 어떻게.

(맨 위에 형님이 자기 동생들을 잘살게 해주려고 군대를 가신 거군요?) 예, 그렇죠. (근데 그 형님이 지금 북한에 살고 계신 분이란 말이죠?) 예.

(앞으로 꼭 하시고 싶은 일은?) 인제 뭐 아들 딸 시집 장가 다 갔지 뭐. 인제 둘이가 나가* 칠십이지. 그저 죽을 때까지 안 아프다 죽는 기 그기 [웃으며] 인제 제일, 근데 할마이 요새 날마다 아파가지고 사람이란 늙으면, 영감은 할마이가 있어야 돼. 암만 아아들이 잘한다 해도 저네들이 벌어먹을라고 인제 내려간다고요, 아아들이. 저 중국 광주로 간다고요. 가게 되면 이 집에 늙은 영감, 할마이뿐이라. [웃음]

* 나이가.

사회주의 국가의 서정시인

조사지: 길림성 연길시 세기호텔

조사일: 2004년 10월 20일 / 2005년 7월 5일

제보자: 리상각(李相珏). 남. 1936년 출생(두 번째 조사 당시
만 69세). 본관은 성주.

길림성 연길시의 리상각

리상각의 고조할아버지 때 강원도로 이사하였고, 증조할아버지가 강원도 회양군에서 태어나서 양구군 해안면으로 이사하였다. 증조할아버지는 슬하에 5형제를 두었는데 모두 가정을 이루어 수십 명이 한 집에서 살았다. 해안에서 가장 큰 집안이었다. 증조할아버지는 서당의 훈장이었다.

리상각의 할아버지는 5형제 중에서 막내였는데, 10여 세에 결혼하고, 17세에 세상을 떠났다. 할머니는 그때 10대의 몸으로 임신 중이었다. 그러니까 리상각의 아버지는 유복자로 세상에 태어났다. 할머니가 10대의 어린 나이로 과부가 되자 친정에서 데리고 갔다. 누군가가 보쌈을 해 갈 것이 두려워서였다. 청상과부는 어린 아들이 보고 싶어 시댁으로 왔다. 그러나 시댁에서는 아이를 만나게 해 주지 않았다. 청상과부(리상각의 할머니)는 다시 친정으로 돌아가다가 자결을 하였다.

리상각의 아버지는 어려서부터 고아로 자랐다. 훈장인 할아버지에게서 한문을 배우며 의지하였다. 그러나 고아가 11세가 되자 훈장인 할아버지도 세상을 떠나셨다. 고아(리상각의 아버지)는 큰아버지에게 얹혀 지내다가 16세에 그 집에서 뛰쳐나왔다. 여기저기를 떠돌아다니며 날품팔이를 하다가 18세에 어느 집의 데릴사위로 들어갔다. 그 집에는 남자어른은 없고 병석에 누운 여자어른과 9세의 딸과 7세의 아들이 있었다. 그해에 큰 장마가 졌다. 밭을 잃어 버렸고, 장모는 아이들을 남겨놓고 혼자서 친정으로 갔다. 친정에서 그녀는 물레방아에 감겨들어 세상을 떠났다. 고아는 데릴사위로 지내던 집에서도 뛰쳐나왔다. 그러자 어린 남매는 삼촌댁에서 데리고 갔다.

고아는 금강산으로 가서 막노동을 하였다. 철로를 놓는 일이었다. 돌을 나르다가 넘어져 척추가 부러졌다. 노부부가 사는 집에 꼼짝 못하고 누워서 얹혀살게 되었다. 바깥노인이 허리를 못 쓰는 고아에게 물었다. 내가 침을 놓을 줄 아는데, 몸은 나을 수 있지만 벙어리가 되는 침과 벙어리는 되지 않지만 병신이 되는 침이 있네. 어느 침을 맞을 텐가? 고아는 한참을 생각하다가 대답했다. 벙어리 되는 침을 놓아 주세요. 매일 침을 맞았다. 타령을 잘 불러서 약장수가 데려간 일도 있었고 곡마단에서 데려간 일도 있었는데 벙어리가 되면 그 좋은 목청이 없어질 것을 생각하니 기가 막혔다. 그런데 목덜미에 큰 혹이 삐어져 나왔을 뿐, 허리를 쓸 수 있게 되었고 벙어리도 되지 않았다.

그러자 이번에는 안노인이 물었다. 우리 딸이 올해 열다섯이네. 장가 들지 않겠나? 고아는 무릎을 꿇고 정중히 사정을 하며 거절하였다. 그 집을 나와 다시 막노동판으로 뛰어들었다.

일이 여의치 못하여 양구로 향하였다. 날이 저물어 산 속의 한 귀틀집에 가서 주인을 찾았다. 웬 더벅머리 아이가 사립문을 열고 내다보더니, "매부 온다. 매부 온다."라고 소리를 지르며 뛰어나왔다. 그 집은 바로 고아가 데릴사위로 들어갔던 집의 남매를 데려다가 부양하고 있던 삼촌 집이었다.

고아는 데릴사위로 된 지 7년 만에 결혼하였다. 그리고 아내를 데리고 두묵개령 토끼길을 넘어 양구로 가서 셋째 큰아버지의 양자로 들어갔다. 양구군 해안면 만대리의 그 집에서 1936년 9월에 새색시는 아들을 낳았다. 그 아들이 바로 리상각. 리상각의 아버지는 가정을 이루고 나서도 가정에 머물러 있지 않고, 돈을 벌기 위하여 여기저기를 떠돌아다녔다. 인제군 내린천에 가서 뗏목을 타기도 하였는데 한 번은 홍수에 뗏목을 떠내려보내고 말았다. 목상은 본전마저 잃었다며 삯전을 주지 않았다. 아버지는 빈털터리가 되어 집으로 돌아왔다.

리상각이 세 살 때, 아버지는 가족을 이끌고 만주로 향하였다. 계속되는 흉년과 일제의 착취를 견뎌 낼 수 없었기 때문이었다. 만주에 가서 농사를 지어, 돈을 벌어서, 3년 만에 다시 돌아올 작정이었다. 이웃집 다섯 가정도 동행하였다. 하루 반을 걸어서 고성에 이르렀다. 고성에서 기차를 타고 두만강을 건너 도문*을 지나 목단강시**에 이르렀다. 마도 석에 자리를 잡고 농사를 지었다. 첫해 농사는 흉년이 들어 빚만 졌다. 아버지는 겨울에 목재판으로 뛰어들었다. 십장이 돈을 떼어먹고 도망을 쳐서 아버지는 다시 빈털터리가 되었다. 삼 년째 되는 해에는 산속에

* 투먼[圖們, 도문] : 지린성(길림성) 옌볜(연변)조선족자치주에 속해 있는 시.
** 무장단시[牧丹江市, 목단강시] : 헤이룽장성(흑룡강성)에서 세 번째로 큰 도시. 송화강 (松花江)의 가장 큰 지류인 목단강이 시가지를 가로로 흐른다.

들어가 숯을 구웠다. 겨우 연명을 할 만하였다. 그런데 어느 날 밤에 도적들이 들어와 어른들을 기둥에 매어 놓고 옷가지와 먹을거리를 모두 빼앗아 갔다.

어느 날, 한 건달이 아버지를 찾아왔다. 그는 아버지에게 부금*이라는 곳이 살기 좋은 곳이라고 떠벌리었다. 아버지는 그 말을 곧이듣고 나머지 가족들은 아무도 그 말을 곧이듣지 않았다. 아버지는 고집스럽게도 그 건달을 따라 부금으로 가기로 하였다. 어머니와 어린 리상각(6세)은 아버지를 따라갈 수밖에 없었다. 나머지 가족들인 할머니들과 고모는 양구로 돌아갔다. 부금에서 아버지는 개척회사의 땅을 빌려 농사를 지으며, 일본 사람이 시키는 근로봉사에 시달려야 했다. 신작로 닦는 일, 산속에 들어가서 벌목하는 일 등이었다. 아버지는 고된 노동과 일본 사람의 채찍질과 배고픔을 견딜 수 없어 산속에서 도망해 나왔다.

해방이 되었다(1945). 이제는 살길이 열린다고 생각했다. 그러나 일본군 패잔병이 지나가자 소련군이 들어오고, 소련군이 마을을 나가자 도적떼가 사흘 간격으로 마을을 휩쓸었다. 거기에다가 장질부사가 마을을 휩쓸었다. 리상각의 가족은 겨우 살아남아 부금을 떠났다. 그들은 남쪽으로 200리를 걸어 밀산**에 와서 자리를 잡았다. 밭에 나가 감자를 주워 먹으며 농사를 준비하려는데 큰 도적떼가 밀산으로 몰려들었다. 이른바 1946년의 5.26사변. 조선 사람 수백 명이 참살당한 사변이다. 저녁을 먹다가 밥상을 버리고 뛰쳐나갔다. 아버지가 어머니의 손을 잡고 어머니는

---

* 푸진[富錦, 부금] : 헤이룽장성에 있는 도시.
** 미산[密山, 밀산] : 헤이룽장성 동부에 있는 도시.

상지사범학교 시절, 시 낭송을 마치고. 1954. 5. 1. 18세.
가운데 줄 맨 오른쪽이 리상각.

어린 아들(10세)의 손을 잡고 뛰었다. 어린 아들은 어머니의 손을 놓쳤다. 달리는 사람들 틈에서 어머니를 찾을 수 없었다. 한참 만에 아버지가 되돌아와서 아들의 손을 잡고 뛰었다. 강가의 갈숲에 숨어서 사흘을 지냈다. 도적떼가 물러간 후에 마을로 돌아왔다. 집 다섯 채가 불에 탔고, 피란하지 못한 노인들은 죽어 있었다. 리상각의 집에서는 가문의 대물림 보배인 족보가 없어졌다. 고향에서 가져온 아버지의 만년필도 없어졌다.

리상각이 문학에 눈을 뜨게 된 것은 아버지와 한창립 선생의 영향이다.

아버지는 조선 팔도와 만주 벌판을 돌아다니며 산전수전을 다 겪은 분이다. 그래서 아버지에게는 언제나 이야기가 많았다. 아버지는 또한 각 지역의 신화와 전설과 민담을 많이 알고 계셨다. 마을 사람들은 언제나 아버지의 구수한 이야기를 들으러 모여들곤 했다. 아버지는 또한 민요를 잘 불렀고, 책을 읽는 목청도 좋았다. 리상각이 후에 『중국조선족구전민요집』(중국: 료녕인민출판사, 1980)을 발간할 수 있었던 것도 아버지로부터 수집한 자료가 많이 있었기 때문이다.

리상각이 흑룡강성 부금현의 대면성소학교를 졸업하고 1949년(13세) 1월에 밀산조선족중학교에 입학하였을 때, 일학년 때의 반주임(담임)이 한창립 선생이었다. 한창립 선생은 리상각을 문학의 세계로 안내해 주었다. 괴테의 「파우스트」, 위고의 「레미제라블」, 단테의 「신곡」, 고리끼의 「어머니」…… 한창립 선생은 리상각을 따로 불러 많은 이야기를 해 주었다. 인생에 대해서, 사물을 관찰하는 방법에 대해서, 그리고 인생과 사물을 묘사하는 방법에 대해서. 한창립 선생은 평안도 오산중학교를 일등으로 졸업한 분이었다. 은사들의 추천으로 일본 대학으로 유학을 가게 되어 있었으나 경제 사정으로 물러앉은 분이었다. 한 선생님의 집에 가 보면 세계 명작이 대단히 많았다. 리상각은 어린 나이에도 선생님의 재능이 파묻히는 것이 안타까웠다. 1951년(15세)에 상지사범학교에 입학하자 한창립 선생도 같은 학교로 전근해 왔다. 리상각은 계속해서 문학에 관한 지도를 받을 수 있었다. 리상각은 상지사범을 졸업하고 1954년(18세)에 벌리현 조선족중학교 교사로 부임하였다. 2년 동안 근무하고 나서 1956년(20세)에 교사직을 사직하고 목단강시로 나갔다. 거기에서 리상각은 혼자서 대학 입학시험 준비를 하였다. 공교롭게도 이때에 한창립 선생이 목단강시에 있는 학교로 전근해 왔다. 한 선생은 리상각의 시험 공부를 치밀하게 지도해 주었다. 리상각과 한창립의 만남은 운명적이었다.

리상각은 1957년(21세)에 연변대학 어문학부에 입학한다. 이 때 대학에서는 막 '반우파투쟁'이 일어나고 있었다. 사회주의를 반대하는 우파 학생들을 잡아내는 운동이었다. 대학에서는 리상각을 1학년 반장으로 임명하였다. 중학교 교사 경력이 있음을 고려한 것이다. 대학에서는 또한 리상각을 '정풍령도소조'•로 임명하였다. 이 소조는 세 명으로 구성하였는데 3학년이 두 명이었고, 1학년이 한 명이었다. 그리고 리상각으로 하여금 반우파투쟁의 앞장을 서게 하였다. 이 투쟁 활동에서 리상각은 어느 학생이 억울하게 우파로 몰리는 상황을 목격한다. 어느 학생은 강물 구경을 갔다가 물이 콱 불어서 연길이 떠내려갔으면 좋겠다고 말했

• 민족정풍운동(民族整風運動): 중국이 1958년 조선민족문화의 발전과 조선족의 자치권을 억제하기 위해 벌인 운동. 반우파투쟁(反右派鬪爭)이기도 하였다.

는데 이렇게 당과 인민에게 악독한 심보를 품고 있으니 그 학생은 우파 분자라는 것, 어느 학생은 연변 지역은 옛날에는 고구려 땅이라고 말했는데 이것은 조국을 분열시키는 언사이니 그 학생은 우파 분자라는 것 등이었다. 리상각은 이러한 논리들의 부당성을 지적하였다. 그러자 1학년 반장이 우파를 옹호한다고 해서 크게 물의를 일으켰다. 반우파투쟁이 휩쓸고 지나가자 이번에는 '대약진 강철로동 근공검학 운동'*이 벌어졌다. 학생들은 황무지를 개간하는 일, 저수지를 파는 일, 석탄 싣는 일, 벽돌집 짓는 일, 보일러 굴뚝 쌓는 일 등에 동원되었다. 사정이 이러해서 4년 동안 실제로 공부한 기간은 1년 반 정도밖에 안 되었다.

리상각은 대학 3학년 때인 1960년(24세)에 결혼한다. 신부는 김세영(1935년생). 상지사범학교 동문이다. 두 사람은 7년 동안 연애를 하였다. 연애하는 동안 그들을 가장 괴롭힌 것은 김세영의 가정 출신이었다. 김세영은 가정 출신이 나빴다. 즉 성분이 나빴다. 김세영의 아버지는 지주였었다. 김세영은 고민했다. 결혼하면 자기의 성분이 남편의 사상 발전에 큰 장애가 될 텐데 이를 어쩔 것인가. 김세영은 죄책감을 느끼면서 혼자 울곤 하였다. 리상각은 김세영에게 말하였다. 사랑하는 데에는 왕도 무섭지 않고 죄수라도 사랑하면 나라법도 발밑에 있는데 가정 출신 따위가 다 무엇인가. 그러나 김세영의 아버지가 세상을 뜨셨을 때에도, 김세영의 어머니가 세상을 뜨셨을 때에도 리상각은 장례식장에 가지 못하였다.

---

* 대약진운동(大躍進運動): 중국인민공화국에서 근대적인 공산주의사회를 만드는 것을 목적으로 1958년부터 1960년까지 마오쩌둥의 주도로 감행한 농공업 증산 정책. 실패로 끝나 이로 하여 마오쩌둥의 권위는 추락하고, 권력 회복을 목적으로 문화대혁명을 일으켰다.

리상각은 친구의 옷을 빌려 입고 연길에서 신부 김세영이 살고 있는 동경성으로 가서 결혼하였다. 1960. 1. 29. 24세.

김세영의 아버지는 일찍이 중국에 들어와 지팡살이*를 하면서 돈을 벌어 가지고 땅을 사기 시작했다. 땅이 많아지자 농군들을 고용했다. 그래서 착취계급이 되었던 것이다. 그러나 결혼할 당시(1960년)에는 온 가족이 김세영의 봉급에 의지하고 있을 정도로 가문이 몰락했다.

당시에 김세영은 동경성중학교에 근무하고 있었기에 리상각이 그곳에 가서 결혼식을 하였다. 리상각은 친구의 옷을 빌려 입고 연길에서 동경성으로 갔다. 결혼식 준비는 신부 측에서 다 하였다. 신랑 측에서는 이불 한 채만 보냈다. 그러나 리상각은 김세영에게 이불보다 더 아름다운 선물을 주었다. 『사랑의 시첩』. 사랑의 시 30여 수가 실려 있는 시집이다. 그것은 리상각이 정성을 기울여 쓴 육필시집이다. 김세영은 지금도 그 시집을 고이 간직하고 있다. 이 시집에 「그대에게」가 실려 있다.

이 시를 처음 썼을 때 이러한 애정시는 문예지에 투고할 수가 없었다. 투고해도 잡지사에서 실어 주지를 않았다. 당시에는 계급투쟁을 주제로 한 시만 실었다. 이 시는 1980년대에 와서야 빛을 볼 수 있었다. 리상각의 세 번째 시집 『사랑의 꽃바구니』(중국: 료녕민족출판사, 1985)에 이 시가 「그리움」이라는 제목으로 실려 있다. 이 시는 또한 신동욱(연세대 교수)이 주선하여 한국에서 출판한 『두루미』(한국: 현대문학사, 1989)에도 실려 있다.

* 머슴살이.

그대에게

뜨락에는 은은한 달빛이 차고
내 가슴엔 절절한 그리움이 넘치네

봄바람이 살구나무가지 흔드니
귀밑머리 만지던 그대 손길 생각나

정다운 목소리 창문에 울리는가
내다보니 둥근달이 빙그레 웃는구나

그대 사진 손에 쥔채 잠들었더니
꿈에는 달을 안고 속삭이였네

리상각은 1961년(25세)에 대학을 졸업하고 그해부터 1996년(60세)까지 36년간 연변잡지사 문예편집 일을 맡는다. 『연변문예』는 1951년 6월에 창간된 월간지이다. 조선문으로 된 문예지로서 사회주의 문학의 길을 꿋꿋이 걸어 왔다. 1957년에 이름을 『아리랑』으로 바꾸었다가 1959년에 다시 『연변문학』으로 되돌렸다. 이 기간은 민족의식이 고도로 팽창한 때였다. 1985년에 『천지』로 이름을 바꾸어 오늘에 이른다. 이 문예지는 1978년부터 극좌 노선에서 서서히 벗어난다. 1978년은 문화대혁명이 끝난 직후이다. 『천지』는 1991년에 창간 40주년을 맞이하였고, 1994년에 400호 발간을 맞이하였다.

1991년에 『천지』 창간 40주년 행사를 연길에서 하였다. 이 행사에 참석하려고 남한에서도 문인이 왔고, 북한에서도 문인이 왔다. 남한에서는 소설가 임선영이 왔고, 북한에서는 『조선문학』을 내는 작가동맹에서 세 명이 왔다. 그런데 남북한의 문인들을 함께 참석시킬 수 없었다. 할 수 없이 행사를 두 번 하였다. 먼저 북한의 문인들만 내빈으로 참석시키고 기념식을 하였다. 그러고 나서 남한의 문인만 내빈으로 참석시키고 기념식을 또 하였다. 플래카드도 다시 만들어 걸었다. 내빈 이외의 사람들은 두 번 참석하여야 했다. 1994년의 『천지』 400호 발간 기념행사도 이와 같이 하였다. 남한에서는 시인이자 서울대 교수인 오세영이 한국시인협회 회원 유안진 등 30여 명을 인솔하고 연길로 왔고, 북한에서는 전처럼 작가동맹에서 세 사람이 연길로 왔다. 오세영 교수는 기회가 아주 좋으니 북한의 작가들과 같이 앉자고 하였다. 북한의 작가들은 남한의 작가들과는 같이 앉을 수 없으니 우리는 그냥 돌아가겠다고 하였다. 길림성 정부에서는 양쪽 작가들을 다 참석시키면 우리 정부 사람들은 참석하지 않겠다고 통보해 왔다. 리상각은, 남북한 문인들을 일부러 함께 초청했노라고, 정부 관리들과 북한 작가들을 애써 설득하였다. 그러나 소용이 없었다. 할 수 없이 이번에도 오전에는 북한의 작가들과 길림성 정부의 요인을 참석시켜 행사를 하고, 오후에는 남한의 문인들을 참석시켜 행사를 하였다.

연변에서 활동하는 소설가 리해룡이 역사소설 「리성계」를 썼다. 그는 그것을 잡지 『아리랑』에 실었다. 누군가가 이것을 정부에 고발하였다. 일찍이 김일성이, 리성계는 삼대 반역자의 한 사람이라고 규정했는데, 『아리랑』이 리해룡의 「리성계」를 실었다고 누군가가 정부에 고발을 한 것이다. 이 고발로 잡지사에서는 이미 제본이 된 잡지에서 「리성계」 부분을 뜯어내야 했다. 리상각은 이 소설을 『천지』에 연재하기로 했다. 정부에서 리상각을 불러들였다. 이성계는 역사의 반역자이니 그 소설을 실으면 안 된다는 것이었다. 토론이 길게 벌어졌다.

― 어째서 리성계가 반역자인가? 리성계는 썩은 정치를 개혁한 인물이다. 김일성 한 사람이 역사를 바꾸어 놓을 수 있는가? 이것은 정치 논설이 아니라 문예작품이다. 전설적인 인물을 신화와 전설로 형상한 문예작품이다.

― 적군을 치지 않고 나라를 뒤집어엎었으니 반역자가 아니고 무엇인가? 그리고 이것은 외교정책의 문제이다. 조선에서 항의를 제출하면 우리는 어쩌겠는가? 이것이 신화와 전설을 가지고 엮은 문예작품이라면 제목이 어째서 '리성계'인가?

― 이름을 고치면 아니 되겠소?

― 그건 다른 문제라고.

결국 리상각은 제목을 『리계성 장군』으로 바꾸어서 『천지』에 연재하였다. 세 번에 걸쳐서 연재를 하였다. 제목만 바꾸었을 뿐, 소설 속에 나오는 연대, 이방원 등의 고유명사 등은 그대로 두었다.

김학철*의 중편소설 『밀고제도』를 『천지』에 실었다. 문화혁명 때의 감옥소를 배경으로 한 작품으로서, 감옥소 안에서의 '밀고제도'라는

---

* 김학철(金學鐵, 1916~2001): 본명 홍성걸. 독립운동가이자 소설가. 일제시대에 조선의 용군으로서 중국 동북지역에서 무장 투쟁. 광복 후 귀국, 서울에서 사회주의 활동. 1946년에 월북. 1950년에 중국으로 망명. 옌지(연길)에 자리를 잡고 창작 활동. 『해란강아 말하라』(1954), 『격정시대』(1986) 등의 작품을 남겼다.

비리를 풍자한 소설이다. 이 작품이 세상에 나가자 전에 감옥소에 근무했던 사람이 중앙 공안부에 보고서를 올리고, 법원에서 리상각을 두 번이나 찾아와서 조사를 하였다. 리상각은 조사관에게 문학의 본질에 대해서, 허구의 개념에 대해서, 사회 정의에 대해서 열심히 설명을 하였다. 리상각의 태도가 단호하여 법원에서 다시는 찾아오지 않았다.

리상각은 1989년(53세)에는 남한을 방문하고, 1990년(54세)에는 북한을 방문한다. 리상각이 본 바에 의하면 북한은 아름답고 깨끗한 나라이다. 그리고 인민들은 애국심이 강하다. 조선의 미래는 찬란할 것이라는 예감이 들었다. 이에 비하여 남한은 현란하고 물자가 풍부하며 복잡다단한 나라이다. 양키 흉내를 너무 많이 내는 것, 자살자가 너무 많은 것, 남자들이 여자를 너무 밝히는 것 등이 걱정이 되었다. 한편 원산과 속초는 선명하게 대조가 되었다. 원산이 죽은 도시라면 속초는 살아 있는 도시라는 느낌을 받았다. 남한 방문은 그의 시집 발간이 계기가 된 것이었다. 1989년에 남한의 현대문학사에서 그의 시집 『두루미』를 발간하였다. 이를 계기로 해서 남한에서 그의 시집 『정다운 그 이름이여』(장원출판사, 1991), 『민들레 홀씨 둘이서』(신동아출판사, 1994. 의형제 한춘섭과의 공저), 『울지를 않으마』(미래문화출판사, 1995), 『에밀레종소리』(국학자료원, 2000) 등이 발간되었다. 북한 방문도 그의 시집 발간과 연계되어 있었다. 연변출판대표단의 자격으로 여섯 명이 함께 방문하였는데 그중에서 북한 문단에 익숙하게 알려진 사람은 리상각 한 명뿐이었다. 그의 시는 북한에 이미 여러 편이 소개되어 있었다. 그런데 북한에서의 리상각 시집 발간 계획은 무산되었다. 그가 남한을 방문하였다는 것, 김일성과 김정일을 예찬하는 시가 없다는 것 등이 이유였다.

사회주의 국가에서 맑으면서도 흙냄새 나는 서정시를 쓰는 리상각 시인.

(진용선 촬영)

1989년(53세) 한국 방문 때의 일이다. 그때 강원도 인제로 해서 양구로 가려고 서울에서 길을 떠났다. 인제군 서화면은 첫째 큰할아버지와 둘째 큰할아버지가 사시던 곳이고, 양구군 해안면은 셋째 큰할아버지가 사시던 곳이다. 리상각은 셋째 큰할아버지 댁에서 태어났다. 아버지가 그 댁의 양자로 들어갔기 때문이었다. 인제군 서화면에 가 보았으나 친척을 찾을 수 없었다. 아마도 6.25한국전쟁 때 북한으로 넘어간 듯했다. 서화면은 38선 이북으로, 한국전쟁 이전에는 북한지역이었다. 서화면에서 양구로 가려 했으나 눈 때문에 넘어갈 수가 없었다.

리상각은 1993년(57세)에 서울에서 열린 아시아시인대회에 참석하였다. 이때에는 직접 양구로 갔다. 양구군 해안면 만대리. 언덕이 있고, 10칸짜리 집이 있고, 문전에 밭이 있고, 과수가 있고, 개울이 흐르고, 돌다리가 놓여 있고…… 만주에서 어머니는 늘 이렇게 고향을 묘사했었다. 리상각이 고향을 떠난 지 55년 만에 다시 고향에 왔을 때 바로 그 개울이 그대로 흐르고 있었다. 그는 친척들의 이름을 적어 가지고 마을 사람들을 찾아다니며 물어보았다. 아무도 아는 사람이 없었다. 마당에 멍석을 펴놓고 앉아 술놀이를 하던 한 아주머니가 말하였다.

"땅 찾으러 왔어요? 그럼 우린 상대하지 않아요."

55년 만에 찾은 고향에서 이런 쌀쌀한 대접을 받으니 리상각은 정이 뚝 떨어졌다.

반세기가 넘어서 고향을 찾은 감회를 리상각은 시로 썼다. 그것이 「실개울」이다. 이 시는 중국의 조선족 중학교 7학년 교과서에 실려 있다.

실개울

실개울 물소리가 실개울을 떠나서
노상 내 귀전을 맴돈다

고향 떠나 수천리를 왔어도
실개울 물소리는 내 귀전에
이제는 수십년 세월이 흘러갔어도
실개울 물소리는 내 귀전에

노래처럼 울리는 정겨운 소리
조용히 눈감고 듣노라면
두고 온 고향이 아물아물
가슴 한복판을 파고든다
다시는 고향을 찾지 말라고
세월은 갈길에 빗장 질렀어도
나를 따라 온 물소리만은
고향에 돌아가자 소곤대는 귀속말

오가는 길손에겐 무심한 실개울이나
내 몸엔 피와 살로 이어진 피줄
귀전에 맴돌던 물소리가
나의 온몸을 소용돌이친다

웃다가 떠들다가 속삭이다가
밤이면 밤마다 베개머리에서
흐느끼는 실개울 물소리
여울쳐 흐르나니 눈물이여라

실개울 물소리가 실개울을 떠나서
노상 내 귀전을 맴돈다

2005년(69세)에는 양구군에서 리상각을 초청하였다. 이때 리상각은 고향 양구에서 고향의 시인들과 함께 시낭송회를 가졌다.

리상각은 1996년(60세)에 월간지 『천지』 총편집직에서 정년퇴직하였다. 매월 퇴휴금 2,490위안을 받는다. 2005년 현재 아내 김세영(1935년생, 70세)과 함께 연길시에서 살고 있다. 장남 리영혁(1935년생, 44세)은 연변대학을 졸업하고 편집 일, 방송국 일 등을 하다가 그만두고 연구에 전념하고 있다. 결혼하였다. 장녀 리은경(1964년생, 41세)은 산동대학을 졸업했다. 산동무역회사 한국부 경리를 거쳐 개인 무역회사를 경영한다. 차남 리동혁(李東赫, 1967년생, 38세)은 대학을 다니지 않았다. 작가이다. 삼국지를 번역하여 한국에서 출판하였다. 『본삼국지(本三國志)』 전 11권 (금토, 2005).

광야의 여장부

조사지: 요녕성 심양시 화평구 민부소구(遼寧省瀋陽市和平
區民富小區) 49호 2-2-1(단원 2층 1호실)

조사일: 2007년 10월 20일

구술자: 박숙자(朴淑子). 여. 1932년 출생(구술 당시 만 75세).
본관은 무안.

광야의 여장부

요녕성 심양시의 박숙자

내 이름은 박숙자. 1932년생. 우리나라 나이로 칠십여섯. 잔나비띠.
2남 1녀 중 막내딸이에요. 아버지는 박상운. 1900년생. 쥐띠. 삼형제 중
막내. 아버지도 막내, 나도 막내. 어머니는 이가연. 인변에 흙토 두 개
한 거[佳] 하고요, 연꽃이라는 연[蓮]. 엄마가 아버지보다 세 살 위에요.
본관요? 나? 무안 박씨. 엄마는 전주 이씨.

고향이 어디냐고요? 강원도 홍천군 서석면 풍암리 덕바치[덕전치, 德
田峙]. 옛날에 내가 태어날 때 세 집이 살았어. 1932년에 거기서 태어나
고 39년에 왔어요. 만주로. 그때는 만주라고 그랬어. 우리 아버지가 먼저
자리를 보러 왔어요. 상투를 짜고요. 상투를 짜고 떠났는데 올 때는 하이
칼라를 하고 머리를 이렇게 잘랐더라고. 그래서 내가

"일본 놈 온다."

고 하면서 뛰어 들어가니까 우리 어머니가 내다보더니

"아버지로구나!"

하더라고. 하하하.

네 식구가 왔어요. 아버지, 엄마, 작은오빠, 나, 이렇게 넷. 할아버지, 할머니는 돌아가시고, 아버지 형제들은 삼형제인데 둘째 큰아버지가 먼저 와 있었어요. 첫째 큰아버지는 그냥 그대로 고향에 계시고, 둘째 큰아버지가 우리보다 먼저 왔단 말이야. 큰오빠는 첫째 큰아버지댁에 양자로 가고, 작은오빠만 같이 왔고요.

무엇을 타고 왔느냐고요? 소달구지 타고 고개 넘어서 오솔길로 오다가 소달구지 버리고 걸어서 오기도 하고 또 주막에서 자기도 하고 그렇게 하고 왔는데, 서울에 와서도 하룻밤 자고 그런 다음에 기차 타고 도문으로 와 가지고, 흑룡강 쪽이 가깝잖아요? 도문에서 기차로 왔지요, 상지*까지. 상지에 우리 큰집이 있었지요.

그때 내가 여덟 살이었어요. 학교에 들어가기 전이지. 우리 오빠는 학교를 다녔어. 열 살까지. 거기 동창들이 있더라고요, 가니까. 우리 오빠 이름이 철제거든.

"철제 동생 왔다."

고 하면서 오는 사람이 있더라고.

그런데 우리 큰집은 농사 안 짓더라고요. 장사를 하더라고요. 아편장사 하더라고요. 아편쟁이들이 우글우글 하고요, 아편을 못 먹으면 부들부들 떨고요, 막 침을 질질, 콧물이 질질 나고, 막 그런 사람이 이튿날 가면 길바닥에 죽은 것도 많고. 아편쟁이에는 조선 사람도 있기는 있었지만 중국 사람이 더 많았어요. 그래서 길가에 모두 앉아서 정말 그때는

● 상즈[尙志, 상지] : 헤이룽장성(흑룡강성) 중부에 있는 도시.

이도 잡아먹어, 사람들이. 아편쟁이들이 앉아서. 그런 것도 봤어.

상지에는 경상도 사람들이 많았어요. 하동 쪽으로 가면 몽땅 다 경상도에요. 개척단으로 온 거에요, 거기는. 39년에 우리가 가니까 다 있어요. 농사를 짓는데 여기 부락 하나 있고, 조금 들어가 부락이 있고, 조금 더 들어가 부락이 있고. 그걸 1대, 2대, 3대, 이렇게 해서 들어가는데 몽땅 경상도 사람이야.

우리가 어디메 살았냐면 딱 다리 건너서 하동에서 오는 데 살았거든요. 우리 어머니가요 쌀을 몰래 사다가 막걸리를 해서 땅에다 묻고, 알면 다 빼앗아 가니까, 막걸리 해서 땅에다 묻고……. 곡량 싣고 오는 사람 있지요? 곡량. 세금 바치잖아요? 차가 많이 나와요. 경상도 아저씨들이 와서

"아주머니, 탁배기 한 잔 주이소."

맨 경상도 사람이에요. 소달구지 몰고 오고 그랬어요. 우리 오기 전에 다 왔어요, 개척단이. 그거 저기 일본 놈들이 데려다가 이 황무지를 다 개간해서 농사짓게 만들었지.

우리는 농사 안 지었어요. 우리 아버지가 재간이 좋아요. 집 짓고, 목수, 미장이, 몽땅 할 줄 알아요. 여기 와서도 건축, 일본말로 우께도리*라고 하잖아요? 한국에서는 뭐라고 하나요? 이렇게 맡아 하는 걸. 집 수리를 이렇게 맡아 하는 거. 그걸 했어요. 수리하는 거, 그런 걸 했어요. 우리 아버지는 재간이 좋아서 강원도 조조울**이라는 데 우리 아버지가 지은 집이 아직도 있다고 하더라고요. 홍천 서석면에도 우리 아버

---

* 원래의 뜻은 수취(受取), 청취(請取) 등.
** 강원도 홍천군 서석면 풍암리에 있는 마을. 형제간에 우애가 좋은 효자가 살았다 하여 효제동(孝悌洞)이라고도 한다.

지가 지은 집이 있어요. 아버님은 중국에 오셔서도 농사 안 지었어요. 목수도 하고, 만능이에요, 우리 아버지가.

소학교는 어디 다녔느냐고요? 상지현 조선소학교. 아홉 살에 들어갔지요. 40년에. 조선소학교지만 일본말만 해요. 조선말 못하게 했어요. 조선말 하면 한 마디에 5전씩 벌금 물고. 그래도 중국 사람보다는 대우가 조금 좋았어. 만주국 시대인데, 중국 사람은 참 천대했지요. 조선 사람들은 배급도 조금 낮게 주고.

8.15 된 다음에 보니까요 일본 놈들 말이 이리 뛰고 저리 뛰고, 개도 이리 뛰고 저리 뛰고 막 그래. 차 위에 올라타고 막 도망가는 것 봤어요. 빈 집에 가 보면 옷도 많이 버리고 가고. 그저 사람만 몽땅 가니까.

8.15 나던 해에 우리 큰집에서는 다 고향으로 갔어요. 큰아버지는 돌아가시고 사촌 오빠가 큰엄마 모시고 갔어요. 큰집은 돈을 좀 벌어 가지고 갔지요. 그래도요 가니까 못살더래. 보리밥 먹고. 그래서 후회가 많았대. 우리 사촌 오빠가 건달이에요. 일 잘 안한다고. 그래서 다 팔아먹고. 그 집은 딸 하나 남았어요, 다 죽고.

우리 아버지는 배가 이렇게 부르는 병이 걸렸어요. 같이 떠나려고 하다가 아버지가 아파서 못 갔지요. 같이 가기로 약속을 다 했는데 병이 났어요. 그래 큰집 식구들이 고향 홍천에 가서 다 우리 아버지 돌아가셨다고 생각을 했대요. 못산다고. 우리 사촌 오빠가 돌아가서,

"돌아가셨을 거다. 우리 작은아버지는 배가 이렇게 붓고 물을 못 뽑아서 돌아가셨을 거다."

지금 같으면 금방 고치잖아요? 그때는 뭐 일본 망했지, 병원이 어디 있어요? 그래 가지고 아직도 학교도 뭐 제대로 안 서고 할 땐데, 그래 다

가고 우린 남았지요. 남았는데 우리 아버지가 작은엄마를 하나 데리고 살았어요. 작은엄마를 데리고 살아서 우리끼리 이제 가는 거야. 엄마하고, 작은오빠하고, 나하고, 이렇게 서이서. 아버지 버리고. 그렇게 가다가 소련 사람이 따바리총을 메고 오더니 치마를 이렇게 들더니 칼로 쭉 째더니 돈을 다 빼앗아서 간 거야. 돈 하나도 없이 다 빼앗겼으니 어떻게 가? 못 가지. 하얼빈 가는 기찻길에서. 상지에서 하얼빈으로 해서 가려고, 압록강으로 가려고 했지. 난 그때 소학교 졸업반이니까 열세 살인가? 응, 열네 살이구먼. 12월이면 졸업하는데 8월에 해방됐잖아요? 그래가지고 엄마하고 작은오빠하고 나하고 서이 앉아 있는데, 뚜껑도 없는 차에 타서 앉아 있는데 막 오더라고요. 빼뚤런 모자 쓰고 따바리총 메고 오더니 치마를 이렇게 들고 칼로 쭉 째더라고. 돈 다 빼앗겼어. 한 푼도 없는 거야. 그래서 하얼빈에 내려서 난민 있는 데 있다가 도로 아버지 찾아서 온 거에요. 도로 와서 아버지와 같이. 아, 해방되니까 첩 두면 안 된다고. 첩이 갔지요. 일부다처제가 안 되거든 공산당은. 그러니까 아버지가 내버리고 우리 집으로 온 거에요. 그래서 엿장사도 하고요, 우리 아버지가. 꿀이 없으니까 엿을 조청으로 해서 파니까 잘 팔리더라고요.

해방 때 토비(土匪)도 봤어요, 상지에서요. 어떻게 봤냐면 내일이 우리 졸업 사진 찍는 날인데 밤새도록 콩 볶는 소리가 나더라고요. 12월에. 졸업 사진 찍으러 오라 하는데 우린 막 이불 뒤집어쓰고 그러는데 아침에 나가보니까 난 고지식한 사람으로 사진 찍으러 간 거에요. 졸업 사진 찍으러. 한 댓 명 찍었을 거예요. 선생님은 한 대여섯 명, 한 열 명이.

가면서 보니까요 그때는 중국 사람들이 죽은 사람 옷도 개의치 않고 막 빼가요. 팬티만 입고 다 죽어 자빠진 사람이 많아요.

오빠요? 죽었어요. 둘 다. 큰오빠 작은오빠, 둘 다 죽었어요. 우리 삼 남매 중에서 아들 둘 다 죽고 막내 딸, 나 하나만 남았어요. 큰오빠는 첫째 큰아버지댁으로 양자 가서 딸 하나 낳고 죽고, 작은오빠는 군대 가서 죽었어요.

작은오빠가요, 먹기 곤란하지, 살기도 힘들지 하니까. 기차에 나가서 빵 장사를 하다가

"에이, 군대나 가야겠다."

고 하고 군대를 간 거죠. 45년도 12월에요. 그때 조선 군대들이요, 의용군이라고 우리나라 찾아야 된다고 노래 부르고 막 나오고 그랬 다고요.

그런데 우리 오빠는 전쟁을 할 줄 몰라요. 철로병이에요. 우리 여긴 철로병을 호로병이라고 했어요. 그런데 전쟁이 나니까 막 조선 사람을 뽑아 간 거야. 전쟁을 할 줄 모르지. 호로병이니까. 그래 양구에서 죽었 다고 온 거야. 양구. 우리 고향 강원도. 이게 포망이 있잖아요? 가다가 포탄을 설치해 놓고 구멍을 이렇게 해 놓고 누가 기차가 가게 하나 보잖 아요? 그런 군대에요.

우리 오빠가 저기 하남에 들어갔어요. 철길 따라서…… 거기 가서 북조선으로 갔단 말이야. 조선 사람만 뽑아서 보낸 거예요. 뽑아야지. 조선말 못 하면 가서 곤란하잖아요? 그러니까 조선 사람 많이 갔어요. 52년에 죽었어요, 우리 오빠가. 강원도 양구에서 돌아갔다는 열사증만 왔어요. 그 오빠는 결혼도 안 했어요. 열일곱 살에 갔는데요 뭘. 위로금 이나 뭐 그런 것도 없었어요. 중국에서는 위로금이라는 게 겨울에 와서 빨간 꽃 달아주고, 영화 구경이나 한 번씩 시켜주고. 또 우리 아버지는

평생을 나라에 손을 안 벌리고 살았거든요. 기술이 좋아서.

내가요, 상지에 있다가 우리 오빠 부대가 저 북쪽으로 이사를 가는데 따라 탔다니까, 우리 세 식구가. 오빠가 이제 45년 12월에 군대를 갔는데, 그 이듬해 봄에 저기 북쪽으로 들어가는 거예요. 하성자라는 데가 있어요. 임구라는 데. 목단강에서도 더 가야죠. 거기로 가는 거예요. 우리 오빠네 부대가. 우리는 살림이라는 게 뭐 있어요? 일본 망하고 한국으로 가려다가 아무 것도 없지요. 옷 몇 가지에다. 그래 오빠네 부대 차에 타고 가는 거예요. 가는데 목단강에서 우리보고 내리라고 하더라고. 부대는 더 들어가니까, 못 따라간다고. 그래 목단강에서 살았어요. 목단강 가 보셨어요? 내려서 거기서 뭐를 했냐면, 아동단이라고 있었어. 기생들도 불러다 아침 운동도 시키고, 춤도 배우고, 노래도 배우고, 거기에 사는데 군대가 몇이 와서 우리보고 춤을 추라고 하더라고. 마당에서 추라고. 그래 춤추는데 날 뽑은 거야. 선전대에 갔다고. 그게 부대 선전대. 군대 따라 다니며 연출하고. 그런데 국민당을 못 봤어. 장개석 부대를 못 봤어. 그쪽엔 안 갔다고요, 이쪽에만 있었지.

그게 언제냐고요? 46년도 7월. 열여섯 살 때에요. 그게 무슨 군대인가 하면 선전대에요. 3지대라고. 여기 조선 군대가 많았는데 1지대, 2지대, 3지대가 있었거든요. 그런데 우린 3지대. 하얼빈에 3지대가 있었어. 조선 사람만 모인 군대에요. 3지대가 몽땅 조선 사람이었어요. 1지대, 2지대, 3지대. 조금 있으면 오강에다 의용군 기념비 세워요. 11월 10일에. 여기 중국에서 조선 사람이 일본 시대부터 숨어서 의용군 조직했던 부대가 나와서 1지대, 2지대, 3지대로 나왔다고요. 난 3지대. 46년이니까 중국 정권이 수립되기 전이기는 한데, 저쪽 화북에서 있던 조선 혁명군이 들어와서 만주에 세운 군대요? 그건 아닌 것 같아요. 나는 아동단에 나갔다고요. 아동단이라고, 아동들이 모여서 춤도 추고. 해방되고 그래 나갔는데, 군대들이 둘이 와서 이러고 앉아서 우리가 마당에서 춤추는 것을 보더라고요. 보더니 날 오라고 하는 거야. 그래 단장이래.

"너 군대 갈래?"

김예삼이라는 단장이 있었어. 아동단장. 그래 난

"우리 아버지, 어머니한테 물어봐야 해요."

그러니까 손 붙잡고 우리 집에 간 거예요. 우리 아버지, 우리 어머니 얼른 가라고 하더라고. 그때만 해도 곤란하잖아요? 그러니까 가라고. 그래서 46년 7월에 군대에 들어갔어요. 그리고 얼마 있다가 50년에 6.25가 터졌잖아요? 우리 선전대가 이북으로 간 거야. 우린 어리다고 이북으로 보내지 않고 연변가무단으로 보낸 거야. 그리고 51년도에 여기 심양에 있는 조선문화관으로 왔어. 정부에서 안배해 준 거지. 왜 그러냐면 우리 어머니, 아버지가 날 딱 믿고 사는데 외로워 못 사는 거란 말이야. 우리 어머니, 아버지는 심양에 있는데 나는 연변에 있으니까. 목단강에서 난 연변으로 가고 우리 아버지, 우리 어머니는 심양으로 왔어요. 우리 아버지 기술자로 뽑혀왔어요. 자동차 빠떼리라고 알아요? 이렇게 해서 빠떼리 하는 거. 그런 거 우리 아버지 기술이 좋아요. 우리 아버지는 못 하는 게 없다니까. 그래 빠떼리 공장에서 기술자로 모셔온 거야, 그때. 우리 아버지가 맨날 편지를 하는 거야.

"우리 두 식구 영감, 노친네만 딱 있으니까."

나 없으니까 맨날 밤마다 편지를 하는 거야.

"빨리 오라."

고, 막 울면서, 눈물을 흘리면서. 그래서 여기 심양문화관으로 조정해서 온 거야. 문화관이 성립하고 내가 1회 직원이에요.

이 사진을 좀 보세요. 이게 나에요. 이게 춤인데, 돈 많은 사람이 우리 딸하고 결혼하려고 하는데 내가 반대하고 하는 춤이에요. 심양문화관에 있을 때. 작품 이름이요? 이게 〈봄타령〉일 걸 아마. 이 사람이 아직도 있어요. 이게 51년도인가? 우리 친구들한테 많을 건데.

최승희•요? 네, 최승희 알아요. 최승희 북경에 와서, 6.25때 북경에 와서 하고 그랬어요. 여기 심양에 와서 연출할 때 봤어요. 직접 만나지는 못 했고. 이거 부처님 춤추는 것. 네. 보살춤 봤어요. 그리고 배 타고 가는 것 있죠? 막 풍랑이 일어나서, 어떻게 해야 돼, 어떻게 해야 돼, 막 하면서 마지막에 절하면서. 나 최승희 공연 한 세 번 봤어요. 1950년도인가? 51년도인가? 전쟁 때 봤다고요. 전쟁 일어났는데 피난 왔거든요, 최승희가. 북경에 왔댔어요. 북조선에서요. 그래서 북경에서 학원을 꾸려서, 우리 친구 하나가 따라서 간 애 있어요. 유재순이라고.

북조선에서 이리로 피난을 온 것이 맞느냐고요? 맞아요. 전쟁이 일어났으니까요. 군관 이이들, 군관 사제들, 군관 가족들 피난 많이 왔어요. 50년도 6.25때. 공군도 많이 왔어요. 연길에 공군도 와 있었는데, 나 연변 있을 때 공군들 막 뜨고 그랬어요. 연변에, 연길에. 나 봤어요. 군관들, 인민군들, 피난 왔어요. 김정일도 왔댔어요. 6.25때 길림에 와서, 밥 해 주는 사람이 여기서 갔는데 맨날 앉아서 개미 지나가는 것만 보고 앉았

• 최승희(崔承喜, 1911~1967): 한국의 전통무용을 현대화한 세계적 무용가. 〈초립동〉, 〈화랑무〉, 〈장구춤〉, 〈춘향애사〉, 〈보현보살〉 등의 명작을 남겼다.

다고 뛰어다니지 않고 그러더라고요. 밥 하는 사람이. 김정일은 애들하고 막 뛰어다니지 않고 개미 굴 쫓아다니면서 놀더라고 그러더라고요.

어쨌든 나는 문화관에서 밤에 춤도 배워주고, 노래도 배워주고, 여기 사람들 가정 부녀들 데려다 밤에는 무용 배워주고, 노래도 배워주고, 낮에는 도서실에 있고 그랬어요. 그러다가 52년도에 결혼을 한 거예요.

나 처녀 때요, 대단했어요. 나한테 청혼하는 좋은 사람들 많았어요. 연변가무단에 있을 때도 그랬고, 심양문화관에 있을 때도 그랬고. 우체국 사람들이 나보고 희한하다고 했어요. 너무나 편지가 많이 오니까. 목숨 바치고 달려드는 총각들도 많았어요. 나 때문에 죽겠다고 하는 사람도 있고, 같이 죽자고 하는 사람도 있었어요.

연애요? 연애 못해보고 중매 소개했어요. 중매했어, 교육국에 있는 사람이. 따르는 사람은 많았는데요, 연애는 안했어요. 소개를 했는데 역사 얘기를 들어보니까 가족이 아무도 없는 거야. 혼자야.

좋은 사람 얼마든지 있었죠. 다리 안 절고 튼실한 사람. 그런데 심양이 놀란 거예요, 내가 그런 사람하고 결혼한 것을. 정말 난 그 정도로 인기가 그만큼이었어요. 그런데 내가 다리 절룩절룩하는 사람하고…….왼다리 완전히 못 써요. 여기 부상당했는데. 낙동강전투에서. 운동 신경을 다친 거예요. 운동 신경. 낙동강전투까지 갔다가 52년에 제대를 했는데 머리를 다쳐서 다리 잘 못써요. 그런데 내가 왜 다리 못 쓰는 사람하고 결혼했냐면, 우리 어머니, 아버지가 아들이 없으니까 내가 보배지 보배. 우리 어머니, 우리 아버지는 나라면 끔뻑 죽지. 그러니까 내가 우리 어머니 우리 아버지 내버리고 시집을 못 가잖아요? 그런데 우리 영감이 독신이라, 독신. 그래 '이 사람이 우리 아버지, 어머니 모시는 데는 일등

이다.'

그래서 나 자신이 나한테 효녀라고 해. 내가 생각할 때 내가 효녀라고. 우리 어머니, 아버지 내두고, 너희 시어머니, 시아버지 있는 데 못 간다. 더구나 어떤 집에는 시할머니까지 있어. 거기도 난 못 간다. 우리 엄마, 아버지 모셔야지. 그런 생각이 있기 때문에 좋은 사람이 있어도 그 조건에는 내가 못 가겠더라고. 그래서 내가 항상 속으로 나는 효녀다. 그리고 나는 항상 지금도요 우리 어머니, 아버지를 모시고 다녀요. 그러니까 여기다 우리 어머니, 아버지 맨날 모시고 다니잖아요? 이 사진 보세요. 우리 어머니, 아버지를 이렇게 맨날 모시고 다녀요. 그래 내가 효녀 맞지요? 이건 나고, 우리 어머니, 아버지. 이걸 항상 넣고 다녀요. 가방 메고 다니며 우리 어머니, 아버지를 모시고 다니는 거야.

이 사진, 이거 우리 신랑이에요. 전덕용. 얼굴 용 자. 내용에다 쓰는 용. 전덕용(全德容). 나보다 네 살 위예요. 자란 곳은 경상남도 양산군 물금면. 군대에는 49년도에 나갔지요. 몰래 비밀로. 비밀로 나갈 때 나간 사람이에요. 원래는 중국 부대에 있었어요. 집합하라고 해서 가니까 차를 타라고 해서 탔는데 신의주에 내려놓더래요. 그래 북조선 가서 군관학교 졸업하고, 최우등으로 졸업했다고 해요. 장교에요. 큰 별이 두 개에요. 중성.

목사분의 아들인데, 다른 집에서 키웠거든요. 왜 그런가 하면 어머니가 이 양반을 낳고 돌아가셨대요. 그래서 강씨네 집에 줬어요. 거기서 커가지고 군대를 간 거예요. 그래 군대 간 다음에 아버지 소식을 몰랐는데, 난 아버지가, 생부가, 북조선에 갔다가 6.25때 예수를 못 믿게 하니까 군대 따라서, 서울로 간 거야. 아버지가. 그래 거기서 돌아가셨더라고

6.25때 따라갔단 말이야. 이남으로 인민군대가 갔잖아요? 그 때 따라 갔단 말이야, 우리 시아버지가. 남편이 북조선에서 아버지, 엄마를, 그러 니까 생부, 생모를 한 번 봤다고 하더라고. 중국에서 살다가 일본이 망하 니까 북조선으로 갔대요. 그래 봤는데 자기들이 무슨 군속 대우 받게 하겠다고 뭐 해달라는 걸 안 해줬다고 그래요. 왜 그러냐면 키운 아버지, 어머니가 중국에 있었잖아요? '너 나 안 키웠으니까 내꺼 받을 자격 없 다.' 그래서 이제 키운 아버지, 어머니 주려고 안 줬지요. 안 줬는데, 와 보니까 여기 키운 엄마, 아버지도 한국에 간 거야. 전쟁에 갔다 오니까. 경상남도 양산군 물금면이라는 데, 거기 강씨네 집으로. 그래 못 찾았지.

우리 시아버지가 참 훌륭하신 분이에요. 그 동아방송국에 가면 방 안 에 다 있어요. 나도 이거 책 하나 가지고 있는데, 우리 손자가 가지고 갔어. 역사, 자전 쓴 것 다 있고, 사진도 다 나와 있어. 우리 시아버지 사진. 전재선 목사.● 부흥목사에요. 그 비석 내가 찾았잖아? 인천 부평 역에서 내려서 가면 팔복교회. 내가 또 거기에 가서 시아버지 산소를 찾느라고 얼마나 고생했는지. 팔복교회라는 것을 우리 시아버지가 세웠 더라고. 팔복교회라고 인천에.

원래 시아버지의 집은 평안남도 대동군. 그런데 키운 아버지가, 100 일도 못 되어서 간, 키운 아버지가 경상남도 양산군 물금면. 거기 가면 제비 강씨네가 많이 산대요. 아들도 하나도 없어서 갖다가 키웠는데 헛 키웠지요.

● 전재선(全在善, 1893~1969): 이성봉, 박재봉 등과 함께 기독교 부흥운동을 주도한 목
  사. 부흥운동은 6.25전쟁으로 혼란해진 기독교계를 바로잡고 종교의 본래 모습을 찾고
  자 하는 운동.

감성이 풍부한 여장부, 박숙자(2007. 10. 20. 전신재 촬영).

우리 영감이요, 북조선에 한 번 갔다 왔어요. 아, 그 말을 안 했구나. 여동생이 둘이 있어요. 배다른 여동생이 있어요. 북조선에. 전재선 목사 딸이지. 그러니까 아버지가 여기다 놔두고 이남으로 갔잖아요? 가니까 엄마하고 아이들이 있다가 시간폭탄이 터진 줄도 모르고 갔다가 아들은 다 죽고. 시간폭탄이 나와서 터져서 북조선에서 6.25때. 몽땅 아들들은 다 죽고 딸만 둘이 남은 거야. 그러니까 우리 영감 바로 밑에 여동생이 하나 있고, 막내 여동생이 하나 산 거야. 그래 거기에 갔다 왔잖아요? 소식을 듣고 갔다 왔어요. 여동생 둘을 찾아 놓고 왔지. 와서 가자고 하더라고. 북조선으로. 온 식구가 그때 8명이야. 왜 그러냐면 중앙자리에 가니까 한 자리 주겠다고 했대. 우리 영감에게 한 자리 주겠다고.

"오라. 중앙당 조직부에서 한 자리 줄 테니까. 전우들도 있고 하니까 오라."

고 하더라고. 그래서 와서 가자고 하더라고. 난 안 간다고 거기 고향도 아닌데 내가 왜 가느냐고. 우리 아버지, 어머니 고향도 아닌데. 안 갔어요.

결혼한 뒤에는 소학교 음악 선생을 했어요. 세 개 학교에서 9년 동안 했어요. 심양 서탑학교, 만융소학교, 소가툰소학교. 그런데 내가 총명하긴 되게 총명해. 지금 생각해도 소학교 졸업하고 내가 중학교를 못 갔거든요. 못 갔는데 이제 가무단에 가면 오선보에다, 그전에는 복사기도 없고, 예전에는 기름에다 묻혀서 등사해주잖아요? 그래 노래 보면 이건 도다, 이건 레다, 이건 미다, 이건 반 박자다. 이건 한 박자다, 이건 두 박자 쉬는 거다. 이걸 배워서 내가 음악 선생을 했으니까. 내가 대학교를 졸업했으면 한 자리 했을 거야.

남편이요? 교장으로 있었어요. 소학교 교장. 만융학교. 만융촌 가봤어요? 교장이었고, 난 음악 교원이고.

음악 선생을 9년 하고는 몽고로 갔지요. 내가 왜 음악 선생을 그만뒀는가? 얘기를 하면 여기서는 죽도 못 먹어. 우리가 여덟 식구야, 우리 애가 너이죠. 내가 아들 서이, 딸 하나거든. 굶어 죽을 형편에 어른 너이, 애들 너이, 여덟 식구에요. 대가족이죠, 여덟 식구면. 아니다. 일곱 식구다. 우리 막내 낳기 전이니까. 어쨌든 우리 어머니, 우리 아버지…… 굶어 죽게 생긴 거야. 이제 여기서 살다 굶어 죽으면 우리 어머니, 우리 아버지 우리가 밥이 어떻게 넘어가겠나? 그래서 이사를 간 거야. 몽고로, 60년도에. 외몽고가 아니라 내몽고. 남편은 북조선으로 가자고 했지만 내가 고집해서 몽고로 갔어요.

몽고 산골에 조선 사람이 한 70호 모여 사는 데가 있더라고. 여기 하얼빈* 지나서 치치하얼**에서 조금 들어가면 돼요. 아이고, 거기는 땅이 얼마든지 있어요. 막 파고 심어도 돼요. 네 땅, 내 땅이 없더라고요. 그런데 날씨는 바람이 많이 불어요. 거기에 가서 우리 어머니, 아버지는 농사를 짓고 나는 부녀주임을 하고 그러면서 거기서 6년을 살았어요.

그런데 살면서 보니 거기는 애들을 키울 데가 못 되더라고 사방에서 온 사람들이 살고 있는데, 사방에서 와서 본부 본처가 없는 거야, 거기는. 모조리 모두 숨어서 살고 그런 데인데, 법도 별로 없고, 싸움도 청년들이 많이 하고. '여기는 아이들 키울 데가 못 된다. 소학교 때는 키우

---

* 하얼빈[哈爾濱]: 헤이룽장성(흑룡강성)의 성도(省都). 송화강 남쪽에 자리 잡고 있다. 공업도시. 중국에서 10번째로 큰 도시. 인구 971만 명.
** 치치하얼[齊齊哈爾]: 헤이룽장성 서부에 있는 도시. 인구 553만 명.

지만 빨리 가야 된다.' 그거 난장판이야 아주. 청년들도 못쓰겠더라고. 예절이라는 게 없고 또 우리는 어머니, 아버지가 강원도 아주 그런 분들이니까,

"여기는 새끼들 못 키우는 데야. 가자. 가자."

그래서 돌아왔잖아요? 공부도 그렇고. 중학교를 보내려면 거기서 치치하얼을 보내야 돼요. 그래서 6년을 살다가 도로 온 거에요. 67년이에요.

나 몽고에 가서 희한한 것 봤어요. 풀밖에 없잖아요? 그럼 거기에다 다 뿌려요, 벼를. 그러면 이만큼 나왔다가, 풀이 이만큼 나와 올라와. 그럼 낫 큰 거 있어요. 그 위에 거를, 풀 나온 거를 싹 잘라버려. 그럼 벼가 쑥 올라오는 거야. 그럼 벼에 물을 대버리면 밑에 다 썩어버리잖아? 그 대신에 돌피가 싹 나와. 쌀에 피가 3분의 2야. 그런데 찔 때 피가 나오는 게 있는데 피쌀, 피쌀도 맛있어. 그러니까 하얀 쌀도 해 먹고, 피쌀도 해 먹고.

몽골 연자방아 나 찔 줄 알아. 이렇게 굴러가는 것. 여기서 말을 때리고, 그렇게 하면…, 나 별거 다 해봤어. 이렇게 나와요. 다 까불러서 여기는 차츰차츰 하얗고. 여기는 자꾸자꾸 해서 마지막에 하얗게 되는 거야. 강냉이쌀도 물 축여서 연자방아에 놓으면 다 벗겨졌어. 물 뿌려서. 마을에 연자방아가 하나밖에 없어. 그걸 교대로, 돌아가면서. 말은 연자방아 찧는 말이 하나 따로 있어요, 동네에. 그런데 눈을 가려야 돼, 말을. 안 그러면 빙빙 돌아. 나가려고 하고.

집체로 하는 거냐구요? 생산대, 거기서 내가 부녀주임을 했는데 부녀주임 하면요 논두렁 바쁠 때는 부녀주임도 나가야 돼. 노동력을 딱 발휘

해야 해. 논에 가서 그건 안 했는데, 논두렁 바쁠 때는 집에서 노는 사람들이 다 논두렁 가꾸러……

그리고 거기 가니까 감자농사가 얼마나 잘 되나. 감자로 돼지 먹이고, 싹 나면 돼지 먹이고.

그런데도 몽고에서도 참 힘들었어요. 사람 사는 게 아니었어요. 너무 고생을 많이 하고, 너무 못 먹으니까 여자들은 애기가 생기지를 않아요. 어쩌다가 애기가 생긴 여자는 애기를 낳고 죽었어요. 여자가 너무 고생을 많이 하고, 너무 못 먹으면 어떻게 되는지 아세요? 월경이 나오지 않아요. 나도 월경이 없어졌다니까. 그때 내가 스물아홉 살이었는데. 그래서 우리 아이들 나이 차이가 많이 나. 58년도에 낳고, 65년에 낳고. 그때 아이 낳은 사람이 없어요, 농촌에서. 그때 당시 아이 낳으면 훔쳐다가 먹었다고. 그럴 정도로 곤란했으니까 말도 다 못하지.

우리가 몽고에 간 게 60년도. 58년 이전에 여기 심양에 온 사람은 놔두고, 58년 이후에 온 사람은 쫓아낼 때였어요. 그러니까 우리는 쫓겨서 간 게 아니라니까. 어머니, 아버지가 돌아가실까봐, 굶어 돌아가실까봐 자원으로 간 거예요.

남편? 아니, 내가 말을 안했다. 우리 영감이요, 의사공부를, 차피거우에서 의사증을 땄어요. 그래서 의사를 했어요. 몽고 가서. 여기 와서는 안 했어요. 침 잘 놔요. 진찰하면 엑스레이 찍은 것보다 더 잘 알아요. 그걸 혼자 자습했어요. 자습해서 자격증을 받았어요. 시험 쳐서 받았어요. 심양에서.

문화대혁명 때요? 우리 남편 문화대혁명 때 고생했어요. 못 먹어서 고생, 억울하게 비판당해서 고생. 자본주의 길로 나갔다고. 당권파를 여기서 맨 처음에 때렸잖아요? 무슨 권리 있는 사람, 교장이면 교장, 당 지부 서기면 당 지부 서기부터 때렸잖아요? 우리 남편이 교장이었으니까…… 여기 우리 친구 남편은 귀가 다 떨어졌어요, 학생들이 끌고 다녀서. 변혜옥 영감은 귀가 다 떨어졌어요. 학생들이 선생을 막, 문화대혁명 때, 그래서 돌아가셨을 거야. 여기에서 내려 보내서 농민의 기본 교육을 받고 오라고, 빈하중농*의 교육 받고 와야 한다고. 그렇게 갔다 온 사람 많아요. 농촌에 가서 몇 년씩 고생하고 온 사람들. 그런데 우리는 강제로 간 게 아니고 우리가 굶어 죽을까봐 간 거고, 그 사람들은 내려 보낸 거고. 우리는 그래도 대우가 있었어요. 참패 부상당한 군인이지요. 우리 아버지는 아들이 군대에 가서 죽은 열속(烈屬)이지요. 그러니까 대우가 있었지요.

우린 하방** 안 갔어요. 여기 심양, 거기 어디메 살았어요. 내가 임시공을 했어요, 임시공. 임시공을 한국에서는 뭐라고 하나? 정식공인이 아니고. 벽돌공장도 가고, 보일라 때는 것도 해요. 집짓는 데 가서 바퀴 하나짜리도 잘 몰아요, 난. 나 몽고에 갔다 와서 그거 했어요, 임시공. 몇 년? 몇 년 했지요. 보일러 때는 거 큰 난로에 삽으로 이렇게 퍼 넣어야 돼, 석탄을. 그것도 내가 잘한다고. 후기에 선생을 하다가 그만뒀으니까 직장이 없잖아요? 그러니까 여덟 식구에 월급 하나 가지고 돼요? 그러니까

---

* 빈하중농(貧下中農): 빈농, 하층농, 중농을 줄인 용어. 중국공산당에서 무산계급을 일컫는 용어. 마오쩌둥은 농민계층을 빈농, 하층농, 중농, 부농으로 분류하고 이 중에서 빈농, 하층농, 중농을 무산계급의 가장 신뢰할 수 있는 동맹군으로 선포한 바 있다. 1964년 빈하중농협회가 결성되었다.
** 하방(下放): 중국에서 문화대혁명 때 지식인을 벽지 농촌이나 공장으로 보내 노동을 시키던 제도.

내가 임시공을 다녔다고. 집하는 데 가서 벽돌도 깔고, 시멘을 밀고 다니고, 또 벽돌 굽는 데 가서 쌓기도 하고, 다 구운 것 꺼내기도 하고, 다 했어. 뭐 못 하는 게 없어.

남편이요? 참패 군인인데 뭐해요? 다리도 못 쓰는데. 몽고요? 그러니까 우리 다 퇴직하고 갔다니까, 우리 다. 퇴직을 하는 게 왜 그러냐면, 어머니, 아버지 여기 살다가 굶어 죽을까봐. 피아노도 양표* 바꿔 먹고, 손풍금도 양표 바꿔 먹고, 안 되겠더라고. 교장을 하고, 선생님을 해도 그거 가지고는 생활이 유지가 안 됐어요. 안 됐지요. 살 수가 없어요. 돈이 있어도 아마 괜히 그때 그대로 있었으면 문화대혁명 때 더 공격을 받았을 수도 있었을 거예요. 그렇지 않아도 자본주의 길로 나갔다고, 우리 집 모택동 사진 안 걸고 약혼 사진 걸었다고, 그때 모택동 사진 걸 때가 아니거든. 문화대혁명 때 걸었다고. 그런데 걸 때가 아닌데 트집을 잡는 거야. 그것뿐인 줄 아세요? 우리 집에, 나하고 우리 애네 아버지하고 살 때, 우리 집에 피아노도 있고 뭐 소파도 있고, 이런 침대도 있고 했다고, 문화대혁명 때 얼마나 두드려 맞았는지! 세워놓고 자본주의의 길로 나갔다고 난리를 쳤어요.

내가요, 스물한 살에 결혼하고 스물두 살에 첫 아이를 낳았어요. 그때는 아버지, 어머니와 같이 못 있었어요. 보모 두고 만용촌에 살았지. 우리 어머니, 아버지는 여기서 사업하니까 못 가고 보모 두고 살아서 문화대혁명 때 두드려 맞았어요. 자본주의 길로 갔다고 아이고, 또 혼났지요. 하여튼 뭐 그때는 코에 걸면 코걸이, 귀에 걸면 귀걸이라.

* 양표(糧票): 양식 배급 받는 표.

그렇지만 문화대혁명 때는 난 고생 별로 안 했어. 어떤 사람은 만약에 바람을 피웠잖아요? [목을 가리키며] 여기다 헌신짝 목에다 걸고 막 시위하고 그랬어요. 길가에 다니면서 막 구호 부르고. 나는요, 몽고 가서도 부녀주임했고, 그 문화대혁명에도 투쟁하고 개혁하고 하는 조장이었어요. 네. 조장했어요. 왜 그런가 하면 구민들이 모 주석 어록 하나 못 읽거든. 똑바로 읽는 사람이 없잖아요? 근데 난 직장에 안 가니까 구민들 속에 들어가야지. 장승철이 있는 동네 거기에 이제 내가 조장이었어요. 문화대혁명 때도. 이제 동네에서 또 간부에요.

혁명 편이었냐구요? 네, 그랬어요. 831이라는 데가 있었고 요혁(遼革)이라는 데가 있었는데, 두 패거리인데, 우리는 요혁이라는 데 있었어요. 혁명을 지지하는 패에 가담하였단 말이에요. 우린 그렇게 안 할 수가 없지요. 우리 오빠 군대 가서 죽었지. 나도 군대 갔다 왔지. 나라를 반대하면 안 되지. 그리고 내가 또 사상이 모택동사상이 박혔지. 내내 공부한 게 그건데, 박혔지 안 박혔겠어요? 지금 좀 사정이 그전보다 나아져서 그렇지.

그런데 우리 영감이요, 이 양반이 나 마흔네 살에 돌아가셨어요. 식도암으로 돌아갔어. 내가 마흔네 살에, 우리 영감이 마흔여덟 살로 돌아갔다고.

남편 가고나서 뭐 해먹고 살았느냐고요? 심양 시내에서 조선 사람 식당으로 1등. 등소평이 개방하자 1등으로 했으니까, 내가. 78년이다, 그게. 조선 사람 개인 식당 하나도 없던 거예요. 내가 불고기집을 했어요, 압록강불고기집이라고.

여관도 해보았어요. 식당을 하다가 아이고, 너무 힘들다. 맨날 대사에요

식당은 잔치를 치른 것 같잖아? 아이고, 이제 힘드니까 이제 여관을 하자. 여관을 했어요. 여관 허가 잘 안 줬어요, 그때. 도장을 맞아야 되는데 그런데도 했어요. 방에다 3층 침대를 놓고, 밑에는 조금 비싸고, 2층은 조금, 3층은 비슷하게. 그런데 못 하겠는 게, 왜 못 하겠냐 하면 심양시에 안건이 하나 생기면 막 와서 문 두드리고 하나하나 검사를 한단 말이야. 막 심장이 뛸라고 그래요. 밤에 와서 문 두드려 봐요. 경찰이 또 문을 살랑살랑 두드려요? 막 두드리지. 그럼 들어온 사람들한테 미안하잖아요? 다 조사하고.

"에이, 그만두자. 북경으로 가자."

내가 88년도에 북경에서 큰 식당을 했어요.

아, 그리고 참, 북조선에 사는 우리 시누가 두 번 왔다갔어요. 2002년 축구, 월드컵 할 때 왔다가고, 2005년에 또 왔다가 자동차로 하나씩 해 갔어요. 우리 사위가 돈 주고, 아들들이 주고. 뭐 옷이고 안 사간 거 없어요. 심지어는 낚싯대, 앨범…… 자동차로 하나. 또 오겠다고 편지 한 거오란 말 안하지요. 그것도요 우리 영감 살았을 적에도 왔다갔었거든, 58년도에. 큰시누가 왔다갔는데 영감 죽은 뒤에 내가 소식 일절 안하고 한국 갔잖아? 한국 갔다가 연락이 없는데 우리 딸이,

"엄마, 고모 굶어 죽을까봐 쌀도 보내고, 뭐도 보낼게."

라고 하더라고. 나 한국에 있는데 전화가 온 거야.

"고모네 지금 북조선이 사람고기도 막 잡아먹고 그런다고. 빨리 뭐를 좀 보내줘야겠어."

그러더라고. 그래 보내줬어요. 보내줘서 연락이 되는 거야. 자꾸, 자꾸 또 오려고 그래.

우리 아버지가 맨날 강원도 홍천군 서석면 얘기를 많이 해요. 내가 한국에 89년도에 갔거든요. 꼭 50년 만에. 호적을 하려고 갔죠, 내가. 우리 고향에. 6.25때 타 가지고 호적이 없지. 거기 있는 사람들은 만들었고, 우리, 없는 사람들은 안 만들었죠. 남자 조카라도 하나 있으면 우리를 꼭 써줬을 거 아니에요? 그런데 우리 오빠도 딸만 하나 남겨놓고 돌아가셨는데, 우리 조카딸이 안 똑똑해요. 나 같으면 중국에 있는 우리 고모도 써 넣는다고 넣었을 텐데, 안 넣은 거야. 이거 호적이 없는 거야. 그런데 호적을 하려면 재판을 해야 한다고 그러더라고. 도청에 가서. 재판을 한다니까 겁나더라고. 괜히.

그래서 내가 결혼을 했어요. 90년도에. 진짜로. 쉰아홉의 나이로 재혼을 한 거지요. 우리 애들이요, 또 혼자 살지 말라고 난리야. 우리 딸하고 같이 갔는데, 딸은 먼저 오고 엄마는 오지 말래. 거기 좋은 영감 있으면 얻으래. 그래 난 돈도 안 보고 얻었어요. 이 영감은 돈도 한 푼도 없어. 뭘 하는 사람인가 하면 서예 하는 사람이에요. 경상남도 밀양 사람인데 남씨야. 밀양 단장면이더라고. 혼인 신고하느라고 가보니까. 나이는 쉰아홉. 나하고 동갑이에요.

다시 얘기하라고요? 북경에서 식당을 하다가 89년도에 한국에 갔는데, 딸하고 둘이 갔는데, 우리 딸이 엄마는 여기에 있으라고, 자기는 갈게. 자기는 불법체류 안 하고 가고. 불법체류, 아마 내가 한국에서 일등으로 먼저 했어. 그리고 내가 불법체류를 하는데 우리 애들이

"엄마, 한국에서 좋은 영감 있으면 얻으세요."

그래. 그런데 내가 가만히 보니까 한국의 돈 많은 영감은 중국 사람 안 얻거든. 또 노가다나 다니는 사람은 나는 맞지를 않아요. 뭐 "씹할 년"

하고 욕이나 하고 주먹질이나 하고 그거 안 맞거든. 그래서 그냥 있는데 누가 소개를 했어. 중국에서 간 남씨네가 소개를 했어. 소개를 해서 만나니까 이름이 남장원(南章元)인데 사람도 좋고 착하고, 돈은 없어도 우선 깨끗하고 사람이. 저기 저 사진, 저 사람이에요. 지식이 있고, 말이 통하잖아요? 무슨 노가다에서 돈이 암만 많아도, 집 있고 땅 있고 그러면 그 사람이 나 돈 줄 거예요? 돈 안 바라고 사람이 좋으면…… 우리 아이들도 그래요.

"엄마 돈 없어도 돼."

엄마만 좋으면 돈 없어도 하라 이거야.

이 사람은 뭐를 하는 사람이냐? 서예인데, 도장도 파고, 크게 써서 줄여서 도장하고…… 맨날 앉아서 그거 쓰는 사람이었어요. 그리고 남씨 대종에서 족보도 쓰고 그런 거 하던 사람인데, 사람도 좋고, 나랑 동갑이고, 착하고 돈은 없어. 200만 원에 8만 원짜리 집에 살았는데, 나 집에 안 가봤어. 내가 200만 원짜리에 30만 원짜리 집을 얻고 사는 데 왔어. 제기동에 와서 살았어. 그래 계속 글을 쓰는데, 아휴, 나 밤새도록 글 쓰는 것을 잊어서 보고 있는데 답답해서 못 보겠어. 한 자 한 자 쓰는 걸. 난 또 갖다 주고 돈 받아오고. 또 쓸 걸 갖다 주고.

이렇게 반년을 했나? 안 되겠어. 내가 식당을 하든가, 뭐를 해야 되겠다. 이렇게 하고. 그래 가지고는 내가 여관을 보러 다녔는데, 친척도 쓸데 없다는 것이 뭐냐면 이제 여관을 해야 하는데 우리 영감하고 나하고 돈을 다 합치면 천만 원이 있어. 그런데 3천만 원이 되어야 여관을 해요. 보증금 3천만 원에, 90만 원, 한 달에. 그런데 1천만 원이 있었는데, 우리 외사촌동생이 있어요. 그래서 외사촌동생보고 돈을 꿔달라고 했지. 그

동생네 아들이 집이 많아. 여기도 있고, 저기도 있고. 내가 그걸 담보를
해 달라고 했지. 현금으로 꾸는 게 아니고, 집 담보만 해달라고 하니까
해 주겠대, 우리 동생이. 외사촌동생이지. 싸움이 난 거야. 부인이랑.

"그거 이제 담보 서줬다가 망하려고 그런 거 해주는가?"

하고 난리가 난 거야.

"에이 그럼, 너네 그러다가 싸움나면 안 되니까 그만두라."

그리고서는, 우리 아들, 딸들이 한국에 연락이 많아요. 우리 사위, 아
들, 며느리는 내일 가려면 내일 가요. 그렇게 자주 가는 사람이에요. 우
리 사위는 내일 가려면 북조선에도 가고 여기도 가고 그래요. 북조선에
도 지금 평양에 백화점 짓잖아요? 우리 사위가. 그래 여기도 가고, 저기
도 가요. 그런데 우리 여기 한국에 다니는 사장님이 하나, 이름도 잊어먹
었다. 그 사장님이 나보고

"뭐를 하려고 하는가?"

해서 내가

"여관을 하려고 한다. 해야 하는데 3천만 원이 있어야 하는데 난 천만
원밖에 없다. 그런데 누가 집 담보만 해주면 내가 갚는데……"

그랬더니,

"가 봅시다."

그러더라고. 그래 갔어요. 사당동인데 국민은행에서 조금 더 가서 한
전 뒷골목이에요. 사마여인숙. 가보니까 방 14개에다, 따져보니까 되거
든. 그때는 사당동이 종점이었어요. 여관 잘 됐지. 지금은 안산까지 가잖
아요? 그때는 종점이 사당이에요. 그때 잘돼서 잠을 잘 새가 없어요, 밤
새도록. 손님이 너무 많아서. 그랬더니 담보해주더라고, 집 담보. 그래서

2천만 원을 꿔주더라고. 그래 3천만 원 보증금으로 시작을 한 거야. 해서 한 달에 2백만 원씩 갖다 갚아야 돼요. 점점 이자가 작아지잖아요? 아니 한 달에 백만 원씩 스무 달에 그거 다 갚았잖아요? 2천만 원. 그리고 맨 처음에는 이자가 붙잖아요? 붙어먹고 이자 갖다 주고, 또 갖다 주고, 점점 이자가 작아지고, 숫자가 작아지니까, 스무 달에 그거 다 갚은 거야. 그러니까 벌었지. 스무 달에 2000만 원 번 거지. 그렇게 해서 시작한 거예요, 내가. 남의 집 담보해서. 거기서 12년 동안 여관 했어요.

12년 하고는 여기 왔어요, 2001년에. 영감하고 같이. 우리 영감 있잖아요? 혼자는 못 해요. 혼자는 무서워서 못 해요. 남의 집에 가서 돈 백 원짜리 하나 못 꾸는 사람이에요. 융통성이라고 없는…… 그 대신에 내가 우리 친구보고 너 여기서 한 몇 년 벌어먹으라고 하고 더 두고 왔다가 내가 작년에 가서 다 정리하고 왔어요. 보증금.

그런데요, 내가 그렇게 해서 얻은 영감이요, 17년 살고 작년에 돌아가셨어요. 폐암으로. 내 팔자가 참 되게 나빠. 이 영감도 한 사오 년만 더 살아도, 한 80까지. 맨날 같이 다니며 놀고, 여기 사진도 많이 찍었지. 우리 친구들이 그래요.

"야 그렇게 좋은 사람이 한 달 7일 만에…… 폐암인데 몰랐어?"

림프로 다 퍼진 것을 몰랐죠. 별로 아프지도 않고 한 달 7일 만에. 장례 여기서 다했죠. 우리가 다 녹화해서 시동생, 시누가 와서 다 가져갔어. 재혼하기 전에 그분 아들, 딸이 있는데 아들, 딸이 다 뭣도 모르고 직업도 온전하지 못하고, 그래서 시동생하고 시누가 왔어.

교수님요, 우리 어머니가 강원도 인제 분이예요. 임영대군(臨瀛大君)의 자손이라니까요. 세종대왕의 넷째 아들의 자손이에요, 우리 어머니가.

아버지는 홍천이고.

우리 어머니는 강원도 풍습 그대로 살다가 돌아가셨어요. 우리 어머니요 시집오실 때 비녀 찔렀잖아요? 돌아가실 때도 그대로. 변함이 없는, 또 법 없어도 사는 어머니. 그리고 또 우리 아버지가 작은어머니 데리고 한 방에 와서 자도 아침에 밥상 차려다 주는 어머니. 쭉 상에다. 세상에 난 대로 갔어, 우리 어머니. 난 대로 있다가 난 대로 간 우리 어머니. 그런데 우리 아버지는 한량. 다 잘생겼다고 난리에요.

내 3남 1녀 자식들 우리 어머니가 다 키워줬지요. 막내 아홉 살까지요. 난 기저귀 한 번 안 갈았어요. 우리 엄마가 다 키웠어, 엄마가.

우리 어머니 김치만두 잘 했어요. 속은 두부, 녹두나물 넣고. 우리 어머니는요, 날이 흐리고 비가 오려고 하면 부침개. 적이라고도 그래요, 우린. 적 부쳐서 이렇게 앉혀놓고 한 솥, 앉혀놓고 먹으라고. 다 지져놓고 먹으라고 하는 게 아니고 하나 먹으면 또 하고. 최고로 맛있어요. 김치적이 참 맛있었는데…… 어떤 때는 배추를 찢어서 넣기도 하고.

교수님요, 우리 어머니, 아버지가 죽 먹던 해에요, 내가 옆에서 자면서 들으면 새벽에 한 시에도 일어나고, 두 시에도 일어나고 해서 무슨 얘기 하는 줄 알아요? 한국에 고향에서 칡뿌리 캐먹던 얘기, 칡뿌리를 캐서 어떻게 해서 먹으면 맛있다는 얘기하고, 하여튼 배가 고프니까 밤새도록 앉아서 그런 얘기만 해요, 우리 아버지하고.

불쌍한 우리 엄마, 일흔다섯 살에도 밥 하려고 쌀 뜨러 돌아서다가 뇌출혈에, 4시간 만에. 동짓달에. 그런데 그 다음에 아버지가 방광암에 걸렸어요. 피오줌 누고 그러더라고요. 내가 엄마한테 못한 효도 아버지한테 다했어요. 옷을 안 벗고, 불 안 끄고 아버지 옆에서 나 몇 달을 잤어요. 우리 아버지 옆에 모셔놓고. 침대를 여기서 이렇게 흘러내리게 해 놓고. 엄마한테 못 한 거 아버지한테 한다고 다 했어. 어머니가 너무 갑자기 돌아가셔서. 내가 막 까무러치고 쓰러져서. 네 시간 만에 뇌출혈로. 우리 엄마, 아버지한테는 내가 사랑도 많이 받았고, 나도 잘했고, 엄마, 아버지한테.

어머니는 내가 마흔 살 때 돌아가시고, 아버지는 내가 마흔 세 살 때 돌아가셨어요. 71년에 어머니 돌아가시고, 74년에 아버지 돌아가시고 문혁 때에요. 그때는 중국이 곤란할 때에요. 못 잡숴서요. 지금 같으면 더 오래 살아요. 양식이 없어서 죽도 못 먹을 때에요.

장례는 그저 집에서. 그래도 우린 집에서 돌아가시고, 집에서 삼일장 다했어. 화장했죠. 화장해서 고향에 모셨단 말이야. 뼈는 다 뿌렸는데, 사진 갖다놨어. 나 그것도 녹화 해놨어요. 거기 가서 사진 놓고 장사지내는 것. 뼈는 압록강에 뿌렸어. 여기서 다 압록강 가요. 고향 가라고 하면서. 손 붙들고 고향 가시라고 하면서. 우리 어머니 것을 놔뒀다가, 집에 서랍에 놔뒀다가 아버지 돌아간 다음에 또 3년 있다가 한꺼번에 뿌렸어. 손잡고 같이 고향에 그렇게 가지 못해 원을 하셨는데,

"고향땅에 묻혀야 되는데, 기어가서라도 고향땅에 묻혀야 되는데."

앉아서 소리 하시면서…… 그저 맨날 이야기하는 것 들었어요.

우리 아버지는 3년 제사를 내가 지냈는데, 남들이 딸네 집에서는 안 지낸다고 하더라고. 그래서 지금은 절에 모셨어요. 절에 모신 지 한 4년, 5년 되었어요. 어머니, 아버지 같이 모셨어요. 내가 절에 다녀요. 저기 흥국사라고, 무순에 있어요. 흥국사 거기 한국 사람 스님이, 주지 스님이. 그런데 한국말 못 해요. 조선족. 그 이제 번호만 부르면 내 놓거든요.

우리가 1년에 몇 번씩 가요. 7월 17일날도 가고요. 그날은 귀신의 날이지요, 중국에서. 돌아가신 분들의 날이지. 가서 기도하고 그리고 9월 19일날 또 가요. 그날은 관음보살 생일이에요. 추석 때는, 추석 전에 갔다 오고 안 가요.

엄마, 아버지 돌아가시고 나서 나 많이 울었어요. 큰오빠가 양자로 갔는데 딸 하나 낳고 돌아가시고, 우리 작은오빠는 군대 가서 장가도 못 가고 죽고, 그 다음에 나지요. 그러니까 억울하지요. 우리 어머니, 아버지가 아들 없이 돌아가신 게.

내가 한국에 도착할 때요, 공항에서 내려가면서 대성통곡을 했어요. 네 식구가 왔다가 나 혼자만 고향에 가니까 너무 기가 막혀서, 막 소리 지르고, 공항이 떠들썩하게 소리 질렀어요. 그 다음에 고향에 가서, 서석면 풍암리에 가서 내가 또 막 울었어. 여기 어디 우리 어머니, 아버지 발자국이 있을 건데 하면서 세게 울었어요, 내가. 그런데 그 집에 사람이 살고 있더라고 옛날에는 대문이 서쪽에 있었는데 지금은 남쪽으로 냈더라고, 대문을. 아니, 남쪽에 있었는데 대문이. 그런데 지금은 소를 키우면서 서쪽으로 돌아 문을 냈더라고 난 어려도 계곡 따라 올라가면 우리 집이 다 훤하게 보여요. 여덟 살에 왔는데. 그리고 그 다리가 있어요. 우리 집이 계곡에 있으니까 다리를 놔야 집으로 들어가잖아요? 우리 어머니가 저기 풀밭에만 가면 문둥이 온다고 막 소리 지르며 못 나가게 하던 생각도 훤하고. 아이들 꽃밭에서 놀면 문둥이가 와서 간 빼 먹고 간다고 그랬잖아요? 옛날에.

이제 그만 할게요. 오늘 이야기 많이 했네요. 더 하라구요? 네? 자식들이요? 우리 애들은 그래도 다 잘살아요. 사위도 잘살아요. 그 중에서도 사위가 제일 잘살지. 딸이.

내가 3남 1녀를 낳았어요. 전국환(1953년생), 전세환(1955~1992), 전예란(1958년생), 전승환(1965년생).

우리 큰아들은 문화대혁명 때문에 대학교를 못 갔어요. 학교에서 공부도 잘 하고…… 여기 일중에 다녔는데 문화대혁명이 오니까 전부 학생들 농촌에 보냈잖아요? 얘는 딱 그때 걸렸단 말이야. 그래도 우리는 열사가족이고, 군대 갔다 부상당한 참패 군인이라고 해서 안 보내고, 어디를 보냈냐면 하드 만드는 공장에. 아이스크림. 거기에 분배를 했지요. 아니면 사진관 아니면 여관 아니면 그런데 가야 하는데 복무계통에 분배를 한 거예요. 그래서 이 자식이 학교에서 우쭐거리던 게 노친네들하고 가서 빙고창에 가서 있으니까 뭐가 좋아요? 얼마 안 하고 퇴직하고 나왔잖아요. 나와서 혼자 사업하고. 지금은 청도에다 사무실 놔두고 무역해요. 요즘에는 파 한다고 해요, 대파. 한국으로.

우리 큰며느리는 한국의 진로회사하고 20년 가까이, 진로회사 것을 갖다가 팔아요. 진로, 거기에 음료수, 봉봉, 카스맥주, 뭐 진로에서 나오는 것 몽땅. 그거 우리 며느리가 다 공급하는 거예요. 큰며느리가 진로회사하고 인연을 깊게 맺었어요.

우리 아들하고 며느리가 한국 국적을 했어요. 서울시 송파구 석촌동. 내가 해 줬지. 그래 왜 그런가 하면 한국 국적이면 캐나다고 어디고 사업하기 좋잖아? 그래서 한 거야. 큰며느리하고 큰아들하고. 그래서 걔네 집으로 내 호적을 떼어가려고. 지금은 다 나한테 있다고 애들. 밀양에. 내 호적이 밀양에 있거든요. 거기에다 둬서 뭐해요? 그래서 떼어 오려고

지금 손자가 한국에 나가 있어요. 큰손자. 우리 장손. 대학교 나오고

지금 나가서 공부하면서 기술 배워요. 서울서. 혼자 있어요. 집 하나 20만 원짜리 얻어서. 얘가 지금 건대 입구에 있어요. 착하고 좋아요, 우리 손자. 할아버지네 역사는 아주 잘 건사하지. 내 흑백사진도 지가 다 가져다 건사했어. 이거 다 걔한테서 꺼낸 거야.

둘째 아들은 서른일곱 살에 죽었어요. 손자가 하나 있어요. 북경에서 식당 종업원 관리하고 있어요. 제 작은아버지 하는 식당에서 종업원 관리하고 있어요.

우리 막내가 서른아홉 살에 장가를 갔어요. 서른아홉 살에 장가갔는데 지금 마흔두 살이거든요. 그런데 색시는 스물여덟 살이에요. 그런데 매일 와요, 저녁이면. 오지 말라고 하는데도. 우리 손녀가 지금 네 살짜리, 세 돌. 얼마나 예쁜지 몰라요. 기가 막히게 예뻐요. 그래서 개들이 와서 저녁 해 먹고 가요. 그러니까 뭐 아침은 대충 먹고 가고, 커피나 한 잔 먹고, 계란 프라이 해서 먹고 가고 근데 아들도 오라 그리고, 며느리도 오라 그리고, 큰아들도 오라고 하고 다 오라고 하는데 그건 가면 일 해줘야 돼. 애 봐줘야 되고. 안 가지.

막내며느리요? 북경대학 나오고요, 신문기자였어요. 그런데 결혼하느라고 아무 것도 안 하지요. 우리 아들이 이제 애 다 키워놓고 뭐를 하든가 하라고.

우리 막내가 지금 북경에서 한라산식당 큰 것을 하나 차려놓고, 지금 여기 사무실 차려놓고. 앞으로 뭐를 한다고 하더라? 이렇게 쓰고 하는 거 있지요? 검도? 펜싱? 한라산식당은 한식당인데 24시간 하는 거예요.

딸은 지금 쌍둥이 키우느라고 아무것도 못 해요. 여기 심양에 살고 있어요. 쌍둥이 열 살인데요, 마흔 살에 늦둥이 난 거에요. 사위는 성(省)

기업가 연합회 회장. 요녕성기업가협회 회장. 예? 표씨예요. 표성룡.

우리 딸은요 노래 잘 하고, 춤 잘 춰서 중앙에 가서 연출하고 그랬거든. 소수민족 대표로 우리 딸이 사회하고 나처럼 춤추고 뭐 이런 거. 북경에 가서 연출도 하고 그랬어요. 그런데 우리 딸은 이제 아무것도 안 하려고 해. 아무것도 안 하고 점심, 저녁으로 쌍둥이 키우는 것 하나. 딸 쌍둥이 키우는 것.

그런데 우리 딸, 이혼하고 재혼했어요. 우리 딸이 왜 이혼했느냐고? 저는 돈 못 벌면서 너무 우리 딸을 관하더라고. 이래도 안 되고, 저래도 안 되고 그러니까 못 살지. 내가 이혼하라고 했어. 왜? 지금까지 산 날보다 앞으로 살 날이 더 많은데 이혼하라고. 난 개방적인 편이야.

"야! 너 옛날에 봉건시대에 이 집에 시집가서 그 집 귀신이 되라고 했지? 지금은 아니야. 지금보다 살 날이 더 많은데 행복하게 살라면 이혼해!"

나는 이혼하라고 그랬어.

재혼한 사위는 자기 어머니, 아버지가 다 돌아가셨어. 다 돌아가시고 우리 사위가 나한테 특별히 잘해. 그 안마하는 것도 1만 2천 원 주고 사줬어요. 우리 사위는 나 만나면 돈 줘요. 만나지 못 해서 돈 안 줘. 만나면 돈 줘요. 우리 사위는요, 처음에 여자 만나기를 잘 못 만났어요, 처음에. 그래서 헤어졌잖아요? 우리 딸을 얻지 못해서, 둘이 약 먹고 죽자고 그랬어요.

"너, 나하고 안 살면 약 먹고 죽자."

고 그리고 또 나한테 왜 잘하냐면 한 가지 더 있어. 내가 한국에 사는데 우리 사위가 삼베 알지요? 옷 해 입는 삼베. 그 삼베를 콘테이너로 하나 싣고 왔더라고요. 그런데 지가 한국에 누가 있어? 내가 제기동에 살면서 지하를 하나 세를 맡았어. 한 달에 30만 원 주고 이 지하를 빌려 달라고. 그래서 내가 그걸 지하에다가 다 갖다가 넣었어. 콘테이너로. 그리고 우리 친구들이 지하철에서 약 파는 사람이 많았어.

"야, 너네 이거 삼베 좀 갖다가 팔아라."

매일 갖다가 파는 거야. 열 개 갖다가 팔고, 스무 개 갖다가 팔고. 그래서부터 우리 사위가 일어난 거예요. 우리 사위가 뭐라고 하는 줄 알아요?

"내가 잘사는 거는 우리 장모님 덕분이라."

고. 그래서 나한테 잘하지. 내가 그 삼베 다 갖다가 팔아 줬거든. 콘테이너로 하나를. 내가 젊었으면 이런 식당하는 거 뭐 본때 나게 잘할 거예요.

우리 딸이 잘해요. 우리 딸이 글씨도 잘 쓰고, 똑똑하지. 인물도 있고 요. 나보다 더 예뻐요. 그런데 뒷바라지를 잘 해주는 거예요. 마작 알아 요? 그 마작을 우리 사위가 좋아하는데 일반 사람하고 안 놀고 은행의 행장, 성 간부, 시 간부하고 놀아. 두 시 세 시까지 놀아. 돈을 잃어주면 서 놀아. 은행의 행장은 대콴●하기 좋지요. 성장, 시장도 친해 두면 좋 아요. 술도 못 먹고, 담배도 못 펴요, 우리 사위는.

"엄마, 그것까지 못 하게 하면 뭐를 하라고 그래."

그래서 실컷 하라고 그런다 그래요. 그런데 도박꾼들하고 그러는 것이 아니고 사업을 위해서, 한국에서는 골프 치면서 만나잖아? 얘는 마작을 하면서 만나는 거야. 또요 시장이 나왔다, 성장이 나왔다 그러면 또 데리고

● 대콴[貸款, 대관]: 돈을 빌림.

한국에 가요. 우리 사위. 데리고 신라호텔에 가서 며칠씩 있다가 와요. 우리 사위가 그렇게 머리가 좋아요.

그런데 사위가 전처에서 자식이 있어요. 아들 하나. 영국에 가 있어요. 우리 사위 지금 우리 딸하고 잘살아요. 인물도 별로 없어요, 우리 사위는. 키도 별로 안 크고. 그런데 머리가 좋아. 근데 우리 딸하고 안 살면 죽겠다고 해서 사는 거야. 학교? 조선일중 나왔어.

한국보다 여기 중국이 살기 좋다는 얘기를 많이 듣는다고요? 왜 그런 줄 알아요? 한국에 가면요, 우리 친척들도 좋고 다 좋은데 그저 자기들한테 조금만 피해가 가면 싫어해요. 친척들도 뭐를 갖다 주면서 가야지 거저 가면 싫어한다고. 그런데 여기는 오면 무조건 좋은 거야. 친척들한테 갔다가 서러움 받은 사람 많아요. 여기 교포들이 친척들한테 갔는데 되놈처럼 뭐 어떻다느니. 심하게 듣고 오고 어떤 사람은 약 팔러 갔는데 돈 다 떼먹고 가는 날짜가 되도록 안 주는 거야. 안 주는 거예요. 가는 날까지. 준다, 준다, 하고는 안 주고. 그거 다 못 받아서 온 거 얼마나 많은데. 그리고 한국 사람들은 뭐 이렇게 갖추는 게 많잖아요? 뭐 예절도 많고, 이렇게 하면 안 되고, 저렇게 하면 안 되고, 이 사람한테는 어떻게 해야 되고. 이 중국에는 그거 없어요.

난 중국이 살기 편하고요, 맘이 편안한데, 한국은 맘이 안 편해. 누구네 친척집에 가도요 맘이 안 편해. 그리고 너무 아는 척해. 개코도 모르면서 말이야. 중국 사람이라고 하면 깔보고, 아는 척하고, 못난 게 또 되게 잘난 척하고, 모르는 게 아는 척하고, 그러더라고. 다 그렇다는 것은 아니고. 이제 개뿔도 제 이름자도 못 쓰는 노친네들도요, 중국에서 왔다고 하면

"아유, 중국은 맨 길가에 똥이더라."

그러니까 아주 기분이 상해요. 한국에 가서 나 12년 살았는데, 근데 한국 친구가 하나도 없어요, 난. 우리 거기서 여관 할 때도요, 거기 일하러 온 중국 사람, 오라고 해서 만두 빚어 놓고 파티 열고 그랬지, 한국 사람 친구 하나도 없어요, 난. 안 맞아요, 난.

중국에서 조선족끼리 뭐, 여자들, 노친네들은 서로 다투기도 하지만, 문화대혁명이 굉장했어요. 조선 사람들이 나빠요. 우리 민족이요, 남 잘 되면 배 아파하고, 남 잘살면 배 아파하잖아요? 이게 조선 민족의 특성이에요. 중국 사람은 옆에서 무슨 일을 하건 관심이 없어. 조선 사람은 무슨 일이 있다고 하면 떠들고, 파고들고, 난리가 나요. 문화대혁명 때 조선 사람이 조선 사람을 많이 잡아먹었어요. 뭐 했다, 뭐 했다. 그래서 자살해 죽고, 어떤 사람은 억울해서, 훌륭한 사람인데 자살해서 죽은 거 얼마나 많다고.

한국 사람은요, 내가 가서 살아보니까, 우선 내 나라말을 하고 사니까 좋고, 그게 최고로 좋은 거야. 그리고 내 글자를 쓰고, 우리 문자를 쓰고, 이건 되게 좋죠. 그리고 깨끗하고 문명하고요 경치 좋고 다 좋지요. 그런데 사람들이 너무 갑자기 잘살아서 그런지 안 좋더라고요.

그리고 또 한국 사람은요, 아가씨를 되게 밝혀. 여기 와서도 그래요. 딱 와서 아가씨부터 찾아요. 그래서 위신이 없어요, 한국 사람이. 나 비행기에서 말이야, 어느 영감을 만났는데, 중국 여자 뭐. 순 중국 여자. 영감이, 70살 넘은 영감이, 중국 여자, 서른여덟 살짜리 중국 여자가 자기를 기다린대. 돈을 주고 말이야. 한국 사람 그것 때문에 위신이 없어요. 다니면서 말이야.

그런데 우리 조선 민족이 뭐가 좋은지 알아요? 나는 배운 거 많이 없지만요, 30호가 살아도 학교는 있다고요, 조선 민족은. 어디메 농촌에 가서 살아도 30호가 살면 학생이 있잖아요? 그럼 나도 돈 내고, 너도 돈 내고, 학교를 세우자! 이래서 꼭 학교를 세우거든요. 그래서 꼭 학교 가 있다고. 그런데 한족은 아니지.

내몽골에 가보니까 지네 학교가 없어. 지네 학교가 없고 중국 학교를 다니는 거야. 그럼 지네 민족 언어를 모르잖아요? 우리 조선 민족은 다 있다고. 우리는 꼭 조선 민족의 이것을 알아야 한다고 해서 학교는 꼭 세운다고 그런데 다른 민족은 안 그래. 우리 민족이 그것만은 특수해요. 세계적으로 우월하다고.

내 인생에서 제일 행복했을 때요? 나는요 그래도 제일 지금 드러누워 서 생각하면요, 군대에 갔을 때요, 어렸을 때. 군복이요, 세상에 좋은 옷 부럽지 않고. 내가 이 세상에서 제일인 것 같고요. 군대에 있을 때 제일 좋았어요. 그리고 수수밥을 큰 삽으로 이렇게 엎어놓고 밥을 해요. 그리 고 감자를 이렇게 강에 가서 밟아요. 햇감자죠. 밟으면 껍데기 더러 벗겨 지고, 안 벗겨지고, 축축 흔들어서 저 위에 갖다 놓고 또 밟고, 저 위에 갖다 놓고 또 밟고, 가져와서는 툭 잘라서, 기름도 없고 소금에다 끓여줘 도 그게 그렇게 맛있더라고요. 일본 금방 망한 다음에 내가 군대 갔을 때, 그리고 군대에서 나를 세상에 보배처럼. 어리니까. 그저 어디메서 기차타고 어디까지 가면 주먹밥 싸서, [허리춤을 가리키며] 여기다가 주고. 또 춥다고 먼저, 파리*라는 것 있죠? 이거 눈에 막 미끄러지는 거, 바퀴

* 파리(爬犁): 개, 사슴, 말 등이 끄는 눈썰매.

없는 거, 말이 끌고 가는 거 있죠? 소련에. 흑룡강에 가면 그게 많아요.
나무로 이렇게 해서 여기에 사람이 앉고 말이 끌고 가며 얼음으로 막
가는 것. 그런 데 앉혀놓고 먼저 보내고요. 행군 안 시키고. 어리니까.
이불 씌워서 먼저 보내고. 사랑을 많이 받았어요. 부대에서도 집에서도.
집에서는 하나뿐이니까 이렇게 받들고 밥 먹다 물 뜨러도 못 가게 해요,
우리 어머니. 밥맛 떨어진다고 또 부대에 가서는 어리니까. 그때가 제일
행복했던 것 같아요.

다섯 사람의 구술록

1. 박순녀 구술록

구술자: 박순녀(朴順女). 여. 1931년 출생(구술 당시 만 75세). 본관은 순천.

조사자: 전신재

조사지: 흑룡강성 영안시 와룡향 영산촌 박순녀의 집

조사일: 2006년 10월 20일(금요일)

* 이 마을은 발해시대부터 말을 기르던 곳이어서 그 이름이 마장(馬場)이었는데 1946년에 박영산(朴英山, ?~1944)의 이름을 따서 마을 이름을 영산촌(英山村)으로 바꾸었다. 박영산은 조선족으로서 중국 공산당원이었다. 그는 동북항일련5군부관(東北抗日聯五軍副官)으로 이곳에서 활동하다가 1944년에 일본군에게 붙잡혀 죽임을 당하였다. 그는 중국 사람들에게 '열사(烈士)'로 추앙받고 있으며, 이 마을에 그의 무덤이 있다.
조사자는 이 마을에서 회계 업무를 담당했던 지식인 김정봉(金貞峰)을 면담하였는데 그의 구술은 혼란하고 앞뒤가 맞지 않았다. 그는 큰 질병을 앓은 후 두뇌 작용이 조직적이지 못하다는 것을 나중에야 알게 되었다. 아래에 정리한 것은 그의 아내 박순녀가 남편의 구술을 옆에서 지켜보고 있다가 끼어들어 구술한 것이다.

한국에 아이 갔다 왔으니 못살잖아? 일할 줄도 모르고 이러니 걱정이지. 일할 줄 모르니 힘들은 거지. (이쪽으로 나와 말씀해 주세요) 나는 이제 그때 여기와 같이 사는 게 욕이었지요. (좋았던 때도 있으셨을 텐데.) 제일 좋았던 일이 아들 딸 낳아서 키와서 사는 기, 우리 다섯을 낳아서 몽땅 컸습니다. 한나도 죽지 않고. 그래서 그게 제일 좋은 일이지요. 일생에서. (이리 가까이 오세요.) 여기 일없습니다. (아니, 여기 녹음…) 아이, 일없어요. (멀면 녹음이 안 돼요.) 녹음합니까? 허허허.

난 강냉이밖이 모르니까. 고생 죽자 했습니다. 우리 북조선에 갔다 와서. 북에 갔다 와서. (그때 얘기 좀 해주세요.) 그래, 우리 저기 곰방 결혼해서 두 달 만에 나갔어요. 54년도에 결혼 해가지고 그 다음에니, 5월달, 5월 9일날 해가지고 그 다음에는 7월달에 나갔습니다. 두 달 만에. (북조선으로요?) 네. (북조선 어디로 가셨어요?) 우리? 황해도. (황해도 어디로 가셨어요?) 황해도 그게 봉산군. 봉산군 에 갔댔어. 그기 뭐 군대했으니까, 우리나라이까, 거기 가라고 그래서 갔지.

(거기 가서 무슨 일 하셨어요?) 나는 뭐 그때에 일 안 하고, 저 영감만. (영감님 무슨 일 하셨어요?) 군위원에 있었지. (군위원이 무슨 일 하는 거죠?) 여기 같으면 그저 이런 현(縣) 같으고 하겠지. 그런데 들어가서 저기 과수, 과수 재배하는 데, 그러니까 거기 가서 뭐 과수 이런 농장입디다요. 그런 데 나가서 그 과수 저거, 잘못되는 거 알켜 주고 자꾸 지도하지 뭐. (그런 지도하고 그러셨어요?) 예. 그런 델 댕겼어요, 기양. 기래 뭐 한 달에 닷새도 집에 없고 기양 나가서 있다 노니까 그저 우리 시누이 하고 내하고 남의 그 웃방살이 거기 있는데 정말 가이까나, 거기 가이까나 도둑놈이 많습디다. 강도들이. 이 중국에서 그래도 한국, 북한보 다도 잘산다 하니까 짐들 가져간 게 옷들이랑 있고 이 돈도 가져간다 하이까 강도들이 들어서요, 밤이믄 자지 못합니다. 무서 가지고 내는 우리 간 집에 놋요 강이 있습니다. 그래서 거기 가와서 우리 동기 시누이 데리고 내 하고 맨 여자들 이 너이 앉아 있는데 밤이면 그저 무조건 도끼로 탁 찍어 죽이고서는 아 그 뭐 옷이고 무시기고 다 가지고 달아납니다. 그래 가이고 우리 열다섯 달 동안 있는 동안에 맘 한 번 맘 놓고 못 자 봤어요. 그거 정말 북한에 가 고생하던 말을 어디다 다 내놓나…

(또 무슨 고생 하셨어요?) 먹지 못하는 거. 우리 저 큰딸을 거기 가 낳았는디 먹지 못 해가지고. 아이그 산모가 그래도 좀 먹어야 되는데 먹지 못하니까나 마이 붓고 맨날 뭐 걷지도 못하고 눈도 보이지도 않아서 이러고 댕겼어요. 그래

정말 내 다 죽다가 살았어요. 맨 그저 풀만 뜯어 먹고 살다 왔어요. 으이구 그 말을 어디다가 해. 괜히 저기 북한에 갔던 사람들이 가마이 들어오다가 물에 빠져 죽은 사람은 얼매구요. 으이구 그 저 저 강 건너에 남친다고. 요런 쪽배를 가지고 댕깁니다. 거기 사람들이. 그러매 두만강 건내 놔주고 얼매씩 이렇게 받는데 짐이 좀 크고 하면 물에다가 훌렁 빠치워 놓고서는 그 보따리 가지고 갑니다. 기래 그 두만강에다가 그물을 치믄 이 죽은 시체가 얼매 나올지 모른다, 이랬어요. 그래 마이 죽었습니다. 중국에서 간 조선 사람.

그래 우리는 배고프니까 정말 못 살겠으이, 그래도 [남편이] 군위원에 있으니까에 증명을 해줍디. 가져온 거 디려다 두고 와야겠다고, 저 아도 이젠 젖도 아이 나오지 하니까 굶어 죽겠다고, 기래까는내 나는 나오겠다고, 그래까 가족만 [중국에 있는] 처갓집에 갖다 두고 [나는 다시 북한으로] 오겠다, 그래까 증명해줬어. 우리는 잘 왔어요. 그 다릴[두만강 다리]로 해서요. 그래까 살았죠.

그래 와가지고서리 우리 저기 본가집에 와서 그짹도 여기 삼성이라 해가지고 정말 저기 양식이 꿩장합디. 지금처럼 이리케 단감하고야 양식이 많지요. 그 인제 우리 아버지네가 오누이 데리고 있고 우리 어머니, 아버지하고 네 식구 치르탄 거 우리가 또 너이 들어와서 그거 다 먹고 나니까 봄에 여기를 오는데 미날 양식이 없었어요. 우리 어머니, 아버지가. 그래 이삭 주이 기 해서 이렇게 잡숫고 우리 어머이가 내 살과냈어요[나를 살려냈어요].

이리 들어오는 바람에 그래 온 기 여기 와서 오이까 이 촌에서 뭐 줍디. 양식들을. 다들 개인들이 거둬다 그래도 자기 고향이니까 어찌 거 가서 이렇게 고생하고 왔는가, 이러면서도 정말 희한하게 뭐 다 공작들 하니까 제대로 살린데 갔다 왔다 합니다. 남으로 마침, 발 잘못 딛었다고 기래니까는 모두 그땐 뭐 이 여기 양식이 많습디. 거기에서 양식을 빼서 뭐 이 저런 솥에다가 해서 모두 갖다 주길 마저 정말 몇 개 드슈 그래서 독립한 조로 받아서 그래서 우리가 그해 살았습니다.

그래, 우선 이 일할 줄도 모르지 뭐 다 뭐 아이 그저 정말 연필대나 쥐고 살던 사람들이 일할 줄 알아요? 저 영감도 모르지, 나도 모르지. 정말 막연하지요. 이걸 어떻게 요런 일을 배워가지고 이렇게 우리가 정말 생활 해 나가겠는가, 눈물밖에 안 났지 뭐. 정말 일을 하던 사람이면 이게 되는데 하나도 손에 뭐 호미 못 쥐고 있다가 나간 기 어떻게 하겠나? 저 영감이나 내나. 그래니까나 아이 그저 정말 막 그저 암데나 가서 나도 살궈 달라고 제 지금 찾고 싶지요, 뭐.

그래니까 그날 저 영감이 들어오라 하지요. 간 기 뭐 무슨 수치 당했는가 하고, 그게 살지 못해 들어왔는데 우리 그 저 국적이 가지고 나갔지요, 여기서 떼어 가지고. 그것만 들여 놓으라 그러면 다시 우리 직업 찾아 준다는 것도, 저 영감이 맘이 어지니까 에이구 그것도 어떻게 가서 골을 디밀고 우리를 살궈 주시오 하겠는가 하미 아이 농사입니까 또. 그래 여기 떨어지잖았어요? 이렇게. 다 저 영감 탓이지요.

그래가지고 그 다음에 일을 배워가지고 하는 게 얼마나 잘 하겠어요? 이래 공푼, 오늘은 십 푼 주구요 일 잘 못하면 아이 그 다음에 며칠 공푼을, 한 오 푼도 주고 육 푼도 주고, 이랬어요. 우린 고까이 일을 배워하니까 그렇게 쪼끔 받지요, 뭐. 그래까 생활이 언제 펴갑니까? 아이들은 다섯을 정말예 낳아서 낳는 대로 키우는데 이것들 공부시켜야지, 아 키와야지, 일은 해야지, 눈물로 세월 보냈어요. 내가. 정말.

에이구 저 영감은 그래도 대대일 하느라구요, 공작 하느라 집에 들어와 한나도 거들어 아니 주지. 내 혼자서 아아들 다섯을 이런 촌에서 저렇게 공부시켰잖우. 돈 많이 들어요. 저런 데 시내 가서 하자면. 아이구, 그저 식비 대야지, 먹고 살아야지, 야 말도 마시오. 울매 정말 내 인생을 이렇게 끝납니다. 지금. 그렇게 살아왔어요. 저 영감은 일 그래 아이했어요. 저기 저 대대 가서 그저 그저 예 공작합네 하고 이래고 지났지요.

그 다음에 저런 데 가서 전기에 천을 모두 채굴해 오지요. 저 영감이 다 했어요. 이런 전기 요게 없었어요. 등잔을 켜고 있었구만. 그래 저 영감이 들어와서 그거 오 년 동안 댕기며 채굴해서 들여왔어요.

이야, 우리 참 이래 생각하면 정말로 기가 맥힙니다. 아인 게 아이라. 그래도 우리 아아들, 그래도 다 고등핵교는 졸업시켰어요, 내가. 그저 정말 이런 촌에 있어도 사람이 공부를 해 지식이 있어야 똑똑하고, 그래도 나가 써먹고 이렇지. 그래서, 너도 우리네처럼 땅만 파고 어떻게 살겠니? 그저 이젠 자식들께다가 일체의 공력을 다 들이자, 이래 가지고 저 죽게 일했지요. 내가.

그래 이래 허리도 다 꼬부라지고 이렇게 됐습니다. 저 영감은 일 그렇게 아니 했어요. 그래가지고 야네들을 다 다섯을 몽땅 고등핵교 졸업시키고. 대학 졸업한 게 서이나 됩니다. 그래 다 나가고 야도 이제 대학을 갈 아안데 고마 싸움하다가 칼에 찍혀 와 가지고, 여기를. 다 죽다 살았어요, 이 둘째가. 그래서 이 그래도 그저 살아가지고 그 다음에는 아이 다시 내 너 대학 댕겨, 저기 고등 졸업, 고등 핵교 졸업하민 대학 가는디 다시 댕겨라 하니까 벌써 피를 얼마나 싸였는지 몽땅 빠진 거 싸옇(넣)다나니까. 아이 그 다음에는 피 싸아 연 사람 뇌를 닮아서 예, 선생님 강의하는 거 듣고서리는 그땐 다 알 거 같은 기 돌아서면 다 잃어먹죠. [싸움으로 피를 많이 흘리기 전에는] 공부 잘했습니다, 야는. 그래서 세 번 대학 시험 쳤는데 총점이 일점 모자라선 야 지망대로 못 가고,

"에라 이럴 바는 농촌에 가서 어머니, 아버지를 모시고 다 나가면 누가 벌어 어머니, 아버지를 챙기겠는가?"

하고

"이제는 우리 어머니, 아버지 다 영산에 있는데 지금이라도 행복한 생활을 하게 하셔야지, 어떻게 노인들을 일해서 잡숫게 하겠는가? 다 나가도 나는 있겠 다."

이래 떨어졌어요, 야가. 허허. 이렇게 고생한 말을 어디다….

정말 저 북조선이 꺼지[거지]나라입니다. 밀매 양식이요, 아유 팥으로 줬어요. 열흘 먹을 거에 딱 열 근 줍다, 열 근. 우리 식구가 그래까나 우리 큰딸꺼정 우리 저기 저 영감이 동, 여동생꺼정 너이지 뭐. (누구 누구 넷이에요?) 그래까 우리 시누이, 그 다음에 우리 큰딸을 거기 가 낳았으니 그게 있고, 우리 부처까지

너이 있죠. 아, 그래 열닷 근 줍니다. 맨 팥을. 그래 맨 팥만 아이 먹겠어요? 그 다음에는 그거 보태 먹느라고 또 풀 뜯어다가 그 팥에다…. 지금 이 중국에 돼지도 그렇게 아이 먹습니다. 맨 이팝[입쌀밥]을 막 먹지. 그거 먹고 나이까는 막 이 마이 붓지요. 사람 인물이 싹 빠져 들어왔습니다. 내가. 그 산후에 먹질 못하고 이렇게 고생하다가. 내 그래 요즘 내 조선이라 하믄 신물이 다 납니다. 조선이라 하면. 세상에 중국에서 잘 먹다가 그렇게 가고 나니까 못 살 것 같습디 다. 그래 막 들어왔어요. 예도 이 아아래도 살과야지 어쩌겠는가? 여깄다는 우리 네 식구 다 죽는다. 이래 가지고 증명 해가지고 그래도 우리는 곱게 다릴 건너서, 저 냉맹다리를 건너, 두만강. 그래 건너왔어요.

(봉산에서 얼마 동안 계셨어요?) 그래까 열다섯 달 동안. 일 년 석 달 있다 왔으 니까, 여기를. 그래 가지고 그기 우리 아버지가 야 너희 그 산골에 들어가 일할 줄도 모르는 기 어떻게 사니, 가지 말아라 하는 것두 저 영감이 그래도 각시집[처 갓집]에는 같이 아이 있겠다고. 그래 자기 고향이라고 여길 왔잖아? 그래 와서 이렇게 아이 이제는 정말 우리 인생을 끝마치게 됐지요.

여기 우리 저 영감이 그래까나 스물너이에, 내가 스물둘에 와서 이렇게 됐습 니다. 요즘에야 팔십되구로 올라가잖아요? 그래 고저 우리 인생에서 가장 반갑 고 좋은 게 우리 자식들. 이거 그래도 하나도 실패 아이 보고 몽땅 키워서 고등핵 교, 대학 졸업시켜서 이것밖에 우리 집에 좋은 일이 없다. 나는 이렇지요, 뭐.

우리 고생은 끝이 없고. (그래도 잘 사셨어요.) 허허, 정말 형편이 없이 살아… 그래도 여기 이 부락, 촌에 주민들이 말합니다. 야 정말 일할 줄을 모르고 그렇게 와서 그 아아들을 다 중핵교, 고등학교, 대학교도 졸업시킨 건 우리밖에 없다, 대단하다고, 부모들이. 여기 우리보다 다 잘살아도 자식들 공부를 그래 안 시킵 니다. 그래고야 뭐 우리에게 좋은 일이 뭐 있습니까? 만날 땅이나 파고 살고. 기양 아직까지는 우리 아들, 딸 서이에, 아들 둘에 다 지 노릇하고 삽니다, 지금. 야가 여기 떨어져 있지요.

(성함이 어떻게 되세요?) 예, 내 박순녀. (연세가….) 칠십여섯. (무슨 띠세요?)

양띠지요, 뭐. (본관이 어디세요?) 고향, 내 고향입니까? (아뇨. 어디 박씨세요?) 우리 순천 박씨. (고향은 아까 홍천이라고 그러셨지요?) 네. 강원도 홍천군, 뭐 서석면 풍암리. 이렇게 우리 아버지 그전에 말씀하는 거 내 들었지요. (어디서 태어나셨어요?) 저기, 저 화룡에서. (길림성 화룡현?) 네. (아, 거기서 태어나시고 그 다음에 아까 자녀분 나이를 확실히 못 들었는데, 아들 둘, 딸 셋이요?) 네. 딸 서이. (우선 아들 둘 중에서 큰아들 이름이?) 김수형. (나이는?) 이제 마흔다섯이니까. (띠는요?) 범띠. (대학은 어디 나왔어요?) 저기 저 그러니까는 하얼빈대학 나왔지. (무슨 과 나왔어요?) 그래니까 그게 축산과라고. (지금 무슨 일해요?) 그러니 그기 채구 합니다. 목단강에 양지천에, 채구로 닭의 사료로 몽땅 구입해. (채구라는 게 뭐죠?) 그거 가서 사 들인단 말입니다. (사오는 거요?) 그런 저기 사료들. 닭이 몇만 마리, 몇천 마리 되니깐… 그리고 둘째 아들이 우리 수일이.

(이 마을 처음 만들 때 얘기 들으신 것 있으시면 좀 해주세요.) 41년도. 그때 나이 어려서 말할 것 같지가 않아요. 나는 동경성에서 우리 결혼해 가지고 여기로 이사왔답니다. 이 부락이 어떻게 저 건립됐는지 난 그거 몰라요. 그때는 공부했지, 저 영감이. 어린데 무슨. (이 마을을 처음 만들 때 주동하셨던 분은 어느 분이세요?) 다 죽었어요. 경박호에서 집체 이주를 시케 여기 와 가지고 저쪽에다 이래 막을 치고, 나는 들은 바입니다. 이렇게 막을 치고 있으면서리 이 부락을 이렇게 건축했답디다. 그러고 예 다 이리 동향으로 쪼끄맣게 물이 사니까나 집들이 썼습디다. 등짐으로 퍼다가, 나무로. 그래 집을 짓고 삽디다. 그렇게 했다 그럽디다. 다 집체적으로 이주시켰다고 합디다. 그래가지고 우리 오이까는 맨 그런 집이던 게 이제는 다 벽돌집에 뭔 남향집에 이렇게 흙집을 다 지었지요.

기니까 박영산(朴英山)이 무슨 여기서 그 혁명사업 하다 그리 갔거든요. 그분이. 난 그 역사를 모르지요. 그래, 여기 와서 모두 조사를 잘 해갑니다. 우리 이런 성(省)에서도 나와서. (조사를 많이 해간다구요?) 예. 여기 그래도 그런 박영산이 혁명가 아입니까? 그런 사람이 여기 와서 그렇게 하다가 살해되었으니까니… 이름 있는 부락인데. 이런 산골짜기에 있어 그렇지.

(여기 처음 와봤는데 와보니까 참 좋은 동네에요.) 여긴 부유하게 못 살아서 아직까진 초가집이 많지 않습니까? 아, 한국에 가고 나니까 늙은이들이 이렇게 있고 다 한국 갔어요. (젊은 사람들이 한국으로 많이 갔군요.) 네. 이제 갔다 돌아오면야 다 벽돌집이 일어서겠지. 그래도 그저 다 나가서 공작하러 나가고 다 나갔어요, 청년들이. 그래 이제 늙은이들이 이렇게 있잖아.

(홍천에 가면 지금 친척이 있으세요?) 홍천에 가면 우리 육촌들이 있답디다. 그러니까 우리 육촌 동생이 한국 갔다 왔어요, 여동생이. 그 주소를 적어 가지고 나가서 찾았답니다. 그래 육촌들밖에 없어요. 그러니까 우리 할아버지 형제의 자손들이 퍼진 게 거기 있지요. (네. 여기 중국에는 언제 오셨다고 그랬죠?) 우리가요? (네.) 그래니까는 우리 아버지가, 아아 몇 살 아이된 거, 우리 할아버지, 저기 우리 할머니는 뜨게 놓던 중에[딸을 낳던 중에] 돌아가니까예, 어떻게 살 수 없으니까, 그 오누이를 데리고 이 중국으로 왔답니다. 그래고나이까는 나는 모르지요, 뭐. 우리 아버지 여기 와 장가를 가가지고 또 우리 자식들 이게 낳아가지고. 그러니까는 우리 할아버이야 잘 알지요. 거기서 살다 왔으니까. (학교는 어디까지 다니셨어요?) 나도 여 초중 댕겼어요. (어디서 다니셨어요?) 저 동경성중학교. 거기 댕기다가 또 그 학교가 영안으로 이동하이까나 영안 가 졸업하고 왔어요. (졸업은 영안에서 하셨어요?) 예. 영안에 가서. (예.)

그래, 가지고 합작사에 들어가서 좀 있다가… 오년 있다가서리 저 영감하고 결혼해 가 북한에 가서 죽을 고생하고 왔지요. 허허허. 그래 와서는 다시 못 들어가고 여기 와서 농사 일로 그저 인생을 끝내는 판입니다. (그때 북한은 왜 가는 거죠? 무슨 복구 사업…) 복구 사업이라고요, 다 폭격이 되어서 없습디다. 우리나라에 가이 고저 집이라는 기 웃갓[지붕]은 다 달아나고, 폭격에. 그러카고 우에 기둥만 떡 서 있는데 가서 복구 건설…. (그게 의무적으로 가야 되는 거였나요?) 의무적은 무슨 자원해 가지고… 당신도 자원해 가지고. (김정봉: 자원해도 의무적으로….) (자원해도 의무적으로 가는 거예요?) 이래 나오라고 명령을 했으니까 모두 나갔지. 무슨. 안 나간다고 누가 뭐 강제로 나오란 말 아이 했는데 나가 그렇지.

안 나간 사람 다 똑똑하지요. 나간 게 뭐 저… 고생할라고 나갔지. 거기 나가 죽은 사람이 얼맨 줄 압니까? 아이고. 들어오다가 물에 빠져 죽고 고마 다 들어오다 물에 빠져 마이 죽었어요. 그래니까 이 북조선이 그저 덮어놓고 오라고 그래가지고 뭐 먹이지도 않고 복구 건설하라면 누가 합니까? 그래까 모두 도망쳐 오다 저 두만강에 빠져 죽고… 아유 말도 마시오. 두만강이 뭘 누르지도 않고 있겠다고 우리 들어오다 보니. 그런데 거서 아이 그 얕은 것 같으고 하이까 그저 밤에 이래 가만히 도출해서 물 건니다가 그저. 그래도 이 깊숙에 있단 말입니다. 그 풀러덩 빠지고, 여자들이 맥이 있습니까? 그래 죽었지요. 아아들 업고 그러다가. 조선 사람들이, 중국의 조선 사람 많이 죽었단 얘기예요. 굶어도 죽고 병들어도 죽고 그랬습니다. 밥 먹질 못 하니까니. 여기서 잘 먹다가. 병들어서 또 죽은 사람들도 많아요. 우리 황해도 나가니까나 중국에서 간 사람들이 다 수어든가 그런데 한 사람은 증말 그저 청춘인데 그만 죽어뻐렸지요. 그러니까나 그 저기 가족이 아아를 붙들어 오다가 빠져 죽었을 깁니다. 그래 아아 크다난 거 붙들어 오는 기 어떻게 삽니까?

(사진 좀 찍고 갈게요.) 아이 그만 두시오. 늙은이들을 뭐. (두 분 좀 같이 앉으세요. 찍겠습니다.) 그래 인제 어디로 가십니까? (흑룡강성 여기 저기 다 가야 돼요.)

2. 황금산 구술록

구술자: 황금산(黃金山). 남. 1933년 출생(구술 당시 만 72세).

조사자: 전신재

조사지: 길림성 왕청현 대흥구진 영안촌 황금산의 집

조사일: 2005년 7월 4일

(어디서 태어나셨어요?) 강원도 원주에서 태어나, 세 살 적에 엄마 아버지 업혀 들어왔어요. (제일 처음 오신 곳이 어디세요?) 훈춘현 밀강구 동양촌. 옛날이름으로는 쇄지골. (쇄지가 뭐지요?) 송아지. (거기서는 송아지를 많이 길렀나요?) 예. (그 다음에는 어디로 가셨어요?) 해방 때까지 거기서 살았어요. (그 다음에는?) 군대 갔어요. (군대에 몇 년 계셨어요?) 1957년까지 있고. (군대 갔다 오신 다음에는요?) 군대 갔다 온 다음에는 이제 내가 집이 없으니까 정부가 주도해 가지고 국영농장에. (국영농장이 어디 있어요?) 이 부락에. 국영농장이라고, 요 근처에. (이 집으로 오신 건 언제예요?) 이 집으로 온 게 인제 한 서너 달 돼요. 초가집에 있다가. (국영농장에 계시다가 초가집에 계시다가 이 집으로 오신 거예요?) 예. (국가에서 이렇게 집을 지어 줬어요?) 예. 일부분은 내 대고.

(학교는 어디까지 다니셨어요?) 핵교를, 부모 없다보니까, 못 댕겼어요. (서당은?) 못 댕겼어요. (할아버지 생각나세요?) 우리 아버지요? (아니, 할아버지요.) 생각이

안 나요. (할머니는요?) 할머니도 생각이 안 나고 (아버지는 생각이 나세요?) 예, 아버지하고 어머니는 생각나요. (아버님 성함이 어떻게 되세요?) 황기운. (지금 살아계셨으면 연세가 어떻게 되셨을까요?) 백 살 넘었지요. (아버님 무슨 띠인지 아세요?) 몰라요. 그것도. (어머님 성함은요?) 어머님 성함 내 몰라요.

(아버님께서는 원주에 계실 때 무슨 일 하셨어요?) 원주에 계실 때 무슨 일을 했는지는 몰라요. 그 중국에 들어와 가지고는 내 일곱 살 적 일이 생각이 나요. 그때 아버지가 무얼 했는가 하니까 그 툰장질 했거든. 일본 아들이 들어오면서, 그래 그 일본 사람들이 미깡, 그거 먹는 거.

"야 그 좀 나도 먹어보자."

이래니까, 아니 주니까 둘이서 싸움이 붙었다. 이래 싸우니까, 아버지 하는 말씀이, 또 우리 집에 따라 아니 왔으면 일 없겠는데, 내가 가 또 우리 집으로 왔다.

"개새끼들 거 먹지 말라."

고 욕을 했단 말입니다. 우리 아버지가. 개새끼들이라고서리. 우리 아버지 그렇게 욕을 했습니다. 그러니까 그 애비가 말이야, 아들이 가 말하니까, 우리 아버지하고 또 걸고 들어와 싸움을 했거든. 그래 밤낮 사흘을 싸움을 했어요. 그래 사흘을 싸움하다가 아버지 하시는 말이,

"야, 저거 한국에서 말이야, 고향에서 말이야, 저 새끼들 때문에 미워서 내 북간도로 들어왔는데, 이게 삼사 년 살고 나니까, 또 따라 들어 왔어. 저 놈들이."

(일본 사람들하고 같은 마을에서 살고 계셨군요?) 일본 사람들 곰방 들어올 때라요, 그 우리 부락으로. 여기 주둔할라 들어왔지. 산고랑이를. 그때 그 제2차 세계대전 벌이겠다고 할 때래, 그 사람들이. 그래 들어왔는데, 그래 우리 아버지하고 그 집 내 동무 아버지하고 싸움하다가서, 우리 아버지 그 다음에,

"아휴 이거 아니 되겠다. 이거 피신해서 말이야, 산등으로 댕겨야 되겠다."

이래 그저 밤에 와선 하루 밤씩 쉬고는, 사람들 몰래 지고 댕겼어요. 쇠주하고 소금하고 비지깨하고. 그때는 비지깨도 배급 줄 때래요. 소금도 배급 주고.

그래고 또 한족 사람은 전부 고구마를 심어야 된단 말이야. 이래니까 그 한족 부락에 걔네들 있는데 그 뭐, 어째서나 우리 아버지는 이래 병 걸리기 전꺼지는 농사일도 크게 못해봤어요. 그 병 걸리니까 할 수 없이 집에 와서 좀 있다가서 사망되고. 그래니까 그때 내 아버지가 사망될 때 내가 일곱 살이란 말입니다. 그래 사망되니까 한국에서 친척 노인이 왔어요. 우리야 쪼꼬마니까 세상모르지 뭐. 아버지 시체는 관에 모셔 있는데 우리는,

"아바이 어째 그리 갔소? 아 어째 이렇게 말을 안 듣는가?"

하고서 말이야. 날래 들어가라는 기야. 그래 내 형하고 우리 시 있으니까, 그 남자들이라는 게, 만날 우릴 쫓아 들여보냈어요. 그 노인이, 항상. 이래 그때 와서 삼년까지 다 지내고 가면서, 갈 적에 그 노인 하는 말이,

"고향에 가자. 원주로 가자."

그래 그냥 가자니까 어머니 질색을 하드만. 아 거 일본 아들 성화를 못 보겠다는 기지. 그래 못 가겠다고서리. 그래 뭐 집을 싸주겠다, 밭을 싸주겠다고 해도 싫다고서, 아니 가겠다고, 그래 못 가고. 그 친척 노인 저녁에 떠났지 뭐. 그래 몇 년 있다가 어머이 돌아가시고, 해방되고 말았지, 그 다음 해에. 그래 해방을 맞고 보니까 어머이 원수를 갚겠다고. 일본 아들 무슨 짓을 하였는가 하면 강제로 술을 구해 달라 해서 좁쌀을 가져온 거 술을 아니 고아왔거든, 옥시 쌀로 술을 고아 줬단 말야. 이래서 그 새끼들이 그 군도(軍刀)를 빼들고 우리 어머이를 찍겠다고 그러니 그 일어를 잘하는 사람이 나서서 통역을 해 줬지. 술을 좁쌀로 고으면 술 질이 어떻고 옥시시로 고으면 질이 좋다는 거 말해줬거든. 그래 이렇게 칼을 뺐던 거를 콱 찍고 말이야 칼집에다 여었다. 어머님 혼절해서 자빠졌다고. 그래 그거 찔려서 병을 얻어서 사망됐지. 이래 가지고서 그 원수를 갚겠다구서, 어머니 원수를 갚겠다고 말을 해 앞의 형님은 군대 가 뻐리고, 47년에 나가 가지구서 48년도에 산해관전투에서 사망됐어요. 우리 형님이. 나는 나대로 47년에 통신원질 하다가, 51년에, 한참 그 50년도 조선전쟁 땐데, 군대 가서 북파돼 가지고서 57년에 돌아오고. 동생은 군대 갔다 간염하고 신염이 걸려 가지고서,

군대에서 돌아왔지, 뭐. 이래 그 앓다가 죽었지. 결국 3형제가 몽땅 군대질 했죠.

　(몇 남매이시죠?) 원래 우리 10남매래요. 그런 게 조끔씩 자라다 다 죽고, 마지막에 남은 게 그저 3형제 남았지. 남자들. 내 둘째래요. 내 위에 원래 둘째가 있었는데 그건 또 열 살에 죽고 그러니까 내 둘째 됐지. (첫째 형님은 성함이 어떻게 되세요?) 황순석. (몇 살 위세요?) 네 살. (네 살 위시고, 둘째가 황금산 어르신이시고, 그 다음에 셋째는요?) 셋째 황인산. 두 살 아래에요. (형님은 군대 생활 어떻게 하셨어요?) 미장가 전에 군대 갔지요. 그래고 사망됐지요. 전투에서 사망되고. (그 군대가 무슨 군대지요? 그게 언제지요?) 해방 후에, 인민의 군대. 해방군. 국내 중국전쟁이래요. 국민당하고 싸움할 때래요, 중국에서. (동생도 해방군으로 나갔어요?) 예, 해방군. (어르신께서도?) 해방군이래요. (전쟁도 하셨어요?) 우린 전쟁 못해봤어요. (그럼 그 심양군구에만 계셨어요?) 우리 그래 가지고 심양군구에 일 해가지고 우리 일 투안인데, 일 투안이가 연변에 있었거든. 우리 거 일 투안 속에서도 지원군대인기라. 이래서 지원군 명의로 백두산에 가서 있었던 거지. 그거밖에 없어요. 뭐 전쟁했거나 이런 건 없고. 그때 52년도 연말부터 이듬해 53년도 7월까지 계속 우리 군사 연습했어요. 함경도 나간다구서. 그래다 저 조선전쟁 종전됐을 거여. 내일 나간다 모레 나간다 하던 건데. 그러니까 우리는 전쟁을 못 나가고 그 길로서 어디로 올라갔는가 하니까 지원군 명의를 가지고 백두산에 올라갔지. 57년에 제대할 때도 백두산에서 내려왔지요. 전쟁은 못해봤어요.

　(어렸을 때부터 다시 이야기하기로 하지요.) 그 뭐 어렸을 적에 생각이 난다는 게, 젤 세게 생각이 나는 게 우리 부모님하고 한국에서 들어올 적에 석 달이 걸렸대요, 중국을, 북간도로 들어오는 게 석 달이 걸렸대요. 여길 중국으로 들어오는 게 석 달, 걸어서 들어왔지요. 그래 들어와서 이제 그 쇄지골이라는 데가 있어요. 거기 와서 밭도 사가지고서, 딱 두 호 살았지. 거기서 아버지는 농사질을 하지는 않고, 옥노를 놓는단 말입니다. 이거 놔가지고 노라지 잡아서는 삶아가지고 말린단 말입니다. 그거. 그거 말려가지고는 우리 먹어 못 봤어요. 그거 먹자고 하믄,

"야 그건 너희 먹는 게 아니다. 가져간다."

그저 그 소리만 해요. 그래서 조금 전에 생각하는 게, 그때 아버지 고 무슨 독립군 이런 활동했겠다. 그런 생각이 지금 계속 들어요. 그래고 제일 좀 인상스러운 게 천상 우리 아버지가예 아들들에게 자상했지. 그저 설랑설랑 말하믄,

"야 그리면 아니 된다."

그렇게 얘길하고 그랬는데, 어머니도 그립지만은 아비도 그리와요. 아버지 어째 그러고 나니까 내 일곱 살에 돌아갔거든, 어머이는 내 열두 살에 돌아갔습니다. 어머이는 44년도에 돌아가시고, 그러니까 45년도에 해방나지 않았어요?. 그니까 가정이 몽땅 파괴되니까 이게 좀 원망스러운 게 무슨 게 원망스러운가 하니까, 부모 없으니까 공부를 못한 게 원망스러와요. 그래니까 내 어디가 하고 싶은 말 막 제대로 못하고, 내 쓰고 싶은 거 못 쓰고 이런 게 있어요. 야 이게 부모 없는 게 이래 원통스럽구나. 공부 못했으니 출세도 바로 못하고 이런 생각이 들어요. 글은 군대에 가서예, 여가 시간에 그 자습 동기들하고 같이 이렇게 자습해서 조선 글은 조금 봐요. 넓덕글은 못 보지요.

(해방되기 전에 겪으신 일 생각나시는 거 더 없으세요?) 생각난다는 게 그때 우리 엄마하고 형하고 누나네하고 농사질을 해 놓으면, 지금 먹을 양식만 딱 내놓고 나머지 양식은 다 땅바닥에다 묻어놔야 돼요. 그래지 않으믄 일본 놈의 새끼들이 와서 막 빼가거든. 그런데 밤이믄 싹 가져가지요. 글루. (누가 가져가나요?) 모르죠. 우리 잠든 밤에 싹 가져가 버리니까. (땅을 사셨다니 돈이 꽤 있으셨나 봐요.) 예, 돈을 가지고 왔댔죠. 고향에 있을 적에도 아마 그렇게 생활이 막막한 거 같지 않으니까. 들어와서 쇠도 몇 마리 사고, 소수레 다 갖춰놓구, 해마다 우리 집에 소가 십여 마리씩 있었고 그건 생각나요. 그래 그것 팔아서는 그 돈을 어머이도 못 써봐요. 아버지 다 어떻게 쓰는지 그 뭐 소금이요, 술이요 전체 싸가지고 나르니까, 아마 그런 일에다 다 썼겠죠.

하루는 밤에 떡 자는데 밤중에 중얼중얼 소리가 난단 말이지. 사람들 온 거야. 그때 뭐 나는 쪼끄마니까 세상을 모를 때란 말이지. 아침에 자고 일어나서 구석에

보니까, 군대 가서 그거 알았어, 지남침, 그게 구들에 떡 있거든. 그래 내가,

　"아버지, 이게 뭐입니까?"

　하니까,

　"이게 어디 있더냐?"

　한단 말이야. 그래 그저 한 반시간이 지났을까. 사람이 왔단 말입니다. 아 그 무스개가 여기 있다고서 제깍 건네주니까,

　"아 이거 산에 가다가 이걸 찾으러 도로 왔다."

　고 그래더라구. 말하믄 그게 공산군이지. 공산군들이 혁명할 때란 말이지. 내 여기서 생각이 나는 게 그게, 9.18사변. 9.18사변 때 지금 생각이 약간 나요. 중국에서 있던. 태극기를 들고서 산을 오를 땝니다. 독립만세를 부르며. 36년일 때야. 태극기 있잖아요? 중국 그때 난 벌써 태극기를 알았어. 태극기 어떻게 생겼다는 거. 태극기 몽땅 들구서, 종이에다 만들어 들구서 산으로 말이야 올려뛰며, 조선사람 독립만세를 부르며 올라간단 말이야. 그거밖에 생각이 아니나요. (여기서요?) 훈춘에서. 그래 이 중국에서도 전국적으로 다 같더래, 여기서도 그랬데. 9.18사변에 산으로 올려뛰었데. 태극기를 해 들고.

　광복되기 이전에 생각이 난다는 거 그저, 일본 아들한테 그렇게 핍박받으면서 글도 못 배우고 한족 아들 제 한족 글도 못 배우고 전체가 일본글을 배우는데, 일본 말 하는데 돈 1전 내고, 5전 내고, 그저 만날 매질이지 뭐. 공부한다는 게, 그 생각밖에. (학교 다니셨어요?) 예, 1학년을 댕겼지. (아까는 안 다니셨다고 하셔서요.) 이 조선 글을 이미 못 봤지, 그때는 거 조선 글도 못 배우고 중국 글도 못 배울 때라, 일본 글을 배울 때라. 아버지 돌아가시고 엄마만 계실 때인데, 엄마를 도와야 돼서 학교를 못 댕겼지.

　(해방되기 전에 다른 거 또 생각나는 거 없으세요?) 그때 일본 아들이 세균을 뿌려가지고 전염병이 많이 돌았어요. 그래, 마을 주변에다 뿌려가지고 전염병이. 거기 있는 사람들은 많았어요. 거기서 죽어나간 사람들이 많았어요. 그때. 일본 아들이 독하다는 게 그래 독하다는거지. (처음에 그 쇄지골에 오실 때는 집이

두 호가 오셨다고 하셨잖아요? 그럼 그 허허벌판에 집이 두 채만 있었어요?) 예, 두 채밖에 없었어요. 우리 딱 사는 게 고 두 호밖에 아니 살았죠, 한국에서 들어와가지고. 그래가지고 일본 아들이 그 공산군 때문에 공산당 활동이 심하다 그래서 다 집단부락으로 몰아 여었지. 할 수 없이 우리도 집단부락으로 들어갔지. 쇄지골에서 한 10리 쯤 되는 덴데 거기도 훈춘은 훈춘이고.

　(해방되고 나서 군대 가시기 전까지는?) 고때 생각나는 거는, 해방되던 그해는 거, 일본 아들이 무조건 투항하니까, 그때만 해도 우리게는 어떻게 된거믄, 소문이 소련군대 비행기가 낮다맣게 떠가지고 삐라를 뿌려댔어요. 공중에서. 종이쪼가리에다 일어를 쓰고, 중국어를 쓰고, 조선 글을 썼거든. 조선 사람은 흰색 입성을 입으라는 기지. 한족은 검정 입성을 입고. 그래고 일본 놈은 인민들 속에 섞이지 말라고 했거든. 인민들 속에 들어가지 말라고 했다고. 일본 놈들 갈라져 있어라 했단 말이야. 그 삐라 떨어져 가지고서 이튿날에 우리는 그 다음에 흰 입성 입고 공개적으로 섰거든. 흰 입성 입고 있으면 산꼭대기에서 내려와도 일없고, 마을 복판에 집결해 있어도 일없다는 거지. 이래가지고 보니까는 또 막 이불보 또 뜯어서 막 흰 거 뒤집어쓰고 나서고 이랬단 말이야. 그랬는데 우리 토성 밖에 일본 놈들이, 막 그때 칠월달인데 옥시기 밭에 옥시기 한 길씩 됐지 뭐. 그리와서 갸들이 아마 한두 개 연대 거기 틀어백혀 있었을 기야. 그 뭐 비행기에서 그거 내려오는 거, 거 옥시기밭으로 들어간 거 봤단 말이야. 그리구 나니까 비행기가 폭격해서 뭐 일본 아들이 전멸해 버렸지 거기서. 그것들은 퇴각해 가느라고 가다 그만 비행기에 들켰단 말이야. 그래 그때만 해도 우리 거기는예 소련 댕기는 사람들이 많았습니다. 그래 소련에 가서 노어를 배워온 사람들이 있었거든요. 그래 이 사람들, 이 마을에도 이 그 다음에 아이들이고 자란이고 다 모아 앉혀놓고 설명해주지. 절대 소련군이 일없다고서. 그저 소련군이 오믄 "우라이"를 부르라는 게지. '우라이'가 만세란 말이야. "우라이 우라이" 하믄 제일 좋아한다는 게지, 기래고 소련 사람들이 그런데 와서 "야폰스키?" 하믄 말하지 말라는 게지, 대답하지 말라는 게지. 그래 뭐이라 하라 하는가? "그린체" 하라는 게지. '그린체'는

조선 사람이라는 게지. '야폰스키'는 일본 놈이라. 무사히 지내고, 그게 지나가다 토비 생겨가지고. 토비라는 게 무슨 걸로 구성됐는가 하니까, 지주 자본가들이 이 사람들하고, 일정 때 경찰하고, 일본군대 앞잡이 하던 놈들이, 그거 조직을 해서 말이지, 이놈들이 살판치지.

(일본의 앞잡이 하던 사람들이 토비가 됐어요?) 그게 다 토비 구성했지. 이래가지고 마을에 들어와서는 말이야. 양식이구 뭐고 일본 아들 물건 숨긴 거 다 가져 갔어, 이놈들이. 이래가지고 의용군들이 그 다음에 일차 상장해서 들어왔어. 중국이 역량이 부족하니까. 그때 북조선 의용군이라는 게 처음 들어왔어요. 이 중국까지 들어왔지요. 다. 노래도 있잖아요? "나가자 나가자 싸우러 나가자. 의용 깃발을 높이 치켜들고." 그 조선 의용군 군가래요. (조선 의용군이 만주에까지 왔군요.) 토비들을 막 이길려고 왔지요, 토비를 잡을라고 왔지. (그것이 몇 년도지요?) 46년일게야.

무슨 얘긴가 하게 되믄, 그전에 이 토비, 이 연변 일대에서는 토비 난시 크게 아니 겪었거든, 그런데 그 장춘만은 토비 난시 세게 겪었지. 거기서는 그래 인제 68년도에 장춘, 일본 아들이 여기 내려왔을 적에 그때 내 간부니까 그 가족 방문을 갔지. 그때 가니까 노인이 한 팔십 된 노인이 있거든. 그 집에서 가서, 그 아바이한테

"어찌 사셨소?"

그래니까, 야, 말을 말라고서리, 제멋대로 돌아당기매 어떤 사람들은 거진 다 죽었다는 게지, 토비한테. 조선족만 죽었지, 한족은 안 죽이고. 그래

"아바이는 어떻게 살았습니까?"

하니까. 그때 그 영감 한족 사람들 그 골독모자 있잖아요? 그 모자를 그냥 쓰고 있었대요. 이게 인제 생명이라는 게지.

"그건 어떻게 해 썼습니까?"

하니까, 유지 한족아바이가 자기 모자를 벗어 턱 줘 씌웠다는 게지. 한족이라

구서. 내 동생이라구서. 기래서 그 노친 살았지.

(또 생각나시는 거요.) 47년에 맏형이가 군대를 갔거든. 47년 초기에 군대를 갔습니다. 우리 맏형이가. 형님은 군대 가고 내하고 내 동생이 있으니까, 의지가 할 곳이 없단 말이야. 이래니까 구정부(區政府)에서 나를 통신원으로 데려갔지. 밀강구정부에서. 구정부라는 게 인민정부지. 지금 놓고 말하믄, 인민공사(人民公社)나 한가지지. 구정부 통신원질 하면서 하루 왕복 80리를 뛰었어. 한 짝 거리가 40리란 말이요. 돌아오면 80리 아니요? 매일 뛰어댕겨야 해요. 촌이가 많으니까. 촌이가 다 산골에 있고 해놓으니까. 교통도 없지 다 길로 걸어 댕겨야 돼요. 촌하고 구정부하고 왔다 갔다 하는 거지. (통신원이라는 건 지금으로 치면 우편배달부 같은 거예요?) 아니죠. 정부에 무슨 일이 있으믄 각 촌에 간부 있잖아요? 간부들을 무슨 회의를 오라 하거나 거기 급한 일이 생겼을 적에 어떻게 해라 하구서 통지 써주지. 그럼 내가 그거 배달해주지. 딱 정부네 것만 하지 난. 그 쪽지를 바지가랑이 안에 달아야 돼요. 총을 이 배때기 앞에다 딱 차구선 말이야. 그땐 토비들이 많으니까 토비들에게 그 쪽지 들어가면 아니 된단 말이야. (토비를 만나기도 하셨어요?) 난 한어를 잘하거든. 토비라는 거 대부분 다 한족이지. 조선 사람이 극히 소하지. 그래 한족 사람이

"쓰마, 쓰마."

하고 그놈새끼들이 그저 지나가 뻐리지 뭐. (한족들 중에서는 어떤 사람들이 토비가 되지요?) 자본가들. 지주. 부농. 농군을 많이 두고 살던 사람들이지.

어느 날은 저녁에 떡 들어오니까,

"아, 이제 오는가?"

이제 온다, 그러니까,

"야, 반가운 소식이 왔다. 너 형에게서 편지 왔다."

그때 편지 온 게 산해관전투란 말이예요. 전투장으로 나가며 편질 썼단 말이야. 그 자리에서 편지를 보구 나를 대신해 편지를 일차 써서 부쳤는데, 나는 글을 잘 못 쓰니까, 편지를 못 받았길래 회답이 없었지. 그래 그 전투가 끝난 다음에

아마 소식이 있겠거니 있겠거니 하니 소식이 없단 말이야. 그 다음에 함경도
가 가지구서 50년도부터 열 몇 번을 군대 사업을 했어 내. 구정부에서. 그랬는데
구정부가 현장에서 군대를 보내야 가지, 아니 간단 말이야. 그래 열 몇 번 군대
사업을 하게 되니까 그 다음에 구정부에서도 그렇고 현정부에서도 그렇고,

　"그럼 네 가라."

　이래놓으니까, 그런 통지를 하니까, 할 일은 있다 해서 함경도 시작했는데
열 몇 번을 자발해서 많이 보내더니 마지막엔 나를 이제 보내더구만. 그 함경도
로. 구정부에서 현정부하고 짜고,

　"전선 보내지 말라."

　그랬겠지. 기래 못나갔지. 싸움판에 못 나갔지. (형님이 전투하다 돌아가셨으니
까 그 동생은 전투에 내보내지 않는 거군요.)

　(군대 계실 때 계급은 뭐셨어요?) 계급은 내가 반장까지 했어요. 패장 곰방 아
래. 여기서 놓고 말하믄 소대장 곰방 아래. 열네 명 정도를 이끌었지. (군대에서
겪으신 큰 사고는?) 군대 안에서 큰 사고는 없었습니다. (그 군대가 거진 한족들이
었겠죠?) 맨 처음에는 다 조선 사람이었어. 어느 때부터 한족이 섞였는가 하게
되면, 55년도 보충병력이 나가면서 한족이 섞였지. 그전에는 몽땅 조선족이지
뭐. (몽땅 조선족이라는 것이 한 개 투안급인가요? 한 개 련?) 한 개 관이가. (한
3,000명 됩니까?) 3,000명이 넘지. (3,000명이 넘어도 조선족으로 구성되었어요?)
몽땅 조선 사람이지. 그때는.

　(군부대가 백두산에 있을 때는 무슨 일을 하셨어요?) 백두산에서는 그 한창 조선
전쟁 시기니까 그때, 놓고 말하면 듣기 좋아 안 하겠소마는, 이승만 있을 적에
그 특무대를 많이 파견했지요. 아마 한국에선 그 역사를 알겠는데, 백두산에 그
한국이 특무대로 파견한 게 스물일곱 명이었어요. 스물일곱 명이 비행기를 한국
에서 타고 와가지고서예, 비행기가 특무대를 백두산에다 떨구어 놓았습니다. 특
무대 스물일곱 명이 낙하산을 막 타고 내려왔지요. 이 사람들이 52년도에 체포
됐습니다. 그런데 이거 발견 어디서 했는가 하면, 그 뭐야 호림 웅덩이 그 웅덩이를

볼일이 있어서 넘어갔다가, 백두산 넘어 오다가서 봤단 말이야. 겨울인데 무슨 끄숙한 자리 있으니까 거 쫓아 들어가니까, 괴뢰군이가 말이야 거기서 무얼 캐는 거 발견했거든. 이래서 그거 보고받은 다음에 그 다음에 우린 또 투안에다 보고 했단 말이야. 투안에서는 어디다 보고를 했는가 하면 중앙에다 보고를 하고. 기래 세 개 연이 거기 포위했단 말이야. 사지사방으로 흩어져 가지고. 거 발견했거 든. 그래 쫓아 들어가니까 놈들이 굴로 뛰어 들어가고, 총을 쏜 게 맞아 뒤에 빠뜨리고 막 들어갔단 말이야. 그래 그거 몽땅, 부대를 세 개 연이가 포위를 해가 지고서 나오라고 소리치니까 그 안에서 나오는 게 딱 세 사람입니다. 사람이 들어온 게 스물일곱이 들어왔는데, 나중에 조사를 하니까 스물일곱이 들어왔는 데 나오는 게 딱 세 사람입니다. 이 사람들 다 대낮에 정찰하러 나갔지 뭐. 지역 을 조사를 하러 나갔지. 나머지는. 그 안에 무슨 게 또 있는가 하면 육십 넘어먹 은 노인이 있어요. 그래 그 노인에게 물으니까, 어떻게 돼서 노인이 여기로 왔는 가 하니까, 이 노인은 서울 시내에서요 친구 집에 놀러갔다가서리 아홉시 전에 지 집으로 돌아가야 하는데 아홉시가 넘어서 돌아가느라고 그 길로 걸어가는데 한국 군대가 말이야 그 노인을 즉각 붙들어 비행기에다 실었단 말이야. 그래 노인이 여기 와서 뭐하느냐고 물으니까 식모질 했대. 밥을 한단 말이야. 거기 들어와서 밥하는 할아버지질 했죠. 아 그러니까 이 할아버지는 아무런 잘못도 없이 아홉시 넘어서 집에 돌아가다가 붙잡혀 가지고 그길로 백두산에 떨어졌으 니 허망하지 뭐. 그래 거기 그 전보 친 사람이 몇 살인가 하면 열아홉 살이야. 나이 참 어려요, 이 아이가. 야 나도 예전에 전문기관 이런 핵교를 댕기다가서 별안간에 군대에 와서 보니 이런 데라는 기지. 그래 핵교에서도 전보 치는 기술 이가 제일 좋았다는 기야. 그 열아홉 살 먹은 아가. 그러니 떨어지고 보니 이런 산골인데 그저 하라는 대로만 하겠다고 뭐 걔가 그러거든. 그래 다 이렇게 사람 들 어디 갔느냐? 그전에 밖에 거기 와 있는 사람은 또 오 대장이라. 이름은 뭐인 지 몰라. 오가, 성은 오가란 말이야. 오 대장이라고 미국 장교가 거기 하나 있고, 미군이 그 안에. 그래 그 다음에 거 출격해서 다 붙들고, 막 하매, 북조선까지

간 사람이라고 붙들어 왔는데. 그거 다 붙들어 온 다음에, 여하튼 또 비행기가
하나 띄워야 되겠거든, 그래 그 전보치는 아한테 물어봤지.

"비행기 들어오는 데 몇 시간 걸리는가?"

하니까, 사십 분이면 들어온다는 기지. 한국에서 천지까지. 그래,

"사십 분이면 들어오는데, 그 암호는 어떤 거인가?"

하니까, 불을 다섯 군데 피운다고. 네 군데 피우고 복판에다 큰 불을 피운다
는 게지. 그래,

"오 대장이가 말이야, 동상을 입었다고 하구서 빨리 비행기를 들어오라 그래
라."

하구서,

"빨리 신호를 내보내라."

그러니까 거기서 비행기 들어왔단 말이야. 정말 얕게 뜨지 뭐. 점점 낮게 그
갈나무숲까지 거의 내려왔다가 갈 적에 붉은 수류탄을 세 개 던지니 비행기가
올라가지 못하고 맞아 떨어졌지. 비행기는 떨어지고, 비행사는 죽고, 거기 또
무슨 기 앉아 왔는가 하니까, 미국 상교가 앉아 왔단 말이야. 상교는 낙하산 타고
내렸단 말이야. 붙잡았지.

항일을 한 게 이게 중국군대래요. 이 해방군이래요. 항일은 그때 해방군이가
뭐하고 싸웠는가 하믄, 장개석도 일본 아들하고 싸움하겠다고 했는데, 이걸로
싸움 안 해 그것들이 두고 받들어 줬단 말이야. 장개석은. (장개석은 일본군을
받들어 줬다구요?) 그래, 그니까 중국공산당 모택동이 밑에 있는 군대들이 일본
군대를 전부 쳤지요. 이 일본이가 망하면 2차 세계대전이 무조건 투항이 되니까
야들이 밀려갔거든예. 그니까 모택동이 그랬거든, 어째서나 우리 다 같은 중국
사람이니까 공동하고 살기 위해 우리 담판으로 해결하자 했거든. 그래 이 담판해
서 화평하자 했는데, 한 짝은 계속 전쟁한단 말이야. 이래서 모택동이 불쌍한
사람들을 살리기 위해서 군대를, 항일 의용군을 그래가지고 장개석을 치기 시작

했지. 그때 초기만 해도 해방군이라는 게 백만에서 크게 넘어가지 않았어요. 장개석 군대는 팔백만이래요. 백만 군대가 팔백만 군대를 이겼으니까. 이쪽에 해방군은 총도 없고 철도 없고 한 거 누구말마따나 장개석이꺼 앗아 빼다가선 그거 죽이고 그 총 주워서 그걸로 싸움하고, 이래서 이 중국혁명은 성공한 겝니다. 그 일반적으로예 우리 이 중국은 이런 산골이 이렇지만예, 몇십 배로 발전했습니다. 이 정도믄. 아 대만 아들도 와서 보곤 중국이 사실 이렇게 발전 빠른 거 몰랐다는 게지. 대만의 인민들도 이제는 승인해요. 그래니까 이번에도 그 사람들 왔다 가는 것도 어째서나 대만하고 우리 대륙하고 화평적으로 문제를 해결하자는 게지. 그래니까 한 개 나라 두 개 제도가 일없다는 게지. 그런 식이지 뭐. 중국을 그렇게 들어와가지고서도 이 사람들이 팔 거 참 뭐 많지 뭐. 이제 조선도 장차로 남북이 통일이 되면 야 얼매나 좋아요 거. 여기에 가믄 조선 사람들도 좀 조선도 마음대로 구경하고, 제 고향도 가보고, 통일 못하믄 그 가지도 못하고 오지도 못하고 여 이거.

한국도 통일을 해야 합니다. 우리 생각에는, 내 생각에는 잘 토론해서 연합하면 되거든. 서로예 내 잘했니 네 못 했니 이러면, 이게 조선 사람이 이런 싸움이 많습니다. 역사 내려오는 거 보게 되면. 그래니까 이게 한 개에 두 개 나란데 두 개 나라 원수들이 협상적으로 토론하고 양보할 건 양보하고 다 단합하면, 서로 친인척끼리 왕래하면 얼매나 좋아요. 안 그래요? 거 무슨 쓸데없는 전쟁 무기 자꾸 사들이고 각자가 서로 죽일라면, 무슨 철천지 원수 돼서 죽일라고 하겠어요? 어쨌든 우리 죽기 전에는 남북이 통일이 될 것 같지 않아요. 되겠어요? 마 죽은 다음에 혼이나 내 고향에 가보겠는데.

(두 분이 결혼하실 때 얘기 좀 해주세요.) 그거는 내 여기 군대에서 제대해서 57년에 왔거든요. 58년에 우리 결혼했어요. 스물여섯 살에, 저기가 스물둘이구. 내 일가친척이 없으니까, 이웃이 친척이었어요. 내 동네 그 어머이가 소개를 해가지고서 한번 턱 보니까 쓸 만하데, 기래서 뭐 서로 좋다고 하니까 그 다음에 결혼식을 했지요. 그게 뭐 딴 게 있어요. 사진 보소 젊었을 때는 내가 더 잘났지

않은가요? (그러네요. 이 때가 어디 계실 때예요? 결혼하실 때) 여기 있었어요. 이 동네에. (식은 어디서 하셨어요?) 집에서 했어요. (구식으로 하셨어요?) '노리'라는 게 있었어요. 그거 쓰고 결혼식 했지요, 뭐. 머리에 쓰는 게 있잖아요? 여자들이. 그 한국에서는 뭐 족두리라 하는지 뭐라 하는지. (신랑 사모관대는?) 없구. (기러기는?) 우리 할 때는 없고, 우리 먼저 그 선배들 할 적에는 기러기 밀었어요. (홀기 부르는 거는요?) 그런 건 없고. 기러기 밀거나 남자들 관을 쓰거나 이런 법은 없고, 여자들이 그저 족두리만 쓰고 맞절하고. 여기서 갈 적에 얘기하믄, 내 사위 아니요? 저 사람들에 가거든. 가시집 가서 내가 큰상을 받거든, 내가 가서. 가서 큰상 받고 가시아버이, 가시어머이께 다 인사를 하고, 그 다음에 각시를 데리고 가매에 타고 올라온단 말이야. 가매라는 게 수레를 타고 왔거든, 그때는. 그래 내 집에 와 가지고 또 상을 차려서, 거기 뭐 우시사위요 대방사위요 그게 다 있지 뭐. (전통적인 혼례대로 하면 그 신랑이 신부집에서 유숙을 해야 하는 건데) 옛날에는 석 달을 묵어야 돼요. 일 년, 석 달을 묵어야 됐어. 짧은 게 석 달이요. (그렇게 석 달 묵는 걸 보셨어요?) 못 봤소. 그런 거 난 못 봤소. 그때는 고대 때고. 석 달 가 있는 건 고대 때. 그게야 옛날에 놓구 말하믄 뭐인가 하믄, 데릴사위나 한가지지. 가게 되면 꼭 그 집 가서 먹고 자고 일하고. 그때 그 영이 마음에 들어야 그 집에서 딸을 준단 말이야. 그러믄 데릴사위지. 2년씩 있고 3년씩 있는 게 다 결국 데릴사위지. (해방 전에는 어떠했나요?) 해방 전에는 우리 누나뻘들이 시집갈 때 가매 타고 자기 집에서 가시집에 가마 메고 온단 말이야. 메고 와서 그 사위재가 그 대장함이랑, 지금 대장함이라 하잖아요? (예, 함에다 그 물건 넣어가지고.) 물건 여어 가지고 꼭 방문에 가 디리 바쳐야 이래야 돼. 무릎 꿇고 바쳐야 돼, 그것도. 옛날에는 아 정말 복잡하고. 그건 기래고 방문을 열어 놓고, 방문 밖에다가서 이런 짚을 피고 기러기를 들이밀어야 돼요. 한 쌍을. 그게 자빠지면 정말 큰 망신이여. 그래 방문에 도착한 다음에는 가시집에서 그 즉각 받아 들여간단 말이야. 그 기러기를. 기러기는, 우리 기러기 잡아 봤는데, 암컷을 잡으면 수컷이 부락에서 떠나 아니 가. 그 부락 주위에서 떠나 아니 가.

그게 천상 다른 짝을 얻는 법이 없어. 어디 가 죽지 뭐 그건. 그러니까네 그 기러기 밀으면 정이 깊으라는 거지. 이런 뜻이 있어야 된다는 거지. 마당 앞에다가 자리 다 편 다음에 그 우시꾼이 턱 내 놓으믄 사위재가, 서방 가는 사람이 그 기러기를 무릎 꿇고 들이밀지 뭐, 그리구 또 동미들, 장난꾸러기들은 무슨 짓을 하는가 하니까, 밑에다 짚 펼 적에, 좀 한 짝에는 높으게 편단 말이야. 넘어지게. 그 장난이란 말이야. 그래 똑똑한 놈은 미리 다 알지. 어쨌든 방문에까지 그 기러기 자빠지지 말아야 되지. 자빠지면 실례란 말이야. (대장함에는 어떤 거 가지고 가셨어요?) 내 갈 적에는 그저 입성들 더러 여코여. 여자, 부녀자 옷이지. 그래고 옷을 다 연 다음에는 옛날 법에는야 청실홍실이라는 거 펴, 그 위에다가. 그래고 돈도 여. 잘사는 사람들은. (할아버지는 얼마 넣으셨어요?) 그때 10원이었던가? 그때 10원이면 지끔 하면 100원 넘어갈기야. 그전에 서방을 하게 되면, 남자 한 절반 죽어야 돼요. (신랑 발바닥을 치는 거 있었어요?) 발바닥을 치는 것도 있구. 만약에 남자 집에서 그날 저녁에 잘 아니 내놓으면, 먹을 거 내 아니 놓게 되믄 달아맸어. 장난이 심하지 뭐.

(문화혁명 때는 어디 계셨어요?) 여기 있었어요. (그땐 여기 사정이 어땠어요?) 그저 씁쓸했어요. 흐린말해서 모르는 사람들은 모택동이 지시를 해서 그렇게 했다고 하지만, 지시는 모주석이 한 게 아니라 임표가 했지. 4인방이 그랬지. 그때 중앙내부에 강청이 있잖아요? 전국을 내전을 벌려 놨단 말이야. 문화대혁명 말에 인민이 인민을 치게 만들었단 말이야. 군대도, 군대 내부에서도 말이야, 군관들을 막 쫓아 패고, 막 투쟁하듯이 말이야. 이렇게 혼란하게 굴었지. 결국 임표 그 4인방들이 문화혁명 몽탕이로 만들었지. 이걸 우리 어째 잘 아는가 하믄 군대에서 정치 문건을 대략 배우지 뭐. 그래 현실 거 어떻게 돌아가는 거, 우리 다 짐작하지. 문화혁명이가 모르는 사람은 모택동이 문화혁명 이룬 게 잘못이라고 하지만은, 사실은 그런 것이 아니지요.

(일생 동안 지내면서 제일 기뻤던 때는?) 제일 기쁜 게 내 일생에서 가정을 일궜을 때 제일 기뻤어요. 일가친척이 없는데 내 외몸뚱이 가정을 일궜으니까, 내

집이라는 게 있으니까 그 이상 더 기쁜 일이 어디 있겠어요?

(제일 고통스러웠을 때는?) 제일 고통스러울 때는 가정이 없고요 내 홀로 나가 돌아 댕길 때믄 외롭기 땜에 제일 고통스럽지. 일가친척이 없지, 기게 제일 고통스럽지.

(제일 존경하는 분은?) 제일 존경하고 싶은 거는 중국 공산당입니다. 나는 산 것도 공산당 때문에 여태까지 산 기고, 지금도 공산당이 도와주어 삽니다. 집도 사주고 매달 그래도 소비료도 좀 주고. 늙었다니까 계속 방문도 해주지. 이러니까 이 이상 기쁜 게 없죠.

(일생 동안 살아오시면서 내가 그때 제일 잘못했다고 생각하시는 게 혹시 있는지?) 내는 이때까지 크게 잘못한 건 없어요. 원래 우리 황씨네 집안이가예, 남과 천상 싫은 소리 안 해요. 악한 짓을 안 해고. 옳으면 옳다고 말해주고 틀리면 틀렸다 이럴 뿐이지. 누구하고 걸고 싸움하거나 다투거나 우린 이런 성질은 없어요.

(앞으로 꼭 하시고 싶은 일은?) 이제 칠십이 넘은 게 하고 싶은 일이 뭐 있겠어요. 사람이예 제 복을 모르면 아니 돼요. 나도 잘살아 보겠다고 산에 가서 삼 자리를 봤었어요. 산삼. 계속 댕기다가서 산삼을 만났어요. 산삼을 몇 뿌리 캐서예, 한 뿌리를 팔아먹고 세 뿌리는 가지고 있다가서 내 한 뿌리 담가먹고 두 뿌리는 친구들이 달라니까 줘 뻐리고. 이래서 이듬해에 또 삼질 갔는데, 오늘처럼 이렇게 흐린 날씨에 눈이 왔어요. 눈 부실부실 내린단 말이야. 저녁땐데. 산 깊은 데 들어갔는데 집이 멀단 말이야. 그때 한 50살 쯤 됐는데, 아 근데 그게 11월 딱 20일날이래요 그게. 11월 20일날에 이러다 피뜩 본 긴데 산삼대란 말이야. 네 뿌리 한 군데 깊숙이 가지런히 있단 말이야. 그때꺼진 산에는 검불이 많길래 땅이 아니 언단 말이야. 그래 홀홀 파봤지. 파보니까 몽땅 쇠퇴했단 말이지. 백삼이라는 게예요 그게. 백뿌리. 하얀 삼. 그런데 그때 나는 백삼인건 모른단 말이야. 나이 그렇게 먹었어도. 그 홀홀 묻어 놓구서,

"아 이거 몇 년 후 싹이 올라오는 거 보자."

몇 년 후에 캐겠다구서 말이야. 그래 마음먹구서 내려왔거든. 늦어 내려왔지.

그래 집에 와서 저녁 먹고 댄스를 턱 보는데, 댄스 거 보니까 백삼이 나온단 말이야. 아뿔싸 하고 무릎을 탁 치니까 우리 막내아들이

"아버지 어떻게 했는디?"

"야 저거 내 오늘 캐는 거 내 몰라서 못 캤다. 야, 이거 밤이 눈이 오니까 저거 이제 못 캔다."

그날 밤에 눈이 이리 깊이 왔단 말이야. 그래니까 그해 못 캐고 이듬해에 캐겠다고. 이때까지 못 찾았어요. 그래니까 내 복이 아니란 말이지.

(다른 지역 사람들과 비교할 때 강원도 사람의 좋은 점이 뭐라고 생각하세요?) 여기 사람들이 나를 평가하는 게 이렇게 꼿꼿하기도 하고 진투라고 합니다. 진투, 진심이란 말이지. 저 영감 정말 진심이라구 하지. 저 영감쟁이 원래 거 싫은 소리 아니하고 남의 꺼 득을 보자고 애를 쓰는 사람이 아니고 난 곤란하다믄 그 도와주고 싶어하지. 난 항상.

(화장하는 거하고 매장하는 거하고 어느 게 더 좋으세요?) 난 화장 꾕장히 반댑니다. 옛말 있잖아요? 사람이 생전에 흙을 파먹고, 흙이가 사람을 먹는 게라고. 화장하게 되믄, 그 화장해가지고 날아가 버리믄 아무 흔적도 없어요. 아니 그래요? 조선 사람이 뭔 일을 하든지, 자식 됬다가서,

"야, 여기 내 아버지 산소다."

가꿀 의무가 있고요. 안 그래요? 그 일본 놈들이 옛날에 화장했지. 조선 사람이 고대에 화장한 게 있어요? 없어요. 조선 사람 법은 화장법이 없지요. 그 내 그래요.

"너 이놈새끼, 내 죽은 다음에 화장해 봐라. 밤마다 다 박살을 내뻐린다."

고서리.

(지금 제사는 지내세요?) 제사를 안 지냈어요. 이전에는 내 군대에 가 객지에 돌아당기고, 우리 다 독신일 때니까 안에 사람들 하나도 없지. 남의 집에서 사는 게 언제 제사를 지낼 새 있어요? 엄마 아버지 산소는 다 훈춘에 있어요. (거기에 성묘 가고 그러세요?) 못 가요. 거기도. 내 여기서 군대에 갔다 와 가지고, 57년에

돌아와 가지고서, 57년 겨울에 갔다 왔어요. 그때만 해도 교통이가 불편할 때여. 그 전부 걸어다닐 때. 걸어서 토문까지 가서 토문에서 훈춘 나가는 버스를 타. 엄청 시간 걸리지.

(여기 사시면서 한족하고 무슨 갈등이 있는지요?) 그런 일 없어요. 이 주변에 한족들이고예, 저 낭골에 한족들이고예, 내만 보믄예, 어린 사람들은 나를 보면 형님이라고 하고예, 내 또 그 사람들 잘 존중해주고예. 이 저 젊은 사람들이, 한족 아들이 많이 왔지만,

"아지바이 어디 가십니까?"

"어딜 갑니까? 아지바이."

이러지요. 내하고 이렇게 갈등지어서, "저 영감쟁이 저 몹쓸 영감이다." 이렇게 하는 사람이 하나도 없어요.

(조선족끼리의 갈등은?) 조선 사람들끼리도 갈등이 없어요, 우리. 이날까지. 우리 아버지가 하신 말씀이 있었어예.

"인생에 살아서 남과 악한 짓도 하지 말고 남과 싸움도 하지 말고 남과 싫은 소리도 하지 말아라. 이래야 사람이 양반 노릇을 한다."

옛날에 양반은 양반 같지 않았어요? 그래 또 울 아버지 반대하는 게 쌍놈이라고 남을 없이 보지 말라는 게지. 못사는 사람을 없이 보지 말고 있는 힘껏 도와주라는 거지. 이게 사람의 원천이라는 게지.

(한국 사람의 결점이 뭐라고 생각하세요?) 우리 한국 사람의 결점, 우리 같이 그렇게 놀아 못 봐서예 모르겠어요. 내 그 사위들이, 한국 사람들이 세 사람이 왔다 갔지만, 뭐 참 싹싹하고 똑똑해요. 그래 그저 옛날얘기하고 세월 형편 서로 물어보고 그저 그랬지요.

(남한과 북한의 정치에 대해서는 어떻게 생각하시는지?) 그저 우리 심정은 남북이 서로 빨리 통일하는 기 우리 희망이고. 나도 군대에 가서 알았는데, 김일성이가 일본 아들을 한꺼번에 얼마 죽였는가 하니까 500명 무덤이 있어요. 그래 우리 그거 보고 김일성이에게 탄복을 했어요. 우리 조선 사람에게 제일 악독하게

군 거는 일본놈들이란 말이지. 아니 그래요? 이 새끼들은 말이야, 한국이나 중국을 침략해서 그렇게 아주 독한 짓을 했지만은, 지금도 야들이 자기네가 원조를 해줬다고 하지. 안 그래요? 개들이 교과서도 뜯어고치지 않았어요? 이래니까 중국에서도 항의를 하고 한국에서도 항의를 하고. 이거 우리 전적으로 환영하지. 또 미군이 지금 한국에 주둔해 있는 것두, 그거 나쁜 놈들이야. 미국이 나쁘다고 하지, 한국이 나쁘다는 소리는 안 합니다. 안 그래요? 그놈들 결국은 조선에 침략을 해와 있는 거지, 그게.

정말 하루 급히 통일이 됐으면 하는 생각이고예, 박 대통령도 그랬거니와 김대중 대통령도예 수고가 많았고 이번에 노무현도예 계속 평화통일 할 거 주장을 한다고 하드만. 원래 그 조선이 일본 아들이 침략해 가 삼십여 년인데 일본 아들이 암만 좋다, 좋다 해도 이게 원수의 칼이란 말입니다. 아니 그래요? 미국도 그렇지, 미국이 조선을, 지금 군대 주는 목적을 알아요? 그게 중국을 엿보고 들어온 겝니다. 남북조선을 뭐 다 통일한, 저 손아귀에 연 다음은 중국을 먹기 위한 발판입니다. 이게. 항미원조라는 것도예, 모택동이가 항미원조(抗美援朝) 보가위국(保家爲國)이라 했거든. 항미원조해 놔야 우리나라를 보호할 수 있다는 게지.

(퇴휴금 받고 계세요?) 퇴휴금인 게 아니라 생활비로 보조금 받아요. (얼마 받으세요?) 한 달에 한 300위안 평균 돼요. (군대생활을 하셨기 때문에 받는 거예요?) 그런 거지요. (300위안 가지고 충분히 살아가세요?) 그래요. 딸들이 조금씩 부쳐주고 그러믄 그저 이대로 생활하죠. (명절은 어떻게 보내세요?) 명절에는 국가에서예 음력설마다가 그 밀가루요 고기요 돈이요 갖다 줍니다. 음력설 쇠요. 음력설부터 보름까지 계속 쇠요. (추석은 어떻게 하세요?) 추석에는 여기서 산소를 다 가요. 나도 여기 동생 산소를 해마다 가요. 요 근처에 있어요. 그 자식들이 여기 하나도 없지. 해놓으니까, 내 댕기고.

(젊은 사람들한테 꼭 하시고 싶은 말씀은?) 지금 젊은 사람들이 여기서 우리 촌에 실제 보게 되믄예, 중국에서 일하기 싫어합니다. 다 한국에 나가 벌겠다구서. 이래서 한국 수속한다구서 돈 몇만 원씩 잡혀 떠난 사람들이 많습니다. 이래서

알뚱 거지가 되거나, 못살아서 헤매는 사람들이 많습니다. 이게 제일 안타까운 게고. 지금 정부에서도 이거에 대해서 세게 연구한단 말입니다. 심지어 여기서 십 몇만 원씩 당한 사람도 많습니다. 십 몇만 원. 농촌에서 어디서 그렇게 벌겠소? 농사를 지어선 그렇게 못 번단 말이야. 이래서 나가지 못한 사람들이 많고, 또 나갔다 온 사람들이 또 헤프고. 돈 많이 벌어가지고 왔다고 해서 시내 가서 집 턱 사놓고 뭐 아무 일도 안 해고, 그 돈 다 부려먹으믄 또 벌라 나간다 말이야. 이게 내 일해서 악을 쓰고 번 돈이니까, 아깝게 이래고, 무슨 기업을 꾸리거나 장가를 꾸려서이 계속 그 돈 울궈썼음 좋겠는데 돈을 울굴 줄은 모르고, 쓸 줄은 알고 말이야. 이게 젊은이들께 제일 내 안타까운 게. 그래니까 내 아들이나 남의 아들이나, 내 자식이나 남의 자식이나 다 한가지라는 거지 난.

(재미있는 옛날이야기 하나 해 주세요. 예부터 전해오는 이야기.) 훈춘에서 어떤 산모가 아를 하나 낳았는데, 남자애래요. 저 며칠 후에, 옛날에는 구차하니까 밭에 나가 일하고 들어오기란 말이야. 아이가 없어졌거든. 암만 찾아도 없단 말이야. 그래 그 아이가 어디매 올라가 있는가. 등대. 그전에는 그 등대를 매고 물건을 얹었지. 그 등대에 올라 떡 앉아 있단 말이야. 야 어떻게 돼 거기에 올라가 있는가 하구서, 그 말을 할 줄 모르니까 쪼마난 아이니까, 별일이라고 말이야. 그래고 말이야 그 옛날에 구차하니까, 뭐 뺏겨서, 먹을 것도 없었겠지. 그랬는데 이놈이 딴 아이마냥 밥 먼저 먹었단 말이야. 아이가 젖을 먹일 때 밥 먹거든. 아무 때나 등대에 올라가서 밥을 퍼먹고 말이야. 밥이 자꾸만 없어진단 말이야. 그래 아이는 그래도 제 나그네하고는 그 소리 못했단 말이야. 이게 별일이라구서 속으로 끙끙 앓다가서 마지못해서 나그네하고 말했지. 요거요거 우리 집 아가 참 별일이라구서. 밥이 계속 요새 축이 난다고 영감 있다가서 밥이 뭐 축이 나겠는가 하구서 말이야. 우리가 먹어 없어졌겠지 기랬는데, 그래 영감이 들어보니까 그 아이가 그저 일이 아니거든. 그때가 아이 그 사다리 했는데 들어 봤대. 이 사다리 핸거 낡았단 말이야. 야 이게 야 이렇게 놔두다가는 큰일 친다구선, 옛날로 얘기를 하게 되면 그 뭐 역적이 된다든가 무스게 된다 하든가. 야를 지져

버리라구서 말이야. 둘이서 지져 버렸대요. 그 얘기를 하나 듣고.

(아기가 죽은 다음에 용마가 났다는 얘기는 못 들어 보셨어요?) 그런 얘기는 못 들어 봤어요. 그 후에는 그 소리 다시 못 들었어요. (그게 중국에 그런 얘기가 있는 건지, 조선 사람들이 와서 얘기한 건지?) 그땐 조선 사람도 없고 중국에서 난 얘기래요. 중국에서 나온 얘기래요. (누구한테 들으셨습니까?) 그거는 내 구정부 통신원질 할 적에 들었지. 그때 어느 구정부 간부가 그 얘기를 했어. 그 용기를 지지는데 그 후에 아이가 죽었다는 데꺼지 들었어. 그때 조선하고 내통이 없을 땐데, 그게 그 사람들이라는 게 간부질하는 사람이 그저 서른 한 대여섯이 됐습니다.

(재미있는 얘기네요. 또 다른 얘기 해 주세요.) 그 춘주에 그 방류천 나가는데 경신향이라고 있어요. 거길 가니까 어떤 유래가 있는가 하믄, 산 밑에서부터 물도랑이 찬 게 아흔아홉 굽이가 생겼어요. 그랬는데 우리도 거기 가 군대에 가 있으면서 그 소리도 곧이 아니 들었어요. 거기 물이가 넓진 않았는데 보통 한 키 돼요. 그 물이가. 그랬는데 거기 그때 우리 갔을 적에 80이 넘은 영감이 그 옛말을 하는데, 하루 밤 그 하루 낮에 포수가 자는데 대낮에 포수가 자는데 흑룡하고 백룡이가 싸움을 하는데 둘이 싸움하는데 백룡이가 이 포수더러 빨리 나와서 말이야 활을 쏘든지 그렇지 않으믄 소리치든지 이래야 내가 살 수 있으니까 말이야. 빨리 어떻게 응원해 달라고서 말이야. 자다 깨 보니까 꿈이란 말이야. 그래 영감이 처음엔 안 일어났지. 또 잠들었다. 또 그런 꿈이 온단 말이야. 그래 두 별일이다 하구 또 누워 잤지. 세 번이 연거푸 꿈에 나오니까, 포수 턱 나가보니까 정말 흑룡하고 백룡이가 싸움을 한단 말이야. 한데 공중에서. 그래 그 백룡이 시키는 대로 소리쳤단 말이야. 이 영감 높이 소리치니까 흑룡이가 삐뚝 내려다보는 새로 백룡이가 흑룡을 물어재껴서 막 떨어지는데, 흑룡이가 떨어지면서 저으며 나간 게 아흔아홉 굽이가 됐거든.

"에이 아바이, 그게 어찌 아흔아홉 굽이가 되겠습니까?"

"아 이 사람아, 고대로 있겠으니 초안 타고 내려가 보게"

그래 초안 타구서 구경했습니다. 정말 딱 아흔아홉 굽이지. 그 밑 길은예,

딴 데 흙으는 다 토흙이지만예, 이렇게 보아도 그랬는데, 그 밑에 강 밑에 땅을
디디지 못해요. 반들반들하지 뭐. 그때 우리가 있을 때만 해도, 사람이 서른 자빠
지고 서른 자빠지고 그랬지. 그게 뭐인가? 그게 용 피라는 게지, 용 피가 까라앉
아서 형성된 게 돼서 그렇게 반들반들하다는 게지. 그 옛말하는 게, 그 용이가
떨어지며, 이게 백 굽이만 됐으믄 여기 참대가 선다는 게지. 참대가 난다는 기지.
그런데 아흔아홉 굽이가 됐길래 참대가 나지 않구 아무것도 없다는 게지.

3. 원성희 구술록

구술자: 원성희(元聖熙). 남. 1941년 출생(구술 당시 만 65세). 본관은 원주

조사자: 전신재

조사지: 흑룡강성 목단강시 금정호텔

조사일: 2006년 10월 23일(월요일)

(할아버님의 성함은?) 원세준(元世俊)입니다. (혹시 태어나신 해를 기억하세요?) 그건 기억 못 합니다. 대략 계산해 가지고서는 1880년이나 78년도나 그저 그렇게 된 걸로 기억합니다. (돌아가신 해는 기억하시구요?) 그러니까 내가 낳기 전에 돌아가셨습니다. (아버님한테 들으신 대로만 말씀해 주세요. 할아버지가 어떤 분이셨다는 걸.) 우리 할아버지는 모두 사형제입니다. 그런데 우리 할아버지가 세준이고 둘째 할아버지가 석준이고 그 다음에 셋째 할아버지가 덕준이고 넷째 할아버지가 기준이고 그렇습니다.

그런데 우리 할아버지는, 우리 옛날 고향이 어딘가 하게 되면 함경남도 안변군 문산면 문산리. 광복이 되면서 안변군을 강원도에다가 붙여놨죠. 옛날에는 우리가 함경남도라고 했는데, 후에 와서 강원도로 우리 고향이 서게 됐다…. (네.)

그런데 내가 지금 들은 이야기에 하게 되면, 우리 아버지도 잘 모릅니다. 우리

아버지도 할아버지에 관해서. 그런데 할아버지가 어느 때 중국에 나오셨는가 하게 되면 을사조약 후, 그러니까 1905년 후에 나왔는데 나와서 이 만주 일대에서 혼자 계시다가 1915년 저 후에 가정을 만들어서 옮겨왔죠. 듣는 얘기에 의하게 되면 홍범도(洪範圖)가 이 저 함경도하고 강원도하고 이 일대에 와서 항일투쟁할 때 거기에 참가했다고 그래요. 이러다가 그 다음에는 조선에서 의병활동을 진행할 수 없으니까 그때 일본 군대가 많이 들어오고 그 다음에는 일본 아들이 초토병법을 썼단 말입니다. (네.)

예를 들면 하나하나 뒤집으면서 하다 하니까 그때 의병군들이 거기서 항일운동을 하지 못 하게 하니까 그 다음 만주로 밀려 왔지요. 이럴 때 건너온 것으로 생각됩니다. (네.) 그래서는 듣자니까, 에 이 저 홍범도가 꾸린 이런 사관학교에서 일 좀 봤던 모양이에요. 그러다가 1915년 저 위에 집을 이사해 왔는데 지금 말하게 되면 도문에 명월구라는 곳에 집이 와 있었던 모양이에요.

그러면서 에 거기에 와서 일 년 만에, 일 년인지 이 년 만에 누굴 갖는가 하게 되면 우리 고모를 낳고 그 다음에는 1920년에 와서 우리 아버지를 낳고 실지로 이렇게 에 이러다니까 우리 아버지도 다 중국 출생입니다.

그래, 거기에서 뭐 듣는 얘기에 의하게 되면 우리 둘째 할아버지가 홍범도하고 같이 무슨 봉오동전투에도 참가했드랬고 청산리전투에도 참가하게 됐고 이래서는 어딜 따라 갔는가 하게 되면 홍범도를 따라서 러시아까지 갔댔고 그렇지만 지금 후에는 그러니까 그때는 둘째 할아버지는 가정을 일구기 전이니까 이러니까 따라다니면서 했지만 할아버지는 가족이 있어 놓으니까 따라 다니지 못하고 그러니까 부대를 떨궈 놓고 그저 뒤에서 뒷받침을 했는 모양이에요. 그러다가 우리 할아버지가 1927, 8년도에 우리 아버지가 저 (잠시 중국어로 전화 통화) 그러니까 그저 우리 아버지가 그저 일여덟 됐을 때 할아버지가 사망된 모양이에요, 병으로써. (칠, 팔 세 때.) 네.

(할머니에 대해서는 어떻게 들으셨어요? 할머니는 어떤 분이셨다고 그러셨어요?) 할머니는 박씨(朴氏)인데. 그런데 거기에 대한 이해는 없습니다. 박씨라는 것만….

(작은할아버지가 독립운동자 명단에 들어 있나요?) 근데 찾지 못 하겠어요. 그때가 되면 명단이 있겠는데 그런데 저 뭐인가 하게 되면 이름을 바꿨는지 어땠는지. (이름을 바꾼 분들이 많더라고요.) 네. 이름을 바꾼 게 많거든요. 이래 놓으니까, 찾질 못 하겠어요. 그래서 저 내 한국에 가서도 찾아보고 여기서도 찾아보고 그 다음에 옛날 독립군 명단 그 책이 있는 거 말입니다. 그 명부를 내 하나하나 다 들춰봐도 찾지 못 하겠어요. 그래, (기침) 그러니까 보훈처에서 그리더만. 그 저 러시아에 가 가지고서는 실종된 사람들을 한 한 달 이전 자꾸 찾아내는데 이름을 바꿨으면 참 바쁘다고 이러더만. (네.)

(아버님, 어머님에 관한 말씀을 들으려고 하는데요, 그전에 할아버지, 할머니에 대해서 말씀하실 거 또 없으세요? 지금 말씀하신 거 말고 다른 거 또 있으시면…) 다른 게 없습니다. 뭐 기억이 없어 놓으니까. 그건 그저 이전에 아버지를 통해 조금 들은 얘기고.

(그럼 아버님, 어머님 말씀을 해주세요. 아버님 생몰연대 기억하세요? 우선 아버님 성함부터.) 아버님 성함이 원용찬입니다. (용은 무슨 용?) 얼굴 용 자입니다. (찬은?) 빛날 찬 자. (찬란하다고 할 때?) 네. (원용찬 元容燦) 1920년도에 태어나셔서 1960년도에 돌아가셨어요. (일찍 돌아가셨네요. 40에….) 그저 한 40에, 딱 40에 사망됐어요. (신병이 있으셨나요, 병환이?) 역시 또 역시 병으로써 사망됐어요. 그때 갑자기 뭔가 하면은 뇌병 걸리셔 갖고서는. (아버님은 어떤 분이셨어요?) 아버지는 에… 그러니까 후에 와가지고 말입니다. 에 우리 할머니가 아들 서이를 길렀거든요. 그런데 우리 아버지가 셋째입니다. 맏이도 병환이 계셨고 일찍이 사망됐고. 둘째는 이 항일, 중국 공산당에 참여해서 항일했댔습니다. 이리고 우리 아버지는 그냥 어머니 슬하에서 자라면서 공부는 그저 초등학교 나오고 이러면서 사회활동들 하다가 광복되면서 그러니까 학교를 꾸리고 초등학교를 꾸리고 몇 곳을 꾸리면서 그 다음에 이 몇 곳마다 다니면서 초등학교 견학 오는 사업을 했댔으랬어요.

(그 초등학교 이름 기억하세요, 어디 어디라고.) 에 홍, 그러니까 이완소. 에. 그

러니까 해림시 제2완소. 완전 완 자에다 소학교 소. 제이완소학교(第二完小學校). 그 다음에는 홍전소학교. 붉을 홍 자에다가 그 다음에는 에 그게 무슨 전 자인가. 이 저 이 전 자에요. (전달한다고 그럴 때…) 홍전소학교(紅傳小學校). 그 다음에 어디를 갔댔냐면 구가소학(舊街小學). 그 다음에 중화소학(中和小學). 그 다음에 산하소학(山河小學). 여기서 다들 교드락 사업들 하다가….

(그러니까 이 학교들을 손수 만드신 거군요?) 에. 만든 거는, 손수 만든 거는 이 학교를 만들었습니다. 홍전소학을 만들었어요. (네.) 그 다음에는 저 옛날부터 있는 학교를 학교에 가서. 이거는 저 이 홍전소학교는 일본 아들이 동남아를 침략하기 위해서 경상도에서 집체 이민을 시켰거든요. 근데 이민했는데 여기 해림에 1부락, 2부락, 3부락 있는데 이 세 개 부락이 모두 이민 부락입니다. 그런데 이 이민 부락에 학교가 없어서 아버지가 가 가지고서는 짐을 꾸려서는 학교를 세웠습니다.

(학교를 친히 만드시고 그러려면 재산이 있어야 할 텐데…) 예. 그 때는 저 뭔가 하면 광복한 다음에 (네.) 공산 사상 체계로 인해서는 개인으로서 경영하는 게 아니라 그땐 집체란 말입니다. 집체적으로서 아 집을 낼 때는 집을 내고 이래가 지고 학교를 꾸렸습니다. 그때 광복 전에는 에 되지 않지만 광복 후에는 기래니 까 국가로부터 학교를 마련해주고 그 다음에 학교를 꾸리게끔 이렇게 했지요. (아버님께서 훌륭한 일을 많이 하셨군요.) 예.

우리 부친님이 60년도에 사망될 때가 그때 그저 40입니다. 40에 사망됐습니 다. (아버님 돌아가실 때 사시던 데가 그때 해림이었나요?) 그냥 그, 네. 해림 산하에 서, 산하소학교에서 사망됐습니다.

(형제분들은?) 우리 형제들이 많습니다. (네.) 모두 다 그때는 육남매 되었었는 데 내가 맏이고, 그 다음에 내 밑으로 여동생이 둘이 있고 여동생 밑에 남동생이 둘이 있고 그 남동생 밑에 여동생이 하나 있고 이래서 모두 육남매인데, 그런데 지금 내 곰방 밑에 있는 여동생은 스물 서이에 이게 병으로서 잘못되고 죽고. 그리고 지금 셋째는 그러니까 두 번째 여동생은 에, 이제 그저 한 사망된 지

이제는 한 사 년 되는 것 같아요. (예.) 그래 지금은 있다는 게 모두 사남매가 있지요. 사남매. 그래서는 내 있고 내 밑에 남동생 지금 있고, 또 남동생 있고 그 다음에 여동생 있고. 이렇게 사남매가 있습니다.

(네. 지금 바로 밑에 남동생은 어디서 무슨 일 하고 계세요?) 바로 밑에 남동생은 그 해림 양식국이라고 있습니다. 양식국에서 사업하다가 그 다음에 정책에 의해서 퇴직하고 지금 한국에 나가 있어요. (어, 그러세요?) 네. 한국에 나가서, 지금 부부간에 나가서 지금 돈벌이하고 있어요. (그 밑에 동생은?) 고 밑에 동생은 여기서 환보국에서 국장 사업하다가 또 이제 퇴직하고 지금 작년도 한국으로 또 나갔어요. 허허허. (가족이 다 나가셨어요?) 네. 가족이 그러니까 부부간이 다 나갔어요. 하나만 나가면 안 되겠길래,

"나가겠으면 너네 둘 다 나가고, 둘 다 나가지 않겠으면 전혀 나가지 말라우."

이랬더니만 다들 둘 다씩 나갔어요. (자식들은?) 네, 자식들도 있는데 밑 아이는 아들 하나 딸 하나 있는데 지금 하나는 흑룡강대학 졸업하고 하나는 흑룡강과학대학 졸업하고 (예.) 그렇게 하고 지금 다 하얼빈에서 사업들 하고 있구요.

(예. 그리고 그 다음은?) 셋째는 딸 둘이 있는데 하나는 가막사대학(가목사대학, 흑룡강성 佳木斯大學) 졸업하고 지금 한국 저 그러니까 서울대학에 가서 유학하고 있습니다. 그리고 둘째 딸은 흑룡강대학 지금 금년도 졸업입니다. 졸업하고 또 한국으로 데리고 들어가겠다고 거서 유학시키겠다고. (그리고 막내동생은?) 막내 여동생은, 우리 매부는 지금 통계국, 통계 있지 않습니까? (네. 통계국.) 통계국에서 국장 사업을 하는데 막내도 지금 아이가 둘이 있는데 다 딸아이에요. 큰딸은 지금 심양기계대학 졸업해 가지고서는 지금 거기서 박사학위를 배우고 있고 그리고 둘째는 지금 에 흑룡강대학교에 가서 지금 공부하고 있고 작년도에 갔습니다.

(전부 다 공부를 많이 하네요. 아버님에 대해서 더 말씀하실 거, 뭐 기억하시는 거나?) 기억하는 거 뭐 그렇게 없습니다. 그런데 그저 아버님이 훌륭하신 일 하셨다는 게 실지는 광복 이후 해림 일대에서 민족 교육을 창시했거든요. 이거는 우리가 내 후대로서 자랑스러운 일입니다.

(네, 그렇죠. 어머님이 춘천 분이라고 그러셨는데요.) 네. 어머님은 그러니까 한국 춘천군, 강원도 춘천군 신북리. (신북면.) 네. 신북면 산천리라는 데 계셨습니다. 그런데 어려서 그러니까 거기서 태어났어요. 게 어려서 아버지를 잃고 열여섯 살에 춘천에 일본 놈들이 거기다가 방직창을 꾸렸던 모양이에요. (방직창. 방직공장?) 네. 방직공장. 이 방직공장에 들어가서 일 좀 하다가 이후에 이 방직공장이 서울로 또 옮겨갔던 모양입니다. 그래 서울에 가서 방직공장에서 일하다가 열일곱 살에 만주로 나와서 우리 아버지하고 결혼 했지요.

(만주로 올 때는 가족이 다 같이?) 네, 기래니까, 에 먼저 누가 왔드랬는가 하게 되게 되믄 오빠가 있는데 오빠가 먼저 만주에 나왔대거든요. 이래서 어디 왔는가 면 남방에 와 있었단 말입니다. (아, 네.) 저 가보시면. (예.) 개 우리도 그때 우리 아버지도 남방에 계실 때였구요. 에 기래니까 거기서 오빠가 우리 아버지를 보고서는 여동생을 한국에 가 데리고 왔단 말입니다. 데리고 올 때 그때 기래니까 저 우리 외할머니, 우리 외할머니가 우리 어무이를 데리고 있을 때였는데 외할머니까지 다 건너 와서 같이 살면서 결혼하고 지냈댔어요. (기침)

(어머님은 아버님하고 연세 차이가 어떻게 되셨어요?) 한 살 차이입니다. (한 살 아래? 어머니가 한 살 아래?) 네. (어머님 성함이?) 정순이입니다. 정순이(鄭順伊). (예.) 순할 순 자. (예. 정은 나라 정 자?) 네. 나라 정 자. 나라 정 자라. 옛날에는 그걸 나라 정 자라 했다. 나구 정자라고 했다고. (네. 당나귀 정 자라고 그랬어요.) 당나구 정 자라는 게 옛날에 임금들이 당나구를 타고 댕겼다고. (허허허.) 허허허. (어머님이 아버님보다 더 오래 사셨어요?) 에, 어머니는 이제 사망된 지 보자 그래도 12년 되는가 봐요. 12년. (네. 12년 되면…) 94년도에. (네. 94년에 돌아가셨군요.) 네. (어머님은 오래 사셨네요.) 네.

(어머님은 어떤 분이셨어요? 아주 엄격한 그런 분이셨나요, 아님 이렇게 인자하고….) 인자한 분입니다. (네.) 한날, 여기서 예를 들자고 하게 되면 내가 외지에 나갔다가 들어올 때 어머니가 집 문 앞에서 멀리 나와서 시정부에서 나오는 걸 보면서 기다리고 있습니다. 기래 내 나오는 걸 보면서 따라 나오면서,

"며칠 동안 나가 있느라고 고생했다. 여기 조금 있어라. 내 한 마디 얘기할 게 있다."

"무슨 얘기할 게 있습니까?"

"지금 우리 집에 어떤 할머니가 와 계시는데 이 할머니가, [내가] 보건대는 참 정직한 할머니면서두나 이 좀 사리가 큰 할머니 같더라. 그런데 네 가서 대하고서 잘 처리해라. 네가 거저 말만 듣고는 홧김에 저 문제를 잘못 처리할 수 있는데 똑똑히 들어라. 내 이전에 너희 아버지 사망되고 있을 때는"

에 여기 지금 합작사라는 데 있습니다. (네.)

"합작사 같은 데 가서 석탄을 좀 싸자고 해도 이제 너희 아버지는 사망 됐는데 석탄 공급하지 않는다고 하면서 주지 않지. 이래서는 또 쌀이라며 탈려 갈 때는 거기 가서 어떻게 말을 해야 하는가? 몇 번 외우고 외우고 해서 일주일 걸려서야 찾아 들어가는데, 가서 문을 잡아 땡기게 되면 벌써 가서 무슨 말을 하겠는가? 하는 걸 다 잊어먹었다. 이래선 거저 첫 마디로서는 그저 '쌀 가지러 왔습니다.' 하고서는 그저 떨어지는 게 눈물이 됐댔다고 그런데 이 사람이 시장님, 시장님네 집에서 찾아오자고 하게 되게 되든 얼매나 큰 결심 하게 됐겠냐? 이래서는 처음엔 무슨 말하고 두 번째는 무슨 말하고 싸아 갖고 외우며 한 달 동안 외워가지고 왔겠으니까 네 가 가지고서는 이런 사람들은 잘 대해야 한다."

고. 에. 이래서 가서는 보니까 정말 에 이 촌에 있는 할머니인데 이전에 보던 할머니죠. 근데 듣는 내 소식에 의하게 하게 되면 그 촌에 간부들이 좋아하는 할머니 아니란 말입니다. (네.) 네, 그래서는 어머님 부탁을 듣고 거기 앉아서는 문제를 싸게 이래 해서는 내 차로써 직접 집으로 모셔다 드렸거든요. 그러니까 우리 어머니가 이렇게 인자합니다. 내 예를 든 게 이래서 하나 예를 든 겁니다.

그리고 왜, 이게 한 단계고. 그 다음에 하나는 우리 어머니가 어떤 분인가 하게 되게 되면 내가 사업하지만 뒤는 다 꽈줍니다. 뒤는 다 꽈줘요. 내가 시장으로 일하게 되게 되면 위에서 쌀이 들어오고 위에서 저 뭔가 하면 술이 들어오고 이런 것들이 들어오지 않겠어요? 그렇게 되면 이거 우리 어머니가 다 처리합니다.

(음.) 쌀 들어오게 되게 되면, 거다가 우리 집에는 밀가루 있단 말입니다. 배급을 타니까. 농촌에는 밀가루 없거든요. 그러니까 밀가루 하고 바꿔줍니다. 아 저, 우리 쌀은 받아먹겠는데 촌에는 밀가루가 귀하니까 이거 가져가서 떡이나 해 잡수시요, 이래 보내주고. 그리고 술 같은 것들도 가져오게 되게 되면 집에 술 있게 되면 다 바꿔줍니다. (다른 술로?) 네. 다른 술로써. 그래 이런 술 가져오게 되게 되면 집에 있는 술 가지고 아 우리 집에 이런 술 있는데 이거 가주 가서 맛보시오 이래 바꿔줘요. (네.) 그런데 내 지금 한낱 우스운 이야기라고 하게 되게 되면 에 한 해 겨울 이 설을 쇠면서 여기는 저 뭔가 하게 되면 에 구정을 중시하거든요. (네.) 에 구정 땐데, 시정부에서 나한테다가 모태주 말이야, 모태 (네, 모태주.) 이 모태주를 만드는 기주, 만드는 원료로 되는 이 술을 말입니다. 우리 저 모태주창하고 모태주 공장하고 그 다음에 우리 해림 술공장하고 이 관계가 좋거든요. 여선 거기서 온 거 내한테다가 몇 병 사리 안배해놨단 말입니다. 그래서는 설에 먹으라고서 내한테 몇 병, 내한테 여섯 병 사리인가 가져왔어요. 그런데 거기다가는 상표를 붙이지 않았단 말입니다. 거저 이런 모태주 병 사리에 다 해서는 여놨거든요. 나는 그거 술이 좋은 술이니까 그저 구정에 동무들이라든가 형제들 오게 되면 봐야지 하고는 침대 밑에다 여놨지요. 기래 구정에 그 술 먹자고 보니까 술 하나도 없어요. 그래 어머이 보고서 물어보니,

“여게 있던 술은 다 어쨌습니까?”

“야 다 줬다야. 다른 사람이 술 가져온 거 거다가 바꿔줬다.”

하니,

“아이고 어무이 이 술이 무슨 술인 줄 압니까?”

하니까,

“아 무슨 술이야. 무슨 다 사왔모인 술이지. 아 네만 해고 다른 사람 해여면 안 되랴?”

“예. 잘했습니다.”

그래.

(결혼은 언제 하셨어요?) 결혼은 61년도에 했습니다. (부인 성함은?) 홍순희입니다. 홍순희. (시장님은 몇 년 생이세요?) 난, 41년. (무슨 띠시죠?) 저, 그러니까 뱀띠입니다. (뱀띠. 본관은 원주시고. 부인께서는?) 43년도 생입니다.

(2년 차이시군요. 어떻게 해서 처음 알게 되셨어요.) 허허. 처음 알게 된 기야 내가 학교를 졸업하고. (대학을?) 아닙니다. 초중 졸업하고. 군대에 가기 전에 우리 여기 농장이라는 곳이 있습니다, 농장. 농장에 가니까, 우리 아내가 실제는 고아입니다. 중학교 졸업 맞고 거기에 일하러 갔드만. 이래서 만나 가주서 알아서 인연이 생겼지요. (부인의 고향은?) 아, 함경북도입니다.

(어떤 점이 좋아서 결혼하셨어요?) 그야 무슨, 나이 비슷하지 놀쭉하니 인물이 잘 섰습니다. 인물 좀 잘 섰지, 거 총명하지, 이래서 만났댔는데 지내면서 보니까 꽤 훌륭한 분이에요. 무슨 저 여자 자랑하게 되면 무슨 뭐 (팔불출?) 안 무드려 무드려 하게 되지만 훌륭한 분이라. 이래서는 우리 가정에 들어와서 어머이, 아버지는 안 계시고, 어머이 계시는데 밑에 우리 육남매란 말이에요. 그 육남매의 결혼을 삭 다 치러줬단 말입니다. 그리고 사회에 나가 가지고 사업하는데 다 모범이에요. 연년이 뭐고 예전에 성 모범으로, 시의 모범으로, 무슨 뭐 단의 모범으로, 견학 모범으로 뻗치고. 그리고 내가 일하는 데 뒤를 알뜰하게 돌봐 주구요. 그리고 전 가정을 화목하게 이 만드는데 말입니다, 어머니랑 같이 손을 잡고. 이 어머이지만 시어머니지만 시어머니를 '어머니'라고 불러본 적이 없습니다. 그냥 "엄마, 엄마" 했지. 지 친엄마처럼. 기래길래 내가 이곳에 가고 저곳에 댕기게 되게 되든 적잖은 사람들이 내가 가시어머이를 모신다 합니다. 이래서는 (아, 장모를 모신다고.) 장모를 모신다고 했거든요. 그러니까 이 두 분의 관계가 아주 밀접했습니다. 좋았어요. 그 친어머니와 딸처럼 보냈거든요. 이러길래 전 가정이 화목하고 내가 일을 잘하게 됐고. (어머니가 특히 잘 하시니까 그렇게 됐나 봐요.) 네. 그게 또 며느리가 못하게 되면 어머니가 아무리 잘해도 이게 합해지지 못하니까, 이래니까 서로 도우면서 서로 에 살아가고 받들어주다 보니까 이 해림에서 얘기하는 거는 모두 다들 얘기하는 게 어디 가든지

“홍순희처럼 부모를 모셔라.”

이럽니다. 저희 그 사람들마다 살아가는 게 우리 가정이 화목한 걸 자랑합니다.
(큰따님 이름이 뭐죠?) 미화입니다. 아름다울 미 자. 그 다음에는 빛날 화 자.
미화(美華) (몇 년 생이에요, 큰따님이.) 63년도 생이에요. (남편은 이름이 뭐지요?)
김헌일입니다. 헌은 헌법 쓸 때 헌, 그리고 한 일 자. 김헌일(金憲一). (지금 무슨
일해요, 남편이?) 남편은 해림시 과학위원회에 어, 그러니까 과학협상위원회. 과
학협회, 간단하게 하면 과학협회 주석입니다. (과학협회 주석. 원래 그쪽으로, 과학
쪽으로 공부를 했던 모양이지요?) 에, 어디 졸업했는가? 흑룡강 림업대학 졸업했
습니다. (큰따님은 자제를 몇 뒀어요?) 하나입니다. (아들? 딸?) 딸입니다. 지금 열
여덟 살입니다. 고등학교 3학년. 명년도에 대학교 가야 합니다. (작은따님은 어제
명함 받았고, 元善華. 그 사위 이름이 뭐에요?) 화선입니다. 성은 유. 버들 유 자입니
다. 빛날 화, 깨끗할 선, 맑을 선. 류화선(柳華鮮) (작은따님은 몇 년 생이에요?)
가가 금년도 몇 살 됐나. 삼십 일곱입니다. (작은따님도 아이가 하난가요?) 아들이
하납니다. 지금 열세 살짜리입니다. (둘째 사위는 무슨 일 하죠? 어제 잠깐 들은
것 같은데) 여기 교통국에서 사업을 해요. (전부 공직에서 일을 하시네요) 네. 공직
에서. (유능하니까 그런가 봐요.)

(명절은 어떻게 지내세요? 설날, 추석 등은 어떻게 지내세요?) 이제는 이전보다
많이 약해졌습니다. (약해졌어요?) 이전에는 생활이 곤란하니까 설 명절에 다 모
다서 먹는단 말입니다. 이러니까 무슨 친척이요 형제들이요 다 그저 모다 가지고
서는 그 다음에 설 명절에 그걸 먹는 걸 위주로 해서 생활들 했는데, 지금은
평시에 잘 먹으니까 설 명절에는 서로 인사나 하러 댕기고. 또 옛날에는 전화가
없으니까 찾아와서 인사하지만 지금은 전화통 들고서 인사하면 또 되는 기고.
네. (네.) 이전보다 많이 약해졌습니다. (여기는 음력만 지내시죠?) 양력은 저 뭔가
하면 쇠도 간단하게 쇠고 음력이 위주죠. (음력 위주죠.) 구정을 쇠는 게 더….
(차례 지내시구요?) 우리는 차례 그냥 지냅니다. 어떤 집들은 지내다 말고 어떻게
하지만. 우리는 어머니 계시고 내 철들고부터 지금까지 할아버지 할머니 그 다음

에는 아버지 어머니 이 다 차례는 그냥 지냅니다. (언제 언제 지내세요? 설에 지내시고?) 하나는 저 어느 때 지내나, 청명에 지내고. (청명.) 그 다음에는 팔월 추석에 지내고. 그 다음에 구정에 지내고. 세 번. (네, 세 번. 기제사도 따로 지내세요?) 그 날은 삼년 동안 지난 다음부터는 그걸 지내지 않습니다. 삼년 동안엔 그걸 그냥 지냈는데 삼년 지난 다음부터는 이 명절에…. (중국 사람들도 음력만 지내죠?) 네. 음력이에요, 음력에 쇠요. (보니까 일본 사람들은 철저하게 양력 설만 쇠고 중국 사람들은 음력만 쇠고 한국은 양력, 음력 다 쇠요.) 실제로 명절 가운데 젤 명절이 구정이란 말입니다. 설이거든. 그때를 강하게 쇠고 그 다음에 팔월 추석이라든가 청명이라든가 이런 것들은 좀 약하게 쇠고.

그렇지만 에 팔월 명절은 다 중시 여깁니다. 이래서는 반회에서도 말입니다. 그때는 팔월 추석에는 맨 통지꾼들한테다가 다 뭔가 하게 되믄 음식들을 그러니까 먹는 것들을 통일적으로 앞에 합니다. 하나는 이래 빵떡, 월병이라고 있지요? (네, 월병.) 월병을 그 다음에 한 상자씩 딱딱 주고 그 다음에는 사과요, 배요, 바나나요, 포도요 이래서부터 몇 상자해서 매 공직원들한테다가 이래 몇 박스씩 만들어서는 그날 쉬라고서 줍니다. 그러기에 추석 전후에 와 보십쇼. 오게 되면 이 거리에 장 들여논 게 다 실과 들어갑니다. 상점마다. 그렇지만 그게 다 나가거든. 허허허. (허허허. 추석에 하루 쉬어요? 중국에서.) 추석은 저 공휴일로 되지 않았습니다. (아, 공휴일로 되지 않았군요.) 그런데 그때 일욜날이 끼우거나 하게 되면 쉬고, 추석날은 쉬진 않습니다. (아, 쉬진 않는군요. 구정은 쉬죠?) 구정은 사흘 쉽니다. 삼일. (사흘.) 국경절. 우리는 삼일 쉬는 게 두 개입니다. 국경절 삼일, 그 다음에 설 삼일. (국경절은 무슨 날이죠?) 국경절은 그 저, 우리 국가가 건립된 날입니다. 여기서는 10월 1일에 사흘 쉬거든요. 사흘이라지만 실제 쉬는 얼마 쉬게 되냐믄 대엿새 쉽니다. 왜 그런가 하게 되면 국경절 전 일요일날 쉬지 않거든요. 그냥 출근 한단 말입니다. 그 다음에 국경절 쉰 다음에 일요일에 쉴 걸 당겨서 쉬어 가지고는 대엿새 쉬고 출근하지요.

(지금까지 사시면서 제일 보람 있게 느껴지는 일은 무엇인가요? 제일 기쁜 일, 내가

이것 참 잘했다 하고 생각하시는 일 하나만 꼽으면?) 지금 내가 생각하건대 그래도 보람이 있다는 게, 나를 배양한 목적이, 당에서 나를 배양한 목적이,

"민족 사업을 해라."

이거거든요. 내가 지금까지 민족 사업을 내가 힘껏 하고 있는 게 제일 큰 보람이에요. (그 민족 사업이라는 게 조선족 얘기가 아니고?) 조선족이에요. 조선족. (조선족.) 에 조선족 사업을 내가 많이 하니까. (예.) 이걸로써 내 생애 보람을 생각합니다. (중국 정부에서 너는 조선족 민족 사업을 해라 하고 임명했다고?) 그런 것이 아니라, 국가에서 나를 배양하는 목적이 나를 통해서 조선족들에게다 저 뭔가 하면 민족 정책을 시달하고 또

"민족 정책을, 민족 정책에 의해서 조선 민족들을 부흥하게 만들라."

이게 실제는 한 개 큰 내용이 하나란 말입니다. 그렇지 않게 되게 되믄 뭐할라 한다고 한족들이 그리 많은데 한족들은 배양 아니하고 단지 조선족인 나를 배양했겠어요. 배양하는 목적이 하나는 전면적으로 사업하면서 그 다음에 시간 있게 되면 그 다음에 민족 사업을 자발적으로 해야 한단 말입니다. 이래길래 내가 뭐라고 말했는가 하게 되믄,

"조선족은 어느 공장 단위에서 일하든지 간에 조선족 사업을 하는 것은 필련적인 임무다."

내 그렇게 했습니다. 이래서는 해림에 있는 단위에 있는 조선족 간부들이 다 민족 사업을, 조선족 사업을 하게끔.

"네가 과학 부분에서 과학 부분에 일을 하면서도 시간 짜내서는 조선족 사업 일을 해야 한다. 네가 만약에 무슨 어느 계획 부문에서 일을 한다고 해도 이 계획 부분의 일을 완성하면 또 민족 사업을 해야 한다."

이래서는 내가 제일 지금 속으로 느껴지는 게 내 일생에서 조선족 사업을 위해서 일을 많이 한 게 내가 제일 큰 보람을 느껴요. (제가 뵙기에도 그런 것 같네요.) 그런 것 같아요? 허허허.

(반대로 제일 아쉬운 점. 그건 참 안됐다. 후회스럽다. 그런 점은 무엇인가요?) 지금

와서 후회스럽다 두루두루 한 것들도 있지만 내 능력하고 수준이 낮아서 우리 조선족들이 생활 수평을 지금보다 좀 더 높게, 높이 해주지 못한 게 안타깝지요. 그러니까 내 능력이 약하고 내 수준이 모자라고 이래서 에 내가 민족 사업을 많이 하느라고 했지만 좀 더 좋게 잘해야 하는데 하지 못한 게 안쓰럽죠.

(아, 그래도 큰 일 많이 하셨는데요, 뭐. 지금 젊은이들한테 꼭 해주고 싶으신 말씀은? 요즘 젊은이들 보시면서.) 지금 젊은이들한테 내가 얘기하고자 하는 것은 내 또 우리 아이들한테도 (예.) 그 얘기하는 게 그겁니다. 내가 이미 집에서도 아이들한테 내 지금까지 살면서 내 세 가지 저 뭔가 하게 되면 내 목적을 가지고 있습니다.

하나는 자식들에 대한 믿음으로 되자. 어느 때나 이와 같은 아버지가 있고 이와 같은 어머니가 있는 걸 자랑스럽게 생각하게끔. 아직도 뭐 십 년 살겠는지, 무슨 저 십오 년 살겠는지. 이것까지 계속 이렇게 훌륭한 사람이 있다는 게 아들한테 아이들한테 믿음을 되자.

두 번째로서는 아이들을 존경하자. 이전에는 아이들이 나를 존경했는데 내가 아이들을 존경해야 한다. 왜 존경해야 하는가. 그 아이들이 지식면이라든가 사회에 대한 적용성에서라든가 이게 다 내보다 강하거든요, 이제는. 사회를 인식하는 것들. 이러기 때문에 갸네 결정에, 갸네 주장에 내가 복종하자 이런 거거든요. 이래서는 갸네가 어떻게 하는 거 보고선 내가 분석하건대 무슨 커다른 모험이 없다고 하게 되면은 나 그저 복종합니다. 갸네한테.

세 번째로선 보상하자. 보상이라는 게 뭐냐 하면 내 일생을 놓고 말해서 부부 생활 가운데 자녀들과의 관계 문제를 처리하는데, 민족 사업을 하는 가운데 당의 사업을 하는 가운데 내가 뭐이 모자랐는가? 이를 하나라도 보상하자.

이래서 나는 믿음, 존경, 보상, 이 세 가지 글자로서 이 세 가지 말로서 내 인생의 목적으로서 지배하고 있습니다. (네.)

그런데 내 지금 우리 청년들한테 이야기하고자 하는 것은 특히 우리 조선족, 한민족 놓고 말한다 하게 되면. 이 한민족, 조선족이 세계를 놓고 봐도 아주 총명

합니다. 총명한 민족입니다. (네.) 발달한 민족입니다. 그렇지만 세계에다가 으뜸히 내놓을 수 있는 커다란 발명가가 없거나, 적습니다. (예.) 이렇기 때문에 우리 민족이 지혜를 발휘해서 우리 후배들이 인류 발전에 공을 세우고. (음. 예.) 지금 우리 중국이나 조선이나 한국이나 국가도 다르고 제도가 다르지만, 총적인 목적이 무엇인가? 한 마디로 말해서 우리 일체 활동의 목적이 문명 재생존이란 말입니다. 문명한 재생존. 문명한 재생존이라는 게 물질적으로 문명해야 하고, 정치적으로 문명해야 하고, 정신적으로 문명해야 한다.

그래, 물질적으로 문명하다 하게 되면 이거는 부단히 사람이 생존에 유익한 물질을 증가시켜야 됩니다. 그러니까 물질을 아무렇게나 막 하는 것이 아니라 사람의 생존에 유익한 물질을 이걸 부단히 제공시켜줘야 하는 게 역시 물질문명의 발전 방향입니다.

두 번째 정치문명이라고 하게 되면, 정치의 민주화 법제가 부단히 강화되는 겁니다. 예를 들어서 지금 우리 중국을 놓고 말하게 되면, 봉건제, 오천년 역사의 봉건제가 있지만 그러나 민주화 법제의 나이는 아주 짧습니다. 또 제일 완전되지 못한 게 이겁니다.

그 다음에 정신문명의 발전 방향, 정신문명의 발전 방향이라는 게 실제는 정신 가운데 과학 기술의 함량이 부단히 저거 되는 과정입니다. 인식 가운데서의 과학적 체계가 서야 한단 말입니다. 이게 실제는 부단히 문명 재생존하는 과정이란 말입니다.

그럼 우리 자본주의 국가에서도 목적이 뭔가. 한 마디로 행복하게 살기 위해서다. 이게 문명 재생존입니다. 우리 공산주의 제도에서도 문명 재생존이 행복하게 살자거든. 이렇기 때문에 목적은 통일되었다. (그렇죠.) 이 목적이 통일되기 때문에 이 통일된 목적으로서 앞으로 제도하고 제도 간에 호상

"니 잘 했소. 몬 잘 했소."

하지 말고 아 자본주의 제도의 우월성이 뭔가에 대해서 사회주의가 배우고, 사회주의 제도의 우월성이 뭔가에 대해서 자본주의가 배우고. 이래서 부단히

호상간, 단점을 극복하고 장점을 발휘해야 한다. 이래야 화합된 사회가 형성될 수 있거든요.

그러기에 내 후대들한테 요구는,

"민족을 위해서, 국가를 위해서, 인류를 위해서 공헌을 많이 해라. 더욱이 인류의 발전을 위해서 공헌을 남기게 되면 역시 국가와 민족을 위한 게다."

그러니 지금 자라는 아이는 내 집만 보고 하지 말고, 아 내 민족만 보고 하지 말고, 내 국가만 보고 하지 말고 인류의 발전을 위해서 해라. 인류의 발전을 위해서 하나를 발명하거나, 하나의 일을 똑똑히 한다고 하게 되면 그가 실제로 국가를 위하고, 민족을 위하고, 가정을 위한 게다. 난 저 지금 우리 그저 손자들이나 큰아들한테 얘기해주는 게 그겁니다. 너희는 앞으로 커서 인류의 발전 사업에 조금씩 일을 해라. 크게는 못 해도 어느 하나 가서 해도 그 일을 하게 돼도 그게 위대한 과학이라는 거에요.

(그렇네요. 참 훌륭한 생각을 가지고 계시네요. 여기서 보시면 남한하고 북한이 이렇게 비교가 되겠고, 좀 객관적으로 보실 수 있을 것 같은데. 실제로 북한에도 다녀오시고, 남한에도 다녀오시고 그랬는데 어떻게 비교가 되세요? 남북한이.)

근데 지금 제도의 차이점인데, 제도의 차이점인데. 한국을 놓고 말한다고 하게 되면 경제가 발전해 오고, 물질적으로 보자면 경제가 발전하고. 정치적으로 말하게 되면 민주 자유 법제의 함량이 크고. 그리고 또 정신적으로 말하게 되게 되면 에 과학 일꾼들이 많아서는 거기로 놓고 말하게 되면 뭐 교수요, 박사요, 보니까 뭐 저 대학교에 가게 되게 되면 교편 잡는 사람들은 기본상 뭐 다 박사더만. 이게 뭘 얘기해주게 되냐 하면 사람들의 의식 가운데 과학적인 정신이 많아져. 이게 실지는 문명한 걸로 생각됩니다.

지금 조선을 놓고 말하게 되면 조선은, 내가 생각하건대, 조선이 조선국가의 국정에 의해서 그 사람들이 다 그렇겠지만, 그런데 이 개방 개혁이 좀 늦은 것 같애요. 늦은 것 같애. 이래서는 이 저 먼저 인민들이 생활 수평을 불러일으키고 다른 과업들을 해야 하는데 지금 그게 좀 약한데, 약하고 아주 곤란한데, 생활이 곤란한데 이게 실지는 조선의 제일 큰 단점이에요. 이 물질이 약하니까 우리 정치 경제 이론으로서는 물질이 기초 아니에요? 이러니까 물질이 약하니까 다른 면에서 다 협연해 진단 말입니다. (그렇지.)

한국을 놓고 말하게 되게 되면 물질 기초가 강하니까 정치면에서, 정신면에서 이게 다 따라온단 말입니다. 노골적으로 말하면 이번에 반기문 거 외상께서, 장관께서 UN사무총장이 됐다는 건 이건 우리 한국의 큰 자랑이고, 아시아의 큰 자랑이란 말입니다. 한국 역사상에서는 이게 없는 역사거든, 새로운 역사거든. 예. 노골적으로 말해서 한국에서 대통령 사업하기보다도 더 위대한 사업이거든. (그렇죠.) 그래, 이게 뭘 얘기해주냐면 한국 사회가 발달했다는 걸 얘기합니다.

그런데 거기는 지금 다, 내가 지금 하나 또 분석해 보게 되게 되면 아직까지도 거기는 어떤 사람이 모자라는가 하게 되게 되나 하믄 숱한 인재들이 있는데 인재들을 틀어잡을 수 있는 인재가 없단 말입니다. 한국은. 사람마다 보게 되게 되면 다 총명하고 다 재간 있는데 근데 사람을 묶어서 발휘시키는 힘이 적단 말입니다. 국회를 놓고 말하게 되면 무슨 저 한나라당이요, 무슨 열린당이요, 무슨 민주당이요, 앉게 되게 되면 뭐 이 어떻다는 걸 상의해서는 국가를 받들어서 그 다음에 국가를 건설하는 게 그런데 다 제 당의 이익을 도모하기 위해서 뚜드리고 싸움하고 하는 거란 말이에요. 이런 거는 부끄럽거든요.

세계적으로 놓고 말하게 되면, 아 국가의 권력 기관에서, 법정 제정 기관에서 훅 하게 되게 되면 그저 싸움하고 훅 하게 되게 되면 에 문을 닫고 말이에요. 이게 뭘 얘기해 주게 되게 되나 하면 사람마다 발전은 했는데 이게 독특하게 틀어잡는 사람이 없는 거에요. 그중에서도 없더만.

중국을 놓고 말하게 되면 모택동 같은 사람이 하나 있어야 해요. 이래서는 이건 옛날로 말하게 되면 이게 실지는 에 잘못 이해하시겠는지 모르겠지만 박정희 같은 사람 있어야 한단 말이에요. 이래서는 툭 틀어잡고서는 그 다음에는 이 사람들의 열정을 그 능력을, 재간을 다 발휘하게끔 해야 한단 말입니다. 허허허. 중국이 그게 발전이 빠른 것도 그겁니다. 하나는 정치가 집중되었단 말입니다.

위에서 호금도 주석이 뭐라고 하게 되면 밑에서 다 듣거든요. 어떻게 하게 되게
되면 내가 내 맘에 맞지 않아도 그건 집행해야 한단 말입니다. 이래니까 한 길로
나가거든요.

　그게 대통령이 뭐라 해도 내 맘에 맞지 않으면 아니한단 말입니다. 그러니까
이게 집중이 되지 못하니까.

　그 다음에 우리 중국에선 경제도 집중했습니다. (네.) 이래서는 세금이요, 뭐
든 하는 것도 지방에 조금 떨궈 놓고는 그 다음 건 다 꼭대기에 올려다 중앙에서
다 이래 중앙에서 건설하는데 금년도 일 년 내에 전국에 길, 뭔가 하게 되게
되면 콘크리트 길을 이제 뭔가 하게 되면 거 남량교 가 보지 않았어요? 금년도
초까지 다 했단 말이에요. 이게 실제는 밑에서 돈을 낸 게 아니라 꼭대기에서
돈을 내려 보내서 한단 말이에요. 중국 같은 데선 이게 유리하거든요.

　그렇지 않고 지방에다가 돈을 늘어놓고 지방에서 돈 내 가지고 하라 하게
되믄 지방에 있는 놈들이 다 뜯어 먹어 버리고서는 이거 하지도 못 한단 말입니
다. 그러길래 거기는 지금 딱 우리가 거듭 생각하건대 약한 게 그저 좀 뭔가
하면 저 민주가 좀 과분한 거 같고, 집중이 좀 모자란 것 같고, 네. (그러니까
위대한 지도자가 나와야 하는데.) 글쎄 말이에요. 허허. (한국은 정치만 잘 하면 참
잘 발전할 수 있는 나라인데.) 글쎄 말이이에요. 네. 아, 그 참 얼마나 좋은 나라에
요. (경제력도 많이 올라갔고.) 그런데 이 정치를 하는 사람들은 약하단 말이에요.

　(어제 참 부시장님께서 건설해 놓으신 한중우의공원 잘 둘러보았습니다. 귀중한
사진 자료가 많이 있었는데 그것을 박환 교수에게 의뢰하신 거예요? 어디에서 직접
조사하신 거에요?) 그것은 중요한 게 보훈처하고 저 한국 독립기념관하고 박환
교수를 위주로 한 전문 연구인원들이 중요하게 일을 많이 했습니다. (박환 교수하
고는 어떻게 알게 되셨어요?) 박환 교수 처음에 어떻게 알게 됐나 하믄, 저 김대중
대통령이 우리를 초청해서 건국 활동에 참가할 때 그때, 그분도 건국 활동에
참가했단 말입니다. 아, 이래서 거기서부터 알았단 말이에요. 알고 그 이듬해
대학교 학생들을 데리고서 이 저 독립운동 발자국을 따라서 한 번 돌 때, 내가

접대 했었어요. 해림에서. 그때 연변에 내 나가서 접대했거든요. 접대할 때 보니까 박환 교수가 또 왔더만. 이러니까 좀 더 밀접해지는 거죠. (그랬군요.)

2000년도에 한국에서 김좌진 장군 그저 세미나 했댔습니다. (네, 한국 어디서 했어요?) 서울에서 했습니다. 세미나 할 때, 그때 대외 발언한 사람이 넷입니다. 한 날은 박환 교수, 하나는 보훈처에 있는 조 뭐더라 역시 박사입니다. 그리고 다른 하나는 서울대 교학장 진, 뭐더라 그 학장 그분이고. (서울대 신용하 교수인 것 같습니다.) 그렇습니다. 한국에서는 역사 연구하는데 젤 그래도… 그리고 내 하고. (네.) 이렇게 너이서 대회에서 발언하고 그랬지요.

그래 나는 그때 중점적으로 발언한 게 역사를 통해가지고서 그 저 김좌진에 대한 방향 문제를 바꿔 세웠습니다. 노비 해방, 민족 교육, 민족 종교, 독립운동. 이 네 가지로서.

그리고 이 중국에다가 이 독립, 항일 독립 사업, 이 관광선을 만들자. 이래서는 어디로 오는가 하게 되믄 하얼빈에서 아성, 아성도 정차했던 곳이거든요. 아성에서 오면서 저 일면파, 일면파는 한국 유일단이 거기서 건립됐단 말입니다. (아, 유일단.) 네, 유일단. 그리고 그 다음으로 그쪽으로 가면서 석두화자, 석두화자는 김좌진이가 살던 곳이란 말입니다. 김좌진이가 어머이하고 동생 동진이 하고 같이 살던 곳이란 말입니다. (음. 네.) 그래 거기서 척 오면서 흥덕호자, 흥덕호자는 이전에 이 저 조선족들이 중동철도를 건설할 때 와서 일을 하고 건설이 끝나면서 제일 먼저 조선 사람들이 남아서 부락을 꾸렸던 곳이란 말입니다. 이러면서 오게 되게 되면 이 흥도에 또 뭣이 있나 하게 되면, 전세계에서 호랑이 제일 많이 키우는 곳이 거기 있습니다. 북 호랑이들. 그리고 이 아, 아시아에서 제일 큰 스키장이 있습니다. 그러니까 다 이 좋은 게 많습니다. 거기서 해림에 들어오게 되면 김좌진이 유적지가 있고 기념관이 있고 여기로 해서 들어가게 되면 경박호가 있고 또 경박호 가기 전에는 여 경박호 전투하던 곳이 있고 그 다음에 발해 전투하던 곳이 있고 (네, 그렇죠.) 거기서 유람하게 되게 되면 거기서 직접 어디로 들어가게 되게 되나 하면 백두산으로 들어갈 수 있단 말입니다.

그러니까 이게 한 개 코스거든요. 네, 이렇게 하게 되면 좋겠다. 그러니까 다들 환영하고 지지하고 박수 많이 치고요. (그게 언제쯤 실현되나요?) 실현이 지금 돈이 없으니까 못 하지. 돈이 있어야, 자금이 있어야 이것도 조직하겠는데 자금이 없어 놓으니까 지금 바빠요. (한국 대학생들이 방학 때 그 코스로 행진을 하게 하면…) 네. 합니다. 연년히 두 팀씩은 합니다.

(그 다음에, 거리낌이 있으시면 말씀 안 하셔도 되는데, 다른 나라에 와서 사시면서 다른 민족하고 우리 민족 사이에 갈등을 느끼신 적이 있으셨는지?) 지금 중국을 보게 되면 더욱이 조선 민족하고는 갈등이 없습니다. '왜 갈등이 없는가?' 하게 되면 우리 조선 민족은 중국 56개 민족 가운데서 비교적 선진적인 민족이거든요. 문화 정도가 제일 좋고 생활 수준이 제일 좋고 이래 놓으니까 우선 갈등은 없습니다.

그러나 총적으로 어떨 때는 아무래도 정책을 집행할 때는 차이점도 있을 때도 있고 이렇지만 이거는 정책이나 사업으로 인해서 나오는 것이 아니라 어떤 사업을 진행하다가 어떤 면에서 조금씩 부닥치는 문제지만. 아 이건 또 뭐 조선족이 아니면 조선족 내부에도 모순들이 많은데 이래서 저 뭔가 하게 되면 다른 민족들 간에 모순이 없겠어요? 그렇지만 이 모순은 그게 다 저 중국 정부에서는 이 민족정책을 참 잘 처리합니다. 세계적으로서도 민족정책을 잘 처리하는 데가 중국입니다.

내가 90년도에 국가에서 조직한 민족정책 에 뭔가 하게 되면 조사단을 조직해서 카나다(Canada)를 함 갔드랬는데 (네.) 이래서는 카나다에 가서 민족 학술 연구, 저 민족 학술 연구 연합 활동을 진행하잖아요? 이걸 완성하기 위해서 거기 갔드랬는데, 카나다에서 그때 무엇을 제출했는가 하면 두 가지 평등, 하나는 남녀 간의 평등, 하나는 민족 간의 평등 두 가지 평등을 제출했고.

중국을 놓고 말하게 되게 되면 중국의 정책은 아주 완전한 정책입니다. 지금 성급으로서 자치구가 있는데 아 서강, 신강, 영하, 몽고 그 다음에는 저 광서 이래서는 다섯 개 자치구가 있습니다. (예, 자치구.) 자치구가 있거든요. 그리고 지금 자치주가 삼십 개 있습니다. 연변 자치주 같이. 이런 자치주가 삼십 개 있거든요. 그리고 자치현이 삼백여 개 있습니다. 그리고 자치 향이, 향진이 삼천여 개 있습니다.

또 그런가 하게 되게 되면 지금 우리 중국에는 소수민족 간부들이 층층이 다 있습니다. 리에도 있고 면에도 있고 군에도 있고 성에도 있고 그 다음에는 중앙에도 있고. 우리 조선 사람으로 말하게 되면 조남기 주석이라든가, 지금 저 민족 사무위원회 주임으로 있는 유덕수라든가 이게 다 조선 사람들이거든요. 그래 이러기 때문에 중국의 민족 정책이라는 게 확실히 민족 간엔 평등하고 에 단결하고, 그 다음에 호상 지원하고. 이래서는 에 아주 평등하게 민족 간의 생활도 진행하고 있습니다.

지금 다른 건 몰라도, 한국에도 그렇잖아요. 한국에도 일본족이라든가 무슨 중국 사람이라든가 다른 국가 사람들이 (많이 와 있어요.) 가서 일은 할 수 있지만, 기업은 할 수 있지만 행정 부분에는 못 들어간단 말이에요. 그러나 우리 중국에는 행정 부분에 들어갑니다.

러시아도 그렇습니다. 러시아가 지금 150개 민족 되는데 역시 거기도 그렇거든요. 카나다에 가니까 카나다도 민족이 일단 한 30개 되는데 거기서 그걸 제출한단 말이에요. 이래서는 이론적으로 보게 되고, 이론과 실천을 보게 되면 민족 정책이 제일 우월한 게 중국이고 이론적으로 다른 국가보다 먼저 제출한 게 카나다여서 두 가지 평등을 제출했어요. 이래서는 우리 심지어 민족 사업을 위해가지고선 카나다까지 가서 고찰하고 그 다음에는 에 이 민족 학술 연구에 관한 협의까지 하고 왔어요.

(다른 민족하고는 그렇고. 아까 조선족 내부 말씀 잠깐 얘기하다 말았는데 조선족 내부의 갈등 같은 건 어떤 게 있나요? 없을 순 없겠지만.) 조선족 내부에서라고 하게 되면 다른 게 있겠습니까? 그저 뭐 선진하고 낙후되어 가니까 잘사는 사람하고 못사는 사람하고 갈등, 리해가 빠른 사람과 리해가 느린 사람과의 갈등 그저 이런 거지요. 무슨 실제는 이게 다 전진 중에서, 앞으로 나가는 길에서의 갈등이란 말입니다. 이 또 갈등이 없게 되면 우리 민족이 발전할 수 없구요. 갈등이 있어서

이를 해결하는 과정이 발전하는 거란 말이에요.

(한국에서는 지방자치제 실시 이후 지방문화에 대한 관심이 높아졌습니다. 강원도의 행정, 문화 등에서 일하시는 분들은 자연스레 강원의 얼, 강원의 정신이 뭔가 하는 데 관심을 가지게 됩니다. 오히려 외국에 계셔 보면 강원도 사람이 다른 도 사람과 어떻게 다른가? 특징이 뭔가? 하는 게 눈에 잘 띌 거 같습니다. 강원도 사람들의 특징이 뭐라고 생각하시는지? 강원도 사람들의 장점은 뭐고, 단점은 뭐라고 생각하시는지요?)

강원도 사람들은 내 지금 보게 되게 되면, 우선 단점이라고 하게 되게 되면 좀 약합니다. 마음이 좀 약해요. (네.) 너무 후하단 말이에요. 장점이라고 하게 되면 개발 능력이 강합니다. 어떤 일을 좀 하자 하게 되면 남처럼 떠들며 하는 게 아니라 꾸준히 붙어가지고 소리 없이 그걸 돌파한단 말입니다. (네.) 예. 기래니까 다른 사람들 똑같이 하는 그런 게 아니라 고저 마음속에 숫자를 갖고서는 어떻게서든지 그 고봉에 도달하고. 그런데 여기에 약점이 뭔가 하게 되게 되면 단점이 뭔가 하게 되게 되든 마음이 좀 약한 게 있어요. (허허. 강원도에서는 뚝심이라고 하는데요.) 네, 뚝심이라는 게 밀고 나가는 게, (네, 밀고 나가는 게 좀 있어요.) 네. 이 밀고 나가는 힘인데 이 밀고 나가는 힘이 다른 도 사람들하고 다릅니다. 그저 소리를 치고서는 막 이렇게 하고선 나가는 게 아니라 그저 마음으로 품고서는 그 다음에 은근히 밀고 나간단 말입니다. 그래 이게 좋습니다. (그런 건 앞으로 잘 살렸으면 좋겠네요.) 허허허. (그럼 이제 농담처럼 하는 강원도 할머니들 여기서 하는 얘기들 들으니까 강원도 사람들을 '보따리'라고 그런다 그러거든요. 그건 어떻게 생각하세요?) 보따리라는 게 다른 게 아니거든요. 보따리라는 게 옛날에 저… (이사를 다녀서?) 아뇨. 옛날에 자연재해를 이겨내는 힘이 작으니까 뭐 비가 오거나 뭐이 오거나 하게 되든 수재을 입으믄 그 다음에 자꾸만 이사를 댕긴단 말입니다. 이러니까 강원도 보따리라고 한단 말입니다. (네.) 기래 이 도리라는 게 그게 있습니다. 뭐 돌 저, 그전에는 저 자연재해를 이겨낼 힘이 없으니까 자연재해만 오게 되면 집이 무너지게 되게 되면 이사가야 하고 아 농가가 물에 잠기게 되면 이사가야 하고 이래니까 자꾸만 보따리를 싸들고 댕겼거든요. 그래 지금은 그렇지 않단 말입니다. 지금은 내 듣건대도 한국에서 강원도를 이 저 관광을 중심으로 해서 집중적으로 개발할 (네.) 이런 생각들도 있고 강원도에서 주동이 돼서 이걸 접수하고 또 저들 제 힘으로 하는데 듣자니까,

"강원도 제 힘으로 하기 바쁘니까 국가에서 지원해야 한다."

이렇게까지 하드만요. 이게 이렇게만 되게 되든 이전에 나쁜 환경이 새로운 환경으로 변해가지고 그 다음에 우리 사람들이 삶에 새로운 행복을 갖다 주게 되게 되는 거란 말입니다.

(제일 존경하는 인물은 누굴 꼽으세요?) 어느 범위 내에서 말입니까? (자기 인생에서 내 삶의 목표로 삼을 수 있는, '나도 저 사람처럼 살았으면 좋겠다.' 하면서 존경하는 인물 말입니다.) 허허. 나는 지금 이 정치 사업을 하니까 필련적으로서 막스, 레닌, 모택동 사상 체계를 수립해 놓으니까 내가 중국에서는 가장 존중하는 분이 모택동, 모주석입니다. 이거는 이미 내 세계관으로서 수립된 겁니다.

그리고 내가 공부하면서, 배우면서 김좌진을 연구하면서 내한테 갖다준 거 인상이 깊은 분은 김구 선생입니다. 왜 김구 선생님이 위대하다고 하게 되게 되냐 하면, 이승만 박사께서 임시정부의 대통령으로 있다가 임시정부가 곤란하니까 말없이 도망쳐버렸단 말입니다. 그러나 김구 선생님은 임시정부에서 임기가 제일 긴 분이고, 마지막에도 남북이 갈라서 선거하는 걸 반대하고 어떻게 하든지 합하자고 애를 쓰다가 마지막 가서 암살당했단 말입니다. 그러니까 이 사람의 사상체계를 본다고 하게 되게 되든 그러면서 심지어 이분이 말하는 게, 우리 어머니가, 그분이 천주교를 믿었습니다. 우리 부모님이 천주교를 믿다나니까, 나도 천주교지만, 그렇지만 실제는 조선 사람들은 항일하는 사람들은 다 대종교다. 나도 사상은 대종교고 내 마음은 대종교에 와 있다. 이래서는 군중들을 밖에서 인도를 했는데 실지는 한국에서 일을 많이 한 분이, 독립 사업을 일을 해서 많이 해서 일을 많이 한 분이 역시 김구 선생입니다. 김구 선생.

그리고 지금에 와서 본다고 하게 되게 되든 한국을 놓고 말하믄 박정희하고 김대중. 박정희 대통령은 어떻게 하든지 그때, 독재를 했든 어떻게 했든 경제를

살궜단 말이에요, 새 농촌 새 마을을 건설했단 말이에요. 이 '새마을' 건설이라는 게 실지는 박정희의 독특한 창시입니다. 세계적으로 없단 말입니다.

지금 우리 중국에서도 실지는 한국에 가서 호명을, 저 호금도 주석께서 가서 보시고서는 돌아와서,

"우리는 에 역시 새 농촌 건설을 할 거다. 이 기본이 옳다."

이래서는 한국을 불러일으켰고.

그리고 최근에 와서 본다고 하게 되게 되믄 어떻게 하든지 남북의 통합을 위해서 애를 쓰고 힘쓴 게 김대중이란 말입니다. 이기 때문에 내가 생각하건대는 한국에서 박정희, 김대중의 사상체계를 살궈가지고 한반도의 평화를 보장해야지, 이 평화를 보장해야 이 우리 민족이 전망이 있고 행복이 있지, 평화가 없게 되면 전망도 없고 행복이라는 거는 더욱 더 이야기할 수도 없고. 그저 이런 것들 이에요.

그러면서 내 지금 하나 언급할라고 하는 건 내 리해가 그래요, 지금 '6자 회담', '6자 회담' 하는데, 까딱 잘못하게 되면 미국하고 일본 꾀임에 들 수 있습니다. 왜 꾀임에 드는가? 6자 회담 마지막에 가서는 조선 반도에 전쟁이 일어납니다. 결과가 전쟁입니다. 지금 생각해 보십시오. 한국에서는 미국에 의거하고 일본에 의거해서 일을 하고 있지만 또 경제가 부강하단 말입니다. 조선은 뭐입니까? 조선은 지금 경제가 나빠졌거든요. 그렇지만 조선에 핵무기만 없게 되게 되믄 아무 것도 아닙니다. 미국 아들이 들어오지 않고 말 한 마디 해도 통일 돼뿌리고 맙니다. 한국으로서는. 그러기에 조선에서 제 정치를 유지하고 그 다음에는 제 정권을 유지하는 데는 지금 핵무기란 말입니다. 만약 핵무기가 없다고 생각해 보십시오. '북조선이 뭔가?' 이렇거든요. 이러기 때문에 이거 지금의 정책처럼 무슨 경제를 제재하고 뭐 이래가지고 하게 되면 결국엔 마지막에 가서는 조선에다가 전쟁을 발동하게 됩니다. 전쟁이 발동되게 됩니다. 이거를 어떻게 해결해야 되는가는 국제적으로 응당히 골을 많이 써야 할 겁니다. 이거 골을 쓰지 않고 지금처럼 이렇게 해가지고서는 노골적으로 말해 김정일이도, 위원장

이도 골이 있는 사람인데 노골적으로 말해서 핵무기를 없앤다면 경제 낙후하지 핵무기도 없지, 아 그러면 무슨 일차 미국 아들이 그렇게 들어와도 그건 뭐 방법 없단 말입니다. 지금 이라크처럼 말입니다. 이라크처럼. 이러기 때문에 지금 이 6자 회담 문제도 말입니다, 내가 생각하는 거하고 지금 진행하는 게 거저 단지 조선에다가 니들 핵무기 없애라 없애라 없애라 이래가지고선 되지 않습니다. 어떻게 하든지 이걸 없애면서 국가가 부흥해지게끔 만들어 줘야 합니다. 부흥해지기 전까지는 이 사람들이 이걸 없애지 못합니다. 없애게 되게 되믄 그저 국가가 망하는 긴데, 그렇잖아요? 이러길래 지금 조선 반도의 위협, 저 위기라는 게 여기에 있습니다.

　(남한에서는 북한에 대한 '퍼주기' 정책을 비판하는 사람이 있습니다.) 근데 이게 퍼주는데 말입니다. 지금처럼 먹는 거 입는 거 이런 것으로 하지 말고, 가장 좋기는 공단이라든가 이런 단체들이 들어가서는 개발해서는 한국에 이익도 보고 그 다음에 저 조선의 노동력도 개발하고. 이런 것들 하면서 기본 문제를 해결해 줘야 합니다. 농사문제도, 그러니까 쌀을 갖다 주지 말고, 스스로 농사를 짓게 해야 합니다. (그렇지요.) 그렇게 되게 하면 씨앗이라든가 저 비료 같은 것들도, 비료 같은 것들도 한국의 비료를 갖다 주려고 하지 말고 아 저 뭔가 하면 한국의 비료 공단 같은 것들이 한 개 넘어와서 생산해 가지고서는 그걸 해결해 주고 이러면서 점차적으로서 뭔가 하게 되면 경제 수평을 비슷하게 만들어놔야 그 다음에 핵무기가 없어지고 뭐가 다 없어지지. 이 저 뭔가 경제 차이가 커서는 절대 없어 아니 집니다.

　그렇게 하고 지금 미국 아들이, 미국 군대가 일본 군대가 조선을 친다고 말 그대로 친다고 하는데 치지 못합니다. 한국 때문에 못 칩니다. 만약에 치게 되면 전 조선 반도가 불바다가 되고 제일 큰 게 한국이란 말입니다. 그렇거든요. 거기를 조선에서 마지막에 미국 아들이 들어와서 망하는데 가만있겠어요? 아 있는 무기는 다 뚜드려, 뚜드리면 누굴 뚜드리겠어요? 다 한국 뚜드리지, 그 먼 데 있는 미국 뚜드리겠어요? 그 먼 데. 이러기 때문에 그저 눈앞의 문제에, 배고프다면 배고픈 문제 해결해 주기보다는, 귀 아프다고 귀를 치료해주기보다도 근본 문제를 해결해주는 데 골을 써야 된다고. 식량 문제를 해결하는 데 골을 써야 한다는 거, 근본 문제로 식량 문제를 해결하게 된다고 하게 되믄 이 식량 문제는 근본 문제가 뭔가 스스로 농사지어서 식량 문제를 해결할 수 있게끔. (유태인이 하는 얘기 중에 고기를 잡아주지 말고, 고기 잡는 방법을 가르쳐주라고 했거든요.) 네, 잡는 거. 이 개성공단이 좋은 현상인데, 좋은 건데, 한날은 공업에서 이렇게 하고 그 다음에 하나는 농업, 목축업 이렇게 해가지고서는 기본 삶의 토대를 만들어줘야 합니다. (예.) 그래야지. 지금 개성공단 같은 거는 단지 저 뭔가 일용 품 문제를 해결하는데, 지금 북한 정황을 놓고 말하면, 조선 정황을 놓고 말하게 되게 되믄 지금 일용품도 수요가 되지만 가장 중요한 게 먹는 문제란 말이에요. '이 먹는 문제를 어떻게 해결하는가?' 이걸 강조해서 해결해 주는 게 그러니까 지금 우리가 아까 얘기하다시피 고기를 잡아 주는 게 아니라 너들로 고기를 길러서 먹어라 이 기르는 방법을 가르쳐 줘야 합니다.

(예. 이 얘기는 여기까지 하고요. 아까 모택동을 존경하신다고 말씀하셨는데, 모택동의 훌륭한 점이 무엇인지요?) 모택동의 훌륭한 점이라고 하게 되면 지금 중국이 장기적으로서 이 저 몇백 년 걸치면서 이 저 일본 그러니까 제국주의 열강들의 침략을 받아 왔고 또 그들의 압박을 받아왔단 말입니다. 착취를 받아 왔단 말입니다. 그렇지만 이 모택동이가 지휘해서 한 게 독립 국가를 꾸려서, 독립 국가를 꾸려서 이 열강들을 다 몰아냈고 이래서 제일 큰 독립의 국가가 됐거든요. 그리고 공농병이 국가의 주인이 됐단 말입니다. 공인하고 농민이 국가의 주인이 됐거든요. 이전에는 장개석이가 있을 때는, 사대 가족이 국가의 주석, 주인이거든요. 저 장가네 가족, 송가네 가족 뭐 이래가지고서는 공가네 가족 이런 네 개 가족이 국가를 통치했는데 우리 중국은 공농병이, 그러니까 공인하고 농민이 주인이 돼 국가를 다스리는 공화국이랍니다. 민주 공화국입니다.

4. 리동순 구술록

구술자: 리동순(李東順). 여. 1946년 출생(구술 당시 만 59세).

조사자: 전신재

조사지: 길림성 용정시 조양천진 쌍봉촌 수커리 리동순의 집

조사일: 2005년 6월 28일

(성함이 어떻게 되시지요?) 리동순입니다. (연세는?) 육십. 개띠. (본관은요?) 전주 이씨. (한국에서 고향은 어디세요?) 그저 그거는 모르겠습니다. 거저 강원도라는 것만 알지 모릅니다. (어디서 태어나셨어요?) 저 산 너머 위에 남장지라는 데서 났어요. 저 산골입니다, 아주. 한 팔십 리 됩니다. 올라가믄.

(부모님은 어떤 분이셨어요?) 여기서는 우리 어머이 아버지로부터 원래 고생 세게 했습니다. 우리 어머이 아버지, 어머이 아버지가 그러니까 거기서 저기, 그니까 서울이라 합디다요. 서울 거기에서 도는데, 거니까 살림살이가 영 구차해 가지고서리 아버지가 먼처 이기로 돈 벌라 들어오셨답니다. 그래 올라와 가지고 저기 북장질 하는 데, 멉니다, 거기. 거기 산속에 와서 숯 구봤답디다. 그래 숯 구봐 가지고서리 식구 데리러 나갔답니다. 그래 식구 그 다음에 데려오고, 돌아와서 산 게 그 다음에 그 남장지에서 살게 됐단 말입니다. 그래서 그 남장지에 와서 토지 분배하는데, 그거 받게 됐답니다. 그래 그때 하여튼 저기 토지개혁 때.

과거를 회상할 때마다 우리 어머니 얘기하는 게, 우리 어머니 어렸을 때, 다섯 살 때, 걸식하며 살았답디다. 그래 걸식하며 살아가서리 남의 일하는 집에서 우리 어머니가 손끝이 여물고 일 잘 한다서리 한 집에서, 거 우리 집 앞에 집인데 그 집에서 데려가서 우리 어머니를 키와 며느리로 삼았답디다. 열다섯 살 때 며느리로 삼았답니다. 그래서 거기서 살다가서리, 그니까 이전에 다섯 살부터 거 아부지 만나기 전에 그 고생하던 역사를 모두 말하는 거예요. 모두 그래 울더랍디다. 아주. 그래 그때 오누이 있었는데, 우리 외삼촌 하고 우리 엄마가 오누이 있었는데 갈라섰답디다. 둘이 같이 댕기면 얻어먹기 바쁘다고서리. 우리 외삼춘은 세 살이고 우리 엄마가 다섯 살이고, 그래 그때 우리 외할아버이가, 우리 엄마 아버지가 구차해서 밥벌이 나갔답디다. 그래 밥벌이 나간 게 좀 뭐 소식이 없으니까 그냥 외할머니가 혼자 있으니까, 그래 할마이한테서 있다가, 우리 엄마 다섯 살이고 외삼춘이 세 살인데, 그래 갈라서, 아무네 가게, 절에 가 얻어먹고 그랬다는 모양입니다. 그래 외삼촌 소식은 그때 가족, 그런 거 찾는 방송이 나왔어요. 그때사 알았댔습니다. 그런 게 외삼춘 돌아가고, 아주마이가 아들 데리고 있다고, 그때 말이, 찾으니까 그렇게 있습디다. 그래 그렇게 살다가 우리 엄마는 그 시집을 만나 거기서 시집살이하다가 그 다음에 자식이 둘이 있어 가지고, 아무래, 저기 우리 그, 그니까 내한테는 아버지가 안 됩니다. 거 세상 뜬 모양입디다. 세상 뜨다니까 그 다음에 아를 둘을 키우기 바쁘니까 지금 우리 아버지한테 옮겨 앉았답디다. 그래 옮겨왔지. 그래 그전에 우리 아버지가 여기 들어와서 숯 구부러 들어왔을 때는 우리 어머니가 그 아들 기르고 댕기며 걸식했답니다. 옥시기 둘 생기면 둘이사 잡숫고, 거지 노릇하며 생기는 대로 잡숫고 살았답디다. 그래 그러고서리 우리 아버지한테 옮겨앉은 게 가보니까 가정이 구차하더랍니다. 그래 우리 어머이 그때 우리 아버지한테 아들 둘을 데리고 들어와 옮겨앉아 가지고, 두루두루 생활을 그렇게 해서, 고생을 많이 했답니다. 우리 어머니 어떤 때는 속이 그저 왁작거리면 그런 얘기 들어 둬라 하고 말씀하시면, 그저 엄마 아버지 어렵게 살았구나 하는 그런 감정을 느꼈댔습니다.

그래 두루두루 사는데 나도 공부는 괜찮게 했댔습니다. 잘 했댔습니다. 그런데
우리 엄마가 심장병이래 놔서, 그저 가슴 그냥 붙잡고 그렇게 살다 보니까, 우리
형제들도 공부 다 잘 했는데 거저 주저앉고, 주저앉고 소핵교나 필하고 말았댔습
니다. 그런데 그 다음에 내 땐데 나도 소학교는 다 최우등으로 하니까, 학교 선생
이 너무 아까와서 어떻하냐 집에서 야를 중학교 보내라구. 그래 그때는 공판,
민판이 있었단 말입니다. 그래 우리 산골이니까 공판은 없고 민판만 있었습니다.
국가에서 꾸리는 학교는 없고 자력갱신해서 절반은 노동하고 절반은 공부하고,
그런 민판학교만 있었습니다. 그런데 자꾸 나를 공판학교 시험을 치라 해서, 우리
어머닌,

“내가 오죽하면 제 자식 공부 안 시키겠는가?”

하고서리, 학교 가서 기래 어떻게 하겠는가? 그래다가 시험치게 해줘서, 그래
서 어찌다 우리 가문에서 내가 중학교 시험을 쳤댔습니다. 그래 중학교 시험을
친 게 붙었댔습니다. (그 중학교 이름이 뭐지요?) 여기 팔도중학교 왔댔습니다.
팔도중학교는 국가에서 배양하는 공판학교입니다. 그래 우리 어머이,

“우리는 학교 보낼 수 없는데, 붙었으니 어쩌겠는가?”

하니, 우리 대대의 주임이 어머이에게, 우리 대대에서 힘써 주겠으니까 보내
시라고, 그때 대대에서 돈 50원 갖다줍디다.

“이거로 그저 새 필기책이나 이케 싸고 이불 조그만 거 하나 해가지고, 학교
보내시오.”

그때 우리 어머니 막 울며,

“아 제 자식이사 공부는 잘해도 내가 이렇게 보내지 못하지요. 없어 못 보내
는데 대대에서 이렇게 해 주니까 보내기는 보내는데, 달마다 학비랑 식비랑 어떻
게 보내겠는가?”

우리 어머니가 그럽디다. 그러니까

“어떻게 하든지 우리 대대에서 또 연계하겠으니까 근심 말고 보내시오.”

라고 해요. 그래 그때 대대에서 50원 주는 거로 학습장하고 이불을 사 가지고,

학비도 식비도 못 가지고, 거저 난 빈 거로 내려 왔댔습니다. 이 팔도로. 수속하는데 가니까, 딴 아들은 돈 다 가져와서 다 물었는데, 그 다음에 선생님 말 합디다.

"저 학생은 어째 저래고 있는가?"

그래 나는

"식비도 못 대고 학비도 못 대고 아무것도 못 가져왔습니다."

그래니까, 선생님이

"제 먹을 식비도 못 가져오고 학교 오는 게 어디 있는가?"

하고서리 그때 그럽디다. 그래,

"선생님, 내 잘못됐습니다. 없는 게 내 학교와 글 배우겠다는 게 내 오차입니다. 그저 내려가라 하니까 공부할 욕심에 그저 이렇게 내려 왔습니다. 안됐습니다. 부끄럽습니다."

그랬더니, 내 그러면 공부 안하고 집으로 가겠다고서리, 그 학교에서 울며 나왔댔습니다. 그래 나왔고 그 다음엔

"아 저 학생 왜 저러는가?"

그러니,

"저 학생 그냥 사해 주십시오."

말을 했는 모양입니다. 동료들이 그러니까 선생님들이 모두 나와서 그저 잘못됐다 하며 들어가자고 그래, 그래 아이 싫다고 난 집에 가겠다고서리 내 이 돈 일전도 없이 어찌 학교에 댕기겠는가, 가겠다고 하니까, 자기 잘못했다며 선생님이 그럽디다. 그래 따라 들어가서 이래저래 있다나니까, 그니까 반 학기 거진 다 댕겼는데, 국가에서 공립금으로 공부하라고 공립금 줍디다. 그래서 국가 보조 받으면서리 1학년까지 재고 댕겼댔습니다. 그래 1학년까지 댕기고 그 다음에 어머니 병이 점점 중해 하루에도 몇 번 까무러치고 하니까 더 이상 가정을 유지할 사람이 없지 하니까, 집에서 통지 왔습디다.

"니 엄마를, 와서 엄마를 보양하겠니? 그렇지 않으면 그냥 학교 댕기겠는가?"

그래 엄마 세상 뜬다 어쩐다 하는데 내 어떻게 학교 그냥 댕기겠다 하겠습니까?

그래

"난 학교 안 댕기고 가서 엄마 시중하겠다."

고.

"생산대에 나가 일하며 어머니 보살피겠다."

고. 그래가지고서 2학년에 올라가 개학되자마자 거저 선생한테 말했지,

"저 퇴학증 떼어 주세요."

그러니까,

"돈이 적어 그러믄 우리 다시 표 내서 공립금 올려 주겠으니, 공립금을 올려 주겠으니까 그냥 댕기라."

고 그럽디다. 아니라고 가정 조건이, 어머니 병이 점점 더해가서 이러니까 아무래도 올라가야 된다고서리. 그래 그때 퇴학증 받아서 울면서리 80리를 그냥 걸어올라 갔댔습니다. 그래 집에 올라가니까 고때 남동생이 둘이 있었는데 집에 가니까 막 울음소리 납디다. 그래 울음소리 나니까 무슨 일이 났겠다 하고서 들어와 보니 어머니가 정신이 없고 쓰러져 있고, 그런데 남동생, 거기 엎드려 울다가 그것도 잠든 거 같습디다. 그래 어머이 어깨를 흔들며

"왜 안 일어나?"

하니까 동생이 깨어나며

"엄마가 죽었어."

울면서 말합디다.

"야야 엄마 죽으믄 어찌 의사를 데려다 못 뵈고 니 울고 있으면 어쩌냐?"

그때 내 열다섯 살이란 말입니다. 그니까 나도 어리니까 나도 엄마를 부르며 막 울었지 뭐. 그래 울으니까 어머니 뭐 정신을 잃은 게 어찌돼? 그 다음에 의사 한테 뛰어가서 의사를 데려오니까, 희망 없다 하면서리, 이렇게 의식 잃은 지 오래되어서 희망이 없다고 합디다. 어쩌겠습니까? 그러면 마지막으로 침이나 놓아달라고 했죠. 사흘 지나서 어머니 정신이 좀 돌아옵디다.

그 다음부터 엄마 대신 제가 가정을 꾸리며 살았습니다. 그래 가정을 맡아

가지고 일하러 갔다가 발방아에다 방아를 쪄서. 그래고 사회에 나가서 활동하고 난 성질이, 누구한테 떨어지믄 아주 이 잠도 못잡니다. 그래 지 가정 일도 볼라면 어떤 활동은 좀 빠져야 되는데, 그땐 왜 그런지 거저 남하는 건 다 하고 싶더란 말입니다. 그러니까 엄마는 이러지.

"니 집에 있다 해도 바쁘고 생산대에 나가 일하기도 바쁜데 어쩌겠니?"

그래 첫해는 거저 맨 어른들 있는 데 나가서 김매자니까 증말 바쁘고 힘듭디다. 어떤 때는 나갔다가 밭이랑에서 누버 자니까, 어른들이 불쌍하다 깨워서 집에 보내고. 그래 일 년을 그러고, 한 해 지나가선 좀 낫습디다. 그래다가 집에 엄마가 몇 해 안 돼서 세상 뜨고, 시집, 내 시집은 내 스물세 살에 이 집에 시집 왔댔습니다. (결혼하신 다음에 어머님께서 돌아가셨어요?) 예. 그러고는 그 다음에 엄마가 또 세상 뜬다 어쩐다 해서, 공사의 사장, 공사에서도 우리 곤란한 호라는 거 아니까, 공사 사장이 같이 따라가서 연변병원에다 입원시켜주고 왔댔습니다. 그래 한 달 여드레 만에 퇴원돼 가지고 집에 갔고. 그래 내 시집와서 아버지 생일이래서 올라갔는데, 저기 어머니가 그럽디다.

"아 오덕병원에 한 번 가봤으면 좋겠다."

아들은 나이 어리니까, 그니까 내 올라가니까 그 얘기를 합니다.

"거기에 나를 한 번 병원에 더 데려가 달라."

고. 그래서 오덕병원에 내려왔는데 의사가 거기서 그만 오차가 돼 가지고, 병을 곤칠라고 실험하다가 고만 잘못 실험했단 말입니다. 의사가 그저 있는 힘껏 노력한다는 게 그만, 의사라고 어떻게 실수 아니 할 때 있겠습니까? 그래 실험한다는 게 그만, 폐에 물이 찼는가 검사해본다는 게 폐를 찔렀단 말입니다. 그래서 그 즉실로 직사를 하고 말았습니다. 그래서 곤칠라고 내려왔다가서리 그저 송장 치루고 온 거 됐댔습니다.

난 사회 나가서 활동하면서도 가정 꾸리구, 나이 어려도 정말 누구한테 비위 떨어지게 아니하니까, 열일곱 살에 입당 했댔습니다. 당에 입당 했댔습니다. 입당하면서리 민병련의 연장도, 아 부패장도 이렇게 해가지고, 거 옛날 군대에 반에 반장이 있고 패장이 있고, 우리 민병련에도 반장이 있고 패장이 있고 연장이 있고 이렇단 말입니다. 한 개 대대적으로 하믄, 그래 부패장질도 하고 그 다음에는 부녀대장질 하다가 마지막에 그 문화혁명 그 까대는 부녀주임질도 하고, 그 다음에 저기 공사에 그냥 운영일에 출납도 다하고 그랬댔습니다. 나는 내 하고 싶다는 거 못하면예, 원래 하자고 들은 그거는 하고야 마는 성질입니다. 내가 원래 그래니까, 그래 우리 결혼할 때도 우리는 그 교회에 대한 거 모르고 내가 이 성당 들이치던 사람입니다. 성당 들이쳤습니다. 우리나라에서는 이렇게 우리한테 다 불어넣는 게 그럽디다. 이 저기 종교는 나라를 팔아먹는 매국적이라고 예, 뭐 독일로부터 들어왔다든지 하면서리, 그러면서리, 아편쟁이라 하면서리 그거 하면 못쓴다니까, 우리는 딱 그거를, 그 확실히 그게 다 그걸로요 우리는 들었단 말입니다. 정말 교회 나쁘다는 거는, 그래 결혼할 때도예 중매결혼이니까 우리는 남자들은 안 그랬는데 이 중매재가 어떻게 하든지 중매를 하자 하니까, 속힌 거 갔습디다. 내 와서 물어보니까, 자기 교회 안 믿는다는 말은 아니 했다는 거지, 남자들이 말하는 게. 내 장개 못 가면 못 갔지 교회를 팔겠는가. 그랬는데 이 중매재는, 나는 그때 그거 세게 물어봤댔습니다. 교회 믿으면 나 안가겠다고. 나는 그때는 당에 들자고 학습하던 사람이니까, 입당해 가지고 당 생활을 하다가 당에 입당하겠다고. 부녀주임질 할 때는 당에 입당하겠다고서리 노력하던 사람이니까, 반대 아니고 뭡니까 그게. 그니까 나는 싫다고서리, 교회 믿으면 아니 하겠다고 하니까 중매재가 인제 그 문화혁명이 나면 겉으로 이렇게 해서, 지금 사회에서 반대하기를 못 그런다는 거지요.

　그래고 우리 아버지가, 이러면 숭이 되겠지만, 친정아버지가 술을 잡수면 좀 술 그게 있어가지고, 아주 아버지한테 데어버려 가지고, 술 잡수는 사람한테는 아니 가겠다 했습니다. 내 시집을 안 가겠다고. 아버지한테 너무 혼나서. 평소에는 이런데 술만 잡수면 그저 뭐. 아무래도 우리 어머니, 그래 심장병이 난 거 같습니다. 가만히 생각하니. 이 뭐 아버지 흉이 되겠는지는 모르지만, 그래 너무 그래서 아버지 술 잡숫고 온다면 그저 구석을 찾아 들어가 너무너무. 아 중매재가,

그 집에 가믄 술 쌓은 것도 일 년 가고, 어쩌고 두루두루 그럽디다. 그런데 와 보니, 술 안 잡숫기는 뭐 술 안 잡숫겠어요? 술 잡숫지.

그래 내 여기 와서 스물세 살이니까, 탕에 든 게, 만 스물다섯이면 또 퇴탕합니다. 제대로 할려구 못하면 퇴탕합니다. 퇴탕시킨단 말입니다. 탕에서 일을 할려고 노력하지 못하믄.

스물다섯에, 이 탕에서. 당과 탕은 다른 게야요. 탕이 또 있대니까. 탕이 있고 당이 있단 말입니다. 그래니까 탕에서 퇴탕했단 말입니다. 스물다섯 살에, 시집 와서, 그래 첫 해는 여기서 놔둡디다. 회의할라 오라이, 오늘 저녁에 탕 회의 있다고 오라 하믄, 대대 오라 하믄 가, 내뻐려 두던 게, 한 이태 지나서,

"거기 가믄 모하겠는가? 가지 말라."

고 집에서 그럽디다. 그저 뭐

"여자란 게 시집와서 시집살이 하믄 되지 거기 가서 뭐하는가? 가지 말라."

고 그래 두루하니까 뭐 회의할래도 못가고 두루하니까, 그 다음에 탕 생활이란 게 없어졌지요, 시집와서. 그래 그 스물다섯 살에 퇴탕하고 말았지.

그리고 와서 오 년 만에 첫 아기 있었는데, 그 다음에 우리 시어머니 시아버지 다 환자입니다. 와서 나도 고통 쇠리 받았습니다. 시아버지, 그 자식 둘 잃고 화병 나 가지고 뭐 우리 자나 어찌나 그저 그 화가 올리믄 그저 다 뿌숴제끼고, 올개뛰고 이리뛰고, 그카고 차 와도, 차 오는데도 모르고 막 가서 차를 막고 우리 시아버지가 이랬어요. 너무 뭐 온순한 분인 게, 이 자식 둘을 연변병원에 갔다가, 고치겠다고 갔다가서리 죽은 걸 싣고 와 가지고 화가 번져, 내 시집오기 전에 그랬습니다. 근게 우리 잔치하던 해에 잃었다는 거, 난 그거 모르고 왔단 말입니다. 거리 떨어져 있어 모르지. 그리고 우리 시어머니 그냥 누워서, 다 그렇게, 우리 엄마는 뭐 심장병이래도 이불 펴놓고 이리이리 옮기는데 그분은 이불도 이렇게 해놓고 밥 먹을 때만 아휴 일어나니까 정말 신경이 날이 납디다. 골수 아프고.

일 많이 하면 우리 공자금 많이 주고 그래니까 그저 한 시에 일어나서 나도

좀 많이 해 벌어 보겠다고 한 시에 일어나 밥을 해먹고는 어슴프레 하면 논에 가 앉아서 환할 때를 기다렸다 거 한 모루에 모처리믄 몇 알을 더 뽑겠다고서리 그래 나가 앉아 있다가 저녁에 아홉 시믄 들어오니 그저 그럼 가매몰이 뽀애버려 들어오면, 앓는 소리 나니까, 아무리 마음 느리게 먹어도 마음이 쾌활하지 못합디다.

집에 남자들은 거저 어떻게 하는지, 부모 살믄 몇 해 살겠는가, 아무 티내지 말고 부모 세상 뜰 때꺼정 우리 잘 모시다가 그러라고, 범도 제 새끼 잡아먹는 게 없는데 부모치고 병이 들었으니까 저렇지 자식 왜 앞가름 아니하겠는가 하매, 그것도예 그게 일 년 지나고 이 년 지나고 지한테 자식이 없고 하니까예, 그 시집살이 하자니까 증말. 우리도 곡절이 그래 많았습니다. 이혼한다 어쩐다 하며 곡절이 많았습니다, 우리도. 이런 거 말 안해야 하는 거 같기도 합니다. 내가. 그래 그저 두루두루 우리도 이혼한다, 어쩐다, 난시 치다가는, 어찌 이러겠는가 하고서리. 우리 교회법에 자식이 부모를 괄시하면 대죄라고. 그때 이 신경이 좀 잘못 됐댔습니다. 그때, 잠을 매일 못 잤댔습니다. 그래, 거저 잠을 못 자니까 속에서 불이 나면 그저 밤중에라도 냅다 뛰었습니다. 그래 부모가 살았을 때는 돌보구요. 23년 같이 있었는지 그래서 끝내 내 손으로 다 매장시켰습니다. 그저 우리 먹는 대로, 가정이 곤란하니까 반반한 걸 못해드렸어도, 우리 먹는 대로 부모를 다 그래도 그 마지막꺼지도. 우리 시아버지는 거기다가 또 마지막에는 풍 맞아가지고, 아주 그랬지. 우리 어머이도 그냥 그래. 23년 같이 있었댔습니다. 그 다음에 아들이 학교가게 되니까, 학교비를 대기 시작하자니까 또 어렵고.

거기에다가 우리 큰아들 낳고, 이 병이 났단 말입니다. 내가. (무슨 병이 나셨어요?) 척추뼈 이 내 이렇게 되지 않았습니까? 그래 이 다리 이거 못 쓴단 말입니다. 내 지금 두부살이나 한가집니다. 이 척추뼈가 이렇게 나왔어요. 이 겉으로 봐도 이렇게 이게 지금 나왔지 않습니까? 이게. 이렇게 척추대가 세게 나와 이렇게 됐단 말입니다. 그래 그때 치료했으면 이래 이루 갔겠는데 어찌 뭐 내 치료 있습니까? 부모 두 분 다 장애 환자니. 이게 점점 점점 이렇게 크게 살아납디다.

한 10년 지나니 점점 허리 아파서, 엎드려 김매자니 이 허리 아파 못 매겠어. 앉아. 병원에 못 가고 그냥 그렇게 있다가서리 그래 아들은 또 공부시켜야 되고 그니까 나는 내 병은 키울 대로 다 키웠단 말입니다, 그때. 아들 옷을 못 해 입히고 하니까 동네에서 입던 거 주면 그거 얻어 입히고, 두루 이래 학교도 그저 이래 재고 보내고 하면 형식으로 되다나니까 내 언제 약 쓸 수 있어요. 부모들이 아프다면 부모들은 할 수 없어 병원에 데리고 가야 되겠지요. 그래나니까 십 몇 년 됐든가 안 됐는가, 거진 20년 돼 가지고서리 그 다음에는 저 문턱을 나가 다가 턱 주저앉은 게 내가 일어 못 났단 말입니다. 일어 못 나니까 남자들이 빨리 일어나 올라오라고 웃드란 말입니다. 그니까 서러우며 그저 눈에 눈물이 팍 나는 게,

"아이 나는 일어나지 못하고 이러고 있는데 웃는가?"

하니까, 그 다음에 그때 그럽디다.

"아, 왜 그러는가?"

다리 못 쓰겠다고, 일어 못 서겠다고서리, 그 두 눈에서 눈물이 막 납디다. 그래 그 다음에 와서 그래 일어 못 서겠는가 합디다. 일어 못 서겠다고서리. 그래 안고 들어와 가지고 걷지 못하니까 그때서야 병원에 데리고 가니까 뭐, 병이 죽을 대로 다 키웠으니까 그 어떻게 곤치겠어요? 못 곤치지 뭐. 어떻게 곤쳐요? 거진 20년 돼서 거 가니까. 그래 그 오가며 또 자식 낳아 자식 키우느라고 그래 고 뭐 어쩌고. 그래 가서 드러눕고 한 달 그저 한 40일 침 놓고 약을 좀 쓰고 해서 그래 이걸 억지로 조금 요만히 걸어서는 앉고, 앉고, 이렇게 아주. 또 가정 은 유지해야 되겠으니까, 팔도 한 번 갔다 오고 아침에 떠나면 뭐 거진 점심때나 들어오고. 그래 못 일어서면 남자들이 이래 다 태우고 가고. 집에 새끼 부모들 있고 하니 또 어쩌겠어요?

그래 그래고 나니까 우리 괄시는 쐬리 받았어예. 지금예 지금은 사회에 내 교회 들어와 보니까예 요 교회에서 이렇지, 양심대로 살자고 이렇게 그러지 지금 국가에서 아무리 이렇게 하면, 이게 위반되는 말이지만은, 국가에서 없는 사람

자리 그래준다 해도, 내 양쪽 다 지내보니까, 못사는 거는 진심으로 잘 대해 주는 게 거의 없습니다. 그래나니까 우리 아이들까지 구박받았습니다. 살면서.

우리 아이들이 유치원도 못 갔댔습니다. 그러니까 그저 거 유치원 갈 때는 거 가고 싶어, 그냥 길에 나 앉아 아이들 가는 거 봅디다. 그래 내 아이들 때려 주기도 많이 때려주었습니다.

"니 그거 안 보며, 아무렇지도 않은 체해야, 부모 이렇게 병들고 일을 못하고 하니까 니네한테까지 이렇게 괄시가 오는데, 니 눈으로 안 보믄 엄마도 마음 들 아프고 너도 일없지."

보지 말라고 해도, 어떻게 알고 고 시간만 되면 나가서 본단 말입니다. 아이 들이 유치원 가고 싶어서. 그래 하루 날을 막 꼬집고 들어와서 그저 막 뚜들겨줬 댔습니다. 부모 노릇 못하면서도 아이들 때려줬댔습니다. 그래니까 어머니 인제 안 나가 보겠다고서리.

그래 그 다음에 내 유치원에서 배우는 노래 얼매든지 배웠습니다. 내 소학교 꺼도 다 노래 배워줄 만하니까 부러뵈하지 말라. 유치원에서 배우는 건 집에서 다 배워주고. 그게예 그렇습디다. 겁이 납디다. 유치원에 못 댕겨도 이러는데 학교 못 가면 저거 어떻게 해야 싶은 게 그저.

그래고 난 다음에는 학교 붙이는 날에 갔지. 그래 가서 두루 교장선생님께 물어보니까 붙여준다 그럽디다. 그래서 반을 편성하는데 언제 이름이 나오는가 하니까 글쎄 이름이 안 나오더란 말입니다. 우리 딸 이름이. 그래 다시 들어가 말하니까, 야 유치원 안 댕겼기 때문에 명단이 넘어 아니 와서 그렇다고 그럽디다.

원래 우리 빚이는 많지 않았댔습니다. 그게 빚이는 많지 않고, 일을 모두 하 자고 들고 하니까 60원 됐는데, 그 상가채운동에 걸려가지고 남자들이 그 목재 판에 뽑혀갔댔습니다. 그래 목재판에 뽑혀갔는데 가서 열심히 일하고, 아주 죽게 되어 왔드란 말입니다. 그래 놓으니까 3년을 일을 못했습니다. 금숙이 아버지가 그래 3년을 일을 못하고 하니까 내 나가 조금씩 그래 하니까, 이 60원짜리가 양천 원이, 3년 동안 양천 원이나 올라갔댔습니다. 그래니까 그 빚 딸려 놓으니, 그저 그래되니까 그저 아이들이 쪼금 무슨 가지고 나가 먹으면 그 빚진 게 그런다는 게지. 옷은 동네에서 생각해서 입던 거라도 주믄, 학교 가면 그놈 거러지가, 너는 공부는 잘해서 좋아도 엄마 아버지 잘못 만나 거러지라는 거지요. 하루는 아이가 막 울고 왔습디다.

"어머니 나 이제는 남이 준 거 아니 입겠습니다. 아이들이 놀립니다."

하면서예.

"야 그래도 그 참고 그래야 니 학교래도 댕기지. 이 봐라, 엄마 아버지 봐라. 엄마 아버지 병들었어도 니네들 공부시키겠다고, 밤 열한 시, 열두 시꺼정 일하는데 그것 못 참고 아니 입겠다믄 엄마 아버지는 어쩌니?"

할 수 없다, 그래도 인제는 안 입겠다고 막 그래. 그래 그때도 막 뚜들겨 치며, 아니 입겠으면 말라고, 니 다 벗어놓고 니 옷을 아니 입고 학교 갈라면 가라고, 모른다고.

"엄마 아버지도 있는 힘껏까지 하는 게 그거니까 어쩌겠니? 너도 봤지? 할머니하고 할아버이 그냥 장애 환자지. 아이고 어떻게 그래 농사라는 게 이게 졌다 하믄 잘해야 일 원 갚지. 50전, 80전 가다나니까, 암만 벌어도 얼마 안 된다, 이게. 그래 그런데 어쩌겠니? 나도 학교 못 댕겨, 이 먼 길을 울며 집으로 가든 거 생각하고, 내 자식은 그저 공부만 잘 하믄 내 빌어먹드라도 니들 공부시키겠다고 하는 엄마다. 그런데 그런 엄마 심정 모르고, 그러면 어찌하니?"

하니까,

"그럴께요."

합디다.

시집에서 나를 말을 합디다.

"내 같이 살자 하는 겐데 너를 나쁜 데로 밀쳐 버리겠는가? 좋은 길로 한 식구 가자고 그러는데 어째 말을 안 듣는가?"

내가 성당을 안 나가서 하는 말입니다. 그래 내가

"성당에 대한 거 선전하느냐?"

그렇지 않다고 그렇게 말합디다. 딱 그 지금 안 믿는 사람들이 내 처지 한가지입디다.

"내 보니까 성당에 댕긴다는 것들, 별나지 않다."

나도 이 말을 세게 했습니다. 뭐 성당에 댕기는 사람들, 나쁜 짓 아니 하고 행동으로 본보기를 보여서 그 사람을 들어오게 이렇게 해야 되는데 성당 댕긴다는 게 별나지 않더라고. 나쁜 짓이라곤 다 하더라고. 나도 그냥 이랬댔습니다. 그래 마음에 들지 않습디다. 아휴, 뭐 성당 가도 그렇지 무슨, 그 성당 댕기는 사람, 어떤 사람은 나쁜 짓만 하고 뭐 그렇드라, 별나지 않다 하면서리.

내가 이렇게 세게 말하니까, 그렇게 말할 순 있다고, 모르는 게니 그렇다고, 그거는 그 개인의 문제지 성당의 문제 아니라고. 그 사람이 나빠서 그렇게 행동하는 것이지 교리가 그런 것은 아니니까 그렇게 보면 안 된다고. 나도 처음에는 그랬다고. 나도 책보고 성당 댕기면서 교리를 배웠다고. 원래 교리대로 하면, 어떻게 하든지 남한테 악한 짓을 하지 말고 어떻게 하든지 남의 죄를 용서하고, 남을 사랑하고, 선량한 사람이 되는 것이라고, 그럽디다.

그래 나도 돌이켜보니까 사회에서 부려먹는 것과 완전 다르단 말입니다. 내 사회에서 괄시 받고 두루 이렇게 하고 그 다음에 이 교회 댕겨 보니 내 사랑 받아서 그런지보다도예 판이 다르다 말입니다. 그래서 그 다음에 나도 이렇게 교회 들어오니, 육신은 임시 여관에 들렀다가 가는 것이나 한가진데 이렇게 정말 좋은 자기 영혼을 구원하는 거니까,

"내 이 길을 걸어야 되겠다."

이게 감이 잡힙디다.

"그래 그저 육신 생활은 임시니까, 먹고 살믄 되고, 그저 내 형편에 남의 집에 돈 꿀라나 안 가는 정도믄 나는 행복하다. 이 정도로만 살았으면 좋겠다."

저 우리, 내 살던 남장지에서도 한 60리 올라가믄 산도탄광이라고 있습니다.

거기 가서 이자돈을 꿔다가서리 아들 공부시켰습니다. 고 이자 쌀로 700근, 800근 올려보내고 나믄 모내기 전에 양식이 다 떨어집니다. 그럼 또 저 딴 데 가 또 돈 꿔다, 쌀도 꿔다 먹고, 일생에 이렇게 살아왔댔습니다.

그 빚을 못 갚으니까 회계가 와서 마대를 세 개 갖다 놓고, 이게 다 어제 그저게 그저 이리와 그랬던 거, 이게 다 마대를 꽉 죄고,

"아줌마, 이거 다 되로 퍼였소."

그러니, 나는 맥없이 못 하겠다고, 가져가라고, 저거 언제 세 마대나 되는지 모르겠다고, 다 퍼가라고, 일없다고, 우리 일하기 싫어서 이 빚졌으면 그렇지만은 사람이 죽는다, 산다 해서 삼 년 동안 꼼짝 못해, 그 60원 때문에 이렇게 빚이 올라가고 이랬는데, 그것도 하나 못 버티면 무슨 게,

"당이 좋다는 게 뭔가?"

하고서리.

"만날 당이 좋다 했지? 당이 좋다 하믄 이런 조건도 봐줘야 되지 않는가?"

하고, 일하기 싫어 이렇게 했다면 우린 처벌받아야 된다고 일하기 싫어 그런 게 아니라 이거 가정에 변고가 이렇게 나서 사람 죽는다, 산다 하면서리 병원에 댕기고 억지로 지금 이렇게 해서 삼 년 동안 일을 못하게 돼서 빚이 이렇게 확 올라가 이런데,

"쌀을 퍼여라."

퍼여라고, 우린 마대도 없다고서리, 하도 못사니까 마대도 없이 그저 저렇게 헛간에다 그저 퍼서 놓구 산다고, 퍼갈 수 있으면 퍼가라고.

마대 없다니까 어디 가서 마대를 가져왔습디다. 가져와서, 퍼갈 수 있으면 퍼 가라고. 그리고 남자를 사흘이나 가둬 놓고 그 빚을 내라고 아휴, 그래 사정 했어요. 그 다음에, 그래 그때 울며 울며, 동네 잔치집이 있는데, 사흘 후면 큰딸을 시집보낸다는 집에, 할 수 없이 울며 울며 그 집에 가, 돈 양백십 원 내라는 게지요. 빚진 거 못 냈다고예. 처벌로 양백십 원 내라는 거 그 돈 정말 안 낸다고, 그래 그 집에 가서 딴 데 돈 꿀라 하는 거 크게 눈물 나며, 말 띠자마자 그저

눈물 나며,

"어찌겠는가? 우리가 부족해서, 제 노릇을 하지 못하니께 타격받고 이러는데, 좋은 일에 돈 꿀라온 게 이게 말이 아닙니다."

방법이 없어 왔다믄서리, 딸 잔치하는 돈 꿀라고 들어와서 미안하다고서리, 내 사흘 전에 돈을 갖다 물어 주겠으니까 양백 원을 꾸어 오라고 하니, 어찌겠는가?

"금숙이 아버지 저 가둬놓고 저러니 어찌겠는가?"

하고서리, 그래 뭐 와서 저 벼 세 마대 있는 거 그거 퍼 가라고 마대 갖다 나를 이러는데, 나는 안 퍼 이래 왔다고서리, 그거 찧어서 갖다 물어주겠다고서리.

그래나니까 그 집 주인이 그 빨리 주라며, 그런 일에 그런 사정 안 봐주면 어쩌냐고, 돈 주라고 아주머니가 돈 양백 원 줍디다. 그래 그때 그거 받아가지고 와서 그거 갖다 주고. 그래 다 그렇단 말입니다.

그래, 그 다음에는 교회에 들어가니까 한국에서 우리 한국 신부님 오신 담부터 한국에서 입던 옷도 많이 들어 왔댔습니다. 그저 자꾸 신부님이 가면 그저 한 보따리씩 걷어 가지고 오고, 성당에서도 우리 구차하다고서리 거기서 옷 두루 두루, 그래 말 한 마디라도예, 다르단 말입니다. 지금 교회에서 사랑으로 그러기 때문에, 그래 우리도 교회 들어와서 그래서리, 지금 우리 이, 이 해 입은 것도, 이 수녀님이 이렇게, 한국의 수녀님이 들어와서. 내 자꾸만 앓아 병원에 댕기고 하니까, 그럽디다.

"금숙이 어머니 신체도 약하고, 그저 병이 그 또 그런 병이 걸리고 했는데, 돈을 취해가 돈이 하나도 없으니까 어떻게 음식이 소화돼서 몸이 건강해지겠습니까?"

또,

"금숙이 어머니는 식사도 그렇게, 고기붙이 하나도 못 잡수니 어떻게 신체를 부지하겠는가?"

하며,

"어떻게 하든지 금숙이 아버지하고 금숙이 어머니 이를 해 드려야겠는데 어떻게 하든 이를 해 드리겠는가?”

그 이 수녀님이, 한국에서 온 수녀님이 그렇게 반갑다고 그래고,

“아무 때나 우리 생활 필 때 있겠지요.”

해요. 근게 마침 교회에서예 거 치과에서 왔습디다. 팔도병원에 왔습디다. 그래 왔다고서 수녀님이 전화로, 그때 전화도 우리 없었댔습니다. 작년에 거저 놔 준다 해서 이거 전화 놨댔습니다. 그래 그라매 딴 집에 전화 통해 가지고 그 집에서 와서, 할미가

“이 수녀님이 금숙이 엄마를 오라 한다.”

고. 그래 어째 오라는가 하니, 그냥 뭐 어디서 한국에서 치과에서 왔다는 거랍디다. 그래 갔지. 가니까,

“어째 혼자 오셨습니까?”

이 수녀님이. 아 그래 혼자 오지 그럼 누구하고 오냐고 그러니까, 금숙이 아버지는 안 오셨냐 하매, 거 미안해서 내 혼자 오는 것만 해도 미안한데 어떻게 한 집에서 둘이 다 같이 오냐고, 사람이 양심도 있어야지, 그저 오란다고 어떻게 다 오겠는가, 그렇게 못 온다고.

“아휴 같이 오셔야지요.”

하매 또 전화를 합디다. 그래서 금숙이 아버지 후에 왔댔습니다.

그래 치과에서 와 이를 이렇게 치료, 벌거지 먹고예, 이렇게 궁게 난 거 땜해 주고, 이런 걸 합디다. 그래 그런 걸 했는데, 이 수녀님이 그 얘기를 한 모양입디다. 가정 조건이 이래 치료를 못하고, 없어서 그러는데 어찌 하겠는가 하며. 수녀님이. 그래 보더니 이를 다 빼라 합디다. 그래 이를 뺐습니다. 돈 안 내고 금숙이 아버지도 빼고 나도 빼고. 뿌리가 세 개 있는 거 그거 빼고 그래 왔댔습니다. 그래 그 다음에 거기서 우리 뭐 사진 찍겠다며, 우리 둘이 앉으라 하면서 그래 사진 찍고, 그 다음에 마지막에 올 때 인사시켜 인사하고, 이 수녀님이, 이제 한 달, 그게 이 뺀 게 한 달이 돼야 이제 이를 해 드리겠으니까,

“한 달은 참으시오.”

합디다. 수녀님이 저렇게 노력하고, 한국분들이 교회에서 와 저렇게 열정적
으로 해주시는 데 대해서는 대단히 감사하는데, 우리 둘 때문에 한국에서 이
해주러 오시겠는가? 이게 감정이 그렇게 들어 안 갑디다. 말로는 그렇게 했는데,

'아유 우리 둘 때문에 한국에서 우리 이 해주러 오시겠는가?'

하고서리 그래 생각은 그러면서,

'수녀님이사 거짓부리사 아니 하겠지.'

하며 그래 집에 왔는데 한 달 되니까 전화 왔더란 말입니다, 오라고서리. 그
래 전화가 왔는데, 나 혼자 오라고 전화 왔습디다. 그래 가니까, 그분이 돈 이천
원을 보냈습디다. 치료를 해주라, 틀니를 해주라고예. 그분이 돈 이천 원 보냈다
고 이 수녀님이 얘기합디다. 그래믄서리

"이 돈은 암만 바빠도, 아들이 와서 무슨 학비, 무슨 생활비 달라 해도 쓰지
말고 금숙이 어머니 금숙이 아버지 이 치료를 해 넣으세요."

하드란 말입디다. 그래 그거 받으면서리 얼매나 감동했는지 내 울었댔습니다.

'누가 이렇게 정말 그까짓 이를, 이빨을 먹겠으면 먹고 말겠으면 말고 하지
누가 이렇게 관심해 주겠는가? 타곳에, 한국에 있는 분들이 무엇을 안다고 우리
볼 것도 없는 사람한테 이렇게꺼지 사랑을 베푸는구나.'

하는 게여 정말 감동됩디다. 감동해서,

"이 수녀님! 내 이 돈을 어떻게 받겠습니까? 천상 보지도 못하던 분이 그
한국 땅에서 돈을 이렇게 보내셨으니 이거 정말 뭐라고 말하겠습니까?"

그러니까,

"에이 일없습니다. 일없습니다."

하면서리 자꾸 받으라면서리 그래 가서 그거 받아가지고 우리 둘이 이 하러
갔댔습니다. 그래 나는 이 한 게 제대로 됐는데, 영감님은 아 이 한 게 제대로
되지 않았단 말입니다. 그래 되지 않아서, 이가 자꾸만 헐거버너서, 그래 그 다음
에 가서 땜하믄 일없다 하드란 말입니다. 나는 그 남자들 하는 치과에 가지 않고,
딴 데 가서 했습니다. 원래 둘이 다 하자고 갔는데, 나는 마음에 안 들더란 말입

디다. 그래 나는 거기 안 가고, 금숙이 아버지는 거기 갔는데, 아니 해주더란 말입니다. 그 치과에서. 한 반 년 있어야 한다며. 그래 또 그게 헐거우니까, 그저 어찌 뭐 빠지고 하니까 잃어뻐리고 말았지요. 그래 야 그게 어떻게 온 돈으로 한 것인데 그렇게 잃어버려, 그저 딴 데는 다 이렇게 가믄 수리해주고 하는데 그 치과는 그렇게 어찌 그렇게 수리 아니 해주는가? 그래 우에 이는 있는데 아래 꺼 잃어뻐렸단 말입니다. 금숙이 아버지. 뭐 기침해도 빠지지 뭐, 아 낭구하러 가서 낭구 지고 힘써도 빠지지. 그거 어떻게 낍니까? 글씨. 그래 이 수녀님이 나를 이래 해주고는, 일 년 있다 가시고, 그 다음 새로 다른 수녀님 또 오셨습니다. 그니까 인제는 이 해주신 거 칠 년째 됩니다, 인제. 그래 나는 이렇게 밥 먹을 때마다 그냥 그 보내준 분들 계속 눈에 삼삼하지, 이 수녀님이 그렇지, 증말입니다. 딴 거보다예 이빨을 이렇게 해주니까 밥 먹을 때 뭐 계속 생각납니다. 그래 이거 어떻게 하든지 우리 자꾸 정말 이게 사랑을 받아서 어찌, 우리는 우리도 어느 때는 남한테 사랑을 베풀어야 되겠는데, 어찌 해야 할지 모르겠는데, 궁색하니, 노력하면 되겠지요. 더 노력하면 되겠지. 뭐 산다는 게 그저 제 노릇을 못하고 이렇게 살았습니다.

아이들 사남매 모두 고생했는데, 둘째 딸 금복이는 대학 가서 인제는 저 하나는 성공했습니다. 거 가서도 그렇게 곤란하게 지내니까예, 그저 가서 정말 잘한 모양입니다. 그 소장이 설에 이렇게 집안 방문 전화를 했습디다. 저 딸내미 때문에 근심하지 말라고.

"집에 따님을 영 잘 뒀습니다. 눈치 빠르지 행동 빠르지 뭐 아주 그저 인자하지 얼매나 그런지."

그렇다면서리. 그래 첫 번에 가서 거기 몇 명 가운데서 논문을 발표했다는 게 일등을 해 가지고 돈을 천 원 타오고 또 소장님이 데려다가 칭찬꺼정 하고 뭐 그랬다 합디다. 그랬는데 또 요 앞서는 전화온 게 또 과에꺼 발표한 게 또 이등했답디다. 이등해서 또 상장 타고 또 무슨 돈도 타고 그랬다하면서리, 그래 전화 왔습디다.

"어머니, 인제는예 이전처럼 그렇게 그러지 마시오. 인제는 딸을 이렇게 성공시켜 줬으니까 인제 어머니도 인제 마음 기쁜 날이 있을 겝니다."

그 애는 대학 다닐 때 일자리 두 개 찾아가지고 한 달에 400원씩 벌며 학교 댕겼습니다. 그래 방학에 와서는 또 아이들을 공부 배워 줘가지고 천 원 이렇게 벌어 가지고 또 보태고. 갸는 무슨 뭐 대학 댕길 때는 그저 알짜 제 힘으로 하였습니다. 우리는 원래 그 애 대학 필하고 수녀로 보냈음 했습니다. 수녀로 보내려고 우리는 마음먹었는데, 그 애도 그래 기냥 대학 댕길 때꺼지 수녀원에 쐬리 댕겼댔습니다. 그런데 어떻게 주님께서 적게 불렀는지, 자기 노력이 적었는지, 우리는 딱 거기로 마음먹었는데, 안 받아갔단 말입니다. 그런데 지금 막내아들 저거, 작은것도,

"대학 못 가믄 신학교를 좀 가봐라."

하니까,

"나는 신부들처럼 그렇게 할 거 같지 않아요. 능력이 될 거 같지 않아요."

그럽디다. 우리 막내아들은. 그런 게 모르겠습니다. 어떻게야 너야 딴 길 없다, 우리는 주님 믿는 길밖에 없으니까, 엄마 아버지는 그거 바란다고, 육신 생활은 임시 살아나가면 되고, 그 뭐 화려하게 살아도 그저, 죽으믄 다 땅에 들어가서 썩어서 흙이 되고 저 본토로 흙이 되어 돌아가는데, 어찌, 근데 그게 뭐 마음 뜻대로 안됩니다.

그러고예 딴 사람들은 방법도 하고 유산도 하고 이랬는데, 우린 다릅니다. 교회에 대해서는 아주 경계를 합디다. 그래나니까 본래 나는 병이 그때 중하대서 방법 못 한다고서. 그때 산아제한이 세게 그랬댔습니다. 그때 우리 타격도 세게 받았댔습니다. 나도 심장이 좀 나빠가지고 막 까무러치고 그랬습니다. 금숙이 아버지 말이 핏덩어리로부터 사람 되는 거니까 그거 다 생명이나 같은 것이고, 그래 우리 교회법에 아 지우지 못합니다. 그러고서 그 다음에 어쩌겠습니까?

아이를 지우지 않고 낳으려면 인민공사에 삼천 원을 바쳐야 되는데, 우리 가정 형편에 돈 삼천 원이 없으니까 어쩌겠습니까? 당장 해산은 해야 되겠는데. 그러니까 금숙이 아버지 나를 보고 어디 가서 삼천 원을 꾸어다가 아를 낳아서 아를 그 집에 주고 후에 천천히 벌어서 삼천 원도 갚자고 합디다. 그래 돈 얻으러 간 사이에 공사에서 차 가져와서 나를 붙잡아다가서리 유산시켰단 말입디다. 그때 금숙이 아버지 그냥 그럽디다. 내 힘으로 당하지 못해서 이렇게 됐는데 주님께서 나를 천당에 못 보내줘도 아는 천당 보내달라고, 그냥 그 그냥 그럽디다. 그래 나는 그때만 해도 지금 같애도예 가자 하면예 그때 안 가. 그때 내 교회 대해서 그러게 믿음이 세지 못했단 말입디다. 나도. 그때 그저 할까 말까 하는데 그저 그러니까, 가자니까 또 나도 제 형편에 뭐 나 다 끌어가지, 아 이 집꺼정 다 밀어낸다지, 남자들은 아 이 옆에서 남자 하나 홀리지믄 속이지 못해서 곧이 곧대로 그런다 하지. 나는 내 죽을까봐 하겠다 한 게 아니라 남자들이 자기 교회 대항을 하겠다고서리 그렇게 하니까 나는 또 그거 지키주느라, 교회는 크게 안 댕기는데, 그땐 크게 그리 안 해도 남자들이 그렇게 하니까 난 또 그거 반대하지 않느라고 또 그렇게 하다나니까 그렇게 됐댔지. 그래 그해에 남자들이 거진 정신 병자 되다시피 했습니다. 그래 그 다음엔 집에 와 보니까 내 없었단 말입디다. 없는데 저는 이 그때만, 지금만 해도 차가 많지만 그때는 차 많지 않았다고. 그래 오니까 저녁때 오니까 차 없지 뭐. 이튿날 아침 첫차 와서 그때 와 가지고, 아주 정신 나간 거처럼 문턱에 탁 주저앉아 한 시간 동안 일어 못납디다. 그래 건너에 우리 형님이 나를 데리고 갔댔는데, 우리 형님이 그때부터 막 울며 난시치는데 그저 어찌겠습니까? 우리, 자기 오래비 모르게 데리고 왔으니까. 그래 그때 그 원래 유산해도 시체를 주지 않습니다. 거기에서 또 다 이렇게 처리하는 데 있습디다. 근데 금숙이 아버지는,

"내 자식 죽은 거, 내 갖다 매장하겠다는데 왜 안 주는가?"

사흘을, 그 시체 찾는 것도 사흘을 싸움했습니다. 살인질한 그 총 따가리가 오구, 병원 원장 오구 한 여섯이 모두 왔댔습니다. 그래 말했지.

"죽이기는 니네들이 죽였어도, 고만 집을 못 지켜서 내 자식 죽였는데 죽인 거꺼정 어째 내 아버지로서 내 갖다 내 손으로 매장하겠다는데 니네 왜 안주는 가? 니네 법이 있겠지만 우리 법에는 또 우리 할 소리 있다. 어째 안 주는가?"

그 싸움의 마지막 결론지은 게 항미원조 갔다 온 사람입니다. 그분이 총 기록하는 분인데, 그분이 세게 말했습니다. 이 사람 교회 분이고, 자기 아를 갖다 자기 집에 매장하겠다는데 그 요구도 안 들어주믄 안 된다고, 주라고, 그 사람이 판결을 내려줍디다. 주라매.

"자기 자식 갖다 묻겠다는데 왜 안주는가?"

그러니까 할 수 없이,

"가져가시오."

하였답니다. 사흘 싸움하구, 사흘 되던 저녁에 해 넘어간 다음에 아를 찾았습니다. 그래 아를 찾아 가지고서리 포대기에 싸서 용정에서부터 걸어왔습니다. 저녁에 해 넘어간 다음에. 그래니까 마음이 상하는 일도 영 많았댔습니다. 그때 눈이 이렇게 깊이 왔댔습니다. 그거 안고서리 눈이 이렇게 오는데, 그저 용정에서 해 넘어가서 떠나서 걸어오는데, 그 여자가, 거기서 주라고 말한 그 여자가 그러더랍니다.

"이거 가지고요 조심하시오. 사람이 모여 있는 공공장소에 가지 마시오."

"예, 난 그런 법칙을 다 압니다. 근심하지 마시오."

그래 그거 받아가지고서 용정에서부터 걸어서 팔도로 오는데, 그니까 남자들이 정신이 없었습니다. 그래 신을 한 짝을 신고 한 짝은 벗고, 이 용성 있는 데꺼정 오니까 너무 발이 아파서 보니까 한 쪽은 신 신었는데 한 짝은 신 벗었더랍니다. 사흘을 그리 싸움해 놓으니까 굶었지, 맥없지, 발이 아프자니까 그 다음에는 그 용정에서 떠날 때, 내 너를, 니 애비를 잘못 만나서 그 독약 들어가서, 그 독약 들어가서도 죽지 못하니, 얼어꺼지 죽었으니까, 마지막에 내 너의 이리 신체라도 갖다 묻어 주자니, 내 먹어야 되겠다고, 월병 두 개 싸 하나 먹었답디다. 그래 그거 하나 잡순 게 너무 안 넘어가더랍니다. 아를 옆에다 놓고 잡숫는 게.

그래 그거 억지로 내 아를 매장시키자면 먹어야 되겠다고 하면서 그래 그거 하나 잡숫고, 그 다음에 보니까 신 하나 안 신고 그 눈길을 껴안고 맨발로 한 짝은. 그래 거기서 신 신자니까 발이 다 얼어가지고서리.

그래 그 다음에는, 거기서 그러고 올라와서, 신, 신짝 거 못 신겠으니까 그냥 맨발 벗고 왔는 모양입디다. 그래 오니까, 새벽녘에 환하지도 않고 껌껌하더랍니다. 그러니까 이게 지금 집에 오니 금숙이 있고 금복이 있고 우리 용일이 있고 하니까, 자식들이 있으니까 그거 아를 집에 못 들여오고 오양간에 묻고,

"니 부모를 잘못 만나서 죽기꺼지 했는데 여기서 자라. 찬 데서. 할 수 없다."

고 그러고는 금숙이 아버지 거기 앉아 그냥 지켰는 모양입니다.

당금 내일이면 해산할 거 붙잡아다 그랬단 말입니다. 그래 놓으니까예 약물이 들어와도 죽지 못했지요. 사람 다 됐으니까. 당금 내일 해산할라는 거 데려다 그랬단 말입니다. 금숙이 아버지, 그러니까 바쁘니까 금숙이 아버지는 3천 원 돈 얻으라 갔단 말입니다. 그 집에서, 아 없는 집에서,

"니 아를 갖고 나를 돈을 먼처 3천 원 꿔달라. 그러믄 우린 벌어서 3천 원 물어줄께. 돈 안 뜯어 쓰고, 아는 니네 가져라. 그러믄 죽이는 거보다 낫다. 나는 아를 죽이지 못하겠다."

그래서 그렇게 가는 어간에 공사에서 와 그래 그렇게 나를 데려갔단 말입니다. 그니까 나도 어디 피해 가자 해도 해산한 앓음하니까 피해 가지도 못했단 말입니다. 그니까 집에 있는데 와서 싣고 갔단 말입니다. 그니까 약물을 여어도 아가 인제는 다 됐으니까, 그 약물도 들어가서도 죽이지도 못했습니다. 죽이지 못하고 그저 강박으로 그저 그 해산시켜 가지고서리 아 산 거 목을 죄서 한 데 내놔 다 얼궈 죽였단 말입니다. 그래노니까 그거 생각하니까 금숙이 아버지는 그저 앞이 깜깜하니까 기 차지. 그리고 나도 그저 그때 그러고 나서는 그 다음에 무슨, 남자들이 이렇게 정신 나가고 막 소리치고, 밥상 채려놓으면 그저 밥상을 확 내치고 하믄 온 솥에 다 엎어지고, 기름이 다 섞인 거 막 날으고,

"머저리 같은 거, 범도 지 새끼를 안 죽이는데 너는 그래 나를 믿고 왔지,

그 사람한테 끌려가기는 왜 끌려가. 죽어도 못 간다 할 꺼지. 왜 지 자식, 지 자식 갖다 죽이고 왔는가?”

막 울고 얼마나 난신지. 증말 뭐 사는 게 뭐 사는 거 같지 않습디다. 그때. 그래 그 다음에는 거기 갖다 놓고 그 다음 회장 찾아갔단 말입니다. 남자들이 회장 찾아가서 이렇게 아를 찾아 왔는데 그것들은 대구,

“남잔가 해서 찾자고 하는가?”

하고 자꾸만 여자라 하드랍디다. 그래서 거기서도 중국 사람하고 싸움이 있었던 모양입디다.

“야, 니부터 여자애야. 니부터 여잔데 왜 여자를 그렇게 괄시하는가? 여자는 사람이 아닌가? 여자나 남자나 동등하다. 다 권리는 같은데 왜 니부터 여잔게 여자를 괄시하는가? 나는 남자나 여자나 동등하게 취급한다. 여자도 생명 가진 게고, 남자도 생명 가지고, 국가 권리도 다 같은 권리를 가졌다. 왜 여자라고 괄시하나? 여자라도 여깄다 내놔라. 여자면 어떻고 남자면 어떤가? 내 자식 내 갖다 묻겠다는데 왜 그러는가?”

그래 그러니까서리, 그래 그 다음에는, 남자고 여자고 그거 이렇게 알자고 다그친 게 아니라 남잔가 여잔가 그거 봉님(?) 따지 않습니까? 남자 봉님을 따고 여자도 그래 봉님을 따서 다 해치웠단 말입니다.

그래 남잡디다. 근게 거저 어려서 아주 탱탱, 근게 아십게 얼매나 잘생겼는지. 그래 그거 남자들이,

“애비를 잘못 만나 약 먹여서도 죽이지 못하고 끝내 얼궈꺼정 죽인 거, 마지막 갈 때까지 깨끗하게 가라. 애비 잘못 만나서 죽었구나.”

물 떠다가서리 아를 씻쳐가지고 백로지에 싸다가서리, 매장하고.

지금도예 그 화가 풀리지 않아서 어떤 때는 그저 확확확확 합니다. 거 밭을 둘이 맬라 하면, 속에서 불이 난다고, 호미짝을 얼매나 먼 데 뿌리고 나를 욕하는지. 그래 그때 나 몇 번 달아났댔습니다. 내를, 나를 안 보믄 조금 마음이 일없겠는가 해서, 마음 진정시키라고, 내 안 보이겠다고, 내 잘못한 거 어찌겠는가 하구서.

막 세상에 태어날 것을 갖다 강제로 죽이고 온 게, 내 잘못한 게니, 내 없으면 일없겠죠. 그래니 또 막 따라와서,

"내 너무도, 아 죽은 게 너무도 기가 차서 그러지, 내 너를 미워 안 그런다."

하면서리,

"니 오늘 저녁 집에서 나가믄 너 오늘 저녁 죽는다. 죽는다."

하며, 그래 우리 사는 게 이렇게 풍파가 많았습니다. 그저 이런 곡절 저런 곡절.

중국에선 아 둘밖에 못 낳게 합니다. 국가에서 못 낳게 하지요. 근데 우리 저 셋째 날 때는 전에 이 공사병원에서 나를 병이 중해 가지고 잉태를 못한다고 서 걔는 지웠단 말입니다. 방법 아니해도 일없다합데. 그래고 방법하믄 다른 악화성 무슨 병으로 넘어가기 때문에 일부러는 방법을 못하니까, 다 이렇게 토론해서 아니하는 걸로 하고, 원래 잉태를 못한다고 나를 결정지었댔습니다, 공사에서. 그래 출산 못하는가 했댔습니다. 아도 둘을 낳고, 그래 우리 그 저 큰아들, 그 큰아들, 둘째고, 첫 아는 거 큰딸이, 큰자식이 딸이고 둘째 아들이고, 그러고 서리 팔 년 만에 우리 저 둘째 딸을 낳았단 말입니다. 그래니까 정말 자식 내 못하는 소리 했습니다. 근게 그 아들을 여덟 살 먹여놓구 저 우리 지금 대학 필했다는 걔를 낳았지요. 그래 그때도 공사에서 왔습데. 온 게 자기네 사고를 쳤기 때문에 그렇다고서리. 그 다음부터는 자기네도 겁이 나니까예 나를 어찌다 하는 게, 금숙이 아버지가 나더러 방법하지 말라 했습니다.

"방법하믄 너 죽는다."

고, 그때 공사에서 모두 모였을 때 말 안했는가? 지금 인제 이렇게 또 잉태되고 하니까, 아를 낳으니까, 인제 자기네 방법을 사고 안 치기 위해서 자꾸만 이렇게 하라는데, 일없다고, 하지 말라고, 집을 허물겠으면 허물고 말겠으면 말라고, 그때 그랬단 말이지.

그래 인제 아가 들어서서 아홉 달 넘어서 열 달 돼서 해산하게 되었는데, 인민공사에서 알아 가지고 왔드란 말입니다. 그래 알아 가지고서 와 가지고는

나를 붙잡아가고 어찌고 하니까 또 내가 약해가지고서리, 제대로 못 먹고 하니까, 자꾸만, 그래 병원에 데리고 갔댔습니다. 공사병원에 데려갔는데, 내 자꾸 한 날에 두 번씩은 까무러치고, 그러니까 병원 원장이 그럽디다.

"이렇게 한 날에 두 번씩 까무러치는 사람을 내 어떻게 착수하는가?"

착수 못하겠다고 돌아가라고 그럽디다. 그래서 다 좋게 해결하고 왔댔습니다. 그래고 있는데, 공사 그 덕수라는 나그네 자기 입당, 인제 비준위 미룰 땐데, 자기 당원에 들겠다고, 우리를 다 병원에서 그렇게 하고 집으로 보냈는데, 사람 없는 틈을 타서 나를 붙잡아 갔단 말입니다. 그래 붙잡아 가서 그 공사병원에 안 가고 다른 군인병원으로 나를 데리고 가서 유산시켰단 말입니다. 그래 금숙이 아버지, 어떻게 하나 인제는, 아는 죽이지는 못할 테고 아를 살리고자 하믄 가서 돈 얻어와야 되겠다고, 어디가 돈을 꿔서, 삼천 원 꿔다가 해산시키고, 우리 후에 벌어서 그 집에 그 삼천 갖다 주고, 그 집에 아를, 어떻게 하나 아 남의 집에 가 크믄 그것도 좋지 않은가? 죽는 것보다. 그러믄 나도 죄를 적게 지고 좋지 않은가? 그래서 돈을 얻으라 갔는데 갑자기 나를 끌어갔단 말입니다. 그래다니까 걔를 그렇게 해서, 그래 그 다음엔 금숙이 아버지 그냥 저케 난시치지. 증말 온 식구 미칠 것 같았어요.

"내 새끼는 왜 그렇게 갖다 얼궈 죽였나? 내 왜 약해가지고 이렇게 됐는가? 내 이게 교회 믿는다는 게 잘못 믿은 것 아닌가? 이렇게 약해가지고 어찌겠는가?"

내 먹기 위해서 이랬다고, 내 살겠다고 이랬다고, 얼매나 그러는지 아주, 그러고는 우리가 하나 임신만 되믄 내 이번에는 끝까지 안 뺏기고 안 이러겠다고.

(그 뒤에 또 낳으셨잖아요?) 거 막내 낳은 거, 그 다음에는 뭐 금숙이 아버지 배짱치긴데 뭐 어찌겠어요? 그니까 오지도 못해요. 그래 그거 막내 낳았지, 그니까 거저 이놈의 땅을 안 줍디다. 이놈의 토지를 안 주더라고 일생을 이렇게 보냈습니다.

(자제분 이름이? 맨 위가 딸이지요?) 예, 권금숙, 서른세 살. (결혼 했겠네요?) 예, 자식이 있습니다. (지금 어디 살아요?) 립신, 립신요. 태양 위에, 립신이라고. (둘째는요?) 지금 그, 아들입니다. 권용일, 서른두 살. 두 살 차입니다. 금숙이 서른네 살이겠습니다. 서른넷, 두 살 차입니다. 고 다음에 셋째가 그것도 딸입니다. 권금복, 그 대학 가고 지금 광동성 심수에 가 있다는, 스물다섯 살. (거기서 무슨 일을 하지요?) 연구소에 있습니다. (첫째 아들 용일이는 어디에 있어요?) 석현에 있습니다. 원래 연길에 있는데 임시 석현에 가 일합니다. (무슨 일 하고 있어요?) 그 기계수리 하는 데 있습니다. 그 옷을 짜잖아요? 내복이나, 그런 것. 그 기계수리. (그 다음에 금복이 밑에는요?) 용일이, 아니 용근이. 권용근. 스무 살입니다. (얘는 아들이고요?) 예, 아들입니다. 그래 너입니다. (얘는 뭐해요?) 걔 올해 지금 대학 시험 치지 않았습니까? 인제 발표나야 압니다. 인제 못 가믄 어디 뭐 분배받아 가든지 어쩌든지 해야지. (어디 대학 시험 봤어요?) 기술대학이지요. 야는 기술을 배웠단 말입니다. 전기에 대한 거 배웠습니다. (중국 사람은 하나만 낳아야 되고 조선족은 둘까지 낳아도 된다는 얘기 들었어요. 근데 넷을 나셨네.) 예, 많이 낳았습니다. 〈권정길(리동순의 남편) : 내가 강요 했습니다. 문제도 많았고, 소문도 높구. 그래 낳다 보니 내가 그래도 아들 둘 딸 둘. 동네에서 첫째로다.〉 (든든하시겠어요. 다른 집은 둘씩만 낳았나요?) 〈권정길 : 하나, 둘.〉

(문화혁명 때 홍위병이셨다구요?) 예, 홍위병에 들었댔습니다. 그래서 막 남의 집도 들이치고 했습니다. (그때 성당도 치셨어요?) 아, 이, 거, 여기 성당엔 아니 왔댔습니다. 아니 오고 이 저기 교회에 대해서 믿는 사람들한테 가서 들여치고 연길에 그 신문사에를 갔댔습니다. 그거 뭐 크게 말할 거 없습니다. 여기 성당에는 아니 왔댔습니다. 여긴 아니 오고, 그저 그냥 교회 믿는 집을 들이쳤단 말입니다. (이웃에 소문이 날까봐 여기 성당에는 안 오시고, 다른 데로 가셨나 봐요?) 우린 저, 연길에 신문사로 갔댔습니다. 신문사 치러 갔댔습니다. 그래 가니까 그 신문사에서 그 이층에서 그저 고춧가루를 풀어 놓구, 고 다음에 돌을 가뜩 잠겨 놓구, 들어오는

거 그 돌로 내려뜨리고 뭐 고춧가루 물을 뭐 엄청 뿌리고 뭐 난사합디다.

(영세는 어떻게 받으셨어요?) 예, 신부한테 다 받았습니다. (영세받기 전에 교리 공부 하셨어요?) 아니했습니다. 그때는예 학습이 없었습니다. 집에서 남자들이 얘기해주면 그거 듣고 내 손으로 책보고, 그저 그리구 가서 영세를 했댔습니다. (그때가 언제셨어요?) 22년 됐습니다, 인제. 22년 이니까, 서른여덟이나, 서른아홉 그때. (결혼하고 한참 뒤에 영세를 받으셨네요.) 꽤나 오래 있었습니다. (대모는 누가 서셨나요?) 아까 저, 못 보셨겠구나. 그 최태옥이라는 그 어머니. (아까 말씀하신 수녀님은 지금 어디 계세요?) 한국 가셨습니다. 오 수녀님하고 이 수녀님하고 고 다음에 최 수녀, 그 세 분, 여기 성당에 오셨댔습니다. 그래 와가지고 정말 이 신자들과 한 덩어리 됐댔습니다. 그때, 그래 와서 교리 얘기도 이리 건너와 얘기 도 해주고 뭐, 증말 이 활동 방면에서도 영 세게 그 수녀님이 그랬댔습니다. 그리 고 그 수녀님들이 오는데서, 가시니까 지금 저 수녀님하고 이 수녀님이 오셔서,

(제일 존경하는 분은 누구세요?) 세속을 말합니까? 천국을 말합니까? (세속에서 요?) 저는 어머님 그 뭐, 어머님도 있고. (여태까지 살아오시면서 가장 즐거웠을 때가 언제셨어요?) 맏자식 학교 보낼 때 참 즐거웁습디다. 그 소학교 입학시킬 때. (제일 고통스러우셨을 때는?) 다리 못 쓰고 들어앉았을 때 인 고통스럽습니다. 내 세 번이나 들어 앉았댔습니다. 걷지 못하고, 한 번은 이짝에 쓸쩍 풍 맞아서 또. 풍 맞은 건 그 이 수녀님이 곤쳐 주고 갔습니다. 이렇게 걷게끔. (수녀님이 좋은 일을 많이 하셨네요.) 예, 그 수녀님이요, 인성요, 이 교우들한테 인성 쓰고, 오 수녀님이랑 어느 수녀님이라도, 다 그 인성, 증말입니다. 교우들이 계속해 웁니다. 그 가신 수녀님들 모두 보고 싶어서. 누구네 가정이 어떻다 하믄 와서 방문하지, 와서 일을 해주지, 어느 집에서 무슨 사고 났다믄 또 와서 일을 해주 지, 증말 그 수녀님들이 가정 방문 세게 했습니다. 수녀님이 그러니까 또 신자들 도 무슨 별나지 않는 음식이라도예, 감자 지지미라도, 오시라고, 우리 같이 감자 지지미 해 잡수시오 하고, 그래 같이 오셔서 감자 지지미도 해 잡숫고, 옥시기도

같이 삶아 잡숫고, 그저 이랬댔습니다. 그런데 가실 때는 알리지도 않고 그저 모른 척 가십디다. 수녀님들이나 신부들이. 그래 가신 뒤에 신도들 울기도 많이 울었습니다. 너무도 인정 있게 하셔서.

(돌아가시기 전에 꼭 하시고 싶으신 일은?) 글쎄 죽기 전에 딱 하고 싶은 거, 자식 너이 키운 거 주님한테 하나 바쳐야 되는데, 그게 될 거 같지 않단 말입니다. 예수님한테 자식 하나 바쳐야 되겠는데, 내 힘으로 하지 못하니까. 내 원은 그건데 그렇게 될 거 같지 않습니다. (친척분 중에 누구 수녀 하신다고 하지 않으셨어요?) 수녀인 게 아니라 신부질합니다. 우리 남자들의 누나 저 팔도에 있습니다. 그 막내아들이 있습니다. 지금. (지금 어디에 있어요?) 훈춘에. 거기서 신부질합니다. 거기 본당 신부입니다.

5. 김철수 구술록

구술자: 김철수(金哲洙). 남. 1925년 출생(구술 당시 만 80세). 본관은 안동

조사자: 전신재

조사지: 길림성 안도현 명월진 신안촌 신툰 김철수의 집

조사일: 2005년 7월 5일

*〈 〉안은 김분옥(金粉玉, 1931년생, 김철수의 처)의 구술임.

(언제 이주하셨어요? 집단이주이신가요?) 1938년도입니다. 고성에서 왔지요. 우리 그때 식구가 다섯 식구 살았는데, 우리 아버지 어머니하고 형님, 아주머니, 그 다음에 내, 다섯 식구가. (할아버지댁 가족 말고 다른 분들도 같이 오셨어요?) 다른 집들 뭐 거기서 뭐 한 마을에서 몽땅 떠나온 게 아니라, 여기저기서. 저, 고성읍에요. 고성읍이라는 게 역전에 있지요. 그게 그 38년도 정월 초이튿날. 그 역전에 몽땅 모이기로 했지요. 그래서 역전에서 그래 몽땅 올라온다고 해가지고 중국으로 왔지요. (몇 집이나?) 아이고, 그때 뭐 한 80호? 고성에서 한 차에 이민해 온 사람이 한 80호 됐었습니다. (37년도에도 이민이 있었지요?) 37년도에는 저 유수라는 데요, 유수촌이라는 데 있습니다. 그 유수촌에도 1차 이민해, 우린 2차 이민해오고 (그분들도 고성에서?) 고성에서 왔지요. (다른 곳은?) 딴 데서

온 건 뭐, 촌이 뭐 고립되어 떨어져 있다보니까 다 어드매서 다 모였는지 그건 모릅니다. 대부분이 그저 고성군에서, 강원도 고성군에서 같이 묻어 왔죠. (평강 사람들은 어디로 들어왔나요?) 평강은 같이 아니 왔습니다.

(할아버지께서 2차로 오신 다음에 그 뒤에 3차는?) 3차 이민은 이원갑이라는 분이 3차 이민입니다. 그 3차 이민이 39년이지요. 3차 이민은 고성서 와서 투숙하면서, 춘양촌이라는 데가 있습니다. 거기다 마을 집을 짓고 다 거기 이사를 내려갔다가 그러니까 다음 해에 춘양촌으로 갔습니다. (춘양촌이라는 데는 아무것도 없었지요?) 아무것도 없지요. 토성을 쌓고, 그 다음에 집들을 짓고 그리고 그리로 이사를 내려갔지요. (토성이 2층, 3층으로 있는데 그 안에 부락이 있었습니까?) 예, 그랬지요. 그거는 뭐 일본 아들이 공산당 잡는다고, 공산당이 들어오는 걸 방지한다고, 토성을 이렇게 쌓고.

(오시기 전에 인솔자들이 교육을 했었나요?) 평강서 왔다는 사람은. (고성에서는 없었나요?) 그런 건 몰랐어요. (여기 와서는?) 마을을 다 짓고 그 다음에는 그 고성촌에 분주소라는 게 있습니다. 분주소라는 건 그 경찰들이 나와 가지고서, 경찰들이 와 가지고서는 그 다음에 거 마을 사람들이 자위대를 조직했지. 일반 자위대도 있고 무장 자위대도 있었습니다. 무장 자위대는, 우리 마을에 순사가 있었는데 그 사람들은 총을 내줬어요. 총 가지고 훈련도 하고 했지요. (그건 어른들이?) 예, 그때 뭐 내가 열네 살 먹어서 와서 열다섯 살부터 다 하고.

(고성에서 기차 타고 오실 때, 어디를 지나서 오셨어요?) 고성서 기차를 앉아서 왔어요. (기차가 지나오는 데는 잘 모르시구요? 어느 칸에 앉으셨어요?) 이건 객차 같은데, 객차에 앉아서 왔습니다. (짐은 화차에 싣고요?) 예. (지나온 데는 모르세요?) 지나온 데는 뭐 함흥 좀 약간 기억이 되고. (중국은 어디로 건너오셨어요?) 도문. (어디서 내리셨어요?) 명월구. (그리고 무엇을 타고?) 명월구에서는 도라꾸 타구서 만보까지밖에 못 왔습니다. 만보부터는 길이 험해가지고서. 대단히 험했죠. (만보에서는 어떻게 들어가셨어요?) 만보에서는 나이 많은 이들하고 아들은 수레에다 태우고 그 다음에 걸을 수 있는 사람들은 다 걸어서 영경까지 갔지요.

(영경에서 고성까지는?) 거기서 힘든데, 영경 그 소재지에서 거기서 유숙하고 있으면서, 마을을 다 짓고. (영경에 유숙하고 계시는 동안에 마을을 다 짓고?) 마을이라는 게 풍막이지. (고성에다가, 영경에 왔을 때 아무것도 없었는데, 고성에다가 풍막을 치고?) 풍막을 치구서 거기 올라가서 자면서 집도 짓고 뭐. (영경에서 며칠 묵으셨어요?) 영경선 한 보름 있었을 깁니다. (그때 먹을 거는 대 주던가요?) 먹는 건 회사에서 다 먹여주고. (회사이름은요?) 만철회사.

(할머니는 고향이 어디세요?) 〈함경도. 함경북도.〉 (몇 살 때 들어오셨어요?) 〈네 살 때. 1차 입주에요. 안도에서부터 마차를 타고 들어왔어요.〉

(까래 풍막은 어떻게 지었어요?) 까래 풍막 밑엔 온돌 놨댔습니다. (들어오신 분들 중에 얼어서 돌아가신 분들도 있었나요?) 얼어 죽는 사람 없습니다. 병으로 해서 죽으면 죽었지, 얼어 죽은 건 없어요.

(논이나 밭은 없었지요?) 논이라는 건 묵논이 좀 있었지요. 그리고 밭도 좀, 노 중화민족들이 부치던 밭들이 묵밭들이 있고 (원래 한족들이 부치던 밭인가요?) 예. (쑥대밭도 일구어 보셨나요?) 아 그거야 쑥대밭은 쑥대밭이야 다 쑥대밭이지 뭐. 묵었으니까. (어떤 분이 이야기하시는데, 강원도 분들이 오셔가지고는, 이 수전을 일구는 것은 잘 몰랐는데, 와 가지고 했다 하시는데. 여기서 그전에 수전을 한 적이 있는데 묵논이 된 곳도 있나요?) 안 그렇습니다. 원래 논이 있는 걸 좋구 나쁘구 간에 좋은 것도 있고, 나쁜 것도 있지. 논두렁만 있는 거는 다 이렇게 개 가지고서는 거 호당 이렇게 노놔 줬지. 노놔 주는데 좋구 나쁜 게 있으니까 제비놀음을 했단 말이야. 제비뽑기로. 그래 (?)을 뽑게 되면 부농을 부쳐야 됐지. 근데 뭐 고생 할라니까 그렇지. (?)밭에다 논두렁만 매 놓은 거 그런 걸 차지했단 말이야. 우리 형님이 가서 제비를 뽑았는데 그런 걸 떡 뽑았단 말이야.

(해방 때까지는 80호가 고성에 다 있었나요?) 더러는 해방될 때까지는, 해방되기 전에두 더러 고향으로 돌아간 사람도 있고, 그 고성촌이라는 데가 원래 고성에서 온 사람만 80호 됐는데, 그 공산당 그 난리 동안에 고성에서 공산당 그, 그니까 항일의용군이 몇 번 들어왔댔습니다. 들어와서 마지막엔 항일의용군들이

마을에 들어온 걸 경찰서에 가서 보고를 했단 말이야. 근데 이거 (?)가요 송강서 자동차 타고 대산까지 와서 대산서 걸어 올라왔지요. 걸어 올라오면서, 올라와가지고 고성촌 포위해 가지고서 습격했는데, 그때 항일의용군이 몇씩 죽어서, 우리가 매장한 항일의용군이 너인지 다섯인지 그리 되구요, 그 후에 전쟁이 다 끝난 다음에 그 후에 또 후에도 이태 후에 나물 뜯으러 댕기다가 그 뼉다구도 본 것도 있구요, 그 가다가 죽은 것도 그냥 그 자리에다가 매장한 것도 있습니다. (전투도 그렇고, 포위를 하고 공격을 하고 이래가지구요, 마을 사람들이 불안했겠네요?) 아이고, 마을 사람들이 다 죽는 줄 알았지요 뭐.

(그러면 해방 후에는 80호 중 몇 호 정도가 남았나요?) 아 그때까지는 80호가 그냥 있었지요. 그 다음엔 그 다음부터 그 난리를 겪구서, 그니까 그러구선 조선 고향으로 간다고 그런 사람들은 저 혼자 그렇게 고생 안하고, 돈이나 좀 있던 사람들은 다 가버렸죠. (항일의용군의 습격 이후 여러 집이 떠났겠네요?) 여러 집이 갔지요. 그렇지만 뭐 다 가구 뭐 불과 무슨 한 30호도, 한 40호는 남았겠는가? (그건 해방 전이지요?) 해방 전에 갔지요. 그 다음에 45년도 해방 후에야, 해방 후에 원래 그 고성촌에요 세 개 부락 사람들이 한데 모았습니다. 해방 전에 전쟁 이 끝난 다음에 우리가 1940년도에는 고성도 비워놓고 몽땅 고등이라는 데, 거 가 있으면서 일 년 농사를 고성에 댕기면서 지었죠. (왜 그곳으로 가셨나요?) 고기 는 경찰도 많이 못 와 있구요. 그 다음에 공산군을 대적할 역량이 강하니까, 강한 데로 모이느라고 그래 한데 모았단 말이야. (거주지를 고등으로 하고 낮에는 고성 촌에 가서 농사만 짓고 돌아오셨군요.) 그러다가 40년도 가슬에 춘양촌 가는 차로 돌아가고 성도방대라고 있습니다. 성도방대 마을이 황구령 넘어가서 있는데 성 도방대 사람하고 원래 고성촌에서 살던 사람하고 세 개 부락을 한데다 집중시켰 지요. (그래가지고 이분들이 다시 고성으로 들어가신 거예요?) 예. 그러니까 세 개 부락이 한데 모여서 40년도부터 거기 한 마을에서. (그럼 춘양이나 성도방대 있던 분들은 농사를 어디서 지으셨나요?) 춘양촌 사람들은 대사하로 내려가 있었어요. (아, 공산군 들어왔을 때는 대사하로 가 있었군요.) 고성 사람은 고등으로 가고, 성도

대사하 사람들은 그땐 뭐 어디매 가 있었는지 모릅니다. (모인 뒤에는요?) 모인 뒤에는 그저 뭐 부락 장 밑에서 농사질하고.

(그럼 해방된 뒤에는요?) 해방된 뒤에는, 그 사람들이 고기서만 같이 살았습니다. (그 세 마을 모인 분들이 모두 몇 호나 되었나요?) 한 70호 됐었습니다. (국민당 영향은 적었다고 하던데요.) 국민당에 대한 그 영향은 세게 받지 않았습니다. 해방 후에, 해방되고서, 해방 초까지 그기, 그니까 45년도에 해방돼 47년도에 토비라는 게 지방에서. 그 토비들은 다 국민당하고 개통이 있었지. 그래 그 토비한테, 토비들이 몇 번 그 마을에 끼 들어와 가지고서는 마을 사람들을 한데다 모아놓고 뚜드려 패고 뭐 돈을 내라 그러니, 그때 무슨 개척해 와가지고서는 돈 있는 사람이 어디매 있수?

(그때 토비들 때문에 마을을 떠난 사람들은요?) 그 후에 마을 떠난 사람들 있습니다. 많지요. 그때 떠난 사람들이 한 20여 호 떠났어요. (그 분들은 떠나서 어디로 갔나요?) 모르지요. 황구령 넘어서 타지방으로 갔어요. (황구령이 어딘가요?) 황구령, 여기 가다가서 만보 가기 전에 (아리랑고개는 아니구요?) 아리랑고개라는 것은 그건 그 (?) 거기로 넘어서 (?)촌으로 가면 고긴데, 황구령은 이쪽에 쏙 나와서. (어디로 넘어가는 거예요?) 여기 자동차 타고 영경에 갈 때, 거 봤겠는데, 고 황구령. (영경 가는 길에 있는 거예요?) 예. 〈그니까 동천 지나서 있지, 유수 그쪽에〉

(20호가 떠나고 나머지 집들은요?) 그 나머진 그저 뭐 한 호, 두 호 다른 데서 이사 오기도 하구요, 또 이사 가기도 하고, 마지막엔 원래 고성에 이민해 온 사람은 한 사람도 없었어요. 다 가 뻬리고. (할아버지 계셨잖아요?) 내 뭐 고성에서 떠나서 마을에 나와 있으니까. (그럼 그 마을에는 마지막에는 고성 분들이 한 분도 안 계셨겠네요?) 〈원갑 할아버지 인제 죽을라고 죽을라고 한다고.〉 (리원갑 할아버지는 춘천 쪽이라니까 고성은 아니고, 원래 춘양 쪽이었고, 춘양에 계시다가 세 마을이 합쳐질 때 리원갑 할아버지는 고성에 그때 계신거구요?) 예, 고성에.

(할아버지는 언제 그 마을을 떠나셨나요?) 54년도 8월달에, 아니 55년도 8월달에 고성을 떠나서 영경에 와서 사업을 했습니다. (무슨 사업 하셨어요?) 조직위원

좀 하다가. (기관에서요?) 〈공장〉 조직위원 좀 하다가 그 다음엔 신용사 주임하다가, 그 다음에 은행에 넘어와 가지고서 은행 거기서 계속 몇 년 더 하다가 은행 주임도 몇 년 더 하다가 만보에도 와서 좀 몇 해 살다가, 그 다음엔 저 (?)산 있는 데 가서 한 3년 있다가 그 다음에 양병태라는 데 있습니다. 양병태에 와선 몇 해 못해요. 한 3년 있었는가? 그러다가 퇴휴했죠. (안도 여기에는 언제 오신 거예요?) 〈여기 온 지도 10년이구만. 만보 올 적에는 71년도에 왔습니다. 71년도에 오고 그 다음에 복흥에 올 적에는 75년도에 복흥에 오고 그다음에 양병태로 갈 때는 77년도 그 다음엔 거기서 투숙하고 있다가 여기 올 때는 1993년도에 여기 이사를 왔습니다. 이 집을 사고서 이사를 왔습니다.〉

(아드님도 금융 쪽에 계시는군요.) 〈예, 큰아들은〉 (아드님이 여러분 되시나요?) 〈아들이 서인데 하나는, 막내는 저 안쪽으로, 위해 쪽으로 간 뒤에 몰라요. 돈 버는지 어쩌는지.〉 (따님은?) 〈딸이 서이, 아들이 서이, 여섯이나 됐구만. 이렇게 많습니다.〉

(복흥이나 만보나 거기에 강원도에서 오신 분들이 많았지요? 원주촌이 어디예요?) 원주촌이라는 데는 신학 지나서 마을이 그 큰 게 있습니다. 신학 지나서 한 10리. 10리 되나마나 할 깁니다.

(강원촌은 어디지요?) 강원촌이라는 데는 만보에서 한 5리 나와서요 그 아리랑고개라는 글루 가는 데 거기가 강원촌입니다. 지금은 한족들이나 살고 있을 겁니다. (왜 강원촌이라고 그랬나요?) 강원도에서 온 사람들이 많아서. (한 마을이 그랬습니까? 몇 마을이 그랬습니까?) 딱 한 마을이지. (호수가 많았을 때는 얼마나?) 호수가 거의 한 60호는 됐었는데, 지금은 뭐. (그 사람들은 언제 그렇게 많이 떠났어요?) 언제 떠났는지 해방되고 거기 그렇게, 해방되고선도 거긴 뭐 몇 호 없었습니다. (할아버지 말씀대로 고성처럼 공산군들 들어왔을 때 많이 흩어졌었겠네요.) 〈그랬는지도 또 모르죠.〉 (홍기촌은 어떤 마을인가요?) 그건 해방 후에 새로 건조된 마을입니다. 조선 마을입니다. 〈조선 사람도 살고 한족 사람도 같이 살아요.〉

* 이상 조사자: 류승렬 강원대 역사교육과 교수

(어르신, 성함부터 말씀해 주세요.) 이름? 김철수. 쇠 금, 밝을 철, 물가 수. (연세는?) 여든하나. 소띠. (본관은?) 안동 김씨. (여기 주소는요?) 길림성 안도현 명월진 신안촌 신툰.

(출생지는 어디인가요?) 강원도 고성군 수동면 사비리. (몇 살까지 거기 계셨어요?) 고기서 세 살 먹어서요, 고성 사비리라는 데서 출생해 가지고 세 살 적에 강원도 인제군 서화면 서화리라는 데, 그리고 그 다음에 여기서 살다가요, 내 열한 살 먹던 해에, 열한 살 적에 그 어디인가, 아, 간성 도포라는 데가, 양양군일 겁니다. 그 다음에 거기서 살다가 열세 살 먹던 해에는 장전읍이라는 데 가, 열세 살 적에 장전이라는 데 와 살았습니다.

아주 산골에 돌막골이라는 데가 있습니다. 돌막골은 돌굴을 막을 치고서 그 안에서 다 사는 겁니다. 돌 속이지. 돌막골, 돌막골 했습니다. 그 다음에 38년도 열네 살 적에 이 고성군 수동면 사비리라는 데 그 우리 누이가 있으니까요, 거기서 며칠 있다가서 이리 이민 온 거예요.

(열네 살 때 고성으로 가서 잠깐 계시다가 이쪽으로 이민 오셨다구요?) 예. (이민 오셨을 때, 중국에 제일 처음 오신 데가 어디세요?) 제일 처음 온 데가? 처음 온 데가 여기지 뭐. 저 아래 여관에서 자면서 영경으로 갔지. 여기 와서요 보름 동안 묵었습니다. 명월구에 와가지고, 명월구에 와서 한 보름 동안 묵었댔습니다. 그리다가 보름 만에 이사했습니다. 그러군 영경으로 자동차를 만보까지 타고 왔지.

(학교는 어디까지 다니셨어요?) 학교는 영경소학교에. 4년밖에 못 다녔습니다. (서당에는?) 글방이라는 건, 조선서 저, 간성 도포라는 데, 거기 서당방이 있었어요. 거기서 1년 동안.

(어르신, 젊으셨을 때 무슨 일을 하셨어요?) 그 첫 번째는요 공사 조직위원회. 조직위원장도 하고 그 다음엔 영경 신용사 주임을 하고, 그 다음에 56년도부터, 56년도부터 은행 주임자리를 했습니다. 영경은행. 그땐 영업소라고 했습니다. 70년도까지 거기에 있었습니다. 그 주임직을 맡았었고. 그 다음에 또 70년도 2월부터 만보은행 거기 주임을 했지. 75년도까지 하고 그 다음에 75년도 2월부터

복흥향은행 주임공작원. 그 다음에 77년도 4월부터 양병은행. 그때는 회계보도 공작원을 했습니다. 79년도 11월달에 퇴휴를 했습니다. 그 다음에는 집에서 놀았지요 뭐.

(퇴휴금 받으시겠네요.) 네, 받아요. 일천백 원 받습니다. 한 달에. 〈그래 우리 살기엔 일없습니다.〉 (그걸로 충분히 살아가세요?) 〈살지요. 내 자꾸 앓아서 이렇지.〉

(예수님 사진이 걸려 있네요.) 〈우리 이름만 걸어놓고 있습니다. 기독교이죠.〉 (어렸을 때부터 다니셨어요?) 〈아이래요. 둘째를 수술하면서리, 둘째를 병원에다 입원해서 수술하면서리, 그 다음에 모두 말하는 게 기독교에 그래도 믿으라고. 그래 우리 며느리는 안 믿었어요. 나 우리 영감 노친 손주들 데려가서 믿었구만. 그래다가 나 이렇게 앉은뱅이 돼나니까 못 가고.〉 (둘째 수술할 때가 몇 년도예요?) 〈오 년 됐으니까.〉

(6남매 중 맨 위가?) 〈딸이래요.〉 김경옥이 쉰두 살, 말띠, 지금 태양향. (사위는?) 〈사우, 농민이지〉 (둘째는요?) 아들입니다. 김원근이. 쉰 살. 양띠라고 하던데. 〈이혼하고 지금 우리집에 와 지금 남조선에 간다고 지금 와 있어요.〉 은행에서 근무하고 있습니다. (셋째는요?) 아들. 김원덕이. 마흔일곱인가? 마흔일곱 살입니다. 〈돼지띠. 만보 삽니다. 거기서 신용사하고 회계질하다가 이제는 아파가지고 병으로 투시(퇴휴)했어요. 그러고 거기서 농사질하며 살아요.〉 (넷째는요?) 넷째, 딸입니다. 〈영경에 있어요〉 김경옥. 마흔다섯. 소띠. 〈영경 살아요.〉 (사위는 무슨 일 해요?) 〈수리부를 한답디다. 기계를. 자동차고 뭐고〉 (다섯째는요?)

다섯째, 딸인데, 김명옥. 마흔둘인가? 〈여기 있어요. 시내. 이 안도 시내에서 사는데, 갸 [기독교회의] 이름을 모르겠어요. 거기 회계공작하며 사는데〉 안도 명월원입니다. 그게 명월호라고 하던가? 명월원. 〈거 기독교횐데. 거 기독교회다 했지. 우리 이름은 잘 몰라요. 출납질 해요.〉 (여섯째는?) 〈김원길〉 서른네 살. 쥐띠. 〈뭐 하는지는 몰라요. 거 위해에서 사는데.〉 산동성. 차를 몹니다. 도라꾸. 짐차.

(어르신의 할아버지 생각나세요?) 모르겠어요. (아버지는 생각나세요?) 예. 우리

아버지 이름은 김순용입니다. 〈팔십에 돌아가셨어요.〉 53년도에 팔십에 사망됐
는데. 〈복수ㅏ術질하셨어요. 그래 내가 이 기독교회를 댕기매 이 하나님 초상이
랑 걸어놓고 난, 기도를 안 드리구 이래 우리 아바이 자꾸〉 (아버님께서 굿도
하셨나요?) 〈아니, 굿은 안했지.〉

(어머니는?) 안복천. 예순둘에 사망됐습니다. 해방되던 해, 그러니까 45년도.
농사질했지요. 〈아버님이 복수질하시는 거 반대하셨지〉

(어렸을 때 사시던 생각나세요? 중국에 오기 전.) 생각나도 뭐 모르겠어. 지금.
(간성 도포에서 서당 다니실 때 생각나세요?) 서당에 댕길 적에? 천자 배웠죠.
무제시, 무제시라는 게 책이름입니다. 천자 배우고 무제시 배우고 마상담 배우
고. 근데 일 년 동안 댕기매 세 책 배웠지요. (장전 돌막골 생각나세요?) 그거 뭐
거기선 뭐, 생각나는 게 뭐, 돌막골이라는 게 한데다 구들을 놓구서 앞으로 가리
고 그러고 거기서 생활하는 게 한 해 동안 거기서 살다가는 이제 고성으로 와서,
와서는, 근데 가다가 이 곤란하니까 그기 집두 뭐, 집도 못 막고 그냥 건너가서
그건 돌막골에 가서 살았습니다. 생각나는 건, 그저 우리 형님이 계속 정어리
공장에 댕기며 일하지요. 그 우린 그저, 우리 아주머니하고 나는 까스 말리는
데 거기 그저 댕기매 일하고. 정어리 짠 그 깡지를 말린단 말이야.

(형님은 어떤 분이셨어요?) 형님 이름은 김병수. 사망됐습니다. 64년도에 54세
에 사망됐습니다. 〈뇌막으로 갑작스레〉 뇌출혈이지.

(중국에 오실 때 생각나시는 거?) 열네 살 먹어서 뭐. 양친 부모하고, 형님하고
아주머이하고 나하고 기차를 탔지. 〈못사니까. 여기로 오면 잘 산다고 하니까.〉
아유, 그거 뭐, 그 고생한 말을 다 하자면 한이 없는 기구, 가드매 얼마나 구차한
지 소금을 사 먹을 돈도 없어서, 우리 어머니가 원래 속앓이가 있습니다. 우리
어머니가 그래 이게 메주를 좀, 장을 좀 기래 먹겠는데 소금이 없어서 이, 간수
를, 조선서 그래서 그건 짜고는 생각하고 메주를 띄어가지고 깨가지고선 그 간수
를 거기다 풀어놓고 잡숴서 속앓이가 일어나 가지고선 그 뒤로 사망됐어요. 우리
어머니가. 〈그전에는 소금도 맘대로 못 사 먹었어요. 파는 것도 돈 없으니까 사다

못 먹지.〉 (간수를 잡수시고?) 〈그걸로 앓아서 속앓이로 돌아가셨지.〉

우리 아버지가요, 소리가 높습니다. 소리 지르면 대단히 높은데, 한 십 리씩, 소리치게 되면 십 리씩 갑니다. 이 소리치는 게. 근데 40년도에 그랬습니다. 40년도에 그 우리 고등에 가서 살면서 농사질을, 고성에 가서 농사질을 하면서, 그 돼지, 돼지가 산돼지가 내려와서 밭에 들어오드만, 그 돼지 지키러 거기다 막을 치구서요, 돼지를 지켰지, 밤에믄. 돼지를 지키는데 우리 아버지가 눈이 한쪽이 원래 어둡고 안경이 그렇게 똑똑하지 못하지요. 근데 달빛이 얼른얼른 한 거 보니까 뭐 눈앞이 뭐 얼른얼른 한단 말이지. 그래 거 돼지 몸에다 초롱을 갖다 앞에 갖다 났는데 초롱을 탁 치면서 소리를 얼마나 쳤는지 말이야. 여우가 놀래 가지고 막 뒤에 가서 죽었단 말이야. (막은 어떻게 치셨어요?) 풀막이지 뭐. 낭글 로 치고, 막을 쳐놓고 지키다가, 그러니까 막 뒤에 가서 여우가 다 죽었단 말이 야. 중국에 와서 그랬어요. 40년도에 그랬습니다. 〈우리 시아버이가 이 일하기 싫어하고 그냥 복수질만 댕기매 돈도 못 벌고 괜히 그러고 댕겨 갖고, 농사질도 못하고, 일 벌려 놨었지요. 그러다가나니까 자식들도 다 고생하지요.〉

옛날엔 뭐 명절을 참 뭐, 명절이 뭐 명절이 아니고 뭐 그저 이밥이나 한때 해 먹으면 명절인 줄 알았지 무슨. 〈아 그리고 또 어디 지금처럼 밀가루나 좋은 게 나 있나요? 메밀로 갈아서 메밀가루로 만두국이랑 끓여서 이래 놓구 잡샀구, 설 보름 그러고 그랬지.〉 팔월 추석두 뭐, 팔월 추석에 두부나 좀 끓여 해먹으면 그저 뭐 잘 지내는 기구.

저, 칡뿌리, 칡이라고 있죠? 조선에 칡 있죠? 칡을 우리 형님네 가서 캐오믄, 우리 아주머이, 우리 어머이, 난 그때 어리니까 때리지는 못 하지만서두, 그거 빻아가지고서, 그 깡대기는, 깡치를, 깡치는 거저 맨 정가루만 먹자믄 모자른단 말이야. 다섯 식구가 연명하지 못하지. 그니까 그건 정가루를 말려가지고 거 시 내에 가서 잎사구하고 좀 바꿔다가 조금씩 연명하고, 그 다음에 그 분대라는 게 또 분대, 분대라는 건 그 깡대기에서 나오는 그 아주 허연 가루지. 허연 가루가 그거 뭐 풀뿌리지 뭐. 칡뿌리지 그, 그걸 가지구서, 콩죽을 턱, 콩을 갈아 넣구 그 분대를 넣고서 죽을 쑤었단 말이지. 그니 내가 그 내다섯 살 먹었는데, 다섯 살 먹었을 긴데, 그리 우리 어머이보구선,

"아 좁쌀을 넣었으면 좁쌀을 넣었다고 하고 잎사구를 넣었으면 잎사구를 넣었다고 하지, 어째 날 그렇게 속이는가? 칡 분대죽을 쒀 줘 놓구."

못 먹겠으니까. 조선 살 적에. (칡 말고 또 뭐 잡수셨어요?) 그 다음엔 그저, 그 국 죽이죠, 밥 못해 먹고 죽을 쒀 먹었단 말이야. 죽을 쒀먹는데 거기다 장을 풀어 넣고, 뭐 죽에는 잎사구를 뭐 그저 약간 그저 보이나마나하게 넣구서, 그저 풀죽이지 뭐. 풀죽으로 살지. 풀죽으로 살아갔지. (중국으로 오시기 전의 얘기지요?) 예. (입는 건?) 입는 건 그저 우리 어머이가, 어머니가 길쌈을 하니까 그저 베적삼.

(그렇게 어렵게 사시다가 중국에 오셔서 조금 나아지셨어요?) 중국에 와서도 뭐 낫게 지내지는 못했어. 남과 같이 뭐 입지도 못하고.

(중국에 와서는 농사를 어떻게 지으셨어요?) 중국에 와서는 그 회사에서 소두 내주고요 밭두 내주고 하니까 소루다 밭을 갈고, 그러니 농사질 좀 많이 했죠. 조선서보다. (조선서보다는 조금 나아지셨어요?) 좀 나아졌지요. (집은 어떻게 마련하셨어요?) 집은 형님이 제대로 집을 지었습니다. 난 그때 나이 어리니까 모르지만서도 우리 형님이 제대로 다 집을 지었습니다. (집 짓기 전에는 어디서 주무셨어요?) 풍막을 짓고 거기서. 〈막을 낭글로 해서 풀로 덮고 그러고 살았지요.〉 막 지으기 전에는 대사해서 살았습니다. 대사해서 한 달 동안. 영경 대사하. 그 풍막 다 지은 다음에는 그 다음에 고성으로 이사를 올라갔지요.

(중국에 오셔서 광복 전에 일본 사람들 때문에 고생하신 일 없으세요?) 〈일본 사람들 때문에 고생한 적이 사실 없지. 어쨌든 자꾸 공산당을 잡으라고 그랬지.〉 (그러면 공산당 때문에 고생하셨어요?) 공산당이 오니까 그 일본 아들이 공산당을 다 잡는다고 뭐 토벌짐을 지라 그래서 우리 형님이 토벌짐을 지러 갔다 왔지.

〈그 이불 보따리 같은 거. 그거 지고 가라고 그래서.〉 토벌짐이 그 군대들, 일본 군대들이 먹는 양식, 의복 뭐 이런 걸 지고 댕긴단 말이야. 지고 산속으로 댕겼지요. 몇 달씩 지고 댕기다가 그 다음엔 또 교대를 합니다. 딴 사람이 가고 또 우리 형님이 오구.

(토성 쌓는 것도 보셨어요?) 토성 쌓는 것도 눈으로 다 봤지요. 봤는데 나이 어리니까, 일은. 〈삽으로 떼어서 네모나게 한 줄로 쭉 내띄고 그러고 거기 이렇게 띄어서.〉 (공산군을 지킬 때 총을 가지고 지켰어요?) 〈그럼요. 총 있지요.〉 자위대라는 게 있어가지고. 자위대라는 건 그 부락민으로 조직해 가지고, 거기서 신체 좋구요, 청년들을 뽑아 가지고서는, 무장 자위단이라는 게 있고 일반 자위단이라는 건 나이 좀 많거나 이런 사람들로 다 다 일반 자위단에 뽑혀가지고는 계속 보초 서고. 자위대가 뭐 조선족이지 뭐, 조선부락에 조선족만, 부락 사람 그렇게 해 가지고 조직한 게.

(공산군이 쳐들어오는 거 보셨나요?) 공산군이 들어왔을 때, 뭐 그때는 일본 아들도 없고, 자위대도 없고 그래 경찰이 하나 와 있어선 뭐 가만히 빠져서 도망 가 뻐리고. 공산군과 뭐 대적도 못하고 그리고. (자위대가 있는데 공산군하고 대적을 못했어요?) 대적도 뭐, 그땐 총도 없었단 말이지. 총도 안 내줘서 총도 없었지요. 그러니까 그저 뭐 공산군들이 증말 그저 훨하게 들어와 가지고선 거기서 이불 짐들 다 벗어놓고, 그 다음에 부락장네 소를 한 마리 잡아서 그 끓여 먹자고 하는데, 끓여 먹자고 끓이는데, 일본 아 새끼들이 막 들어와서 습격을 해가지고서 막 공산군들 몇이 죽었지. 나머지는 도망가고. 소고기도 못 먹고 도망갔지.

(그런 일이 여러 번 있었어요?) 그 다음엔 그 한 번 지나고 추석이 지나간 다음에, 그 다음에 공산군이 또 한 번 들어와서, 그때는 뭐 경찰도 없고 아무것도 없는데 들어와 가지고서는 부락장네 집에다 불을 지르고 자위단 실에다 불질러 놓고 그 다음에 그 노 백성들이 소를 멕이지만 그건 만철회사 소란 말이지. 그래

"당신네들은 이 소가 죽으면 회사에서 또 내주니까, 소고기나 한번 실컷 먹으라."

고, 소를 아마 한 열댓 마리 끌어다 놓고 총으로 탕탕 쏴서 다 죽여 놓고 그리구선 그 다음에 소를 살 잘된 놈을 한 마리 딱 끌구선 가 뻐렸지. 고성에서, 고성에서 그랬습니다. 해방되기 전에 그랬습니다.

(그렇게 두 번만 들어왔었어요? 공산군이?) 뭐, 공산군이 그 다음에는 뭐, 보초 서는 것도 없고 그저 영감들하고요 노인들만 마을에 있었지. 우리 그때 고등으로 이사 건네가고, 그니까 거 저 뭐 마음대로 와서, 들어와서 옥시시, 쌀도 좀 얻어 가지고 가고.

(공산군 말고 또 토비도 있었나요?) 〈토비는 따로 있어요. 따로. 그건 한족들이 모두 와서 돈이 있는 집을 털어가지고는 막 빼앗아가고 토비들은 한족 사람들이 지.〉 토비는 한족, 한족이죠. 토비도 한 번 들어와서. 토비가 들어와서, 마을사람 들 오라고 해 가지고선, 회의실에다 모아 놓고서는,

"돈 내라."

그러구요. 아편 있으면 아편 내 놓으라는 거지. 그래 우리 국민당 마중가야겠 는데 여비가 모자라니까 돈들도 내 놓고 아편도 내 놓으라고 그이 뭐 조선 사람 들이 무슨 아편이 있어야 아편을 내주지. 돈도 없고 (한 번 오면 몇 명 정도 와요?) 〈한 20명 되오?〉 어이구, 토비가 한 50명도 돼. (공산군은 오면 몇 명 정도 되나 요?) 공산당은 한 번 들어오믄, 그저 한 개 연이 들어오는데, 한 개 연대가 들어 오는 게, 한 100명 거의.

(광복 때는 어땠어요?) 해방 때는 그때 고성에 그냥 있었지요. 해방되자마자 저 팔로군들이 와서 선전하고, 너희 중국이 해방됐다는 것을 선전하지요. 그리구 너희 일본 아들 반대하는 거 계속 선전하고 그 일본 아들한테 뭐 압박받고 탈취 해 갔던 걸, 그런 걸 사실을 갖다가 자꾸 선전해서, 그 군중 발동시키느라고.

(해방 때 일본군이 쫓겨 가는 거 보셨어요?) 일본 사람들이 항복한 다음에, 그 일본 사람들이 고성엔 한 번도 지나가지 않았단 말입니다. 말 듣기는 뭐 이도백 하로 해서 뭐 고향 간다고, 가다가 몰살했다는 말 듣고.

(해방 후에는 살기가 좋아지셨어요?) 좋아졌지요 뭐. 농사를 맘대로 짓지. 국가

에서 뭐 공영이라는 거, 노새라는 거 받아 가지고선도 그전 개선 때처럼 다 이렇게 가져가는 게 아니란 말이야. 그니깐 먹을 게 넉넉하지.

(6.25전쟁 때는 어떠셨어요?) 50년도에 고성에 그냥 있었지요. 얘기만 뭐 들었지. 조선 전쟁 일어났단 얘기만 들었지, 고거에 대한 뭐 상세한 내역은 모르지요.

(은행 다니시기 전에 공사조직위원장 하셨는데, 공사조직위원장은 무슨 일 하는 거죠?) 조직위원장이라는 것은, 공산당 당무공작인데, 그 장부 관리하구요, 조직위원장으로요. 간부를 관리하고, 간부를 교육하고, 그런 일을. (영경에서 신용사에 계셨었는데 신용사는 무슨 일을 하는 곳인가요?) 그건 뭐 대콴. 노 백성들이 농사짓는 데 돈이 모자라거든요. 그래 대콴을 내주고 받아들이고 그런 공작을 했지요.

그저 적극성, 적극성으로 하니까 그래 조직에서 자꾸 신임하고 〈적극적이고, 그래 저 고성에도 가보셨지만도, 그쪽으로 해서 여 다리난 데를 벽황에다가 돈을 지고 올라 댕겼어요. 지고 가고요. 나는 또 근심이 되지요. 돈을 그렇게 지고 올라가니. 그래 벽황 안에다가 밑에다 돈 넣고 그 다음에 위에다는 허저루한 무슨 두래기 같은 거 이래 담아가지고, 그래 겁이 나서, 갔다가 오믄 시름을 놓구, 아유 뭐 어떤 때는 근심되고 이랬어요.〉 무인지경에 한 30리는 넘어, 산속이지 뭐 거기는, 용탄 지나가서부터는 산속이란 말이유. 거기 무슨 사람이 있는가 하니까, 저 지질 탐사대가 지질 탐사하느라고, 탐사대가 그 위에 가 있단 말이야. 그, 그 사람들 공자로 영경은행에서 줄 적에 내 줘야 한단 말이야. 그래 돈 가질러 온 거 돈 주지 못하믄, 또 돈 천상 돌아가 줘야 한단 말이야. 그래 그때는 천상 내 짊어지고서 갖다 주고 와야 됐지. 그래 갖다 주고. (일을 잘해서 표창 받으신 일 있으세요?) 상장도 꽤 여러 개 받았댔는데, 궤짝에 계속 돌아댕기던 게 뭐 어디로 다 없어졌어요.

(은행에 다니실 때는 사시기가 괜찮으셨겠어요.) 예. 〈아유, 잘살기는 뭐 잘살아요. 내가 우리 동상 엄마가, 아유 우리 아버지가 저 화령 목장에 가서 뇌막으로 수술해서 돌아가셨지. 우리 아버지가, 우리 친정아버지가. 그래니까 우리 작은아버지

있응게 돈이 우리 아버지 있는 데서 돈이 나오게 되니까, 그 돈이 탐이 나서 거저 우리 아버지를 거저 뇌도 수술하라 하고 마음대로 그렇게. 그러니까 거기 사람들도요, 거기 조직에 사람들도 말구서는 우리 동상 쪼끄만데다가 주는 대로 해서 돈을 넣어서 이 속에다가 이래 띠어서 이래 보냈어요. 우리 아버지 돌아가신 그 돈을. 그래 우리 엄마 안도 가서 살며, 일 년 안되어 여기 와서 살면서 그 돈을 가지고 뭐 이짝 돈 돌려놓고 막 이렇게 하고, 그게 뭐 되나요. 그렇게 진심으로 해주는 사람이 몇이나 되겠어요. 그래 가지고선 우리 동상, 우리 엄마 마흔일곱에 돌아가셨지, 마흔일곱에 돌아가시니 동상 그게 다섯 살 먹은 게 어떻게 하겠어. 어디로 갈 데도 없고, 우리 동상네 데려다가 길른다든 게, 아유. 내가 그거 다섯 살 먹은 거 길러서 장개 들여서, 내놔서 어떻게 해다가 암으로 해서 우리 동상이 죽었어요. 동상이 죽으니까 무슨 쓸데 있어요? 하나도 쓸데없어요.〉

(젊으셨을 때 희망이 무엇이었나요?) 글쎄 뭐, 젊었을 때 뭐 희망이라는 게 뭐이 있소? 그저 시키는 대로 하는 판에. 무슨, 뭘 희망하면 희망하는 대로 됩니까? 안 되지. (젊으셨을 때 인생에 대해서 고민도 하고 그러셨어요?) 그런 뭐 잡념은 없었습니다.

(결혼하실 때 얘기 좀 해주세요.) 우리 47년도에 결혼했는데, 해방 후죠, 고성에서. 중매는 김진수인가? 진수 영감이라는 게 중매를 섰어요. 그때가 스물네 살입니다. 저기는 열여덟 살이고, 집이 영경 대사하. 고성에서 한 10리 되지요. 중매 했으니까 뭐 많이 만나지도 않았고, 뭐 만나 봐도 뭐 재미는 뭐 지금 아들처럼 뭐 키스도 한 번 못하고 얘기도 못했습니다. 고태가 있어서 처녀 총각이 뭐 서로 가만히 만날 생각도 안하니 원, 만나야 무슨 재미있는 얘기도 뭐 그렇게 못해봤구먼. 〈재미있는 얘기 어디가 있어요? 서로 만나면 부끄러버서 서로 피하고 그러지.〉 만나기야 드문드문 만났지. 가시아버이가 술을 좋아한단 말이야. 나도 술을 좋아하고. 그러니까 우리 가시아버이는 술 받아 놓고 기다리고 채소랑 가져다 놓고. 그래 가시아버이가 오라는데 가야지. 안 가겠어?

〈결혼식은 사모풍대 다 쓰고, 족두리 쓰고, 옛날 풍습으로다. 기쁘지도 않았어요. 고생만 했어요. 고생 말하자면 어따 다 하겠어요, 나그네를 공작을 시키다 니까이 집에 일은 못한다 말입니다. 저 아바이는. 부락에서 공작할 때지 무슨. 지금 댄스로 보나 뭐 지금 얼매나 모두 그래요. 우리는 그런 법을 몰래요. 맏동서 가 시어머이나 한가지지. 7년을 같이 살았어요. 얼마나 구속을 하는지요. 아이고, 그래 어떤 때는 저 아바이, 그전에는 그 택갈을 싣고 안 돌아왔댔어요. 옥시랑 뭐이랑 싣고. 그래 그 싣고 오믄 이 머리삔 같은 게 없어. 그래 그 머리삔 조끔 사다 달라고 말하믄, 아이고 그런 말 한다고 또 우리 맏동서가 얼매나 난리를 치겠어요?

아 낳을 때도 실패를 봤지요, 아를 나면예 큰집에서 아를 이렇게 길르믄, 병 원으로 가는 게 아니라, 이 우리 시아바이는 삼신할머니 있는 데다 미역국 끓여 놓고 이렇게 빌어요. 그 무슨 쓸 데 있어요? 속에 얹혀 가지고는 탈이 났는데. 안 되지요. 그래 위로 지금 저 조양천에 있는 큰딸 위로 서이를 땅 속에 묻어 넣었어요. 그르구 큰딸을 출산하니까네, 야꺼지 내 죽이믄 아니 되겠다는 생각이 들겠지요. 그래 엄마 있는 데로 왔지요, 우리 친정엄마. 거기로 오니까, 우리 엄 마 그래

"여기서 아를 길러라. 니 안 되겠다. 아를 그렇게 죽이고 죽이고 하니 어떻하 겠니?"

병원에도 못 가게 한다고 말했구만, 우리 시아바이가. 아이 그래가지고서리 큰딸, 조양천에 있는 큰딸을 낳으니까, 그 다음에는 세간 내어 줍다. 세간을. 따로 집 잡고 나와, 그래 이래 새로 집으로 이사 간 사람의 집을 사 가지고, 그거 꾸려 가지고 이래 살매, 아 양식이라는 게 있어요? 쌀을 반 마대 못되게 주는데, 죽을 쒀먹어야죠.

살림을 따로 나와 가지고 두 딸을 키웠어요. 그래도 큰딸은 그래 길러가지고 저래 지금 큰딸, 그 다음부터는 동상도 와 길르고 그러니까, 그래 길르매 고상하 매 그래 저 딸을 키우면서 아들도 키우고 딸도, 그 다음엔 아들이 앓지도 않고 잘 커요. 그래 이래 길러 이제 이래 살아요. 막내딸도 어제, 우리 사위가 감사하

지요. 자기가 영경 갔다 왔는데 한 번도 아니 올라온 너희들이 있는데 아니 가봤다고 우리 사위가 욕을 하며 각시를 데리고 와서. 또 그만, 내 그랬지 한 번,

"남조선에 맨토리는 좋다는데 난 그거는 한 번도 못 먹어봤다."

내 이랬지요. 맨토리, 그 보드라운 국수요. 내 그 소리 했두만 어저께 그거 싸 가지고 이러고 와서 또 그만, 우리 사위재. 그래 거 싸 가지고 와서, 어제 와서 끓여서 먹고, 다마내기도 뽑아 가지고 나물도 캐 가지고 이래가, 그래 욕을 막 하매, 그래 노인들이 두 분이 있는데 가 보지 않고 그렇게 등한하다고 욕하매 그래매 왔었더구만. (사위가 고맙게 하네요.) 예, 우리 사위 인정스러워요. 지금 이 기독교회 댕기는 아. 우리 사위는예 기독교회를 그렇게 남조선에 가 몇 번 가 봤대요. 기독교회를 가 보니까 좋더라고, 그래 얘기합디다.

(그 사위는 지금 무슨 일 해요?) 남조선 갔다 와서 선생질하던 게 지금 직업이 없지요. 놀지요. 놀아도예, 영경에서 핵교에서 공짜 주겠다고 한 대요. (둘째 사위는 어때요?) 영경에 사는 지는, 거는예 한족이래요. 한족인데, 말은 더듬거리고 하고 이래, 기술이 좋아요. 두루두루해서. 그래 그 살 만하니까. 잘 살아요. 밥 먹고 살면 됐지요.〉

(어르신, 평생에서 제일 기쁘셨던 때는 언제인지요?) 〈우리 큰아들이 나서 젤 기뻤겠구만.〉 예, 아 그 뭐 기뻐서 술만 계속 먹었지요. (그리고 언제 또 기쁘셨어요?) 은행공작 하면서, 은행공작 하기 전에도 촌에서 위생 사업을 내 5년 동안 했습니다. 헐 적에 위생 공업에 뽑혀가지고, 위생 공업에 뽑혀가지고 계속 저 현이구 촌이구 그걸 계속 댕겼습니다. (뽑혀서 다니시면서 강연하고 그러셨어요?) 아 강연도 더러 했지만서도, 가서 계속 학습하지. 학습하고 군중을 영도해 가지고 마을을 아주 깨끗하게 했지요. 뭐 집집마다 뭐 변소간을 싹 다 깨끗게 하고, 집에다 흙질을, 흙질을 싹 하고, 마을을 이렇게 깨끗하게 하니까. 고성에 있을 땝니다. 신문에도 여러 번 났댔습니다. (그 신문 지금 가지고 계세요?) 신문 뭐, 지나간 신문 다 버리구요. 지나간 신문 없애뿌려.

(제일 고통스러웠을 때는?) 제일 고생스러웠을 적은 60년도입니다. 60년도에 곳간

에는, 곳간 창고에는 양식이 많지만서도 개인한테는 양식이 없단 말이야. 이러니까 뭐 강냉이, 강냉이두 껍데기 그걸 줏어다가 삶아 가지고 거기서 좋은 거를 내 가지고서, 그걸 해 먹고. 그게 제일 고생이죠. 그때가 고성에도 있었고 대사하에 내려와 있었을 때입니다. 그 영경에. 그때 그 양식도 그렇게 흔하게 주지 못했단 말입니다.

(지금까지 살아오시면서, 그때 내가 잘못했다, 하는 것은?) 그런 생각 뭐 잘 나지 않지요. 내 공작 하면서도 술을 너무 먹어서 실수할 때도 많았습니다. 술을 과도하게 먹고. (무슨 실수를 하셨어요?) 아 술을 과도하게 먹고 뭐 길거리에서 잘 때도 있고. 그래 친한 동무들 나오면 동무들이 깨워 주고. 그 깨어나서 보믄,
'이거 술 이래 먹어선 아니 되겠다.'

그러구선 술만 생기믄 계속 또 술을 먹었으니. 한평생 술을 너무 먹어서. (지금도 약주 드세요?) 지금도 한잔씩은 술을 먹습니다. 그래 쪼금씩 먹으니까 밥맛도 있고 그래 괘안은데.

(제일 존경하는 분은?) 나는 뭐 크게 뭐 누굴 좋아, 아주 존경하는 것도, 누굴 뭐 깔보는 것도 없고 (앞으로 희망은?) 앞으로 희망이라는 건, 거 희망이 뭐 다른 건 없습니다. 한 3, 4년쯤 더 오래 앉았다가 이 세계 중국 올림픽, 올림픽 그 대회를 중국에 와서 하잖아요? 양천팔 년에. 그래 그때까지 살다가, 그 뉴스에도 계속 나오니까 그때까지 살았으면 하는 그런 희망입니다. (그걸 댄스로 보고 싶으세요? 직접 가서 보고 싶으세요?) 아 직접 가면 더 고생스럽죠. 댄스만 봐도 뭐 다 보겠는데. 숱한 사람이 뭐 거기 뭐 사람이 정말 몇십만이 몰아, 구경꾼이고 뭐고 하겠는데. 내 그때까지만 살기만 해도요 뭐 내 제대로 움직이질 못하니까 그런 데 갈 필요도 없구. 가봤자 고생스럽구. 가만히 앉아 댄스나 보는 게 낫지.

(사후에 화장하는 게 좋으세요? 아니면 매장하는 게 좋으세요?) 아 그저 화장해, 화장해 달라고 그랬습니다. 화장해서 그저 불에다 다 태운 다음에 그 재 남아서 어따 갖다 뿌려서. (부모님 장례는 어떻게 지내셨어요?) 다 산에 갖다 묻었죠. (어디에?) 거 고성에 있습니다. 우리 형님도 고성에 있고 (추석 때 거기 가세요?) 추석

때 거기 한 번도 못 갔습니다. (언제 다녀오셨어요?) 거기 갔다 온 지는 한 5년 됐습니다.

(젊은 사람들한테 하시고 싶은 말씀은?) 젊은 사람들한테 내 얘길 해주고 싶은 것은, 이 중국 현재 젊은 사람들이 남한 사람들을 깔봅니다. 예절이 하나도 없단 말이야. 젊은 사람들이. 그게 제일 문제입니다. (어떻게 깔보나요?) 깔본다는 기, 아는 사람들이든지 모르는 사람들이든지 뭐 전부 인사할 줄도 모르지. 시내 가도, 물건 좀 사러 가도예, 남한 사람들한테 값을 더 비싸게 받아먹는단 말이야.

(여기 계시는 여러 지역의 이주민들 중 강원도 사람들은 어떤 점이 좋고 어떤 점이 나쁘다고 생각하세요?) 강원도 사람들이 특성이라는 건, 맘이 좀 여립니다. 그렇게 우락부락하고. 그래 강원도 사람들이 부랑자질하는 사람이 적습니다. 중국에 있는 사람도 그렇지만 조선 있어서도 내 어려서 봤지만 그런 사람 드물지요. 그이 강원도 사람 특징이고. 성격이 좀 콸콸합니다. 우물쭈물하는 그런 성격이 없어요. (강원도 사람들의 나쁜 점은 뭐예요?) 강원도 사람들이 뭐 나쁜 점은 모르겠습니다.

(자식들에게 바라시는 건?) 아들딸에게 바라는 건 내 그저, 앉기만 하믄 내 계속 내 이제 말하면 그런 얘길 해 줍니다. 딸이구 아들이구 이 부모에 대해서는 존중하고, 뭐 박대하거나 이런 법은 없지요.

(보통 때 하루를 어떻게 보내세요?) 아침에 난 네 시에 일어납니다. 네 시에 일어나서 뭐 이부자리 다 걷어 놓구, 나가 소변 보고 들어와서, 안은 뭐 저기서 자지만서두, 내 저 쌀 씻어서 밥 안쳐 놓구, 그러면 5시 거의 된단 말이야. 그땐 또 구들에 불 때야지, 불 때고 그냥 저기서 또 채소를 보겠지. 요즘에는 아들이 들어와 있어서, 불은 내가 때는데 채소는 아들이 좀 하길래서. 밥은 내가 다 합니다. 요 뒤에다 가서 채소질을 조금 심궜는데, 그 아침 먹구선 심심하면 또 올라가서 김도 매고, 심굴 적엔 심구느라 또 올라가 파기도 하고. 점심 먹고는 한참 쉬고 또 휘 둘러보고. 밭길 따라. 저녁때는 또 저녁 해서 먹고. (댄스 매일 보세요?) 어떤 건 뭐 댄스 보지도 않고, 뭐 재미있는 거나 좀 보긴 하지만. (뭐가

제일 재미있으세요?) 그래도 이 타령하고 이렇게 하는 게 그게 제일 우리들은 좋고 그렇지. 저 뭐 다른 거는 뭐. 신식 노래는 뭐 하나도 듣기도 싫지. 아들이 여기서 계속 보고 그저 드문드문 보지만, 난 댄스 그렇게 보지도 않죠.

(읍내에는 자주 안 나가세요?) 자주 안 가요. 거기를 뭐, 그런 데 자주 갈 일도 없고. 혹시 저 얼지(보청기) 그럴 때 연길에 갔다 오곤 안 갔어, 올봄에 얼지가 잘 안 돼서.

(어르신, 누님 성함이 뭐라고 하셨죠? 고성에 있다는 누님) 김일제. 경제할 때 '제'자. 몇 살인지 딱 똑똑히는 모르겠는데, 내가 열네 살 적에 그저 서른 두 살이나 됐을 겁니다. (매형 이름은?) 매형 이름은 이주형. 그 아들 이름들 좀 적소. 큰아들 이름이 이관익, 둘째 아들 이름은 이남익, 셋째 아들 이름은 이신익, 넷째 아들 이름은 이문익. 남익이가 나보다 아래란 말이여. 전쟁에 죽지 않았으믄 살아 있겠는데 어디 가 있는지 모른단 말이야.

(여기까지로 이야기를 마치고 김철수 노인은 밖으로 나가 술을 사오셨다. 그리고 손수 점심상을 차리셨다. 김철수 노인은 조사자와 겸상으로 점심을 들면서 이야기를 계속하셨다. 이 이야기를 하시다가 80세의 김철수 노인은 숟가락을 든 채 눈물을 흘리셨다.)

고성에 있었을 때인데, 공산군이 아침에, 몰래 공산군이 들어올 줄은 나도 알았지요. 근데 가만히 있으라고 해서 가만히 있다가서니, 아침 여덟시나 돼서 나가니까 공산군들이 우리보고, 그때는 내가 나이 어린 아이니까,

"야, 놀란거 어디 있는가?"

산에 가면 놀란거라고 있습니다. 우리 강원도 사람들은 그걸 귀타리라고 하는데, 귀타리라는 그 열매지. 그 옥시 까먹을 때니까나 그게 다 여물었단 말이야. 그래 그게 어디 좀 있는가 하고 자꾸 물어본단 말이야. 아 여기 마을에도 없고 모른다고, 어디 있는지 모르겠다고, 그래 산에 가보라고 했지. 그러다가 점심때가 다 돼 가는데 아 뒤에서 총소리가 빵 나더니만은 아 공산군들이 앞으로다가 토성을 싼 데를 떼로 넘어가는데, 마을에 모두 막 포위를 하고 있잖아요?

아 뒤루다 이렇게 포위를 해가지고 들어오니까, 빨리 피해야 된단 말이야. (총을 쏜 사람이 일본 사람이에요?) 일본 사람들이. (공산군들을 내쫓을려고?) 그럼, 공산군을 아주 몽땅 잡자고 들어왔지. 근데 뭐 전쟁이 아마 그때는 한 30분 동안 총질을 하더니만 공산군들은 뭐 총질이나 하는지 안 하는지, 공산군 총소린지 뭐 일본 아들 총소린지 그저 방안에 넓죽이 엎드려 있었지 뭐. 서로 돌아다니지 말라고. 아 근데 전쟁이 다 끝나니까 일루 나와서리, 대문을 확 열어제끼고서는 이케 들여다본단 말이지. 거기 공산군이 혹시 숨었는가 해서. 그래 우리 뛰어나가니까 뭐 그만 없다고 그러고서는 나간단 말이야. 그 다음에 전쟁이 끝났는데 이 공산군 도망갈 사람은 도망 다 가구, 그 다음엔 일본 아들이 전쟁통을 다 수습한단 말이지. 수습하는데 공산군이 그때 고기는, 서이밖에 발견 못했단 말이야. 죽은 걸. 죽은 걸 둘 발견하고 산 사람 하나 발견했단 말이야. 그리구 그 다음에 지나고선 한 이틀 만이지. 그 고성서 육주라고 고성쯤 건너에, 거기 건너 가니까 사람이 시체가 죽은 게 하나 있더만. 그래 그건 또 자위단들이 나가서 시체를 묻어 줬지. 그리구서 그 다음에 우리는 그때만 해도 일본 아들이 승리를 했으니깐 우린 일본말로 다 그래도 좀 아니까 말이야. 나가서 마음대로 좀 돌아 댕기는데, 그니까 그때 그 고성촌에 토방을 이렇게 채려났는데 거기 가니까 공산군 서이를 갖다가 잽혀났단 말이야. 서이를 잽혀났는데 둘은 죽어서 말도 못하고 한 사람은 그기 성이 박가라는 사람인데, 내 후에 알았지, 성이 박가라는 사람인데, 이마에 총을 맞고도 살은 기라. 그래 일본 놈이 쇠꼬챙이를 그 공산군 이마에, 그 총 맞은 구멍에 쇠꼬챙이를 넣고 쑤시는 거라. 그래 뭐 죽는 소리를 치지 뭐. 뭐 그래 총 맞은 구멍에다 쇠꼬챙이를 넣고 쑤시니 그게 얼마나 아프겠어? (그 쇠꼬챙이가 뭐에요?) 총 끄트머리 이렇게 맞추는 칼 있잖아요? 그 일본 놈 옆에 조선 사람이 있는데, 통역쟁이라. 일본 놈이 조선말을 모르니까. 아 거, 그 통역쟁이가 조선놈인데 좀 말, 부대 이름이 뭐고, 대장 이름이 뭔가, 대라는 거지. 아 그 이마에 총맞은 공산군한테 물으니까

　　"난 모른다. 내가 알게 뭐냐?"

그러더니

"너도 조선놈의 새끼냐? 공산군들이 조선 독립하려고 애쓰는데 너는 일본놈의 앞잡이를"

하면서 뭐 어떻다고. 아 그래 통역쟁이 낯짝에다 가래침을 탁 뱉더라는데

"예이 쌍놈의 새끼야."

그러니까 그 다음엔 그 뒤로다가서 다시 물어보지도 못하고 뭐 암말 못하고, 뭐 대답할 턱이 있는가? 그러니까 니들 거기 아 그래 일본놈 서인지 총창을 맞춰 가지고 아 이렇게 쫓아가는데 거 들것에다 해 가지고서는 다른 사람들이 미고 나갔단 말이야. 서이를. 두 사람은 완전히 죽었지만은, 한 사람은 산 거, 이렇게 메고 나갔는데, 거 땅 구덩이를 파고 이렇게 묻고, 이짝 산 사람은 구덩이를 이렇게 파구선 밑에다 재껴 놓고 그 다음에 아주 죽은 사람을 그 위에다 엎어 놨단 말이야. 죽은 사람을. 그리구선 그 다음엔 다른 사람들이 뭐 방법이 있어? 총창 갖다가 묻는데 말이야. 때려가며 막 이렇게 묻으니까 말이야. 막 주먹이 막 이렇게 올라오지. 그 살았던 사람. 올라오니 뭐 하겠어? 총박죽으로다 그 팔을 갖다 막 내리 디딛는데. 그래 산 매장했지 뭐.

그리고 그 후에 해방되고서 53년도에, 56년도일 끼야. 56년도에 고기에 묻었던, 그 매장한 거 연길에서 와서 싹 파갔습니다. 파간 사람이 그 산 사람 묻은 그 사람의 동생이라고. 그래서,

"내가 그 사람 동생인데, 내가 우리 형님만 파고 그냥 두었는데 다 파간다."

고, 다 가져갔어요.

거 첫 번 들어왔을 때는 그 독립군대 그 여성군대가 군대 의복을 뭐 불과 얼마나 되는지 한 아름 안고 와서 우리 어머이보고 좀 빨아달라고 그랬단 말이야. 근데 그놈의 걸 뭐 이사를 가자니까 어디 갈 데가 있는가? 그니 춘양촌을 첫 번에는 갔다가 그 춘양촌에 가서 버들밭에 가서 그걸 빨았지. 군대 옷을 빨아서, 빨아가지고는 싹 말려서 착착 개 가지고서는 원래 살던 집에다 갖다가 딱

보관을 해가지고 있었는데, 근데 두 번째 공산군이 들어왔을 때 그 여자군대가
말이야, 고대로 우리 집에 찾아와서 우리 어머니보고 의복을 달라고 하더라고.
그래 그저 고대로 내다 주니까 아휴 감사하다고.

우리 어머이 사망되셨을 때는, 동짓달 그러니까 열이튿날 사망됐는데 제사는
열하루 날입니다. 동짓달 열하루 날인데, 동짓달에 그 얼마나 춥소? 집안에 두고
뭐 그렇게 할 수 없어서 9일장을 지내는데, 마당에다가 빈소 차려 놓고, 거기다
가 막을 이렇게 쳐 놓고, 상제들 곡을 하면 거기 나가서 곡을 한단 말입니다.
아홉 일 동안 그러고 나니까 마지막엔 지루합디다. (그때는 상여로 나갔어요?) 상
여 이구서 나갔지. 한 사람이 그 행상 위에 떡 올라서서 방울 흔들면서. 삼베를
만드니까 삼베로다가 이 상옷을 맨들어 입고. 난 장가를 안 갔으니까 내 테를
쓰고.

(제가 이번에 이원갑 할아버지를 꼭 만나려고 했었는데, 뵙지를 못했습니다. 오늘
아침에 전화했더니 따님 말씀이 지금 만날 수 없는 사정이라고 하네요. 아마 임종 준비
를 하시는 것 같습니다. 어르신께서는 이원갑 할아버지를 언제 처음 만나셨어요?)
1940년부터 만났습니다. 고성에서. 그 사람은 춘양촌 나와, 춘양촌 거는, 1938년
39년도에 이민해 와 가지고요 거 이원갑 아버지랑 원갑이랑 우리 집에서 유숙하
면서 춘양촌에 오르내리면서 가서 집을 지었습니다. 그때 집 다 짓구서는 우리
집에서 이사해 내려갔지요. 그러다가 40년도에 그 공산당 난리통에 마을이 싹
다 망탱이 되니까, 한데 몰아 그만 그래 1940년도에 우리가 한데 몰아서 그 사람
하고 같이 뭐 한 마을에서 사니까. 그 마을이 춘양인데, 춘양촌, 그 고성에 한데
모아서부터 더 친하게 지냈지요. 나도 그땐 뭐 핵교도 안 댕기고, 그 다음엔 뭐
집이서 그저 농사일이나 하고 그러는데 그저 나무도 하러 가면 같이 가 하고,
뭐 산에 사냥을 가도 같이 사냥을 댕기고.
그때가 40년도니까 내가 그때 몇 살 됐는가? 스무 살 때입니다. 거 이원갑은

스물한 살이고, 나보다 한 살 위. 나랑 같이 뭐 황가리 잡으러, 황가리 덫을 놓고 황가리 잡으러 댕기고. (황가리가 뭐지요?) 족제비. (그건 잡아다가 뭐해요?) 거 팔아먹죠. 껍데기 벗겨서. 이원갑이랑은 그저 뭐 버섯도 따러 같이 댕기고, 거 느타리라는 버섯도 같이 따러 같이 댕기고, 송이도 같이 따러 댕기고.

원갑이는 아버지랑 한 군데 있었지요. 아버지 어머니랑 한 군데 있었지요. 형님들 둘은 다 잔치해 가지고서 세간나가서 따로 살았지요. 여동생은 이종순이라고, 저 구룡촌에 구룡가에 거기서 삽니다. 그 여자는.

원갑이도 여기 와서 고성촌에서 결혼했습니다. 결혼하고 아이들까지 낳고, 딸 둘에 아들 하나(?) 낳구 살다가서래 그게 아마 서른 몇 살이나 먹었는지. 부인이 그때 병이 나가지고서 그래 죽어서 내다 묻고, 그 다음에 장가 아니 갔어요. 이원갑이가 장가 아니 갔습니다. 그리고 과부여자 하나 얻어다가 살다가서리, 맘이 맞지 않으니까 이혼합디다. 서로 갈라져 뽈고. 그리구 그 홀애비로 계속 살고, 홀애비로 살면서, 딸 둘 다 시집주고 아들 막내아들 장가가 가지고 그 며느리가 남조선에 가서 돈벌어오지 않았습니까? 그리구 둘째 아들은 이경삼이라고 소아마비에 걸려서 아무 육체노동을 못하지요. 그래 여기 와서 담배장사를 하던 거를 작년에는 쇠바퀴 오토바이를 사 가지고서는 장사를 한다고 하더만은 그놈 여름에는 한 번도 못 보겠습디다. 모두 이사를 갔는지? 어디를 갔는지?

거 이원갑이는 3차 이민입니다. 강원도 춘천군에서 뭐 3차 이민을 왔는데 거기매선 뭐 어떻게 지내서 왔는지? 곤란하니까 왔겠지요. 여 와서 계속 농사질 했습니다.

이원갑하고 같이, 야 고기 잡을 적에는 참 하루 종일 고기 발을 놓구서는 고기를 잡았는데 둘에서 하여튼 제일 많이 지고 들어왔습니다. 아 그 다음부턴 또 딴 사람들 또 발을 놓는 기. 싫은 소리 한 마디 안 하는 사람이에요. 야 그 사람이 그렇게 고운 이라는 거. 마음이 곱단 말이요. 그래 남하고 싫은 소리 아니 하고, 남을 그래 뭐 욕도 크게 아니 하고, 그 사람 참 사람 좋은 사람입니다. 나하고 그리 여러 해 같이 있어도 말다툼 한 번도 안 해봤어요. 참 맘이 좋습니다.

지은이 소개

전신재 全信宰

서울대학교 국어교육과와 성균관대학교 대학원 국어국문학과 졸업. 문학박사.
한림대학교 교수, 대학원장, 명예교수.
한국역사민속학회 회장, 한국공연문화학회 회장 등 역임.
「거사고(居士考)」, 「아르또 연극과 한국의 탈놀이」, 「춘향가와 죽음의 미학」,
「아라리의 자연관」, 「자장전설과 탑의 상징성」, 「김유정 소설과 판소리」,
『원본김유정전집』, 『강원의 전설』, 『강원의 전설 2』, 『강원도 민요와 삶의
현장』(기획), 『한국의 웃음문화』(기획) 등의 논저가 있다.

죽음 속의 삶

재중 강원인의 구술 생애사

초판 1쇄 발행 | 2011년 3월 21일

지은이 | 전신재
펴낸이 | 고화숙
펴낸곳 | 도서출판 소화
등 록 | 제13-412호
주 소 | 서울시 영등포구 영등포동 7가 94-97
전 화 | 02) 2677-5890
F A X | 02) 2636-6393
홈페이지 | www.sowha.com

ISBN 978-89-8410-397-9 93810

값 18,000원